AF203730

EMMA ROSENBLUM begann ihre Karriere beim New York Magazine. Nach Stationen bei Bloomberg Businessweek und Glamour wurde sie schließlich Chefredakteurin bei ELLE. Für eine große New Yorker Digitalmedien-Gruppe entwickelt sie heute Content-Strategien. Mit ihrem Mann und den beiden gemeinsamen Söhnen lebt Emma Rosenblum in New York City.
Ihr erster Roman »Bad Summer People« wurde auf Anhieb ein internationaler Bestseller und schaffte es in die Top Ten der SPIEGEL-Bestsellerliste. Ihre Romane sind der perfekte Beach Read und machen süchtig wie ein sommerlicher Cocktail, von dem man nicht genug bekommen kann.

Der perfekte Sommer. Die perfekte Ehe. Das perfekte Geheimnis?
Jeden Sommer lassen Jen Weinstein und ihre Freundin Lauren Parker ihr privilegiertes Leben in New York hinter sich, um die schönsten Wochen des Jahres auf Fire Island zu verbringen, einer idyllischen Düneninsel, gleich neben Long Island. Hier residiert »altes Geld«, man kennt sich seit Jahren und vertreibt sich die Zeit mit Tennis, kühlen Cocktails im Clubhaus und Beach-Picknicks. Die Ehemänner checken die Börsenkurse, bei Jen und ihren Freundinnen hat längst das Rennen auf den neuen attraktiven Tennislehrer begonnen – es scheint, ein ganz normaler Sommer zu werden. Bis nach einem Sturm eine Leiche in einer Böschung gefunden wird …
Und während die Tage länger und heißer werden, zeigen sich immer mehr Risse im scheinbar perfekten Leben von Jen und ihren Freunden: Wer schläft mit wem? Wem ist das Geld ausgegangen? Und: Wer hat mit wem noch eine Rechnung offen …?
»Sagen Sie alle Verabredungen ab – ich habe dieses Buch innerhalb eines Wochenendes inhaliert und konnte einfach nicht die Finger davon lassen!« Lucy Foley

Außerdem von Emma Rosenblum lieferbar:

Very Bad Company

www.penguin-verlag.de

EMMA
ROSENBLUM

BAD
SUMMER
PEOPLE

IHR LEBEN IST PERFEKT,
IHRE LÜGEN SIND ES AUCH

ROMAN

Aus dem Englischen
von Carolin Müller

PENGUIN VERLAG

Die Originalausgabe erschien 2023
unter dem Titel *Bad Summer People*
bei Flatiron Books, New York.

Der Verlag behält sich die Verwertung der urheberrechtlich
geschützten Inhalte dieses Werkes für Zwecke des Text- und
Data-Minings nach § 44b UrhG ausdrücklich vor.
Jegliche unbefugte Nutzung ist hiermit ausgeschlossen.

Penguin Random House Verlagsgruppe FSC® N001967

1. Auflage
Copyright © 2023 der Originalausgabe by Emma Rosenblum
Copyright © 2024 der deutschsprachigen Ausgabe by C.Bertelsmann Verlag
in der Penguin Random House Verlagsgruppe GmbH,
Neumarkter Straße 28, 81673 München
produktsicherheit@penguinrandomhouse.de
(Vorstehende Angaben sind zugleich
Pflichtinformationen nach GPSR)

Redaktion: Astrid Arz
Umschlaggestaltung: Favoritbuero, München,
nach einem Entwurf von Grace Han
Umschlagabbildung: Getty Images
Satz: GGP Media GmbH, Pößneck
Druck und Bindung: GGP Media GmbH, Pößneck
Printed in Germany 2025
ISBN 978-3-328-11034-7
www.penguin-verlag.de

Für Monty, Sandy und Charles,
meine besten Summer People

Prolog

Die Leiche wurde von Danny Leavitt entdeckt, einem schlaksigen Achtjährigen mit einer schlimmen Erdnussallergie. Es war frühmorgens, vielleicht halb acht, nach einer Unwetternacht, als er mit seinem schwarzen Kinderfahrrad auf der Suche nach Schnecken im Ort herumfuhr. Die Bohlenwege waren nass und rutschig und übersät mit Blättern und kleinen Zweigen, die der starke Sturm herabgeweht hatte. Es war zwar kein richtiger Wirbelsturm gewesen, aber fast – ein heftiger Microburst oder Fallwind, der die Insel unerwartet getroffen, Terrassenmöbel mitgerissen und etliche Dächer im Ort leicht beschädigt hatte. Das Haus von Dannys Familie in direkter Strandlage war unversehrt geblieben, die Stromleitung intakt, aber seine Mutter hatte ihm hinterhergerufen, er solle vorsichtig sein, und ihn vor herabgerissenen Kabeln gewarnt.

Er war etwa zehn Minuten den Surf Walk, die Straße, in der er wohnte, vom Meer Richtung Bucht entlanggefahren. Dann hatte er beschlossen, rüber zum Neptune Walk zu fahren, wo sich der Spielplatz befand, um zu sehen, in welchem Zustand er war. Also bog er vom Surf Walk in den Harbor Walk, überquerte den Atlantic Walk, den Marine Walk und die Broadway Road und bog dann links in den Neptune Walk ein. Auf Höhe des Hauses der Cahulls, eines netten Ehepaars mit einem kleinen Sohn namens Archie, erregte etwas Glänzendes seine Aufmerksamkeit. Er hielt an, stieg ab und entdeckte ein Fahrrad fast versteckt in dem überwucherten, etwa einen Meter tiefer liegenden Bereich am Rande der Bohlenwege. Nach den Überflutungen durch Hurricane Sandy waren alle Holzwege des Ortes erhöht worden, und Dannys Vater war wie so viele andere aus Salcombe der Ansicht, man hätte dabei etwas übertrieben. »Da bricht sich noch mal einer den Hals«, hatte Danny seinen Vater brummeln gehört.

Danny ging davon aus, dass das Fahrrad vom Sturm dorthin geweht worden war, also packte er es am Vorderrad und zerrte es auf den Promenadenweg hinauf – kein leichtes Unterfangen, da es sich um ein Erwachsenenrad handelte und Danny eher klein für sein Alter war. Erst dann bemerkte er, dass das Fahrrad etwas anderes verdeckt hatte: einen Menschen, der mit dem Gesicht nach unten im Schilfgras lag. Der Körper war seltsam verdreht und vollkommen reglos. Danny schnürte es die Kehle zusammen, fast so, wie wenn er irgendwo etwas mit Erdnuss erwischte. Aber das hatte er doch nicht, oder? Er rannte zum Haus der Cahulls und wummerte zitternd und verängstigt an die Tür. Marina, noch im Pyjama, öffnete mit Brille und besorgtem Blick die Tür. Sie war hochschwanger und hielt den kleinen Archie auf dem Arm.

»Danny Leavitt? Alles in Ordnung mit dir?«

Danny bekam die Worte kaum aus dem Mund.

»Da liegt jemand. Ich glaube, er ist mit dem Fahrrad von der Promenade ins Gestrüpp gestürzt. Er rührt sich nicht.«

Marina setzte ihren Sohn ab und rief nach ihrem Mann Mike.

»Komm erst mal rein. Mike und ich kümmern uns darum. Du bleibst einfach hier.«

Mike, in Jogginghose und einem vom Schlafen zerknitterten T-Shirt, eilte an ihnen vorbei nach draußen, um den Fund zu begutachten. Marina lächelte Danny beruhigend zu. Sie schwiegen eine Weile. Dann kam Mike zurück ins Haus. Er wirkte angespannt, so wie Dannys Vater, wenn er einen schlechten Tag in der Arbeit gehabt hatte.

»Bring Danny nach Hause und nimm Archie mit. Schaut die Leiche nicht an. Ich rufe die Polizei. Oder wen auch immer man hier draußen Polizei nennt.«

Die Leiche? Dieses Wort kannte Danny bisher nur aus Fernsehsendungen, die seine Eltern anschauten. Marina packte ihren sich sträubenden Sohn und führte Danny zu seinem Fahrrad, wobei sie ihn von *der Leiche*, wie Danny sie jetzt in Gedanken nannte, abschirmte. Sie sagte ihm, er solle schon mal nach Hause losradeln, setzte dann ihren Sohn in den Kindersitz ihres Fahrrads und fuhr hinter ihm her.

Den Trubel um den Fund, der darauf folgte, bekam Danny nicht mehr direkt mit, aber er durfte an diesem Tag noch mit zwei echten Polizisten sprechen und ihnen erzählen, was er gefunden und wie er es entdeckt hatte. Seine Eltern wirkten bestürzt; er bekam mit, wie sie sich laut flüsternd in ihrem Schlafzimmer unterhielten, nachdem die Polizisten wieder gegangen waren.

»Na toll, jetzt wird er hier das ›Kind mit der Leiche‹ – das wird *das* Gesprächsthema in ganz Dalton sein«, sagte seine Mutter Jessica.

»Vielleicht gibt es eine Möglichkeit, die Gemeinde zu verklagen«, sagte sein Vater Max. »Ich bleche doch nicht zwei Millionen Dollar für mein Strandhaus plus fünfzigtausend Grundsteuer, damit mein Sohn dann eine Leiche findet. Irgendjemand muss dafür bezahlen.«

Aber im Großen und Ganzen fand Danny es eigentlich ganz gut, das allererste Mordopfer überhaupt in Salcombe gefunden zu haben. Er freute sich schon darauf, es all seinen Freunden im Camp zu erzählen. Wie cool war das denn?

Erster Teil

26. Juni

I

Lauren Parker

Lauren Parker hatte einen tollen Sommer bitter nötig. Der Winter war furchtbar gewesen. Erstens war es seit Dezember eiskalt, und Lauren hasste Kälte. Wenn sie nach Miami ziehen könnte, würde sie es ohne zu zögern tun – genau wie offenbar alle anderen, die sie kannte. Aber Jasons Firma war in New York, und er musste sich immer mal wieder im Büro blicken lassen. Schließlich war er der Chef. (»Aber warum kannst du als Chef nicht einfach die *Ansage* machen: ›Ich ziehe nach Florida‹?«, fragte Lauren immer mal wieder. »Im Sommer gehst du doch sowieso nie hin!« Die Antwort darauf bekam sie nie.)

Noch dazu war die Schule ihrer Kinder an der Upper East Side, die Braeburn Academy, in einen Skandal verwickelt, und seit Monaten gab es im Umkreis von zwanzig Blocks kein anderes Gesprächsthema.

Es hatte im Februar damit angefangen, dass der Vorstand der Schule eine anonyme E-Mail über Mr. Whitney bekommen hatte, seit zwanzig Jahren hochgeschätzter Schulleiter. Mr. Whitney war eine Institution an der Braeburn – ein Engländer, Ende sechzig, mit einem Hang zu Fliegen und Füllfederhaltern, der die Schule im Rating von den hinteren Rängen ganz weit nach vorne gebracht hatte. Braeburn war nun erste Wahl für die anspruchsvollsten Eltern in New York City, einschließlich der Parkers, die vor all ihren Freunden damit prahlten, dass

Mr. Whitney dem sich allseits vollziehenden sozialen Wandel trotzte.

Deshalb schlug die E-Mail mit den Anschuldigungen auch wie eine Bombe an der Ninety-third Street Ecke Madison ein: Mr. Whitney war nicht der, für den er sich ausgab. Laut des vielfach weitergeleiteten Schreibens war er ein Hochstapler, ein Schulabbrecher sogar, der seine Vita vor zwanzig Jahren gefälscht und die Verwaltung der Braeburn mithilfe dieser Trickserei dazu gebracht hatte, ihn einzustellen. Sie waren also alle einem Betrüger aufgesessen, einem Kerl aus New Jersey, der sich als Engländer ausgab und eine Figur geschaffen hatte, die speziell und auf clevere Weise die Statusversessenheit der übertölpelten Eltern an der Upper East Side ausgenutzt hatte.

Die Geschichte sickerte sogar bis zum *New York Magazine* durch, das daraufhin mit der Story »Wie Francis Whitney New Yorks Oberschicht täuschte« titelte. Lauren und ihre befreundeten Mütter wären am liebsten im Erdboden versunken. Sie alle hatten große Anstrengungen unternommen, um ihren Kindern einen Platz an der Braeburn zu sichern, und pro Kind fünfzigtausend Dollar für dieses Privileg berappt. Dass sich all das nun als Betrug entpuppt hatte, wie der Rest der Privatschulwelt schadenfroh schmunzelte, war ein echter Tiefschlag.

»Ich fass es noch immer nicht, dass *uns* das passiert ist«, hatte Laurens Freundin Mimi kürzlich geseufzt. Sie hatten sich bei Felice an der Eighty-third Street auf ein Glas Wein getroffen. Mimi war gerade von einer Botox-Auffrischung gekommen, die Stirn übersät von roten Nadeleinstichen. »Ich für meinen Teil möchte keine Sekunde länger darüber reden. Gut, dass wir schon nächste Woche in die Hamptons verschwinden. Wann brecht ihr nach Fire Island auf?«

»Kommenden Samstag«, sagte Lauren. »Jason hatte mit der Firma so viel um die Ohren, dass wir es dieses Jahr nicht früher geschafft haben.«

»Wie läuft es denn bei euch beiden?«, erkundigte sich Mimi und schaute Lauren dabei mit einem Blick an, der, wie sie annahm, wohl »besorgt« wirken sollte, was das Botox jedoch vereitelte. Lauren hatte leichtsinnigerweise einmal bei einer Wohltätigkeitsveranstaltung nach drei Gläsern Wein auf nüchternen Magen erwähnt, dass Jason sie überhaupt nicht mehr beachtete. Seitdem nervte Mimi sie damit.

Lauren hielt den Blick auf ihr Glas Chardonnay gesenkt. Sie war stets bemüht, das perfekte Bild von stilvoller Ungezwungenheit abzugeben; sich Probleme oder Verletzlichkeiten anmerken zu lassen, war für sie eine Schwäche, die es tunlichst zu meiden galt. Aber dieses Jahr hatte ihr übel mitgespielt, und zum ersten Mal in ihrem Leben fiel es ihr schwer, die Fassade aufrechtzuerhalten. »Gut, gut. Alles super«, erwiderte sie deshalb und wechselte dann schnell das Thema – mit Mimi konnte man zwar viel Spaß haben, aber sie traute ihr keine Handbreit über den Weg. »Ich will dieses Jahr am liebsten einfach abhaken«, fuhr sie fort. »Jetzt will ich nur noch am Strand sitzen, ein Buch lesen und das Wort ›Betrüger‹ nie wieder hören.«

Sie und Jason hatten überlegt, ihre beiden Kinder, Arlo, sieben, und Amelie, fünf, von der Braeburn zu nehmen, aber letztendlich konnte der Vorstand den Ruf der Schule retten, indem man den Schulleiter der Collegiate School, Mr. Wolf, abwarb, einen Veteranen des Bildungswesens, der sowohl Einfluss als auch Integrität mitbrachte. Niemand der Eltern beschwerte sich, dass das Schulgeld erhöht wurde, um Mr. Wolfs exorbitant hohen Gehaltsforderungen nachzukommen. Sie hätten jede Summe aufgebracht, nur damit dieser Albtraum ein Ende hatte. Mittlerweile hatten die Parkers die Anzahlung für das nächste Schuljahr von Arlo und Amelie bereits geleistet, und an der Upper East Side ging alles wieder seinen geregelten Gang.

In der Stadt wurde es langsam wärmer, und die Tulpen an der Park Avenue waren bereits wieder verblüht. Lauren konnte es kaum erwarten, endlich in ihr Strandhaus nach Salcombe auf Fire Island zu kommen, das seit dem Labor Day am 4. September letzten Jahres leer stand. (Salcombe, das nach einer Küstenstadt in England benannt war, wurde »Saul-com« mit stillem »b« und »e« ausgesprochen. Die Einwohner legten Wert auf den kultivierten Klang und machten sich darüber lustig, wenn Fremde es »Sal-com-BE« nannten.) Normalerweise verbrachten die Parkers ab April ihre Wochenenden dort, aber aufgrund einer Flut von Geburtstagsfeiern und Jasons vollem Terminkalender in der Firma waren sie dieses Jahr noch nicht dazu gekommen. In der Woche vor ihrer Ankunft hatte Lauren einen Putztrupp ins Haus geschickt, um alles herzurichten – den Staub eines ganzen Winters loszuwerden, die Fahrradreifen aufzupumpen und die diversen Lieferungen von FreshDirect und Amazon auszupacken sowie ihre Bestellungen – Käse, Oliven und Fleisch – von Agata & Valentina.

Sie würden den ganzen Sommer dort verbringen. Früher hatte sich Jason nur an den Wochenenden zu ihnen gesellt, aber in der neuen Weltordnung konnte jeder remote arbeiten, also würden auch alle Väter vor Ort bleiben (während die Ehefrauen vorgaben, von dieser Entwicklung begeistert zu sein). Die Kinder gingen ins Feriencamp, und Lauren brachte ihre Tage mit ihren Freundinnen auf dem Tennisplatz und am Strand herum – mehr gab es dort eigentlich nicht zu tun. Außerdem nahmen sie für den Sommer ihre Nanny Silvia mit, eine Philippinerin, die drei eigene Kinder großgezogen hatte. Das restliche Jahr arbeitete Silvia immer von acht bis neunzehn Uhr bei ihnen und pendelte dafür von Queens nach Manhattan. Hin und wieder fragte sich Lauren, ob Silvia, die genau die richtige Mischung aus selbstgenügsam und unaufdringlich war, es in Salcombe hasste. Aber sie dort dabeizuhaben, bedeutete für Lauren und Jason, dass sie mit Freunden ausgehen und ihre eigenen Pläne verfolgen konnten und sich nicht mit der lästigen Aufgabe herumschlagen mussten, Frühstück, Mittag- und Abendessen für die Kinder zuzubereiten, nicht mal an den Wochenenden.

In Wahrheit war es nicht Laurens Entscheidung gewesen, ein Haus auf Fire Island zu kaufen. Diese Insel und das Örtchen Salcombe waren Jasons Ding. Sein bester Freund aus Kindertagen, Sam Weinstein, hatte die Sommer von klein auf immer in Salcombe verbracht, und Jason hatte ihn oft monatelang dorthin begleitet. Er gehörte dann zur Familie als Spielkamerad für Sam, das Einzelkind, dessen Eltern sich am laufenden Band trennten und wieder versöhnten. Die Jungs hatten in Salcombe auch eine Gruppe von Freunden, mit denen sie sich herumtrieben, und Sam und Jason nutzten das Haus auch noch, lange nachdem Sams Eltern sich hatten scheiden lassen und getrennte Ferienhäuser in den Hamptons (Sams Vater) und Nantucket (seine Mutter) besaßen. Sam und Jason verbrachten noch als Jugendliche viele Sommer in dem Haus in Salcombe, wo sie als Feriencamp-Betreuer arbeiteten, sich nachts am Strand betranken, segelten und zum Spaß das Familiensegelboot namens *Sunfish* zum Kentern brachten. Lauren kannte die Geschichten *alle*.

Zwanzig Jahre später besaß Sam das Haus noch immer, ein Wahnsinnsding mit blauen Schindeln, Aussicht auf die

Great South Bay und bestem Sonnenuntergangsblick weit und breit. Er, seine Frau Jen und die drei Kinder Lilly, Ross und Dara zogen im Juni ein und im September wieder aus, genau wie Lauren und Jason. Sam und Jason waren immer noch beste Freunde, obwohl Sam mittlerweile in Westchester County lebte (und zwar in Scarsdale, einem Ort für Karrieristen, aber mit den besten Schulen der Gegend) und Jason und Lauren in New York City. Aber Salcombe blieb ihr besonderer Ort.

Als die Kinder noch ganz klein waren und sich abzeichnete, dass Jason mit seiner Firma richtig Geld verdienen würde, begann er davon zu sprechen, etwas in Salcombe zu kaufen. Lauren hatte ihre Zwanziger praktisch auf Partys in den Hamptons verbracht, und all ihre Freunde hatten nach und nach Strandgrundstücke in East Hampton, Amagansett und Sag Harbor erworben. Sie sträubte sich gegen Jasons Idee, hatte keine Lust, die Sommer über auf Fire Island festzusitzen, wo sie niemanden kannte. Eines Abends, als die Kinder im Bett waren, war es zum offenen Streit darüber gekommen.

»Ich hab das Gefühl, du zwingst mir das auf, und ich will das nicht machen«, hatte Lauren zu ihm gesagt. Das alles lag zwei Wohnungen zurück, in dem bescheidenen Dreizimmerapartment Ecke Eighty-eighth Street und Third Avenue (inzwischen hatten sie fünf Zimmer an der Park Avenue).

»Lauren, hör dir mal selber zu«, hatte Jason ruhig geantwortet. Es ärgerte sie immer, wenn er ihrer Wut mit Beherrschung begegnete. »Ich hab dir gerade gesagt, dass wir uns ein Sommerhaus leisten können! Meine einzige Bitte ist, dass es an dem Ort sein soll, der in der Kindheit mein Ferienparadies war. Die Kinder werden es lieben, da bin ich mir hundertprozentig sicher.«

»*Dein* Ferienparadies war es ja nun nicht«, hatte Lauren zurückgefaucht. »Sondern Sams; du warst immer nur Gast.«

»Lauren, die Hamptons sind ein Albtraum. Das weißt du. Die Menschenmassen, die überteuerten Restaurants, die Staus bei der Anfahrt. Es ist, als würde man das Schlimmste der Upper East Side nehmen und drei Stunden nach Osten verpflanzen. Vier, wenn man den Long Island Expressway nimmt.«

»Ja, das ist mir bekannt, ich war schon eine Million Mal in den Hamptons. Und ich habe auch schon ein paar Sommer mit dir und Sam und Jen auf Fire Island verbracht. Ich langweile mich da! Was soll ich dort denn den ganzen Tag lang anfangen?«

»Das ergibt sich dann schon«, hatte Jason gesagt. »Du kannst Tennis spielen. Du wirst Freunde finden. Die Leute, die Häuser in Salcombe haben, sind genauso reich und mächtig wie deine Freunde in den Hamptons – sie laufen bloß barfuß rum.«

Lauren hatte gewusst, dass sie den Streit verloren hatte, bevor er überhaupt begonnen hatte. Und ihr war auch bewusst, dass sie sich wie eine verwöhnte Göre benahm. Aber sie hatte endlich Anschluss in ihrer Nachbarschaft gefunden; zu diesem Zeitpunkt war Arlo gerade im Kindergarten der Braeburn und Amelie in der Vorschule der Brick Church. Die Vorstellung, dass alle ihre befreundeten Mütter den Sommer gemeinsam ohne sie verbringen würden, verunsicherte sie und machte sie neidisch, und sie hasste es, dass Jason sie damit nervte. »Du musst aufhören, Dinge zu tun, nur weil alle anderen sie tun«, sagte er, wenn sie darauf bestand, an einen bestimmten Urlaubsort auf St. Barts zu fahren, den begehrtesten Nachhilfelehrer zu engagieren oder dem Golfclub in Westchester beizutreten, dem halb Braeburn angehörte. Nun war Jason selbst nicht gerade ein Rebell. Er war an der Upper East Side aufgewachsen und nach dem College nach New York City zurückgekehrt, er arbeitete im Finanzwesen und trug die gleichen Brooks-Brothers-Hemden wie alle anderen Väter. Wie kam er dazu, sie als Mitläuferin zu bezeichnen? Aber Jason hatte in dem Jahr einen üppigen Bonus bekommen, und damit hatte sich die Diskussion erledigt. Also kauften sie ein wunderschönes zweistöckiges Haus im modernen Stil in Salcombe, direkt am Meer. Lauren tat so, als würde sie sich darüber freuen. Und obwohl sie es nie offen zugeben würde, hatte Jason recht behalten. Mittlerweile liebte sie es dort.

Fire Island war nur ein schmales Stück Land vor der Südküste von Long Island. Eine Barriereinsel, die auf der einen Seite von der Great South Bay und auf der anderen vom Atlantischen Ozean flankiert wurde und sich über ungefähr achtundvierzig Kilometer erstreckte – an ihrer breitesten Stelle, zufällig auf Höhe von Salcombe, maß sie gerade mal knapp einen Kilometer. Überall auf der Insel gab es kleine Ortschaften, von denen Cherry Grove und Fire Island Pines die bekanntesten waren. Und wenn man nicht aus New York stammte, dann kannte man die Insel hauptsächlich als schwule Partyhochburg und wilden Sommerfrischeort für knackige homosexuelle Männer.

Jede Gemeinde auf Fire Island verfügte über ihre eigene Fährverbindung vom Festland aus – die einzige Möglichkeit, dorthin zu gelangen, weil Autos auf der Insel verboten waren – und über ihren eigenen Charakter. Ocean Beach war ein geschäftiges Städtchen voller Restaurants, Bars und Horden von jungen Leuten in ihren Zwanzigern, die sich Unterkünfte teilten. Point O'Woods war eine exklusive Ortschaft mit großen Anwesen, die von Generation zu Generation weitervererbt wurden. Dann war da noch Salcombe, ein winziger Familienort, in dem hauptsächlich Leute mit jüdischem, angelsächsisch-protestantischem und katholischem Hintergrund wohnten, die Erfolg und eine belesene, zurückhaltende Art verband. Wie der Rest der Insel war auch Salcombe zu neunundneunzig Prozent weiß (Lauren kannte in Salcombe nur einen einzigen Schwarzen, und der hatte, wie sie, dort eingeheiratet).

Salcombe war eine Ortschaft, die aus etwa vierhundert Häusern bestand, einige davon traditionelle Sommerhäuser aus den 1920er Jahren, andere, wie das von Lauren, Neubauten, modern und strandnah, mit offenen Grundrissen und Dachterrassen mit Meerblick. Jeder kannte jeden (und jeder war über die Angelegenheiten der anderen im Bilde). Es gab Achtzigjährige, die seit fünfzig Jahren in Salcombe Ferien machten, deren erwachsene Kinder, die schon ihr ganzes Leben hierherkamen, und die Enkel, die nun die Segelkurse und das Tagescamp besuchten. Man konnte ein kleines Gesicht auf dem Spielplatz sehen und allein an der Form der Nase oder der Stirnlocke erkennen, dass es zur Familie Rapner oder Metzner oder, Gott bewahre, zum bösen Longeran-Clan gehörte. Das Dorf bestand aus einem Netz von Bohlenwegen, die von überall aus zum Strand und zur Bucht führten. Alle fuhren mit dem Fahrrad – meist verrostete, quietschende Dinger –, um an ihr Ziel zu gelangen. Man hatte keine andere Wahl. Mit dem Rad dauerte es von der Bucht auf der einen Seite zum Strand auf der anderen keine fünf Minuten. Da es keine Autos gab, bis auf ein paar kommunale Pick-ups für den Transport von Paketen und Müllsäcken, konnten die Kinder von klein auf frei herumlaufen. Rudel von Sieben- oder Achtjährigen streunten auf eigene Faust herum, besuchten sich gegenseitig mit ihren Fahrrädern oder trugen Angelruten zum Kai, ohne dass ihre Eltern irgendwo in Sicht waren.

In Salcombe gab es genau einen Gemischtwarenladen, einfach nur »der Laden« genannt, in dem man Grundnahrungsmittel und Fertiggerichte kaufen konnte und der etwa das Doppelte von dem verlangte, was man auf dem Festland dafür zahlen würde. Jahrelang hatte der Laden die Bewohner mit seinen unverschämten Preisen in Geiselhaft gehalten, aber jetzt lieferten die großen Supermärkte auf dem Festland bis zur Fähre, sodass man sich zu einem vernünftigen Preis mit Lebensmitteln eindecken konnte, was Lauren und ihresgleichen auch taten. Es gab auch einen kleinen dazugehörigen Spirituosenladen, eine Art Abstellkammer voller Wein und Wodka, für diejenigen, die nicht über so viel Weitblick verfügten, genug Alkohol aus der Stadt mitzubringen. An der Broadway Road, der Hauptpromenade von Salcombe, stand das malerische weiße Rathaus aus Holz mit angrenzender Bibliothek, wo es nach Eiche und Staub roch und man abgegriffene Sommerlektüre und Kinderbücher aus den 1970er und 1980er Jahren ausleihen konnte. Etwas weiter Richtung Strand gab es ein Baseballfeld. Dort stiegen an den Wochenenden passionierte Spiele der Softball-Liga für Erwachsene, und unter der Woche fand dort das Kinderferiencamp statt. Dahinter lag ein kleiner Spielplatz mit einem klapprigen Klettergerüst, das wahrscheinlich nicht den aktuellen Sicherheitsstandards entsprach, und Schaukeln, die bei jedem Stoß ächzten.

Der einzige weitere Gemeinschaftsbereich der Stadt, eigentlich *der* Treffpunkt überhaupt, war der Salcombe Yacht Club, direkt an der Bucht in Nähe des Fähranlegers gelegen. Die Bezeichnung »Jachtclub« war in Wirklichkeit eine ziemliche Übertreibung. Er bestand aus einem kleinen Jachthafen mit etwa zwanzig Plätzen für Segel- und Motorboote sowie einem schmalen Strandabschnitt für Kajaks und Hobie Cats. Das Hauptgebäude des Jachtclubs auf der anderen Seite des Bohlenwegs sah aus wie ein großes Strandhaus und verfügte über zwei Innenräume: ein Restaurant mit einer Bar im vorderen Teil und ein größerer, offener Bereich im hinteren Teil mit einer kleinen Bühne, einem Billardtisch und genügend Platz zum Herumtollen für Kinder, während ihre Eltern zu Abend aßen. Es gab auch eine Außenterrasse mit Blick über die Bucht, ideal für Drinks bei Sonnenuntergang. Hinterm Haus befanden sich noch fünf Tennisplätze, alle mit Sandbelag, vier davon paarweise nebeneinanderliegend und ein Ausreißer näher am Clubhaus. Alles in allem war es eine unscheinbare Anlage, aber sie passte gut zum Shabby-Chic-Charme von Salcombe. Jeden Abend traf man sich dort auf Drinks und zum Essen, und tagsüber zum Tennis und Tratschen. Es gab Lauren ein gutes Gefühl, ihren Freundinnen in der Stadt erzählen zu können, dass sie den ganzen Sommer über in einem »Jachtclub« ein und aus ging. Sollten sie doch denken, was sie wollten.

Nun, Ende Juni, saß sie endlich auf einer blau gestrichenen Bank an Deck der *Fire-Island-Queen-Fähre*, die nach Salcombe übersetzte.

In der Woche zuvor war sie vollauf beschäftigt gewesen mit den Abschlussfeiern der Kinder, einem Friseurtermin bei Sally Hershberger, Waxing und Maniküre-Pediküre und hatte sich mit Freundinnen auf den einen oder anderen »Bis September«-Drink getroffen. Die Sonne schien auf die Great South Bay, und in der Ferne zeichnete sich der schwarz-weiße Leuchtturm von Fire Island ab, der die Parkers wieder in ihrem Sommerhaus willkommen hieß. Arlo hockte neben Lauren und spielte auf seinem iPad herum, während Amelie und Jason hinter ihnen saßen. Dann hatte Amelie Myrna, eine ihrer kleinen Freundinnen, entdeckt und darauf bestanden, dass sie sich zusammensetzten. Lauren hörte, wie Myrna und Amelie sich nach

Fünfjährigen-Manier über die Namen ihrer Lehrer und ihre Lieblingstiere austauschten.

Lauren spürte, wie die Brise ihren frisch geschnittenen und gesträhnten blonden Bob zerzauste, und schloss hinter ihrer Sonnenbrille von Tom Ford die Augen. Sie hörte, wie Jason Myrnas Vater, Brian Metzner, begrüßte und wie Brian sich auf dem Platz neben Jason niederließ.

»Hey, Kumpel, wie läuft's bei dir?«, fragte Brian und klopfte Jason zur Begrüßung auf den Rücken.

»Nicht schlecht«, sagte Jason. »Wie war euer Winter so? Habt ihr es dieses Jahr nach Aspen geschafft?«

Brian war ein bulliger Kerl. Seine karierten Hemden spannten am Bauch, und er rasierte sich die Haare ab, seit sie bei ihm mit Mitte zwanzig langsam schütter geworden waren. Er war Hedgefonds-Manager, und ein sehr erfolgreicher dazu. Ganz gleich, wovon er sprach, egal über welches Thema, er packte es in Begriffe aus der Finanzwelt.

»Oh, Mann, ja, wir hatten eine Top-Zeit in Aspen«, sagte Brian. »Erst dachte ich, wir würden nur marginale Erfolge einfahren, vor allem mit Myrna, aber schließlich haben wir sie dazu gebracht, sich richtig zu steigern, und dann hatte sie einen echten Lauf. Am Ende ist sie schwarze Pisten hinuntergesaust. Ihre Performance war mega, Mann.«

»Super«, sagte Jason unbeteiligt. Lauren hörte, wie es ihm vor dem Gespräch grauste, das ihm nun für die Dauer der gesamten Überfahrt blühte. Jason und Sam tolerierten Brian, mochten ihn aber nicht. Sie fragte sich, wo Brians Frau Lisa war. Lauren und Lisa waren befreundet – sie wohnten alle an der Upper East Side –, aber Lisas Kinder gingen auf eine andere Schule (die Horace Mann oben in der Bronx), und so kommunizierten sie im Winter hauptsächlich per Textnachricht, tauschten gelegentlich pikanten Klatsch und Tratsch aus und schickten sich gegenseitig Instagram-Posts, auf denen gemeinsame Bekannte fett oder alt aussahen. Lisa machte gerade eine »Weiterbildung« zum Life Coach, der neue Trendberuf für gelangweilte Hausfrauen und Mütter, die noch vor Kurzem vielleicht auf Interior- oder Handtaschendesignerin gemacht hätten. Lauren fand das lächerlich – welchen Rat könnte Lisa anderen denn schon geben? Reich heiraten? Lauren holte die AirPods aus ihrer Céline-Tasche. Sie würde sich einen True-Crime-Podcast anhören und Brian und Jason ausblenden. Doch bevor sie dazu kam, spürte sie, dass ihr jemand auf die Schulter tippte.

»Lauren, o mein Gott, hi! Ich liebe deine Frisur!«

Zu ihrer Rechten stand Rachel Woolf, schon ewig Ferienhausbesitzerin in Salcombe, die Lauren bei deren erstem Besuch auf der Insel ihre Freundschaft aufgenötigt hatte.

Rachels Familie besaß seit Urzeiten ein Haus in der Nähe des Jachtclubs, und sie hatte es vor ein paar Jahren von ihrer verstorbenen Mutter geerbt (ihr Vater war bei einem Autounfall ums Leben gekommen, als sie gerade mal ein Teenager gewesen war). Rachel war die amtierende Klatschkönigin von Salcombe, und man konnte sich nichts erlauben – ob es nun eine Affäre oder nur ein neuer Tennispartner war –, ohne dass sie davon erfuhr. Sie war zweiundvierzig und immer noch ledig, unfreiwillig, obwohl sie in ihrer Jugend mit halb Salcombe mal etwas gehabt hatte. Lauren vermutete sogar, dass sie irgendwann auch einmal mit Jason geschlafen hatte, aber falls das stimmte, wollte sie es nicht wissen.

Rachel war dünn, fast zu dünn, mit glattem braunem Haar und blauen Kulleraugen. Manche Männer hielten sie für attraktiv, vielleicht weil sie ins Kindchenschema passte, aber Lauren sah das nicht so. Auch wenn sie eigentlich eher nicht mit Rachel befreundet sein wollte, war es unmöglich, ihr aus dem Weg zu gehen. Rachel war auf jeder Party, schmiss viele davon selbst, und man musste sich gut mit ihr stellen, wenn man ein irgendwie geartetes soziales Leben in Salcombe haben wollte. Mit einem Klopfen auf den Platz neben sich bedeutete Lauren Rachel, sich zu setzen.

»Wie war dein Winter?«, erkundigte sich Lauren, als Rachel sich niederließ und ihre L.-L.-Bean-Tasche mit Monogramm unter den Sitz schob. Rachel war peinlich untrendy. »Warst du oft hier draußen?«

Obwohl fast alle Sommerbewohner von Salcombe in New York City lebten, sahen sie sich nur selten abseits der Insel. Die Beziehungen beschränkten sich hauptsächlich auf die Monate Juni bis September, und aufgrund eines unausgesprochenen Pakts beließ man es dabei. Rachel wohnte nur etwa zehn Blocks von Lauren und Jason entfernt in Manhattan, aber dort verkehrte Lauren nie mit ihr. Ihre Freundschaft existierte lediglich in dieser sehr speziellen Blase.

»Gut! Also na ja, okay. Ich war ungefähr sechs Monate lang mit diesem Typen zusammen. Geschieden, Anwalt, zwei Kinder. Aber wir haben uns letzten Monat getrennt. Er wollte nicht noch mal heiraten und, na ja, du weißt ja, wie ich darüber denke«, sagte Rachel.

Das wusste Lauren.

»Was ist mit dir?«, fuhr Rachel fort. »Ich habe da im *New York Magazine* etwas über die Schule deiner Kinder gelesen. Klingt nach einem wahren Albtraum.«

Lauren erschauderte bei dem Gedanken, dass Braeburns Blamage sogar bis zu der kinderlosen Rachel Woolf durchgedrungen war.

»Allerdings«, sagte Lauren. »Zum Glück liegt das alles hinter uns. Wir haben einen neuen Schulleiter, Mr. Wolf, und die Schule ist jetzt in guten und äußerst renommierten Händen.«

Die Fähre durchpflügte mit schäumendem Kielwasser die Wellen. Die Überfahrt von Bay Shore auf Long Island nach Salcombe dauerte etwa zwanzig Minuten, gerade genug Zeit, um von Stadt- auf Strandmodus umzuschalten. Brian quatschte noch immer von seinem Familien-Skiausflug, und Lauren sah sich nach Amelie um, die zufrieden schwieg, während Myrna belangloses Zeug quasselte. Wie der Vater, so die Tochter.

Rachel warf einen Blick auf ihr Handy, und Lauren glaubte, eine Dating-App zu erkennen – lächelnde Gesichter von Männern –, bevor Rachel es schnell wieder weglegte.

»Bist du viel zum Tennisspielen gekommen?«, fragte Rachel. Sie war sehr ehrgeizig, wenn es um Tennis ging, obwohl sie nicht besonders gut darin war, und wollte immer wissen, wer über den Winter wie viel trainiert hatte. Der Jachtclub veranstaltete alljährlich Doppel-Turniere für seine Mitglieder, und Rachel war jedes Jahr aufs Neue wild entschlossen zu gewinnen. Sie und ihre Tennispartnerin Emily Grobel schafften es in der Regel bis ins Halbfinale oder Finale, bevor sie von einem der stärkeren Teams aus dem Rennen geworfen wurden. Lauren war selbst keine überragende Spielerin, aber sie war auch nicht schlecht. Sie hatte in ihrer Highschool-Mannschaft gespielt und verfügte über eine ordentliche Rückhand und einen hervorragenden Lob. Rachel, die das ganze Jahr über trainierte, verübelte es Lauren insgeheim, dass diese nach Monaten Spielpause zum Schläger greifen und mühelos auf ihrem Niveau spielen konnte.

»Nicht wirklich«, sagte Lauren wahrheitsgemäß. In diesem Jahr hatte sie sich sehr für die Tracy-Anderson-Methode begeistert. Dafür musste sie regelmäßig den Weg in ein Studio in der Innenstadt antreten und hatte deshalb keine Zeit mehr für ihren Tennisclub auf Roosevelt Island gefunden. »Aber ich habe vor, diese Woche gleich ein paar Stunden zu nehmen, um wieder reinzukommen.«

»Es gibt einen neuen Tennislehrer im Club«, sagte Rachel. »Ich habe schon eine Stunde bei ihm genommen, als ich letztes Wochenende hier war. Er heißt Robert und ist total heiß.«

»Wer ist heiß?« Brian beugte sich vor, nachdem er wohl in einer kurzen Pause seines eigenen Monologs etwas von ihrem Gespräch aufgeschnappt hatte.

»Du natürlich, Brian«, sagte Rachel und kicherte. Alle Frauen hassten es, wie sehr Rachel mit ihren Ehemännern flirtete, aber niemand sprach es an.

»Ja, ich habe trainiert, bisschen körperliche Gewinnmaximierung betrieben und in mich selbst investiert«, sagte er. Lauren konnte nicht sagen, ob er bemerkt hatte, dass Rachel ihn aufzog. Brian wandte sich wieder an Jason und lag ihm erneut mit seiner Peloton-Besessenheit in den Ohren.

»Der Tennislehrer ist ein ehemaliger Profi und war vorher in irgendeinem schicken Country Club in Florida beschäftigt. Ich weiß auch nicht so genau, was ihn hierher verschlagen hat, aber er wird auf jeden Fall der Liebling aller Frauen werden«, sagte Rachel. »Außerdem hat er mir schon geholfen, meinen schwachen Aufschlag zu verbessern.« Rachel war für ihren lausigen Aufschlag bekannt.

»Freue mich drauf, ihn kennenzulernen«, sagte Lauren, gelangweilt von dem Gespräch. Warum nervte Rachel sie so sehr? Der Sommer würde lang und zäh werden, wenn sie nicht einmal eine Bootsfahrt mit ihr ertragen konnte. Rachel, die Laurens Desinteresse spürte, warf ihr ein Häppchen Klatsch zu, um sie wieder zu ködern.

»Hast du schon das von den Obermans gehört?« Rachel beugte sich näher zu Lauren und senkte ihre Stimme.

Lauren schüttelte den Kopf.

»Sie trennen sich. Anscheinend hatte Greg eine Affäre mit der Hundesitterin, und Jeanette ist ihm draufgekommen.«

»Mit der Hundesitterin? Wie krass«, sagte Lauren.

»Sie ist auch eine aufstrebende Schauspielerin, glaube ich«, sagte Rachel. »Wie auch immer, Jeanette wird mit den Kindern hier draußen sein, aber Greg muss den Sommer im Exil verbringen. Er ist bemüht, es wieder hinzubiegen, aber Jeanette will nichts davon hören.« Lauren hatte schon immer das Gefühl beschlichen, Jeanette und Greg würden sich insgeheim hassen. Anscheinend hatte sie da recht gehabt.

Die Fähre näherte sich schlingernd dem Anleger von Salcombe. Er ragte etwa hundert Meter aus der Bucht vor und bestand aus denselben Holzplanken wie das Wegenetz der Stadt. Am Ende des Stegs standen eine Reihe von altmodischen Handwagen, die darauf warteten, dass ihre Besitzer sie mit ihrem Sommergepäck beluden. Lauren verspürte Erleichterung. Sie hatte es geschafft.

Sie nahm Arlo das iPad ab (»Mom! Ich war noch nicht fertig!«). Jason half ihr, Amelie und den Rest der Taschen einzusammeln. Der Blick vom Bootsdeck reichte über den gesamten Küstenstrich von Salcombe. Man sah den Strandbereich der Bucht – ein Quadrat aus Sand, überragt von einem Rettungsschwimmerturm, ideal für kleine Kinder, um nach Krabben zu suchen und Schwimmunterricht zwischen Seetang zu nehmen – sowie den Jachtclub und die umliegenden Häuser am

Ufer. Leute zogen Wagen hinter sich her oder fuhren mit Fahrrädern herum, und eine kleine Menschenmenge hatte sich versammelt, um die Neuankömmlinge zu begrüßen. Die Szene hätte sich so genauso gut 1960, 1990 oder 2022 abspielen können. Jason sagte, das sei es, was ihm an der Insel am besten gefalle, dieses Gefühl der Zeitlosigkeit, dass sich dort scheinbar nichts veränderte, dass die moderne Welt dort nicht existierte. Lauren war es recht, solange sie schnelles Internet und gutes Satellitenfernsehen hatten.

»Ich veranstalte heute Abend einen kleinen Umtrunk bei mir«, sagte Rachel, als sie von Bord gingen. »Habt ihr Zeit?«

»Klar«, sagte Lauren. »Klingt gut.« Am besten, sie riss das Salcombe-Pflaster mit einem Ruck gleich am ersten Abend ab. Silvia würde mit dem nächsten Schiff kommen, und Lauren musste es irgendwann sowieso hinter sich bringen. Als sie von der Fähre hinaus auf den Steg traten, zerrte Rachel energisch an Laurens Arm.

»Schau! Da ist Robert, der Ex-Tennisprofi«, flüsterte sie Lauren ins Ohr, zu laut, als dass es sonst niemand gehört hätte. Sie drehte Laurens Kopf eigenhändig in Richtung eines Mannes, der in weißem Poloshirt und khakifarbenen Shorts mit zwei Tragetaschen voller Lebensmittel ein Stück entfernt stand. Lauren konnte nur seinen Rücken sehen. Er war ungefähr so groß wie Jason, vielleicht einen Meter achtzig, und hatte kurz geschnittenes hellbraunes Haar. Er bewegte sich mit dem Körperbewusstsein eines Athleten. Lauren fiel auf, wie schön gebräunt seine Beine waren.

Jemand rief zur Begrüßung seinen Namen – Lauren konnte nicht sehen, wer –, und er drehte sich nach der Stimme um. Doch stattdessen traf sein Blick aus tiefblauen Augen den von Lauren. Seine Nase war gerade, und er lächelte mit strahlend weißen Zähnen. Sie wandte sich sofort ab, tat so, als würde sie etwas in ihrer Tasche suchen, und er ging über den Steg in Richtung Jachtclub davon.

»Siehst du, ich hab dir doch gesagt, dass er heiß ist«, sagte Rachel kichernd. »Er kommt heute Abend auch – da können wir mit ihm flirten.« Lauren spürte, wie ihre Wangen rot anliefen. Sie sah Rachel an, verdrehte scherzhaft die Augen und überlegte bereits, was sie anziehen sollte.

2

Robert Heyworth

Robert Heyworth war nicht so reich, wie er aussah. Er war in Tampa, Florida, aufgewachsen, als drittes Kind einer Familie mit drei Jungs, die alle sehr sportlich waren. Sein ältester Bruder Mack hatte Baseball gespielt und es bis in die Minor League geschafft, und sein mittlerer Bruder Charlie war Leichtathlet an der Universität von Florida gewesen. Mack war mittlerweile Bauunternehmer, verheiratet und hatte zwei kleine Töchter, Charlie Hypothekenmakler und ebenfalls verheiratet. Er hatte einen Sohn, und das nächste Kind, ein kleines Mädchen, war gerade unterwegs. Roberts Brüder und ihre Familien lebten noch in Tampa, ganz in der Nähe seiner Mutter, einer pensionierten Lehrerin. Ihr verstorbener Vater, der in seiner Jugend genauso gut ausgesehen hatte wie seine Söhne, war Polizist gewesen. Die Brüder waren alle großartig geraten – groß und schlank, mit blitzenden Augen.

Roberts Ding war Tennis, schon immer gewesen. Ganz in der Nähe seines Elternhauses, eines gepflegten weißen Bungalows mit Palmen davor, hatte es öffentliche Tennisplätze gegeben. Dorthin war er beinahe täglich gegangen und gegen jeden angetreten, der sich ihm anbot. Als er neun Jahre alt war, bemerkte ein Trainer, der dort einen reichen Jungen aus der Gegend unterrichtete, dass Robert über Talent verfügte, und nahm ihn in ein Programm auf, das täglich nach der Schule stattfand. Er gewährte Roberts Eltern einen Preisnachlass, einen ziemlich großen sogar, und von da an wurde Robert vom Tennisstrudel erfasst. Er nahm an USTA-Turnieren im ganzen Bundesstaat teil, zu denen seine Mutter ihn immer brachte. Alle seine Freunde spielten Tennis, genauso wie seine Freundinnen in der Highschool. Im Grunde hatte er nichts anderes im Kopf; abgesehen von Schularbeiten, hin und wieder, und Sex, ständig, beschäftigte ihn nichts anderes als Tennis. Mit siebzehn erreichte er seine persönliche Bestleistung, als er in Florida den dritten Platz in seiner Altersgruppe belegte. Er war gut, ja, aber nicht wirklich gut genug, um ein erfolgreicher Profi zu werden. Seltsamerweise war Robert trotzdem ganz zuversichtlich. Er hatte zu diesem Zeitpunkt schon zu viele Geschichten über routinierte ATP-Spieler gehört, die ihren Lebensunterhalt damit bestritten, bei Tennisturnieren auf der ganzen Welt zu verlieren, als dass er seinen Wunsch nach einem solchen Leben aufgegeben hätte. Er sah Tennis immer als Mittel zum Zweck, als einen Weg, um der Mittelschicht zu entfliehen. Er hielt seine Brüder für dumm, weil sie sich für Leichtathletik und Baseball entschieden hatten (und auch noch aus anderen Gründen); Leute, die Tennis spielten, hatten *Geld*, und er hatte keinerlei Interesse daran, Polizist zu werden wie sein Vater. Er liebte seine Eltern zwar, fühlte sich seiner Familie jedoch überlegen. Er war so gut aussehend, bewies so viel Talent in seinem Sport und gab für einen Teenager eine wirklich gute Figur ab. Er hatte schon immer das Gefühl gehabt, für etwas Höheres bestimmt zu sein.

Doch als er schließlich seinen Abschluss aus Stanford in der Tasche hatte, lief auch sein Vollstipendium aus, er konnte lediglich eine eher durchwachsene Erfolgsbilanz als Nummer fünf im Einzelspiel vorweisen, und nach seiner kürzlich erfolgten Trennung von Julie Depfee, auf deren gute Beziehungen er immer gesetzt hatte, war er auf einmal ratlos. Was nun? Er kannte nichts anderes als Tennis. Die Väter einiger seiner Tennisfreunde waren einflussreiche Männer in ihren jeweiligen Branchen, die Robert vielleicht einen Einstieg verschaffen könnten, wenn er sie fragen würde. Ansonsten war sein Hauptfach, Geschichte, ein Witz, wenn es um ein lukratives Auskommen für ihn ging. Er hatte geglaubt, Stanford würde seine goldene Eintrittskarte sein, aber er hatte es sich nicht früh genug zunutze gemacht; er hatte den Kopf in den Sand gesteckt und Tennis, Tennis, Tennis gespielt. Und dann war es vorbei. Anscheinend war er ebenso dumm wie seine Brüder. Der Gedanke setzte Robert so zu, dass es wehtat.

Julie hatte er kennengelernt, als sie beide im zweiten Studienjahr waren, und sie waren zwei Jahre lang zusammen gewesen. In dieser Zeit lernte Robert die Art von Reichtum kennen, von der man nichts ahnt, wenn man es sich nicht leisten kann, irgendwo anders als in Disney World Urlaub zu machen. Julies Vater war ein Risikokapitalgeber, der unter anderem bei PayPal, LinkedIn, Yelp und Uber früh eingestiegen war. Julies Familie besaß Häuser in Atherton, den Hamptons und Sun Valley sowie Wohnungen in London und Paris. Sie flogen im Privatjet. Sie hatten Personal. Julie war schön, blond und gertenschlank. Zwar hatte Robert nie Probleme gehabt, an Mädchen heranzukommen – sie liefen ihm in Scharen nach. Und Männer auch. Das lag nicht nur an seinem schönen Gesicht und Körper, er war auch stets gut gelaunt und locker, und er wusste, wie man Menschen ansieht, wirklich *ansieht*, und zwar so, dass sie dahinschmelzen. Aber selbst er war überrascht gewesen, als Julie es sich zur Aufgabe gemacht hatte, ihn für sich zu gewinnen und sicherzustellen, dass er zu ihr gehörte. Sie spielte in einer ganz anderen Liga.

Die beiden hatten sich auf einer Hausparty kennengelernt, einer der wenigen, die Robert besucht hatte – während der Tennissaison durfte er nicht trinken, also lohnte es sich für ihn kaum auszugehen. Aber sein Mitbewohner Todd hatte ihn hingeschleppt mit dem Versprechen, dass er dort die exklusiven Leute kennenlernen würde, die Rich Kids (in Stanford wimmelte es zwar nur so von Kindern reicher Eltern, aber das waren die *wirklich* reichen Kids). Julie war mit ihrem Hofstaat da gewesen, Kopien ihrer selbst, aber nicht ganz so hübsch wie sie, und als sie miteinander ins Gespräch kamen, oder besser gesagt, Julie mit ihm ins Gespräch kam, war Robert sofort ihrem Zauber verfallen. In dieser Nacht schliefen sie miteinander in ihrem Zimmer in einem Haus außerhalb des Campus, das um Längen schöner war als Roberts Elternhaus. Von da an waren sie unzertrennlich. Julie besuchte alle Turniere Roberts, und er verbrachte die Ferien und langen Wochenenden bei ihr. Im Sommer wohnten sie im Haus ihrer Eltern in den Hamptons, hingen am Pool herum und gingen mit der Kreditkarte ihres Vaters essen, bis Robert nach Kalifornien zurückmusste, um rechtzeitig wieder mit dem Training zu beginnen.

Robert dachte, dass sie vielleicht eines Tages heiraten würden. Er wusste zwar, dass es eine alberne Idee war, schließlich waren sie erst einundzwanzig, aber er liebte es, mit ihr zusammen zu sein, und was noch wichtiger war, er liebte ihr Leben. Es war so leicht. Er verstand sich mühelos mit ihren Freunden und ihrer Familie. Die meisten von ihnen hatten keine Ahnung, dass er nicht aus wohlhabenden Verhältnissen stammte. Für sie war er ein gut aussehender Tennisspieler aus Stanford; die Leute sahen, was sie sehen wollten. Und Julie gefiel es, dass er aus der Mittelschicht kam. Für sie war das *interessant*. Allerdings besuchten sie nie gemeinsam seine Familie. Er hätte Julie niemals in diesen kleinen Bungalow mitnehmen können. Das wäre viel zu peinlich gewesen.

Erst gegen Ende des letzten Schuljahres, als ihre Freunde entweder einen Einsteigerjob im Bankwesen oder einen Jura- oder Medizin-Studienplatz ergattert hatten oder von Google oder Apple angeworben wurden, dämmerte es Robert, dass er sich längst über eine Karriere jenseits des Tennis Gedanken hätte machen sollen. Julie hatte vor, nach New York zu gehen und dort ein Praktikum in einer Kunstgalerie zu absolvieren, deren Besitzerin eine Freundin ihrer Mutter war. Sie dachte, dass ihr Vater Robert vielleicht dabei helfen könnte, irgendeinen Job in einem gehobenen Finanzunternehmen zu bekommen, auch wenn Robert für eine solche Position völlig unqualifiziert war.

»Wir können im ersten Jahr zusammen in der Wohnung meiner Eltern leben«, sagte Julie, als sie gerade außerhalb des Campus in einem netten japanischen Lokal Sushi aßen. Wie immer übernahm Julie die Rechnung. Robert hatte erst kurz zuvor ein angespanntes Gespräch mit seinem Vater geführt, der ihn davor gewarnt hatte, sich zu sehr auf seine »reiche Freundin« zu verlassen. Danach hatte er mit einem flauen Gefühl im Magen aufgelegt. Er wusste, dass sein Vater in gewisser Weise recht hatte. Aber er wusste nicht, was er sonst anfangen sollte.

»Ich weiß nicht so recht«, erwiderte Robert auf Julies Vorschlag und beobachtete, wie sie sich ein ganzes Stück pikanten Thunfisch in den zarten Mund steckte. »John Badner geht für ein Jahr nach L.A., um in einem Club Tennis zu unterrichten. Er hat mir gesagt, dass er mir dort einen Job besorgen kann, wenn ich das möchte. Anscheinend trainieren dort viele Stars. Er meinte, er sei bereits gebucht worden, um Ashton Kutcher zu unterrichten.«

Julie starrte ihn entgeistert an, ein Stück Lachs blieb in der Luft hängen. »Ashton Kutcher? *Pff.* Warum solltest du das tun? Warum kommst du nicht mit mir nach New York und suchst dir einen richtigen Job?«

»Das ist ein richtiger Job«, wehrte Robert ab. »Vielleicht brauche ich die Hilfe deines Vaters ja gar nicht.« Er wusste nicht einmal, warum er das sagte – es entsprach doch gar nicht seinem Gefühl, oder? Aber als er die Worte erst einmal ausgesprochen hatte, war es zu spät, einen Rückzieher zu machen.

Sie verließen das Restaurant niedergeschlagen und hielten sich auf dem Weg zurück zu Julies Haus außerhalb des Campus nicht an den Händen. Eine Kluft hatte sich zwischen ihnen aufgetan, und Robert war sich ziemlich sicher, dass sie nicht mehr verschwinden würde.

An dieses Gespräch musste er zurückdenken, als er auf dem Oberdeck der Fähre nach Salcombe saß, dem verschlafenen Strandort auf Fire Island, wo er diesen Sommer arbeiten würde. Vor elf Jahren hatte er sich von Julie getrennt und war John Badner nach Los Angeles gefolgt, um als Profi im Brentwood Country Club zu unterrichten. Er blieb acht Jahre lang in L.A., und zu seinen Kunden zählten regelmäßig Schauspieler, Regisseure und namhafte Agenten. Er verdiente dort auch gutes Geld, sogar verdammt viel Geld für seine Verhältnisse, ein paar Hunderttausend im Jahr. Seine Eltern hatten nicht einmal zusammen so viel verdient. Und er besserte sein Gehalt sogar noch auf, indem er die Sprösslinge der Berühmtheiten privat unterrichtete, meist verwöhnte Gören, die beim besten Willen keine ordentliche Vorhand schlagen konnten, aber dessen ungeachtet auf wunderschönen Privatplätzen spielten. Die Frauen in L.A. waren schön und verfügbar, und er verbrachte seine Zwanziger damit, mit vielen von ihnen zu schlafen. Darunter waren sowohl die erwachsenen Töchter seiner Kunden als auch aufstrebende Schauspielerinnen, die im Club als Servicepersonal arbeiteten, aber auch die perfekt manikürten, wohlhabenden Frauen in den Dreißigern, die im Doppel spielten und von ihren älteren Ehemännern ignoriert wurden.

Er wohnte mit John in einem kleinen Bungalow in den Hügeln über L.A., und entweder waren sie am Arbeiten oder am Feiern. Hin und wieder wurde Robert von der Befürchtung heimgesucht, dass er »sein Potenzial nicht ausschöpfte«, wie seine Mutter es auszudrücken pflegte. Dann vermisste er Julie und ihr schickes Leben in New York zwischen all den Kunstsnobs und Finanzbossen. Er wollte doch nicht wirklich für den Rest seines Lebens ein Tennislehrer sein, oder?

Dann, als er neunundzwanzig war, wurde sein Vater plötzlich krank. Lungenkrebs im vierten Stadium, weil er sein ganzes gottverdammtes Leben lang Marlboro Reds geraucht hatte. Da fühlte sich alles plötzlich nicht mehr ganz so spaßig an. In L.A. herrschte außerdem zu viel Wettbewerb, und der Verkehr war nervtötend. Inzwischen war er seit acht Jahren im Brentwood Country Club als Tennislehrer tätig, und es gab dort nichts mehr für ihn zu erreichen – in gewisser Weise hatte er seinen Höhepunkt überschritten, es sei denn, er hätte der Chef des Tennisclubs werden wollen, um sich dann um den ganzen Verwaltungskram zu kümmern, aber das war nicht sein Ding.

Also kündigte er auf Drängen seiner Mutter und wider besseres Wissen kurzerhand und zog zurück nach Florida. Seine Kunden waren am Boden zerstört; sie hatten ihn allesamt angefleht zu bleiben, und ihm sogar mehr Geld geboten, damit er ihnen weiterhin Aufschlag, Volley und einhändige Rückhand beibrachte. Aber Robert war nach Hause zurückgekehrt. Nur wenige Wochen später starb sein Vater, schnell, verdammt schnell, und er blieb bei seiner Mutter und half ihr im Haushalt und beim Trauern.

Nach ein paar Monaten wurde es ihm jedoch langweilig. Dieses Leben war nichts für ihn. Er war es gewohnt, von gut aussehenden, wohlhabenden Menschen umgeben zu sein, und Tampa war voller Verlierer. Sein ältester Bruder Mack bot ihm einen Job in seinem Bauunternehmen an, einen Bürojob, bei dem er Papierkram erledigen und sich mit komplizierten und oft dubiosen Genehmigungsverfahren herumschlagen müsste. Seine Mutter bat ihn inständig, den Job anzunehmen, sich ein kleines Haus in der Nähe zu suchen und sich dort ein Leben mit ihnen aufzubauen. Er war gerade dreißig geworden; er solle doch langsam sesshaft werden, eine Frau finden und ein Kind bekommen.

Er hatte in Stanford studiert, verdammte Scheiße. Das fühlte sich alles total falsch an.

Aber Robert versuchte es dennoch, er versuchte es wirklich. Hauptsächlich, weil er keine besseren Optionen sah. Er stand jeden Tag auf und ging in Macks Firma, erledigte Papierkram, nahm Telefonate entgegen und schrieb E-Mails. Er mietete sich ein Apartment in einem Wohnkomplex zehn Minuten von seinem Elternhaus entfernt. Er fand es unerträglich. Er vermisste Tennis, er vermisste es, mit wichtigen, einflussreichen Leuten zu plaudern, und ihm fehlten die Blicke, die er immer von all den Frauen geerntet hatte.

Doch Robert zog es zwei lange, deprimierende Jahre lang durch – bis er mit zweiunddreißig einen Zusammenbruch erlitt. Er hatte etwas Geld – im Grunde seine gesamten Ersparnisse aus Brentwood – in ein Unternehmen investiert, das ihm sein Freund Todd Anderson aus Stanford empfohlen hatte, ein Start-up, das online Lebensversicherungen an Millennials vermittelte. »Eine Lizenz zum Gelddrucken«, hatte Todd ihm versichert. Todd lebte in San Francisco und arbeitete bei Facebook. Er hatte jede Menge Geld zu verplempern. Doch das Unternehmen, Lyfe, ging pleite. Wie sich herausstellte, hatte der CEO das beschaffte Kapital dazu verwendet, seine mehr als kostspielige OnlyFans-Sucht zu finanzieren, die offenbar darin bestand, dass er Frauen verrückte Summen zahlte, um sich von ihnen online beschimpfen zu lassen. Robert hatte alles verloren. Er hatte nichts mehr, was er für seine jahrelange Arbeit hätte vorweisen können, nur noch sein Gehalt von Mack, das alle zwei Wochen auf seinem Konto eintrudelte und ihn vor der Zwangsräumung bewahrte. Seine Mutter bot ihm an, ihm etwas Geld zu leihen, aber allein bei dem Gedanken hätte er sich am liebsten umgebracht. Stattdessen reizte er seine Kreditkarten bis zum Anschlag aus, um seine monatlichen Rechnungen zu begleichen, und teilte seiner Mutter und Mack schließlich mit, dass er seine Stelle bei der Baufirma kündigen und wieder als Tennislehrer arbeiten würde. Er gehörte dort einfach nicht hin.

Er fand auch schnell einen Job im Boca Country Club in Boca Raton. Der Club war nicht so schickimicki wie Brentwood – eher graue Eminenz als junger Hollywoodstar. Er blieb anderthalb Jahre dort und bewohnte ein Zimmer auf dem Gelände – der Tenniskomplex gehörte zum Waldorf Astoria, und den Angestellten wurden noble Unterkünfte zur Verfügung gestellt. Dort atmete Robert endlich wieder auf. Er begann eine Affäre mit Taylor, einer der Kellnerinnen, die sich mit dieser Arbeit ihr Jurastudium finanzierte. Sie war superheiß und *sehr* abenteuerlustig im Bett. Aber er hatte immer das Gefühl, dass sich ein besseres Leben am Horizont für ihn abzeichnete. Ab und zu dachte er noch an Julie, die mittlerweile mit irgendeinem Hedgefonds-Typen verheiratet war und ihre Zeit zwischen ihrem Stadthaus im West Village neben Sarah Jessica Parker und einem Anwesen neben Tory Burch in Southampton aufteilte.

Er war an einen neuen Kunden namens Morty Friedman geraten, einen Investmentbanker im Ruhestand, der in den Achtzigerjahren einen Haufen Geld verdient hatte. Morty war ein miserabler Tennisspieler, er traf kaum den Ball, aber er liebte das Spiel und buchte Robert fast jeden Tag. Sie freundeten sich an, und Morty kümmerte sich väterlich um Robert und gab ihm während der Trinkpausen ungefragt Lebensratschläge.

»Du musst an die Ostküste, mein Sohn, wenn du es im Leben zu etwas bringen willst. Dort kannst du Leute mit Connections kennenlernen und in New York etwas Spannendes für dich finden. Du warst in Stanford! Du bist begabt, gut aussehend, klug. Florida ist eine Einöde. Ich werde dir helfen, dort etwas zu finden, das du als Sprungbrett nutzen kannst.«

Robert nickte höflich dazu. Ihm hatten schon viele Leute irgendwelche Versprechungen gemacht, aber aus Erfahrung wusste er, dass nur wenige sie auch wirklich hielten.

Doch bei Morty war das anders, und zwei Wochen später, vor Beginn einer besonders sinnlosen Rückhandstunde, machte er Robert einen Vorschlag.

»Hast du schon mal von Fire Island gehört?«, fragte er ihn. Er hatte lockiges grau meliertes Haar und große braune Augen hinter einer Metallgestellbrille.

»Ich glaube schon – das ist doch diese Schwuleninsel«, erwiderte Robert.

»Nein, nein«, entgegnete Morty. »Also, es gibt dort schon ein paar schwule Orte. Aber hauptsächlich kommen da Familien aus New York City hin. Leute wie in den Hamptons, nur etwas schrulliger. Es gibt dort ein kleines Städtchen namens Salcombe, in dem einer meiner früheren Partner ein Haus hat. Er hat mir erzählt, dass sie jemanden suchen, der das Tennisprogramm in ihrem kleinen Jachtclub leitet. Es ist nichts Nobles, aber die Gemeinde dort ist sehr tennisbegeistert, und sie sind bereit, viel Geld zu zahlen für jemanden, der ihren Tennisclub auf Vordermann bringt. Ich denke, so um die Hunderttausend für den Sommer, plus eine prozentuale Beteiligung am Erlös aller Privatstunden.«

Hunderttausend Dollar für drei Monate Arbeit? Damit könnte er seine Schulden abbezahlen und noch einiges mehr. Für Robert hörte sich das ziemlich gut an. Zu gut.

»Und wo ist dabei der Haken?«, fragte er Morty.

»Gute Frage«, entgegnete dieser. »Larry Higgins, mein ehemaliger Partner, ist ein netter Kerl. Seine ganze Familie fährt schon seit Jahrzehnten auf die Insel. Ich glaube, sie hatten bloß Schwierigkeiten mit dem letzten Tennislehrer – er hatte ein Alkoholproblem oder so. Wie auch immer, ich werde dich mit Larry in Kontakt bringen, in Ordnung?«

Robert nickte. »Und jetzt los, alter Mann, lass uns ein paar Bälle schlagen«, rief er und betrat den Platz, während ihm die Sonne Floridas unbarmherzig auf den bloßen Nacken brannte.

Er bekam den Job. Er bekam immer den Job. Taylor wollte eigentlich mit ihm kommen, aber er beendete es noch vor seinem Umzug. Er brauchte einen richtigen Neuanfang im Staat New York und hatte nicht vor, eine Freundin – eine *Kellnerin* – für den Sommer in diesen Strandort mitzunehmen. Der Jachtclub brachte ihn in einem kleinen Haus in der Nähe des Dorfspielplatzes unter, einem schäbigen Zweizimmerbungalow mit Ameisen in der Küche und einem Deckenventilator, der durchs ganze Haus ratterte. Dort wohnten die jeweiligen Tennislehrer jeden Sommer, und es fanden sich auch noch Überreste des früheren Bewohners, Dave, des Ex-Profis, dessen Alkoholproblem ihn diese bequeme Stelle gekostet hatte. Robert hatte ein gelb gestreiftes Strandtuch, ein Paar Nike-Shorts und eine alte Flasche Gin unter dem Waschbecken gefunden.

Er war bereits seit einer Woche in Salcombe und hatte die Insel erst einmal verlassen, um in Bay Shore Lebensmittel einzukaufen. Die Sachen im »Laden«, wie die Dorfbewohner das einzige Lebensmittelgeschäft vor Ort nannten, waren so überteuert, dass es Robert den Atem verschlagen hatte. Zehn Dollar für einen halben Liter Milch?

Als Robert nun auf dem Rückweg seiner Besorgungsfahrt wieder an Deck der Fähre nach Fire Island saß, erzählte ihm Larry Higgins, Mortys ehemaliger Partner und Leiter des Jachtclub-Tenniskomitees von Salcombe – offenbar eine angesehene Position in der örtlichen Hierarchie –, dass Dave während einer Gruppenstunde für Senioren dabei erwischt worden war, wie er Wodka aus seiner Wasserflasche trank. Daraufhin war er anonym – vermutlich von jemandem auf einem persönlichen Rachefeldzug gegen ihn – angeschwärzt worden, und zwar bei Susan Steinhagen, der Frau, die das Tennisprogramm für die Mitglieder überwachte.

»Du hättest sehen sollen, wie wütend Susan war«, sagte Larry. »Ihr Kopf ist fast explodiert. Beim gemischten Doppel-Turnier machte sie ihn vor allen Leuten zur Schnecke. Ein Riesendrama, das die Stadt in Atem hielt.« Larry hatte eine schlaksige Statur und ausdrucksstarke buschige weiße Augenbrauen, die Robert an Pappelflaum erinnerten. Er war derjenige gewesen, der Robert eingestellt hatte, und dafür schätzte Robert ihn sehr. Nach dem Zwischenfall war sein Vorgänger Dave aufgefordert worden, sofort zu gehen, erzählte Larry weiter, und Susan hatte ihn vor aller Augen hinausgezerrt wie einen Schwerverbrecher.

Robert hatte diese Woche bereits das Vergnügen gehabt, Susan persönlich kennenzulernen. Sie war auf dem Platz vorbeigekommen, um sich vorzustellen und über das bevorstehende Rundenturnier zu sprechen. Sie war etwa Mitte siebzig, schätzte er, eine ehemalige Professorin für Rechnungswesen, die jetzt ihre ganze kinetische Energie darauf verwendete, dafür zu sorgen, dass die Tennisprogramme von Salcombe reibungslos abliefen (wie auch dafür, dass jeder wusste, wer hier das Sagen hatte). Sie war winzig, höchstens einen Meter sechzig, mit pergamentartiger Haut und großer Nase. Robert hatte noch nie jemanden kennengelernt, dessen Stimme eine solche Resonanz hatte. Sie schüchterte ihn ein wenig ein, und die Geschichte mit Dave verstärkte dieses Gefühl noch.

»Armer Kerl«, sagte Robert zu Larry. Er kannte ein paar Tennisprofis, die ein Alkoholproblem entwickelt hatten. Es war ein harter Job, der oft von Leuten ausgeübt wurde, deren eigene große Tennisträume sich zerschlagen hatten, und dieser Dave tat Robert leid.

»Es gab außerdem Gerüchte, dass er den Club bestohlen hat«, meinte Larry. »Aber das konnte nie wirklich bewiesen werden. Ich glaube, Susan hatte da so einen Verdacht, konnte aber nichts Konkretes gegen ihn finden, und so nutzte sie die Sache mit dem Trinken als Vorwand, um ihn loszuwerden.«

Diese Information war für Robert interessant, und er wollte Larry weitere Fragen stellen. Doch er wurde von zwei Frauen abgelenkt, die schräg vor ihnen saßen: eine Brünette namens Rachel Woolf und eine Blonde, wahrscheinlich Mitte dreißig. Rachel, der er diese Woche bereits eine Probestunde gegeben hatte, machte einen etwas zerknitterten Eindruck auf ihn, aber

Robert gefiel die Blondine mit ihrem akkuraten Bob und den schön geformten Schultern. Sie war eindeutig die Mutter des Jungen neben ihr, vielleicht auch die eines der kleinen Mädchen, die hinter ihr saßen. Irgendetwas an ihr erinnerte Robert an Julie. Eine Art selbstsichere Gelassenheit, dachte er, die Ausstrahlung einer Person, die wusste, dass ihr alles zustand. Rachel hatte Robert für heute Abend auf einen Umtrunk zu sich nach Hause eingeladen, und er hatte zögernd zugesagt, obwohl ihm eher nach Absagen gewesen war. War es klug von ihm, sich bereits mit Kunden zu treffen, bevor er den Job überhaupt offiziell angetreten hatte? Diese Jobmöglichkeit barg das Potenzial, ihm den Weg zu größeren Dingen zu ebnen. Es war seine letzte Chance; er durfte es nicht vermasseln. Aber vielleicht würde er auf ein Bier hingehen. Es gehörte auch zu seinem Job, sich unter die Leute zu mischen und sie zum Tennisspielen zu animieren. Und vielleicht würde die Blondine auch da sein.

Die Fähre legte an. Robert schüttelte Larry die Hand und versprach, ihn im Laufe der Woche im Jachtclub auf einen Willkommensdrink zu treffen. Als Robert von Bord ging, hörte er, wie jemand seinen Namen rief. Er drehte sich nach der Stimme um, doch stattdessen begegnete sein Blick dem der Blondine, die ihm von vorne noch besser gefiel. Sie errötete. Robert spürte seine vertraute Anziehungskraft. Er würde sie heute Abend wiedersehen.

3

Rachel Woolf

Rachel Woolf wusste, wie man Leute betrunken macht. Gäste empfangen war ihre Spezialität, etwas, das sie gerne tat und worin sie wirklich gut war. Sie war nicht in vielen Dingen gut. Zwar hatte sie das renommierte Middlebury College besucht (ihre Familie hatte ihre Beziehungen spielen lassen, damit sie aufgenommen wurde, weil ihre Aufnahmetestergebnisse das sicher nicht hergegeben hätten), aber dort nur einen mittelmäßigen Abschluss hinbekommen. Danach hatte sie von einem Marketingjob zum nächsten gewechselt, aber nie wirklich ihren Weg gefunden. Zurzeit steckte sie im mittleren Management fest, während die meisten ihrer Freunde Vice Presidents, Senior Vice Presidents oder mit etwas Glück sogar Executive Vice Presidents waren. Oder einfach schlauer als Rachel.

Sie war auch nicht besonders gut darin, einen Partner fürs Leben zu finden. Sie hatte schon einmal mit jemandem zusammengelebt, Benji Malin, in einer kleinen Wohnung in Murray Hill. Das war von achtundzwanzig bis einunddreißig gewesen, also in der Blütezeit, als alle aus ihrem sozialen Umfeld heirateten. Doch Benji hatte Schluss gemacht, als sie auf eine Verlobung bestanden hatte. Seitdem datete sie ziellos und hatte immer mal wieder für sechs Monate einen Freund, gefolgt von Trennungen, weil diese Männer sich nie ernsthaft binden konnten (besser gesagt, wollten). Sie hatte alles ausprobiert – Verkuppelung, Apps, sogar eine Heiratsvermittlerin, die unfassbar

teuer war und die sie lediglich mit einem einzigen Mann zu-
sammengebracht hatte, einem mürrischen Werbefachmann,
der gerade mal einen Meter zweiundsechzig groß war. Jetzt, mit
zweiundvierzig, fand sie nur noch Männer, die bereits geschieden waren, gerne zweimal, in Sorgerechtsstreitigkeiten steckten und/oder impotent waren. Gott sei Dank gab es Viagra.

Hier war sie nun also – eine Frau mittleren Alters, Single und
kinderlos, die noch immer in einer Zweizimmerwohnung in
Manhattan lebte, während alle ihre Freundinnen mit ihren Familien längst in die Vororte gezogen waren. Aber wenigstens
hatte sie ihr Haus auf Fire Island, in Salcombe, der Kleinstadt, in
der sie zusammen mit ihren drei Schwestern die Sommer ihrer
Kindheit verbracht und jede Menge Quatsch gemacht hatte.
Dort hatte sie ein Leben. Dort war sie jemand. Niemand in Salcombe wusste, wie traurig ihr Leben wirklich war. Sie hatte
immer eine Geschichte parat von diesem und jenem, mit dem
sie gerade zusammen war, oder über den Job, der bereits hinter
der nächsten Ecke auf sie wartete. Hier auf der Insel hatte sie
auch jede Menge Freunde, viel mehr als in New York City, und
sie freute sich jedes Jahr auf den Sommer wie ein Kind auf
Weihnachten. Am Labor Day Anfang September, dem Saison-
ende, verfiel sie dann regelmäßig in eine Depression, die erst
Ende Mai, am nächsten Memorial Day, wieder endete.

Und dann war da noch Tennis. Rachel spielte für ihr Leben
gern – sie war mindestens dreimal pro Woche auf dem Platz,
im Sommer sogar öfter. Ihr gefiel alles an dem Spiel – die
hübschen Outfits, die körperliche Bewegung, das Gewinnen
(nur das Verlieren hasste sie). Ihre Doppel-Partnerin Emily
Grobel und sie schafften es im August oft bis in eine der letzten Runden des Damenturniers, und Rachel hoffte, dass dies
ihr Jahr werden würde. Sie hatte gehört, dass Cici Maclean

eine Handgelenksverletzung hatte, dass Lauren Parker den ganzen Winter über keinen Schläger in die Hand genommen hatte und dass Vicky Mulder am Wochenende des Turniers ihre Tochter aus dem Ferienlager abholen musste. Das gab Rachel und Emily die Chance, weit zu kommen, vielleicht sogar auf den Gesamtsieg. Sie war fest entschlossen, das zu schaffen. Sie hatte bereits eine Unterrichtsstunde bei dem neuen Profi, Robert, genommen, und er schien sehr talentiert zu sein. Er hatte mit ihr an ihrem Aufschlag gearbeitet, der zugegebenermaßen zu schwach war, und sie hatte gemerkt, dass seine Verbesserungsvorschläge etwas bewirkten. Außerdem war er extrem attraktiv und charmant. In seiner Gegenwart fühlte sie sich wie ein Star.

Darüber dachte sie nach, während sie ihr Haus für den Umtrunk am Abend vorbereitete. Sie hatte vier Paare und Robert zu Wassermelonen-Margaritas (ein Rezept aus dem Kochteil der *New York Times*) und Häppchen eingeladen. Zur Feier des Tages hatte sie Micah Holt als Barkeeper für den Abend engagiert, obwohl sie die Hilfe eigentlich gar nicht brauchte. Micah war im College-Alter und der schwule Sohn von Judy und Eric Holt, die am Navy Walk wohnten. Er jobbte als Barkeeper im Jachtclub, und Rachel kannte ihn von klein auf. Micah sorgte einfach immer für gute Stimmung und dafür, dass sich die Erwachsenen allein durch seine hippe, positive Präsenz cooler fühlten. Wahrscheinlich hätte er es auch umsonst gemacht, aber Rachel zahlte ihm hundert Dollar, damit er dabei war, die Gläser der Gäste füllte und ihr anschließend beim Aufräumen half.

Die Party war für achtzehn Uhr angesetzt, aber sie nahm an, dass die Leute eher gegen halb sieben eintrudeln würden. Um Viertel vor sechs erschien Micah, der in seinen engen weißen

Jeans und einem knallblauen Pullover sehr nach Timothée Chalamet aussah. Rachel musste an ihre Zeit am College zurückdenken und an ihre männlichen Mitstudenten in ausgebeulten Khakihosen und Rollkragenpullovern, die pubertäre Trinkspiele machten. Die Jungs heutzutage waren eine andere Spezies.

»Hi, Rachel. Danke, dass ich dabei sein darf! Willa ist für mich im Club eingesprungen, ich gehöre also ganz dir. Kann ich dir noch was beim Herrichten helfen?«, meinte Micah mit einem liebenswürdigen Lächeln.

Es war nicht mehr viel zu tun, also schickte Rachel ihn mit der Anweisung in die Küche, auf der Veranda eine provisorische Bar aufzubauen, mit allem, was er an hübschen Flaschen und Gläsern finden konnte. Dann ging sie in ihr Schlafzimmer, um sich fertig zu machen, und betrachtete kritisch ihr Gesicht, während sie einen letzten Hauch Bronzer auftrug, an den Wangenknochen entlang nach oben, so wie es ihr eine Trish McEvoy-Visagistin bei Saks an der Fifth Avenue gezeigt hatte.

Als sie zurückkam, saß Micah in einem Korbstuhl auf der Veranda und hatte ihre Alkoholvorräte kunstvoll auf einem seitlich platzierten ausklappbaren Tischchen arrangiert. Er stand auf.

»Und, wie findest du's? Soll ich noch was mit dem Essen machen?«

»Nein, sieht super aus, danke«, antwortete Rachel. »Wie läuft's an der Uni?«

Micah war erst zwanzig, wirkte auf Rachel aber älter. Schon als Kind hatte er sich gern in der Nähe der Erwachsenen aufgehalten, ihren Gesprächen gelauscht und gelegentlich eine charmante Bemerkung eingeworfen. Rachel hatte immer vermutet, dass er schwul war. Er war zu schön und zu klug, um es nicht zu sein. Als er sich im Highschool-Alter geoutet hatte und Judy und Eric anfingen, es ihren Freunden in Salcombe im Vertrauen zu erzählen, schien das niemanden besonders zu interessieren (wohingegen es die Leute sehr wohl interessierte, dass er in Yale angenommen wurde; eine Ausbildung an einer Eliteuni war für die Bewohner von Salcombe wichtiger als die sexuelle Orientierung von irgendwem).

»Läuft gut«, sagte Micah und steckte seine Daumen in die Taschen. »Ich studiere Englisch im Hauptfach, wie alle anderen auch, und ich gehe dieses Jahr ins Ausland, nach Madrid. Kann's kaum erwarten. Ansonsten bin ich froh, hier auf der Insel als Barkeeper zu arbeiten. Schätze, ich hätte mir diesen Sommer ein Praktikum suchen sollen, aber ich will mir erst mal keinen Stress machen. Ich versuche, den Moment zu genießen, weißt du?« Rachel wusste es nicht, und das gab ihr das Gefühl, alt zu sein.

Wie erwartet, trafen genau um halb sieben die ersten Gäste ein. Es waren Sam und Jen Weinstein. Rachel kannte Sam schon ewig; auch er kam seit seiner Kindheit nach Salcombe. Er war vierzig und damit etwas jünger als sie mit ihren zweiundvierzig, aber sie hatten in denselben Kreisen verkehrt. Das hieß allerdings auch, dass sie vor langer Zeit einmal etwas mit ihm gehabt hatte, als sie einundzwanzig und er neunzehn gewesen war. Sam war damals Ferienlager-Betreuer gewesen, und Rachel hatte im Jachtclub gearbeitet, wo sie kellnerte und bei Veranstaltungen aushalf. Zu diesem Zeitpunkt waren Sams Eltern bereits geschieden, und er und Jason Parker wohnten allein in deren Haus an der Bucht. Sie spielten zusammen Erwachsensein, tranken Wein zum Abendessen und wuschen Bettwäsche und Strandtücher. Sam litt nach dem Scheidungskrieg seiner Eltern unter Ängsten, und Rachel half ihm, sie zu überwinden. Darauf war sie stolz. Gegen Ende des Sommers machte sie den Vorschlag, dass sie und Sam zusammenbleiben könnten – er sollte im Herbst zurück nach Dartmouth gehen, und ihr stand ihr letztes Jahr in Middlebury bevor. Doch er lehnte ihr Angebot höflich ab und begründete es mit dem Bedürfnis nach Freiheit am College. Rachel war am Boden zerstört, gab sich jedoch cool. So war das halt bei ihr, schon damals.

Im Jahr darauf, dem Sommer nach Rachels Abschluss, unternahm sie den Versuch, wieder mit ihm zusammenzukommen. Er war älter und breiter geworden; ein weiteres Jahr weg von zu Hause hatte ihn noch attraktiver für sie gemacht. Er war nur für eine Woche in Salcombe, bevor sein Praktikum in einer Anwaltskanzlei beginnen sollte, und sie waren auf einer Party im Haus ihres Freundes Ben Connolly. Sie folgte ihm die Treppe hinauf, als er ins Bad ging, und drückte ihn gegen die Wand im Flur, als er wieder herauskam. Doch er drehte den Kopf weg, als sie versuchte, ihn zu küssen.

»Tut mir leid, aber nein«, sagte er. »Lass uns trotzdem Freunde bleiben.« Vor Verlegenheit fing ihr Gesicht an zu brennen, und sie schlich nach Hause, ohne sich von jemandem zu verabschieden. Noch heute schämte sie sich jedes Mal, wenn sie ihn sah, bei dem Gedanken, wie sie ihre Lippen auf sein Haar statt auf seinen Mund gepresst hatte.

»Sam, Jen, hi!«, sagte Rachel und begrüßte die beiden. Sam sah immer noch unglaublich gut aus; er hatte dichtes, lockiges, vorzeitig grau meliertes Haar und eine trendige Brille mit dickem schwarzem Gestell. Er trug ein luftiges weißes Leinenhemd und war erstaunlicherweise schon braun gebrannt, obwohl es noch nicht einmal Juli war. Jen drückte Rachel eine

Flasche teuer aussehenden Sauvignon blanc in die Hand. Sie reichte sie direkt an Micah weiter, der sie in einen Eiskübel an der Bar stellte. Sam gab Micah einen kumpelhaften Handschlag, und Jen drückte ihm die Schulter. Daraufhin zog er sich in die Küche zurück.

»Schön, dich wiederzusehen«, sagte Jen, als sie Rachel eine kurze, unbeholfene Umarmung gab. »Hoffentlich hattest du einen schönen Winter. Ich bin so froh, wieder hier draußen zu sein.«

Es war unmöglich, Jen zu hassen, auch wenn Rachel sich alle Mühe gab. Sie war so *lieb*. Nicht nur hübsch, mit schulterlangen braunen Haaren, großen haselnussbraunen Augen und porzellanglatter weißer Haut, sondern noch dazu unerträglich nett zu allen. Sie war Psychologin mit einer Privatpraxis in ihrem großen Haus in Westchester, in der sie reiche, unzufriedene Hausfrauen behandelte. Sam und Jen waren ein echtes Traumpaar und in ganz Salcombe beliebt. Sogar ihre drei kleinen Kinder waren schön und wohlerzogen. Wenigstens war Rachel eine bessere Tennisspielerin als Jen, die erst vor Kurzem damit angefangen hatte. Das tröstete Rachel ein wenig. Außerdem hatte sie zuerst mit Jens Mann gevögelt.

»Ich weiß, ich freue mich auch so auf den Sommer«, sagte Rachel. »Bist du dieses Jahr viel zum Tennisspielen gekommen?«

»Ja, stell dir vor«, antwortete Jen. Sie trug ein elegantes weißes Hemdblusenkleid und dazu eine schlichte goldene Halskette. Sie war immer so geschmackvoll gekleidet. Dagegen kam sich Rachel in ihrem gesmokten Blümchenkleid plump und kindlich vor. »Ich habe dieses Jahr weniger Klientinnen angenommen, und wir sind einem Country Club beigetreten – ich weiß, übel, aber es war eigentlich für die Kinder. Und es bedeutete, dass ich fast jeden Tag Tennis spielen konnte. Vielleicht erbarmst du dich und lädst mich demnächst mal zu einem Spiel für Fortgeschrittene ein«, sagte sie schmunzelnd.

Rachel kochte innerlich vor Wut. »Ja, sicher«, rang sie sich ab. »Emily und ich sind immer auf der Suche nach Gegnern. Du könntest dich mit Lauren zusammentun? Sie hat mir erzählt, dass sie etwas eingerostet ist, also wäre es vielleicht ein nettes Aufwärmspiel für alle.«

Micah brachte einen Whiskey für Sam und einen Weißwein für Jen. Rachels Haus war im Vergleich zu denen ihrer Freunde klein und schlicht, aber sie hatte ein schönes, offenes Wohnzimmer mit einer überdachten, mit Fliegengitter ausgestatteten Veranda, auf der sich die Gäste unterhalten und entspannen konnten. Und bei ihr gab es immer eine vielfältige Auswahl an Drinks und reichlich was zu knabbern. Sie wusste, dass der Schlüssel zu einer guten Party darin bestand, die Gläser der Gäste nie leer werden zu lassen, ohne dass diese überhaupt merkten, dass sie ihr letztes Getränk schon ausgetrunken hatten. Dann konnte es interessant werden.

Nach und nach trafen Paar für Paar auch noch die restlichen Gäste ein. Nach den Weinsteins kamen die Metzners (Brian und Lisa), dann die Grobels (Emily und Paul) und schließlich die Parkers (Jason und Lauren). Um acht Uhr hatte jeder ein paar Spieße gegessen und mindestens zwei Drinks intus. Brian hielt mal wieder Hof. Unter den Achseln seines Lacoste-Polos zeichneten sich Schweißringe ab.

»Also sagte ich zu ihm: ›Weißt du, wer hier der Boss ist? Nicht du, sondern *ich*!‹«, dröhnte er. Rachel ertappte Sam und Jason dabei, wie sie einen Blick wechselten und die Augen verdrehten. Paul Grobel starrte in die Ferne; vielleicht war er bereits betrunken.

Lauren, die ein wunderschönes Trägertop aus dunkelgrüner Seide trug, saß in einer Ecke und unterhielt sich mit Emily und Jen. Rachel fand, dass Lauren an diesem Abend besonders hübsch aussah. Sie verspürte den ständigen Drang, ihr zu gefallen und sie zu unterhalten, auch wenn Lauren grausam sein konnte. Sie erinnerte Rachel an die beliebten Mädchen in der Highschool, die sie immer ignoriert hatten. Da öffnete sich quietschend noch einmal die Fliegengittertür, und herein kam Robert. Er trug ein hellblaues Button-Down-Hemd und khakifarbene Shorts, wobei die Hemdfarbe seine Augen betonte. Alle drehten sich um und sahen ihn an. Rachel spürte, wie ein begeisterter Ruck durch die kleine, vertraute Gruppe ging. Sie trat sofort zu ihm, um ihn zu begrüßen.

»Robert! Du hast es geschafft! Komm rein, komm rein. Ich hol dir erst mal einen Drink, und dann stelle ich dich allen vor.« Sein Parfum – moschusartig, nicht zu schwer, nicht zu viel – erinnerte Rachel an ihren Vater, der vor fast dreißig Jahren gestorben war. Sie nahm seinen Arm, als sie ihn zu Micah an die Bar führte, und hoffte, dass niemand die Tränen bemerkte, die ihr zu ihrer eigenen Überraschung plötzlich in die Augen stiegen.

»Vielen Dank noch mal für die Einladung«, sagte Robert. »Schön, dass ich in dieser Woche schon so viele nette Leute kennengelernt habe.« Micah, der von Robert ebenso fasziniert war wie der Rest der Gruppe, reichte ihm eine zuckrige Wassermelonen-Margarita, von der dieser höflich einen Schluck nahm und sich eine kleine Grimasse verkneifen musste. »Es war spannend, in eine Stadt zu kommen, in der ich absolut niemanden kenne. Aber alle haben mich sehr herzlich aufgenommen. Und es gibt ein paar tolle Spieler hier!« Rachel hoffte, dass er sich da auf sie bezog.

Sie führte ihn zu den versammelten Männern. »Robert, das sind Jason, Brian, Sam und Paul. Sie sind so was wie die Goodfellas von Salcombe. Allerdings keine Kriminellen. Glaube ich wenigstens«, sagte Rachel. Niemand lachte.

»Schön, dich zu treffen, Robert«, sagte Jason und reichte ihm die Hand. Jason war groß, etwa so groß wie Robert, mit schwarzem Haar und schwarzen Augen, vollen Lippen und einem Blick von wacher Intensität. »Meine Frau Lauren …«, er deutete auf die Frauen, die sie schweigend beobachteten, »ist die Tennisspielerin in der Familie. Aber ich stehe auch gelegentlich auf dem Platz.« Rachel sah, dass Lauren bei der Erwähnung ihres Namens aufhorchte, die bloßen Schultern straffte und sich aufrechter hinstellte.

Robert unterhielt sich eine Weile mit den Männern, wobei jeder seinen Namen und sein Tennisniveau nannte (Sam war der Beste, Jasons Leistung eher inkonsistent, Brian hielt sich für großartig, war aber höchstens ganz okay, Paul spielte nur Softball). Sie zogen alle eine Show ab und versuchten sich gegenseitig mit peinlichen Witzen zu übertrumpfen, sogar Sam, der normalerweise im Mittelpunkt der Aufmerksamkeit stand. Jason stellte Robert einige Fragen zu seinem Werdegang (alle waren beeindruckt von seiner Ranglistenplatzierung als Jugendlicher und davon, dass er in der Mannschaft von Stanford gespielt hatte). Dann erkundigte er sich, wie es ihn nach Salcombe verschlagen hatte. Robert erklärte die Verbindung zwischen Morty und Larry, und dass er vom Tenniskomitee des Salcombe Yacht Clubs überprüft worden war. Alle stöhnten, als er Susan Steinhagen erwähnte.

»Susan hat uns als Kinder immer zusammengestaucht«, sagte Sam, »wenn wir zu schnell Fahrrad gefahren oder nach Feierabend vom Rettungsschwimmerstand gesprungen sind, oder wenn wir als Teenager im Jachtclub was getrunken haben. Sie war einfach immer irgendwie … da. Am Beobachten und Verurteilen.«

Robert nickte bloß und nahm diese Information auf, ohne etwas dazu zu sagen. Er war geübt darin, sich geschickt in Gesellschaft seiner Arbeitgeber zu bewegen, was bedeutete, ihnen nach dem Mund zu reden, sich aber nie direkt an Gerede zu beteiligen. Es interessierte ihn auch nicht sonderlich, was diese reichen Erwachsenen erlebt hatten, als sie noch reiche Kinder oder Teenager gewesen waren. Außerdem war jeder von ihnen ein potenzieller Kunde, und Robert durfte sich nicht auf eine Seite schlagen oder sich am Klatsch beteiligen.

Rachel tippte ihm auf die Schulter und reichte ihm ein Glas Whiskey. »Ist das vielleicht eher nach deinem Geschmack als eine pinke Margarita?«, fragte sie. Rachel fand das Gefühl seiner Haut an ihrer Hand angenehm, und so ließ sie sie eine Sekunde zu lange dort. »Komm, ich stell dir die Damen vor«, sagte sie und führte ihn auf die andere Seite der Veranda, wo Lauren, Emily, Jen und Lisa um den Korb-Couchtisch herumsaßen, den ihre Mutter in den Achtzigerjahren gekauft hatte.

»Leute, das ist Robert. Das Tennisgenie, das diesen Sommer unser Spiel verbessern wird«, sagte Rachel.

Jen stand von ihrem Stuhl auf und schüttelte ihm die Hand. »Hallo, Robert!«, sagte sie herzlich, während auch die anderen sich um ihn drängten.

Lauren stellte sich direkt rechts neben ihn. Robert erzählte ihnen die gleiche Geschichte wie den Männern über seinen Werdegang, und wie er zu der Stelle hier in Salcombe gekommen war. Sie waren hingerissen und hocherfreut über die Gegenwart eines Mannes – eines extrem gut aussehenden Mannes noch dazu –, der nicht einer ihrer Ehemänner war.

Rachel verdrückte sich zu den Jungs, in deren Gegenwart sie sich immer irgendwie wohler fühlte. Sie kannte Sam und Jason schon fast ihr ganzes Leben lang. Und Männer waren einfach nicht so wetteifernd und zickig wie Frauen. Sie schenkten ihr die dringend benötigte Aufmerksamkeit, die die Frauen hier draußen ihr nicht zuteilwerden ließen.

Leider sprachen die Männer gerade über Steuern, was Rachel langweilte, also machte sie sich nach nur einem kleinen Zwischenstopp bei ihnen auf den Weg in die Küche, um Oliven-Nachschub zu besorgen. Darum, dass die Gläser der Gäste nicht leer wurden, kümmerte sich Micah. Die Küche war ein kleiner Raum voller alter gusseiserner Pfannen, Geschirr und Ofenhandschuhe ihrer Mutter. Irgendwann würde sie es schaffen, sie zu renovieren, aber das hatte momentan nicht oberste Priorität. Das wenige Geld, das sie übrig hatte, verwendete sie auf Tennisstunden. Das Haus war eigentlich ihr einziger Besitz – sie hatte ihre Schwestern mit dem Geld aus dem Erbe ihrer Mutter ausgezahlt. Sie waren so freundlich gewesen, darauf Rücksicht zu nehmen, wie viel es ihr bedeutete. Außerdem waren sie über das ganze Land verstreut, verheiratet und hatten Kinder. Alles, was Rachel hatte, war dieser Ort.

Sie wollte gerade eine Schale Oliven mit zu den Gästen nehmen, doch als sie noch immer hinter der Küchentür verborgen war, sah Rachel, wie Jason durch den kleinen Flur, der vom Wohnzimmer zu Rachels Schlafzimmer führte, auf ihr Badezimmer zuging. Er klopfte, und Jen kam mit frisch nachgezogenem Lippenstift heraus. Als sie aneinander vorbeigingen, bemerkte Rachel, wie Jasons Hand Jens berührte und sie ganz leicht drückte. Er sagte auch etwas zu ihr, aber Rachel konnte es nicht hören. Keiner der beiden sah sie dort stehen, und sie trat noch einmal zurück in die Küche, um sicherzugehen, dass das auch so blieb.

Was hatte sie da gerade beobachtet? Vielleicht nur zwei alte Freunde, die nach ein paar Drinks zu viel etwas zu nah aneinander geschwankt waren. Aber vielleicht war es auch mehr als das. Die Vorstellung, dass Jason und Jen – *Jason und Jen* – etwas am Laufen haben könnten, war beinahe unfassbar. Sam und Jason waren wie Brüder, und Jason hatte Lauren, die schöne Lauren. Das würde er ihr auf keinen Fall antun. Oder etwa doch? Bei Jeanette und Greg hatte sie immer vermutet, dass jeder von ihnen sein eigenes Leben führte, also war es keine große Überraschung gewesen, als sie von ihrer Trennung erfuhr. Aber Jason und Lauren und Sam und Jen schienen so grundsolide zu sein.

Was auch immer sie da eben gesehen hatte, die Ahnung, dass sich da möglicherweise ein Drama anbahnte, dass einige der Menschen, die sie für absolut glücklich hielt, vielleicht ebenso unglücklich waren wie sie selbst, bereitete ihr einen wohligen Nervenkitzel.

Sie war schon zu lange weg gewesen, also ging sie mit den Oliven zurück zu den anderen und hoffte, dass ihr Gesicht nicht verriet, wie aufgewühlt sie war. Robert gewährte Lauren und Emily immer noch eine Audienz. Lisa hatte es zu Jason und Sam an die Bar verschlagen, wo sie Micah mit Fragen darüber löcherten, wie es war, jung und begehrt zu sein. Jen unterhielt sich mit Paul und Brian.

Rachel gesellte sich zu ihnen und stellte sich neben Paul, der kurze Hosen und ein Vintage-Strokes-T-Shirt trug. Paul gab sich gerne »cool«. Er arbeitete in der Marketingabteilung eines Plattenlabels und hielt sich für den Kreativsten im Bekanntenkreis, obwohl alle wussten, dass er wie alle anderen auch nur ein Konzernknecht war. Er redete ständig über angesagte New-comer-Bands oder über die neueste Kultserie aus Israel oder Dänemark, die außer ihm keiner kannte, oder prahlte damit, dass sie immer noch im East Village wohnten (in einem Hoch-glanz-Neubau nahe Union Square, doch das ließ er lieber un-erwähnt). Seine Frau Emily, die mit den beiden Kindern zu Hause blieb und die Rolle der »hippen Downtown-Mom« spielte, stammte aus dem Geldadel. Ihre Familie mütterlicher-seits hatte ihr Vermögen mit Stahl gemacht. Rachel war haupt-sächlich mit ihnen befreundet, damit sie in Emilys Gunst blieb, in ihr Tennisleben einbezogen wurde und ihre Partnerin für das Damendoppel-Turnier bleiben konnte. Rachel fand Paul nämlich unausstehlich. Um ehrlich zu sein, war er der einzige Ehemann, mit dem sie nicht gerne flirtete. Außerdem war er klein, nicht mal eins siebzig, was Rachel als Charakterfehler verbuchte.

»Alles ist irgendwie so disney-ifiziert«, sagte Paul gerade. »Ich sage das nur ungern, aber selbst das East Village hat seine Seele verloren.«

»Da stimme ich dir zu, aber ist das nicht schon seit zwanzig Jahren so? Sam und ich haben befürchtet, dass wir durch den Umzug aus der Innenstadt diese ganze Energie und Spannung verlieren würden, aber mir scheint, dass die City beinahe aus-tauschbar geworden ist mit den Vororten, in denen wir jetzt leben. Nur dass man im Zentrum einfach weniger Platz hat«, sagte Jen.

»Und mehr Obdachlose«, gluckste Brian. »De Blasio war eine Katastrophe.«

Brian und Lisa wohnten in einem Stadthaus zwischen neun-zigster und hundertster Straße. Sie hatte sich jahrelang um die Kinder gekümmert und machte nun eine Ausbildung zum

»Life Coach«, was auch immer das heißen mochte. Rachel fühlte sich komisch unter all diesen Frauen, die nicht für ihren Lebensunterhalt arbeiten mussten. Sie fragte sich, wie sich das wohl anfühlte.

»Sei nicht so unsensibel. Viele dieser Obdachlosen haben psychische Probleme«, sagte Jen.

»Oh, entschuldige, Heilige Jen, ich wollte dich nicht erzürnen. Ich weiß, ihr da draußen im Ghetto von Scarsdale könnt das natürlich beurteilen«, spöttelte Brian.

Jens Gesicht verfinsterte sich. Je mehr Brian trank, desto mehr zeigte sich seine wahre, unverschämte Seite.

Sam kam herüber, legte seinen Arm um Jens Taille und zog sie zu sich heran. Rachel spürte einen Anflug von Eifersucht.

»Brian, sei nicht so arschig zu meiner Frau«, sagte er leichthin und lächelte. Sam war ein Meister im Entschärfen von angespannten Situationen.

»Jaja. Tut mir leid, Jen. Ich habe diese Woche eine Menge Geld verloren und bin deshalb in einer Scheißlaune.« Er wischte sich etwas Schweiß von der Stirn.

»Das stimmt«, sagte Lisa, die sich, eine Schnute ziehend, zu der Gruppe gesellte. Irgendetwas an ihr sah anders aus, dachte Rachel und betrachtete ihr Gesicht genauer. Lisa ertappte sie dabei, und ihre Augen verschmälerten sich.

Rachel verdrückte sich, schnappte sich ein Stück Trüffelgouda und ging hinüber zu Lauren und Robert, die sich mit zusammengesteckten Köpfen alleine unterhielten. Sie blickten gleichzeitig zu ihr auf und sahen sie an, verärgert über die Unterbrechung. Robert verwandelte seine Gereiztheit gekonnt in ein Lächeln. Lauren nicht.

»Na, was habt ihr denn da zu flüstern?«, fragte Rachel und sah mit hochgezogenen Augenbrauen Lauren an, die sie hartnäckig mit einem Todesblick strafte. »Scheint ja ganz was Pikantes zu sein.«

Das Bild von Jason und Jen tauchte in Rachels Kopf auf.

»Wir besprechen bloß die beste Doppel-Strategie«, sagte Robert lachend. »Tatsächlich ziemlich langweilig.« Seine Wangen wirkten leicht gerötet. Vielleicht war ihm Rachels japanischer Whiskey zu Kopf gestiegen.

»Robert hat versprochen, dass er mir hilft, meine Schwächen in der Vorhand zu beheben«, erklärte Lauren. Die grüne Seide ihres Trägershirts brachte die grünen Sprenkel in ihren Pupillen zur Geltung, und Rachel fiel auf, wie aufmerksam Robert sie beobachtete, während sie sprach.

»Kann ich euch beiden noch einen Drink bringen?«, fragte Rachel und schielte auf Laurens leeres Glas.

»Für mich nicht«, sagte Robert. »Ich muss jetzt dann auch nach Hause, damit ich morgen fit bin. Ich habe ab acht Uhr früh Unterricht. Aber vielen Dank für die Einladung. Es war wirklich schön, alle mal kennenzulernen.«

Robert lächelte Lauren noch einmal an, wandte sich von ihr und Rachel ab und ging dann zu den anderen, um sich von ihnen zu verabschieden. Rachel trat einen Schritt näher an Lauren heran und senkte ihre Stimme. Sie konnte Lauren jetzt riechen, eine verlockende Mischung aus Chanel No. 5 und natürlichem Insektenspray.

»Worüber habt ihr beiden denn *wirklich* gesprochen? Es wirkte so vertraulich«, sagte Rachel mit verschwörerischer Stimme. Sie wollte, dass Lauren sich ihr gegenüber öffnete, und sie hoffte, als ihre unvoreingenommene Vertraute durchzugehen. Doch Lauren schluckte den Köder nicht. Sie trat einen Schritt von Rachel zurück und lehnte sich anmutig an die Holzschindelwand der überdachten Veranda.

»Über Doppel. Haben wir dir doch gesagt«, betonte Lauren.

»Ist er nicht supersüß?« Rachel ließ nicht locker. Die Fliegen-gittertür fiel krachend zu, als Robert ging, und sofort war dieses besondere Flirren verschwunden.

»Ja, total. Er hat mir erzählt, woher aus Florida er kommt und dass sein Vater vor ein paar Jahren gestorben ist. Er ist dann dorthin zurück, um seiner Mutter zu helfen, und dann irgend-wie hängen geblieben«, sagte sie.

Jason kam mit glänzendem Gesicht auf sie zu; er wirkte be-trunken. »Komm, Schatz, lass uns gehen. Ich hatte so etwa vier Drinks und bin dann jetzt bettreif«, sagte er.

Lauren nickte. Rachel hasste diesen Teil, wenn die Leute an-fingen zu gehen. Die Paare brachen eines nach dem anderen auf, bedankten und verabschiedeten sich und ließen Rachel mit Micah zurück, der bereits angefangen hatte, das Chaos zu be-seitigen. Weingläser standen überall auf der Veranda verstreut herum, und die Reste der Häppchen warteten darauf, abge-räumt zu werden.

»Vielen Dank für alles. Du kannst ruhig schon nach Hause gehen. Ich kümmere mich um den Rest«, sagte Rachel zu ihm, die keine rechte Lust mehr hatte, sich unterhalten zu müssen. »Sicher hast du für heute Abend genug von Erwachsenen.«

»O nein, schon in Ordnung. Ich kann noch helfen«, sagte er und nahm die Schale mit den Olivensteinen. »Jedenfalls macht es mir Spaß, mit deinen Leuten abzuhängen – da sehe und höre ich Sachen, die ich sonst nicht mitbekommen würde.« Er sah ihr direkt in die Augen, als er das sagte. Was meinte er damit?

»Los, geh schon und amüsiere dich mit deinen Freunden! Ich komme schon klar.« Sie reichte ihm hundert Dollar in Zwanzi-gern. Er hatte seine Pflicht erfüllt, nickte freundlich und ließ Rachel allein. Sie blieb immer allein zurück.

Ihr war noch nicht recht nach Aufräumen zumute, also schenkte sie sich ein Glas Cabernet ein (sie begann den Abend immer mit einem Weißen und beendete ihn mit einem Roten) und trat hinaus auf den Bohlenweg. Vielleicht würde sie sich noch ein wenig auf den Steg setzen.

Ihr Haus lag am Marine Walk, direkt gegenüber den Tennisplätzen und dem angeschlossenen Jachtclub, auf der Buchtseite der Insel. Der Mond schien, und es war kühl. Rachel wünschte, sie hätte ein Sweatshirt angezogen. Es gab keine Beleuchtung an den Gehwegen, sodass die Lichter aus den Häusern der Leute die einzigen Orientierungspunkte boten. Je später es war, desto schwieriger wurde es, sich ohne Taschenlampe zurechtzufinden. Als sie auf die Bucht zuging, hörte sie, wie sich ein paar Leute auf der erhöhten Terrasse des Jachtclubs zuprosteten und miteinander plauderten. Sie wollte nicht gesehen werden, denn dann wäre sie gezwungen, hinaufzugehen und sich der Gesellschaft anzuschließen. Aber sie war nicht in der Stimmung dazu.

Also drehte sie um und ging stattdessen in Richtung Meer, wobei der Weg immer schlechter zu sehen war, je weiter sie sich von Fire Islands Leuchtturm mit seinem stetigen Blinken entfernte. Obwohl es still und finster war, fühlte sie sich sicher. In all den zweiundvierzig Jahren, die sie nun schon nach Salcombe kam, hatte es hier kein einziges Gewaltverbrechen gegeben. Wahrscheinlich, weil niemand Wertsachen in seinem Strandhaus aufbewahrte und man nur mit der Fähre hin- und wegkam. Wie sollte ein Krimineller da fliehen? Gelegentlich wurden Fahrräder gestohlen, aber das war dann das Werk halbstarker Jugendlicher (oder stockbetrunkener Erwachsener). Die Fahrräder wurden in der Regel in einem der Nachbarorte gefunden, wenn die Diebe ihr Abenteuer beendet hatten.

Ein Bohlenweg, der Harbor Walk, verlief mitten durch die Ortschaft, in gleichem Abstand zwischen Bucht und Strand. Rachel nahm ihn bis zum Neptune Walk und schaute an der Ecke in das kleine Haus, das früher der Familie ihrer alten Freundin Leah Thomas gehört hatte. Nun war es im Besitz einer neuen Familie, den Cahulls, die bereits ein kleines Kind hatten und derzeit noch ein Baby erwarteten. Als Rachel selbst klein war, hatte sie oft bei Leah übernachtet, ihre Freundin im oberen Teil des Stockbettes und sie unten, und über Jungs und das Leben gequatscht. Sie vermisste es, ihre beste Freundin in Salcombe zu haben. Von ihrer Clique waren nur noch die Jungs übrig – Jason und Sam –, und so war Rachel gezwungen, sich mit den Ehefrauen und neuen Paaren anzufreunden. Leah lebte mittlerweile mit ihrem Mann und den drei Kindern in Kalifornien.

Rachel konnte sehen, wie die Cahulls auf ihrer Couch saßen und fernsahen. Mike massierte Marina, die im siebten Monat schwanger sein musste, die Füße. Rachel hatte gehört, dass Marina vor ihrer Hochzeit mit Mike mit Frauen zusammen gewesen war, aber so wie es jetzt aussah, wirkte bei den Cahulls alles sehr traditionell. Sie ging weiter in Richtung Strand und genoss den einsamen Spaziergang und wie der Wind ihr Kleid aufbauschte. Im Schutz der Nacht von Salcombe fühlte sie sich jünger als zweiundvierzig, fast als wäre sie wieder ein Teenager, der nach einer wilden Party in den Dünen nach Hause schlenderte. Die Luft roch frisch, Sterne standen am Himmel, und sie entdeckte einen Weißwedelhirsch, der direkt vor ihr den Holzweg querte. Diese Hirsche waren auf der Insel allgegenwärtig und übertrugen zweifellos Borreliose (die Kinder nannten das Gestrüpp am Rande der Wege sogar »Zeckengras«). Aber es erstaunte Rachel immer noch, dass diese wilden, großen und schönen Tiere in so unmittelbarer Nähe zu den Menschen lebten. Vor einigen Jahren hatte es einen politischen Streit über die Rechtmäßigkeit des Tötens von Hirschen zum Zwecke der Populationskontrolle gegeben, aber Rachel konnte sich nicht erinnern, welche Seite gewonnen hatte. Jedenfalls waren sie jeden Sommer da, fraßen Gras und jagten kleinen Hunden einen Heidenschreck ein.

Der Strand, den man über einen schmaleren Holzsteg erreichte, der zu einer Holztreppe führte, war menschenleer. Der Mond schien aufs graue Wasser, und kleine Wellen plätscherten ans Ufer. Sie ging etwa zehn Meter nach rechts und ließ sich in den kühlen Sand vor den Dünen fallen, trank den letzten Tropfen Wein aus ihrem Glas und stellte es neben sich ab. Sie zog die Beine an und schaute auf ihr Handy. Es war kurz vor halb elf. Sie sollte wirklich langsam zurückgehen.

In diesem Moment hörte sie Schritte auf der Treppe, die zum Strand hinunterführte, ein leises Trappeln, möglicherweise zwei Personen. Sie rutschte weiter zwischen das dichte Gras, das den hinteren Teil des Strandes säumte, und versteckte sich nicht etwa aus Angst, sondern weil es ihr peinlich wäre, um diese Zeit allein beim Trinken erwischt zu werden. Sie war sich sicher, dass sie die Personen kennen würde; sie kannte hier jeden. Jetzt konnte sie sehen, dass es ein Paar war, ein Mann und eine Frau. Es schnürte ihr die Brust zusammen, als sie die Gestalten erkannte: Jason und Jen. Ihr weißes Hemdblusenkleid war unverkennbar. Sie gingen aufs Wasser zu und sahen sich dabei immer wieder um, als vergewisserten sie sich, dass sie unbeobachtet waren. Rachel kauerte sich noch mehr zusammen, wollte sich unsichtbar machen, und versuchte möglichst flach zu atmen. Sie waren etwa zwölf Meter von ihr entfernt.

»Ich kann das nicht den ganzen Sommer machen«, sagte Jen und ergriff Jasons Hand. Die beiden standen mit dem Rücken zu Rachel, aber sie konnte sie sehr gut hören.

»Ich halte das nicht aus, dich zu sehen und nicht bei dir sein zu können«, sagte Jason. Er strich Jen übers Haar und küsste sie. Jen neigte sich ihm zu und schlang die Arme um seinen Rücken. Rachel wusste nicht, was sie tun sollte. Sollte sie sich verdrücken? Sie könnte über den Strand bis zur nächsten Ortschaft Kismet gehen und von dort aus zurücklaufen.

»Wir müssen es vorerst für uns behalten«, sagte Jen. »Wir können nichts unternehmen, solange wir alle hier draußen sind. Denk an die Kinder. Stell dir mal vor, was für einen Skandal das hier im Ort auslösen würde. Wir müssen bis zum Labor Day durchhalten, und dann können wir einen Plan machen.«

»Es ist schrecklich«, sagte Jason. »Ich kann dich sehen, aber ich kann dich nicht berühren.«

»Wir sollten wirklich nicht mal hier sein – es könnten Teenager mit ihren Freunden unterwegs sein, jemand könnte vorbeikommen. Wir sollten nach Hause gehen«, sagte Jen.

Jason fuhr sich durch die Haare. »Okay, lass uns zurückgehen. Ich habe Lauren gesagt, dass ich noch auf einen Drink in den Club gehe, aber ich werde sagen, dass ich es mir anders überlegt habe und nur ein bisschen herumgelaufen bin.«

»Sam ist schon ausgeknockt. Um ihn mache ich mir keine Sorgen«, sagte Jen. »Du gehst vor, und ich warte hier noch zehn Minuten, bevor ich gehe, falls jemand in der Nähe ist.«

Sie küssten sich ein weiteres Mal. Es erinnerte Rachel daran, wie sie früher mit ihrem Highschool-Freund vor ihrer Haustür leidenschaftlich rumgeknutscht hatte. Was stimmte nicht mit ihnen?

»Kannst du dir vorstellen, wenn Rachel das herausbekäme?«, meinte Jen noch, als Jason sich auf den Weg zurück zur Treppe machte. Rachel spürte ihr Herz so heftig schlagen, dass sie sicher war, die beiden könnten es hören. Jason lachte. Dann verschwand er in der Dunkelheit.

Jen tat, was sie gesagt hatte, und ging noch zehn Minuten mit verschränkten Armen am Wasser auf und ab. Rachel hatte das Gefühl, vor Anspannung gleich zu explodieren. Außerdem musste sie dringend pinkeln. Endlich verließ Jen den Strand, und Rachel blieb wieder allein zurück. Sie wartete noch ein paar Minuten, ehe sie sich mit dem leeren Weinglas in einer Hand heimlich zu ihrem Haus zurückschlich.

4

Micah Holt

Micah Holt wusste, wer mit wem schlief. Es war seine Gabe, die er als verschlossener Junge entwickelt hatte, soziale Dynamiken vor allen anderen zu durchschauen. Als Kind hatte er diese Fähigkeit genutzt, um sich vor Schulhof-Tyrannen zu schützen. »Ich weiß, in wen du verknallt bist«, hatte er zu jedem gesagt, der eine Bedrohung darstellte. »Und ich weiß, wen sie mag.« Niemand verprügelte jemanden, der über solch wertvolle Informationen verfügte.

Jetzt, wo er seit ein paar Jahren geoutet war, gut aussehend und klug, von Männern und Frauen geliebt, hatte Micah solche Spielchen nicht mehr nötig. Aber er sah immer noch alles. Das war auch ein Grund, warum er gerne als Barkeeper in Salcombe arbeitete. Er tat es nicht wegen des Geldes; seine Eltern gaben ihm genug. Aber er liebte es einfach, Drinks zu mixen, die Leute beschwipst zu machen und ihnen dann all ihre Geheimnisse zu entlocken.

Und davon hatten alle so viele. Er wusste, dass Brian Metzners Hedgefonds in diesem Jahr implodiert war und er kurz vor dem Bankrott stand. Er wusste, dass Brians Frau Lisa Partydrogen nahm. Er wusste, dass Jeanette Oberman den Leuten erzählte, ihr Mann Greg hätte eine Affäre mit der Person, die ihren Hund ausführte. Das stimmte zwar. Aber was sie verschwieg, war, dass diese Person ein Mann war (Micah hätte den Leuten schon lange sagen können, dass Greg schwul war; er hatte Micah schon oft angemacht). Und in Anbetracht dessen, was er bei Rachels Umtrunk beobachtet hatte, war er zu der Ansicht gelangt, dass da etwas zwischen Jason Parker und Jen Weinstein laufen könnte.

Er hatte sie an diesem Abend zusammen gesehen. Jason war Jen zum Bad gefolgt, offensichtlich in der Absicht, sie unter vier Augen zu sprechen, und Micah hatte gesehen, wie er ihr etwas ins Ohr geflüstert hatte.

Jason und Jen! Micah konnte sich lebhaft vorstellen, was für einen Riesenskandal es geben würde, wenn das herauskäme. Sam, Jason, Jen, Lauren, Rachel und ihre Clique waren etwa zehn Jahre jünger als Micahs Eltern, Judy und Eric. Micah hatte immer mit Bewunderung auf diese Leute geblickt. Die Männer waren attraktiv und anscheinend sehr erfolgreich; die Frauen waren hübsch und konnten Spaß haben. Sie alle betranken sich gerne im Club. Sie ließen das Erwachsensein gar nicht so schlimm erscheinen (im Gegensatz zu Micahs Eltern, die einfach fade waren).

Micah dachte über eine mögliche Affäre zwischen Jen und Jason nach. Alles in Salcombe hing von empfindlichen sozialen Netzwerken ab, und so eine Affäre würde viele davon sprengen. Außerdem, warum sollte Jen lieber Jason als Sam vögeln wollen? Das war ihm ein Rätsel.

Micah war auf dem Weg zum Strand. Nachdem er bei Rachel (der armen Rachel) fertig gewesen war, war er noch kurz im Club auf einen Wodka Soda vorbeigegangen und wollte sich nun um Viertel vor elf mit Ronan, dem Rettungsschwimmer, an den Dünen treffen. Ronan war eine echte Schönheit. Eins achtzig groß, perfekter Körperbau, gebräunt, rotblond. Genau der Typ Mann, den Micah immer gewollt und den er aus der Ferne mit einer Sehnsucht bewundert hatte, die nur homosexuelle Jungs kannten.

Ronans Familie hatte ein Haus im Nachbarort Kismet. Sie lebten auf Long Island und waren bei Weitem nicht so wohlhabend wie Micahs Eltern. Ronan und Micah waren beide zwanzig Jahre alt. Sie hatten sich letztes Jahr auf einer Party von Micahs bester Freundin Willa Thomas kennengelernt, die am Anchor Walk wohnte. Sie hatte alle Rettungsschwimmer eingeladen, und Ronan war in einem blauen Kapuzenpulli und Levi's erschienen und hatte die anderen Heteros Faust zu Faust begrüßt. Als sich ihre Blicke kreuzten, hatte Micah gedacht: *Aha!* Ihm gefiel, wie retro das alles war – mit einem verkappten schwulen Rettungsschwimmer zu schlafen. Es fühlte sich sehr nach den Neunzigern an, und Micah stand total drauf. Sein Freundeskreis in Yale war geschlechtslos, pronomenlos und selbstbewusst. Ronan war süß und verwirrt. Er ging auf die Villanova University, eine katholische Uni in Pennsylvania. Der arme Kerl konnte seiner Familie nicht sagen, dass er schwul war. Das war so oldschool.

Micah ließ sich nur zu gern auf verbotene Handlungen mit diesem wunderschönen, willigen jungen Mann ein. Gelegentlich hatte er auch ein schlechtes Gewissen, als ob er ein unschuldiges Lamm ausnutzen würde. Aber nicht so sehr, dass er ihm heute Abend in den Dünen keinen blasen würde. Denn das würde er definitiv tun.

Er überquerte den Harbor Walk und folgte dann dem Marine Walk. Hier draußen war es diesig und still. Er sah eine Gestalt, einen Mann, der von der Lighthouse Road in den Marine Walk bog und auf ihn zukam. Wahrscheinlich jemand, der von einem Drink in Kismet oder Salcombes anderem Nachbarort, Fair Harbor, zurückkehrte. Doch als er näher kam, erkannte Micah Jasons Umrisse; groß und kräftig, mit entschlossen schwingenden Armen. Micah konnte spüren, in welchem

Moment Jason ihn erblickte. Er zögerte, sein Körper versteifte sich. Aber es gab keine Ausweichmöglichkeit mehr. Kurz darauf erreichten sie einander. Jasons Gesicht lag im Schatten, aber seine dunklen Augen glänzten in der Dunkelheit.

»Hey, Micah, auf dem Nachhauseweg?« Micah konnte sich nicht erinnern, wann er und Jason das letzte Mal allein miteinander gesprochen hatten. Sam war da viel freundlicher, fragte Micah über sein Leben aus, machte Witze. Jason war immer nur da, stand neben Sam und grübelte vor sich hin.

»Ja, für heute Abend bin ich fertig«, log Micah. »Hoffe, du hattest Spaß bei Rachel. Sie schmeißt immer gute Partys.«

»Ja, es war super«, sagte Jason und trat von einem Fuß auf den anderen.

Micah wollte das Gespräch schnell beenden. Ronan wartete auf ihn, und Jason verhielt sich seltsam. Micah vermutete, dass es etwas mit Jen zu tun hatte. »Ich bin dann mal weg. Man sieht sich!« Micah wollte an Jason vorbeigehen, aber der legte seine Hand auf Micahs Schulter und hielt ihn zurück.

»Äh, ich wäre dir dankbar, wenn du niemandem sagst, dass du mich heute Abend gesehen hast. Ich spaziere manchmal noch gerne hier herum, wenn Lauren schon schläft. Das entspannt mich.«

»Klar, kein Problem. Das verstehe ich vollkommen«, sagte Micah. »Ich bin auch gern nachts alleine hier draußen. Allerdings muss man sich vor den Hirschen in Acht nehmen. Die können einem einen Heidenschreck einjagen.«

»Tja, das kenn ich«, sagte Jason und lächelte verkniffen.

Die beiden Männer nickten sich zum Abschied zu und gingen in entgegengesetzte Richtungen davon.

Micah, der erleichtert war, Jason los zu sein, ging weiter zum Strand hinunter.

5

Jason Parker

Jason Parker hatte seinen besten Freund Sam Weinstein schon immer gehasst. Vielleicht war »gehasst« ein zu starkes Wort. Eher nie richtig gemocht. Er war immer neidisch auf ihn, genervt von ihm gewesen. Nein, wahrscheinlich war »gehasst« schon die richtige Bezeichnung dafür.

Niemand wusste davon. Nicht einmal Lauren, Jasons Frau, hätte es geahnt. Jason und Sam waren Freunde seit ihrer Kindheit. Sie hatten sich in der ersten Klasse in Dalton kennengelernt und sich über ihre geteilte Begeisterung für Superman angefreundet. Jason war pummelig und schüchtern gewesen. Sam nicht. Sie hatten fast jeden Nachmittag nach der Schule miteinander verbracht und Nintendo gespielt, während ihre Mütter Kaffee tranken und gemeinsam *Oprah* anschauten. Sowohl Sams als auch Jasons Eltern waren wohlhabend. Sams Vater war ein bekannter Prozessanwalt, und Jasons Vater leitete ein Unternehmen, das hochwertige Teppiche herstellte. Jasons Eltern waren glücklich verheiratet; bei Sam zu Hause herrschte ständig Geschrei, es knallten die Türen, und es hagelte Anschuldigungen wegen Untreue. Wenn es Übernachtungen gab, dann immer bei Jason. Als sich die Situation bei Sams Eltern dann immer mehr zuspitzte, war er praktisch ständig bei Jason, aß dort und hielt sich an den Wochenenden ganze Tage dort auf. Als die beiden in der sechsten Klasse waren, verfiel Sams Mutter in eine tiefe, anhaltende Depression, während sein Vater über den Winter nach Aspen geflogen war. So wurden Jasons Eltern de facto zu so etwas wie Sams Pflegeeltern.

Sam zog bei ihnen ein und teilte sich mit Jason das Zimmer, stritt sich mit Jasons Schwester, verbrachte Thanksgiving mit ihnen und verreiste mit ihnen über die Weihnachtsferien. Jason wusste schon damals, dass seine Aufgabe darin bestand, der pflichtbewusste Sohn und treue Freund zu sein, und so schwieg er, während es sich für ihn so anfühlte, als würde Sam sein Leben übernehmen. Jason und Sam, Sam und Jason. Immer, ständig, andauernd.

Jason hegte sogar den heimlichen Verdacht, dass seine Mutter Sam ihm vorzog. Sam saß bei ihr, wenn sie die Wäsche zusammenlegte, und stellte ihr Fragen über ihre Freundinnen und über Tennis. Jason und Sam wurden immer mehr zum Doppelpack, und es war klar, wer von ihnen das beliebtere Kind war. Aber Jason wurde Sam nicht mehr los.

Sams einziger Pluspunkt – eher ein Standortvorteil als eine Charaktereigenschaft – war sein Haus auf Fire Island in Salcombe, in das er Jason jeden Sommer mitnahm. Jason liebte es dort. Er liebte es, allein mit dem Fahrrad im Ort herumzufahren, im rauen Meer zu schwimmen und in der Bucht segeln zu lernen. Mit der Zeit gelang es ihm auch, in Salcombe seine eigenen Freunde zu finden. Er hatte seine eigenen Sommerschwärme, sein eigenes kleines Leben, während er mietfrei in Sams perfektem Haus an der Bucht wohnen konnte. Er fühlte sich dort immer auf eine Weise gelöst, wie es ihm bei sich zu Hause nie wirklich gelang. Als Teenager verlor Jason schließlich seinen Babyspeck. Er sah zwar nicht so gut aus wie Sam, aber er mauserte sich langsam. Er wurde größer und schlanker, und seine Augen waren groß und braun. Die Frauen begannen, ihn mit Interesse anzuschauen.

Zu diesem Zeitpunkt hatten sie in Salcombe bereits sturm-freie Bude. Sams Eltern hatten sich endlich scheiden lassen und ihm das Haus überlassen – praktisch als Entschädigung dafür, dass sie sein Leben ruiniert hatten. Zu Highschool- und College-Zeiten und bis in ihre Zwanziger hinein wurden Sam und Jason also jeden Sommer zu einer Art Dauermitbewohner, und Jason fügte sich so gut in die örtliche Gemeinschaft ein, dass sich schon bald niemand mehr an eine Zeit ohne ihn erinnern konnte.

Mit dreißig verbrachten Jason und Sam den letzten gemein-samen Sommer in dem Haus an der West Bay Promenade 6. Jason machte sich damals schon recht gut in seinem Private-Equity-Job, wo er die aggressive Seite seiner Persönlichkeit aus-leben konnte, und Sam war auf dem besten Weg, Partner bei Sullivan & Cromwell zu werden, wo er als Anwalt an hoch-karätigen Fällen von Wirtschaftskriminalität arbeitete.

Sie hatten beide gerade Mädchen kennengelernt, die sie wirklich mochten. Sam war mit Jen Paulson zusammen, einer, wie er sie beschrieb, zuckersüßen Brünetten, die gerade ihren Abschluss in Psychologie gemacht hatte. Und Jason war mit Lauren Schapiro zusammen, einer heißen, reichen Blondine aus Nordkalifornien, die als Einkäuferin bei Bloomingdale's arbeitete. Jason war sich ziemlich sicher, dass er Lauren heira-ten würde. Sie erfüllte alle Kriterien – hübsch, aus gutem Hause, gesprächig, lustig. Sie verstanden sich gut im Bett, und sie schien Jasons Launenhaftigkeit zu tolerieren.

Er dachte, er sei glücklich. Er hatte einen tollen Job, eine attraktive Freundin, er war jung und hatte noch alles vor sich.

Und dann lernte er Jen kennen. Sam brachte sie an einem Wochenende gegen Ende des Sommers mit zum Strand, nach-dem klar geworden war, dass die Beziehung mehr als eine Affäre war. Sie erschienen an einem Samstagmorgen gemeinsam im Haus, als Jason gerade Frühstückseier auf dem Viking-Herd in der Landhausküche von Sams Mutter machte. Jason drehte sich zur Begrüßung zu ihnen um, ohne recht zu wissen, was er von Sams neuer Freundin zu erwarten hatte. Sam war noch nie ernsthaft mit jemandem zusammen gewesen. Jason vermutete, dass das etwas mit der verkorksten Ehe seiner Eltern zu tun hatte. Und als Sam ihm gesagt hatte, dass er ausgerechnet mit einer Psychologin zusammen war, war Jason überrascht gewesen.

»Jason! Das ist Jen. Jen, das ist mein bester Freund Jason. Ich kenne ihn seit meinem fünften Lebensjahr und habe dir natürlich schon alles von ihm erzählt.«

»Freut mich sehr, dich kennenzulernen«, sagte Jen. Sams neue Freundin war das Schönste, was Jason je gesehen hatte. Sie hatte eine kehlige, reife Stimme und schöne perlweiße Zähne. Ihre haselnussbraunen Augen waren fast so groß wie die einer Disney-Prinzessin, und ihre glatte Haut schimmerte. Sie trug ein schlichtes weißes Tanktop und abgeschnittene kurze Shorts an ihrem schlanken, geschmeidigen Körper.

»Ich habe auch schon alles von dir gehört«, sagte Jason und schaltete den Herd aus. Vor dieser perfekten Person Frühstückseier zuzubereiten, kam ihm plötzlich ziemlich dämlich vor. »Sam bringt sonst nie Mädchen mit hierher, also muss er dich wirklich mögen«, fügte er noch hinzu und kam sich dabei plump vor. Jen wurde rot. Er spürte, dass sie ihn eine Sekunde zu lange ansah, als er seinen Blick abwandte.

»Und wie!«, beteuerte Sam nichts ahnend. »Ich zeige ihr jetzt erst mal Salcombe, und dann können wir ja später zusammen an den Strand gehen. Was hältst du davon?«

Jason nickte stumm. Das glückliche Paar ging, und Jason

blieb mit dem verbrannten Frühstück und einem bitteren Gefühl in der Küche zurück.

Später an diesem Tag machte sich das Trio gemeinsam an den Strand auf, breitete dort Handtücher aus und sonnte sich. Jen hatte einen weißen Bikini an, und es fiel Jason schwer, Augen für irgendetwas anderes zu haben. Warum bekam Sam immer alles, was Jason wollte? Jason hatte nicht ein einziges Mal an Lauren gedacht, seit Jen aufgetaucht war. Aber er konnte auch spüren, dass Jen ihn ebenfalls ansah. Er konnte ihr Interesse spüren. Zumindest glaubte er das.

Nach einer Weile ging Sam, um mit einigen der durchtrainierten Rettungsschwimmer in ihren roten Badehosen zu plaudern. Da blickte Jen von ihrer Zeitschrift auf, stützte sich auf einen Ellenbogen und betrachtete Jason, der mit geschlossenen Augen auf dem Rücken lag.

»Schläfst du?«, fragte sie, obwohl sie die Antwort kannte.

Jason lächelte. »Nein«, antwortete er und spürte dann, wie ihre Hand sein Bein hinauf Richtung Taille wanderte. Er hielt die Augen geschlossen.

»Sam hat mir gar nicht erzählt, dass sein bester Freund so süß ist«, hauchte sie und beugte sich näher zu ihm. »Es klingt, als hättet ihr beide eine ziemlich komplizierte, irgendwie co-abhängige Beziehung.«

»Ich würde es nicht als co-abhängig bezeichnen«, erwiderte Jason, legte seine Hand auf ihre und spürte ihre Wärme. »Irgendwie verabscheue ich ihn, aber ich kriege ihn einfach nicht los.«

»Tja, wenn du ihn sowieso hasst, stört es dich wahrscheinlich auch nicht, mit seiner Freundin zu vögeln«, flüsterte sie.

Jasons Atem ging schneller. Er schaute zum Rettungsschwimmerstand hinüber, um sich zu vergewissern, dass Sam noch in sicherer Entfernung war. Da stand er und unterhielt sich lächelnd, gut aussehend wie immer, völlig ahnungslos, was sich da gerade zwischen seinem engsten Freund und dem Mädchen, das er einmal heiraten würde, abspielte.

»Dagegen hätte ich definitiv nichts einzuwenden«, sagte Jason.

Später verließen sie zusammen den Strand ohne einen konkreten Plan. Jason wusste nicht, was ihn erwartete, aber er nahm einfach an, dass Jen sich schon darum kümmern würde. Sie schien zu wissen, was sie tat. Sie aßen alle zusammen zu Abend. Sam bereitete draußen auf dem Grill Steak zu, und sie tranken jede Menge Rotwein dazu. Irgendwann zog sich Jason allein in sein Zimmer zurück, das ehemalige Dienstmädchenzimmer im ersten Stock des Hauses.

Er konnte nicht schlafen. Das vertraute kleine Bett fühlte sich fremd an, das Bettzeug klumpig. Um zwei Uhr nachts hörte er, wie die Tür aufging, und spürte, wie Jen neben ihn schlüpfte, in Unterhose und dem sexy weißen Tanktop, diesmal aber ohne BH.

Jene Nacht jährte sich diesen Sommer zum zehnten Mal. Daran musste Jason denken, als er im Dunkeln von seinem Treffen mit Jen am Strand nach Hause schlich. Zehn lange Jahre, in denen er etwas wollte, das er nicht haben konnte. Zehn Jahre, in denen er sich durch sein eigenes Leben hatte mogeln müssen, verheiratet mit einer Frau, die er nicht wirklich liebte.

Das war das erste und letzte Mal gewesen, dass Jason und Jen in all den Jahren miteinander geschlafen hatten. Das hieß, bis zu diesem Jahr. Nach dem ersten Mal hatte Jen so getan, als sei nichts geschehen, und sie und Jason sprachen nie mehr darüber. Er fühlte sich zu gedemütigt, um es anzusprechen, musste aber ständig daran denken. Er war weiterhin mit

Lauren zusammen, und die vier – Sam, Jen, Lauren und Jason – wurden zu einer kleinen Einheit, unternahmen Doppeldates, gemeinsame Italienreisen und verbrachten die Sommer auf Fire Island. Sam machte Jen ein Jahr später einen Heiratsantrag, und ein paar Monate später hielt auch Jason um Laurens Hand an. Die Hochzeit von Jason und Lauren fand in Kalifornien statt, in der Nähe ihres Elternhauses, während Sam und Jen, stilvoll wie immer, eine intime Zeremonie am Strand von Salcombe abhielten, gefolgt von einer rauschenden Party im Jachtclub.

Gelegentlich hatte Jason im Laufe der Jahre das Gefühl gehabt, dass er über Jen hinweg war. Da lief es dann gerade okay mit Lauren, oder er freute sich über seine Kinder, verdiente in seinem Job immer mehr Geld und redete sich ein: *Scheiß auf sie, mir geht es gut.* Irgendwann zogen Sam und Jen nach Westchester, um mehr Platz zu haben, während Jason und Lauren in der Stadt blieben, wo Jasons zunehmend hohes Einkommen ihnen ein Leben in der High Society ermöglichte. Sobald Jason dazu in der Lage war, kaufte er ihnen ein schönes Haus in Salcombe. Er hing an diesem Ort, ja, aber am wichtigsten war, dass es der einzige Ort war, an dem er Jen regelmäßig sehen konnte. Er liebte es, sie anzuschauen, mit ihr zu sprechen und sie zu riechen. Er mochte es, wie ihr Schmuck an ihren Handgelenken klirrte, die Geschichten, die sie erzählte, und die Art, wie sie sich mit der Zunge über die Lippen fuhr. Manchmal sah sie ihn an, und er wusste, dass sie auch noch immer an jene Nacht vor zehn Jahren dachte. Er *wusste* es einfach.

Eine gefühlte Ewigkeit lang hatte Jason gedacht, das sei es gewesen. Er würde sich bis zu seinem Tod nach der Frau seines besten Freundes sehnen. Er hatte sich damit abgefunden. Er war erfolgreich, er hatte eine Familie, zwei schöne Häuser. Das reichte ihm. Lauren ging ihm zwar oft auf die Nerven, aber war das nicht irgendwie immer so mit Ehefrauen?

Doch dann, an einem Abend im letzten Sommer, änderte sich alles. Rachel Woolf veranstaltete in ihrem Haus einen Umtrunk für die üblichen Verdächtigen. Es war spät im August, kurz vor dem Ende der Saison, und alle sahen nach Monaten am Strand gut erholt aus. Wie üblich versorgte Rachel sie mit Alkohol, und sie betranken sich ordentlich, vor allem Lauren und Sam, die danach beide direkt nach Hause gingen, um sich hinzulegen, während sich ihre Ehepartner weiter unter die Leute mischten. Jen und Jason waren schon öfter in solchen Situationen zu zweit allein gewesen, das war nichts Neues. Als sich der Abend schließlich dem Ende zuneigte, beschlossen die wenigen verbliebenen Gäste, Rachel eingeschlossen, noch auf einen Absacker in den Jachtclub zu gehen. Doch Jason, schon ziemlich angeheitert und wackelig auf den Beinen, wollte lieber auf Rachels Veranda bleiben und in Ruhe austrinken. Er dachte, er sei als Einziger zurückgeblieben, Jen sei bereits weg. Aber dann war sie plötzlich da, setzte sich neben ihn, ganz nah, zu nah, sodass sich ihre Oberschenkel berührten, als sie sich zu ihm beugte und flüsterte: »Ich will dich. Ich habe dich immer gewollt.« Alles, was Jason da fühlte, war Erleichterung.

Sie stolperten zum Strand, mieden die Bohlenwege mit der Straßenbeleuchtung, hielten sich wie Teenager an den Händen und blieben immer wieder stehen, um sich zu küssen, wobei Jason seine Hände begierig über ihren Körper gleiten ließ. Sie trug eine weiße Hose und ein trägerloses Seidentop, und für ihn fühlte sie sich noch genauso an wie vor all diesen Jahren. Warm und weich. Genau wie er es wollte.

Sie fanden unter einer Treppe Schutz, die zum Strand hinunterführte – nicht zum Hauptstrand an der Broadway, sondern zu einem etwa hundert Meter entfernten Strand auf Höhe des Pacific Walk. Sie setzten sich zusammen in den Sand. Es war dunkel und kühl, und das Meer sah schwarz aus.

»Warum jetzt?«, fragte Jason.

»Weil ich die Nase voll habe«, sagte Jen. »Ich bin gerade vierzig geworden. Ich habe drei Kinder und jahrelang versucht, mir einzureden, dass ich mit Sam glücklich sein kann. Er ist toll, und er liebt mich wirklich sehr. Er ist ein wunderbarer Vater. Er ist also genau so, wie ich es mir vorgestellt habe, als wir uns damals kennengelernt haben. Und du ...«, sie verstummte, wandte sich ihm zu und fuhr ihm mit der Hand durchs Haar. »Du warst immer sein düsterer und ernster Freund, der Mensch, dem er sich am stärksten verbunden fühlt. Und ich habe mich so sehr zu dir hingezogen gefühlt. Ich denke an dich, wenn ich mit Sam im Bett bin. Ich stelle mir deinen Körper vor und nicht seinen. Ich wusste, dass ich das irgendwann tun würde; ich wusste, ich würde irgendwann einknicken. Alle halten mich für so brav, das weiß ich schon«, sagte sie und zog fester an seinem Haar. Jason schloss die Augen und genoss das Gefühl. »Aber das bin ich nicht.«

Das war vor einem Jahr gewesen. Seitdem war keine Woche vergangen, in der sie sich nicht irgendwie getroffen hätten, meistens in Hotels in der Stadt, aber ein paarmal war Jason aus Verzweiflung auch zu ihr hinaus in die Vorstadt gefahren, und sie hatten Sex in seinem Auto gehabt. Jason war rasend vor Verlangen. Endlich verstand er, was das bedeutete. Er dachte an nichts anderes mehr als an sie. Er konnte sich bei der Arbeit kaum noch konzentrieren oder zuhören, wenn Lauren über das Facelifting einer Freundin oder den Aufruhr um den Schuldirektor ihrer Kinder schwadronierte.

Anfangs hatte Jason nicht geglaubt, dass Lauren etwas davon

mitbekam. Er täuschte Geschäftsreisen und Arbeitsessen vor, und sie schien es nicht einmal zu bemerken, außer dass sie sich gelegentlich nach seinen Terminen erkundigte, um Dinnerpartys zu planen und sich zu vergewissern, dass er sie zu Wohltätigkeitsveranstaltungen begleiten konnte. Jason fand, dass sie über die Jahre immer fader geworden war und den Lebensstil einer reichen Hausfrau auf eine Art und Weise adaptiert hatte, die ihn abstieß. Sie steigerte sich in das Schulthema hinein, war besessen von ihren Freundinnen und davon, was diese taten, trugen und kauften, und achtete peinlich genau auf ihr Aussehen. Er fand das total unattraktiv. Allerdings musste er fairerweise zugeben, dass er gewusst hatte, wie sie war, als er sie geheiratet hatte. Aber Sam hatte Jen einen Heiratsantrag gemacht, und da war Jason nichts anderes übriggeblieben, als dasselbe mit Lauren durchzuziehen, seiner schönen Freundin, deren schlimmste Eigenschaft darin bestand, dass sie nicht Jen war.

Dann, im letzten Frühjahr, schien Lauren allmählich aufzugehen, dass irgendetwas nicht stimmte. Sie hatte sich immer wieder nach seinen Dienstreisen erkundigt und war ihm dann ständig mit ihrer Idee, nach Miami zu ziehen, in den Ohren gelegen. Aber Jason würde niemals nach Miami ziehen; Jen wohnte schließlich in New York.

»Die Goldbergs haben gerade ein Haus in South Beach gekauft, die Adlers sind nach Delray gezogen. Alle ziehen hin«, sagte Lauren zu ihm.

Sie waren im Schlafzimmer ihrer Wohnung an der Park Avenue. Sie hatte sich gerade die Haare schneiden und färben lassen, und der Bob umrahmte ihr Gesicht sehr hübsch. Jason musste zugeben, dass sie sehr gut alterte; sie sah jetzt sogar noch hinreißender aus als mit achtundzwanzig. Er vermutete, dass es mit den mysteriösen Abbuchungen zu tun hatte, die immer wieder auf ihren Kreditkartenabrechnungen auftauchten, von verschiedenen Dermatologen und Schönheitschirurgen an der Upper East Side.

»Lauren, ich bin der Chef. Ich kann nicht einfach auf und davon gehen«, entgegnete er seufzend.

Sie hatten dieses Thema nun schon so oft durchgekaut und waren immer wieder am selben Punkt angelangt: nein.

»Wir können im Sommer immer noch nach Fire Island fahren, wenn es das ist, was dir Sorgen macht«, betonte sie und ließ sich verärgert auf einem ihrer gelben Samt-Loungesessel von ABC Carpet & Home nieder.

Jason schüttelte bloß den Kopf.

»Was ist in letzter Zeit bloß mit dir los?«, beklagte sich Lauren und musterte ihn misstrauisch aus zusammengekniffenen Augen. »Du bist noch zerstreuter als sonst, falls das überhaupt möglich ist. Ich bin keine Idiotin, Jason.«

Er merkte, dass sie sich mehr und mehr aufregte, und wollte ihr den Wind aus den Segeln nehmen, bevor die Sache zu groß wurde.

»Gar nichts ist los! Ich hab nur einen Haufen Arbeit, wie du weißt. Im Sommer wird es wieder besser. Ich muss nur die nächsten paar Monate überstehen.«

Und nun war es so weit. Sie waren gerade erst in Salcombe angekommen, und es wurde noch wie wild ausgepackt, sich eingerichtet und alles organisiert, hauptsächlich von Lauren und ihrem Kindermädchen Silvia. Jason wusste, dass Jen und Sam schon am Vortag angekommen waren; er und Jen hatten sich seit fast zwei Wochen nicht mehr gesehen. Mit dem Schuljahresende und den ganzen Vorbereitungen für den Sommer war es zu turbulent gewesen, um noch ein heimliches Treffen zu arrangieren. Jason konnte es kaum erwarten, sie wiederzusehen.

Sie kommunizierten über Signal, eine verschlüsselte Messenger-App, mit der Option »verschwindende Nachrichten«, mit der die Nachrichten binnen Minuten nach dem Lesen auf Nimmerwiedersehen verschwanden. Es hieß, Signal sei der Messenger-Dienst für Leute, die Affären hatten, und Jason wunderte das nicht. Er checkte die App mindestens einmal alle paar Minuten, und ein Schauer durchfuhr in jedes Mal, wenn er Jens Namen in schwarzen Buchstaben darauf sah.

Er hatte heute schon mit ihr auf Signal gechattet, während Lauren in der Küche herumwerkelte und die mitgebrachten Trader-Joe's-Snacks in die richtigen Schränke einräumte. Jason ging auf die Dachterrasse mit Meerblick; die Aussicht beeindruckte ihn jedes Mal aufs Neue. Er konnte nicht glauben, dass dieses Haus ihm gehörte. Der Strand war fast leer, bis auf ein paar junge Paare mit kleinen Kindern. Für Menschenmassen war es noch zu früh in der Saison. Jason öffnete die Signal-App auf seinem Handy.

> Jen Weinstein: Ich vermisse dich. Wie war die Reise?

Jason spürte ein Kribbeln.

> Jason Parker: Ganz okay. Ich musste auf der Fähre neben Brian sitzen. Er hält einfach nie seine verdammte Klappe. Aber wir haben's geschafft. Wann kann ich dich sehen?

> Jen Weinstein: Gehst du heute Abend zu Rachel? Sie hat euch doch bestimmt eingeladen.

Jason Parker: Ja, wir werden da sein. Aber
wie soll ich meine Hände von dir lassen?

Jen Weinstein: Du musst dich einfach
zusammenreißen. Darin bist du doch gut.

Das stimmte. Jason war launisch, sicher, und es gab Zeiten, da war er monatelang wütend auf, nun ja, alles. Aber er verlor nie die Beherrschung. Das war eines der Dinge, die Lauren am meisten ärgerten – die Tatsache, dass er ihren Ausbrüchen mit einer schon fast unheimlichen Ruhe begegnete.

Als er und Lauren an diesem Abend bei Rachel ankamen, sah er Jen bereits an der Bar stehen. Sie trug ein weißes Hemdblusenkleid mit einer Goldkette um den zarten Hals. Ihr Haar glänzte, die Lippen waren rot geschminkt, und Jason hätte sich am liebsten auf der Stelle über sie hergemacht. Er spürte ihre unsichtbare Anziehung auf ihn und ging, nachdem er Rachel einen kurzen Begrüßungskuss auf die Wange gegeben hatte, direkt zu ihr hinüber.

Es war nicht das erste Mal, dass sie in der Öffentlichkeit zusammen waren – es hatte bereits ein paar gemeinsame Abendesseneinladungen in der Stadt gegeben, und Jason und Lauren hatten mit ihren Kindern an zwei Geburtstagsfeiern bei Jen und Sam in Scarsdale teilgenommen. Aber dass sie nun wieder hier in Salcombe waren, wo sie zum ersten Mal miteinander geschlafen hatten und wo sie letztes Jahr wieder zusammengekommen waren, machte Jason ganz nervös. Als schwante ihm, dass sie diesen Sommer nur schwer überstehen würden, ohne erwischt zu werden. Wie sollte das auch funktionieren? Dieser Frage wichen sie seit Monaten aus. Wie sie im Grunde so vielen Fragen auswichen.

»Hi, Jen. Wie geht es dir?«, sagte Jason zu ihr, und ein kleines Lächeln umspielte ihre Lippen. Doch bevor sie antworten konnte, trat Sam hinzu und schloss Jason zur Begrüßung fest in die Arme. Jason stand schlaff da, während Sam ihn beinahe erdrückte. Das war so eine komische Routine zwischen ihnen.

»Da wären wir also wieder«, sagte Sam herzlich und überreichte Jason eine Wassermelonen-Margarita. »Habt ihr euch schon eingerichtet?«

»Ja, größtenteils«, sagte Jason. »Aber das macht Lauren alles. Ich stehe nur rum und bin ihr im Weg.«

»Das kenn ich«, sagte Sam und legte seine Hand auf Jens Arm. Sie schubste ihn spielerisch weg. Jasons Magen zog sich zusammen, als er die beiden so vertraut miteinander sah. Wenn man nicht wusste, was wirklich vor sich ging – und Jason war sich fast hundertprozentig sicher, dass niemand es wusste, nicht einmal Sam –, hätte man meinen können, Sam und Jen wären ein glückliches Paar.

Lauren gesellte sich zu ihnen. Sie trug ein grünes Seiden-Trägertop, das ihre Augen zum Strahlen brachte, und hatte ihr Date-Night-Make-up aufgelegt. Jason fragte sich, warum sie sich so herausgeputzt hatte.

»Hi, Leute. Auf einen schönen Sommer!«, sagte Lauren und prostete den anderen zu.

»Hey, ich habe gehört, der neue Tennislehrer soll großartig sein«, meinte Jen. »Ich habe dieses Jahr zwar viel gespielt, aber bestimmt bin ich trotzdem noch viel schlechter als du«, sagte sie zu Lauren.

»Vielleicht wird das ja das Jahr, in dem wir tatsächlich mal ein gemischtes Doppel spielen«, meinte Sam.

Jason grauste allein bei der Vorstellung.

In diesem Stil ging die Feier weiter, und jeder ging allmählich wieder zu seinem üblichen Sommer-Ich über. Jason unterhielt sich zwar mit den anderen Gästen, redete aber nur, um zu reden; er wusste nicht wirklich, was er sagte. Seine Aufmerksamkeit galt allein Jen. Er registrierte, wo im Raum sie sich aufhielt und mit wem sie sprach. Er wollte ihr irgendwie nahekommen, wusste aber nicht, wie.

Irgendwann traf dieser Ex-Tennisprofi, Robert, ein – er wurde Jason vorgestellt, und sie plauderten kurz. Er schien ein netter Kerl zu sein, und er sah sehr gut aus. Alle Frauen waren ganz aus dem Häuschen. Die Männer auch. Jason fiel auf, dass Paul Grobel sich auf die Zehenspitzen stellte, um größer zu wirken.

Schließlich beobachtete Jason, dass Jen Richtung Badezimmer verschwand, das sich weiter hinten in Rachels Erdgeschoss, in der Nähe ihrer Küche und weit weg von den versammelten Gästen befand. Er wartete zwei Minuten und ging ihr dann hinterher. Die Badtür war noch geschlossen, also klopfte er an; sie würde sicher wissen, dass er es war. Sie öffnete und kam heraus. Endlich sah sie ihm in die Augen.

Er wusste, dass er ein Risiko einging, aber er musste sie berühren, es musste einfach sein, also streifte er im Vorbeigehen ihre Hand und drückte sie sanft. »Treffen wir uns nachher am Strand?«, flüsterte er. Sie nickte ihm kurz zu, strich im Gehen ihr Kleid glatt und ging zurück zur Party.

Jason hatte das Gefühl, dass sich der Rest des Abends endlos hinzog, eine anstrengende Mischung aus langweiligen Gesprächen und lautem Gelächter. Er konnte kaum erwarten, dass der Umtrunk zu Ende ging, damit er Lauren entkommen und Jen treffen konnte. Paul nahm ihn eine halbe Stunde lang in Beschlag und schwafelte von irgendeinem geheimen Dinnerclub, dem er und Emily angehörten. Jason, der groß genug war, um auf Pauls Kopf hinabzublicken, bemerkte die verräterischen schwarzen Punkte einer laufenden Haartransplantation. Paul war definitiv jemand, der dreißig Riesen ausgeben würde, um verzweifelt an seinem Haar festzuhalten.

»Es ist von den Typen, die das Carbone machen«, tönte Paul, »und man muss so ein Bewerbungsformular ausfüllen und dann eine Anzahlung von fünftausend Dollar leisten. Die exklusiven Essen finden dann an wechselnden Locations statt, zum Beispiel in einem leeren Loft in Tribeca oder im Keller eines gewöhnlichen Diners in Queens.«

»Klingt wie die Hölle auf Erden«, sagte Sam, der sich leise zu ihnen gesellt hatte, und lachte.

Paul starrte ihn wütend an. Zwischen den beiden herrschten von jeher gewisse Spannungen. Sam war so unterhaltsam und attraktiv und Paul ein Sack voller Unsicherheiten. Die beiden passten einfach nicht zusammen.

Jason gluckste. Er liebte es, wenn Sam Paul ärgerte. Es gab immer noch Momente, in denen Sam ihn an den fünfjährigen Jungen erinnerte, mit dem er sich im Kindergarten angefreundet hatte, mit dem er sich als Superheld verkleidet und endlos Verstecken gespielt hatte.

Einen Moment lang fühlte er sich schlecht, weil er mit Sams Frau schlief. Sam war so arglos, wie er da in seinem dämlichen weißen Leinenanzug herumstand. Aber Jason verdrängte den Gedanken gleich wieder. Paul entfernte sich, sichtlich verärgert über Sam und Jason.

»Paul kann so ein Idiot sein«, meinte Sam. Er und Jason standen nun alleine neben der Bar.

Währenddessen saß Jen mit Emily und Rachel auf der Couch. Brian war im Badezimmer und Lauren in ein Gespräch mit dem Tennisprofi vertieft. *Gut*, dachte sich Jason. *Dann kann sich jemand anderes ihr Gequassel anhören.*

Sam sah Jason eindringlich an, sein gebräuntes Gesicht wurde ernst. *Oh, Scheiße*, dachte Jason. *Er weiß es.* Es schnürte ihm die Kehle zusammen, und er spürte, wie sein Mund ganz trocken wurde.

»Ich muss mit dir über etwas sprechen«, sagte Sam mit leiser Stimme.

»Sollen wir rausgehen?«, erkundigte sich Jason.

»Nein, dann denken die Leute, dass etwas nicht stimmt. Lass uns ganz unverfänglich tun, als ob wir über die Knicks reden oder so«, meinte Sam.

Jason nickte. *Fuck, fuck, fuck.* Sams Blick schnellte zu Jen hinüber. Jason machte sich auf das Schlimmste gefasst.

»In der Kanzlei ist was passiert«, sagte Sam. Sam war immer noch bei Sullivan & Cromwell, wo er die Prozessabteilung leitete. »Da war diese junge Frau, eine Mitarbeiterin«, fuhr er fort.

Jason atmete durch. Hier ging es gar nicht um ihn und Jen; Sam wusste immer noch nichts davon.

»Und zwischen uns ist auch nie was passiert, das schwöre ich. Wir haben nur bei ein paar Fällen eng zusammengearbeitet. Ich mochte sie, aber nur als Kollegin. Das musst du mir glauben, Jason«, sagte er. Er wirkte ängstlich.

Jason war es nicht gewohnt, Sam so zu sehen.

»Sie erhebt jetzt *Anschuldigungen* gegen mich«, Sam flüsterte fast. »Sie behauptet, ich hätte ihr Avancen gemacht und sie gezwungen, mich zu küssen. Das ist nicht wahr. So was würde ich nie tun. Du kennst mich. Aber jetzt wird die Sache intern untersucht – sie haben einen kanzleifremden Anwalt damit beauftragt. Und es wird langsam echt unangenehm für mich.«

Jason war schockiert. Sam wirkte immer so integer. Oder zumindest so integer, wie ein gut aussehender Anwalt eben sein konnte.

»Jen weiß nichts davon«, fuhr Sam fort. »Ich werde es ihr auch nicht sagen, wenn es nicht unbedingt sein muss. Aber ich musste es jemandem erzählen. Ich glaube, diese Frau spekuliert bloß auf eine Abfindung von der Kanzlei, sonst wäre sie direkt zur Polizei gegangen. Aber sie kapiert nicht, dass sie damit mein Leben ruiniert.«

Jason war sich nicht sicher, wie er darauf reagieren sollte. Ihn interessierte erst mal nur, wie und ob diese Information seiner Beziehung zu Jen schaden könnte. »Und wie geht es jetzt weiter?«, erkundigte er sich.

»Ich bin mir nicht sicher«, sagte Sam. »Sie beratschlagen noch, wie sie damit umgehen sollen. Aber es gibt schon ein paar Leute in der Kanzlei, die mir nicht wohlgesonnen sind, und ich mache mir langsam Sorgen, dass mich das den Kopf kostet. Wenn ich deswegen meinen Job verliere, bin ich ruiniert. Bitte erzähl es niemandem, auch nicht Lauren, aber vor allem sag Jen nichts davon.«

Wie durch ihren Namen herbeigezaubert, tauchte Jen in diesem Moment neben Sam auf und hakte sich bei ihm unter.

»Was habt ihr Jungs denn für Geheimnisse zu besprechen?«, fragte sie und sah im gedämpften Licht der Veranda einfach blendend aus. Jason beschloss in diesem Moment, ihr nichts von der Sache mit Sam zu erzählen. Er fürchtete, dass es ihrer Beziehung in die Quere kommen könnte, und die wollte er nicht aufs Spiel setzen. Bloß ein weiteres Geheimnis von vielen. Er würde sie später am Strand treffen und so tun, als wäre alles wie immer.

6

Silvia Mabini

Silvia Mabini grauste es immer vor dem Sommer. Es war nicht das Wetter; sie liebte die Hitze. Sie war in einem kleinen Dorf etwa eine Stunde von Manila entfernt aufgewachsen und an klebrige, schwere Feuchtigkeit gewöhnt. Wenn es in New York City achtunddreißig Grad heiß war und sie durch das Viertel rund um ihre Wohnung in Jamaica, Queens, lief, fühlte sie sich wie zu Hause. Wovor es der Zweiundfünfzigjährigen so grauste, was ihr Gänsehaut bereitete, war die Vorstellung, zwei Monate in einem Haus mit der Familie ihrer Arbeitgeber auf Fire Island verbringen zu müssen.

Aber hier hockte sie nun aufs Neue, in ihrem kleinen Zimmer im Erdgeschoss des Strandhauses der Parkers, gelangweilt, einsam, und schaute Soaps auf YouTube. Natürlich war das Haus schön. Alles am Leben der Parkers war schön. Lauren war sehr pingelig, auch in Bezug darauf, was die Kinder trugen – nur Designerkleider für Amelie, keine Jogginghosen für Arlo – und was sie aßen: ausschließlich Bioprodukte, sehr wenig raffinierten Zucker, *niemals* Saft. Silvia hatte sich sofort nach Laurens Vorlieben gerichtet, so wie es ihr beigebracht worden war. Und Lauren war Silvias Ansicht nach eine gute Chefin; anspruchsvoll, aber klar in ihren Erwartungen, großzügig, was die Bezahlung betraf, und abwesend auf eine Art, die Silvia schätzte. Für die Nannys war es immer besser, wenn die Mütter aus dem Haus waren.

Alles in allem war Silvia mit ihrer Situation ganz zufrieden. Als Chefin war Lauren völlig in Ordnung. Sie war wunderschön und elegant und, wie Silvia wusste, zutiefst unglücklich. Das waren sie alle.

Die Parkers waren ihre fünfte und hoffentlich letzte Familie, bevor sie sich zur Ruhe setzen konnte. Sie besaß mittlerweile ein kleines Haus auf den Philippinen, das sie mit zwei ihrer Schwestern gekauft hatte (sie war eine von zwölf Geschwistern, von denen zehn noch lebten), und plante, in ein paar Jahren dorthin zurückzukehren. Ihre Kinder, die sie allein großgezogen hatte, waren mittlerweile alle aus dem Haus – ein Sohn war Krankenpfleger, eine Tochter Arzthelferin, und eine andere, die Mutter ihrer einzigen Enkelin Molly, arbeitete wie sie als Nanny in Manhattan. Silvias Ehemann war schon vor Jahren auf die Philippinen zurückgekehrt, und sie hatten kaum noch Kontakt miteinander. Er rief die Kinder an ihren Geburtstagen an, und damit hatte es sich. Für Silvia war das in Ordnung.

Früher war Silvia gerne mit ihren Familien verreist. Das war einer der Vorzüge ihres Jobs. Aruba. Telluride in Colorado. London. Sie hatte schon in allerlei schicken Hotels gewohnt. Eine ihrer früheren Familien, die Jesseps, hatte sogar einen Privatjet besessen. Aber vor den Parkers hatte sie die Sommer nur in den Hamptons verbracht. Die Häuser dort waren so groß, dass sie fast immer ihren eigenen Flügel hatte. Da konnte sie ihr Fernsehzimmer nutzen, sich in ihrer eigenen Kochnische Tee kochen und musste vor sieben Uhr morgens niemanden sehen.

Aber Fire Island war anders. Viel … enger. Dort gab es kein Entkommen. Und die Arbeit war auch anstrengender. In den Hamptons war Silvia fast immer zu Hause geblieben, hatte den Pool beaufsichtigt, sich um die Mahlzeiten gekümmert und auf die Kinder aufgepasst, wenn ihre Chefs ausgingen. In Salcombe war sie ständig mit den Kindern draußen, brachte sie zu den Ferienprogrammen (die nur bis mittags liefen – *warum?*), brachte sie zum Tennis und dann zum Strand. Hin und wieder freundete sie sich mit einer anderen Nanny an, aber viele Familien bezahlten einheimische Teenager für die Betreuung ihrer Kinder. Also saß sie die meiste Zeit allein auf ihrem Dreirad für Erwachsene, das sie hauptsächlich wegen seines Korbs fuhr, der groß genug für Handtücher und Strandtaschen war, wartete, bis die Kinder mit ihren Aktivitäten fertig waren, und scrollte auf ihrem Handy herum. Dann musste sie sich ansehen, wie Amelie auf ihren Stützrädern im Zickzack die Bohlenwege auf und ab fuhr. Die Holzstege kosteten Silvia wirklich Nerven. Sie waren so hoch über dem Boden, und die Kinder fuhren so schnell darauf. Es war bloß eine Frage der Zeit, bis sich da einmal jemand etwas brach. Dann wäre es ihre Schuld. Aber wie konnte sie es verhindern?

Der Gedanke verfolgte sie manchmal auch dann noch, wenn sie im Bett lag und einschlafen wollte. Oft schwirrte eine Mücke in ihrem Zimmer herum, verhöhnte sie mit ihrem Surren und raubte ihr den dringend benötigten Schlaf. Die Moskitos im Staat New York liebten sie mehr als die auf den Philippinen. Sie verfolgten sie, stachen sie unablässig und hinterließen große rote Beulen auf ihrer Haut.

Silvia entdeckte eine in der Ecke und stand auf, um ihr mit einer Zeitschrift den Garaus zu machen. Da hörte sie, wie sich die Tür öffnete und wieder schloss, und dann Laurens Schritte. Jason war nicht bei ihr. Die beiden verbrachten nie Zeit zusammen. Jason hatte eine Affäre. Da war sich Silvia sicher. Sie hatte oft genug seine Wäsche gewaschen, um zu wissen, dass er mit einer anderen Frau schlief. Seine Kleidung roch nicht nach Lauren, die nur Chanel No. 5 trug. Sondern nach dem Shampoo einer anderen. Und nach Sex. Die meisten Väter, für die sie gearbeitet hatte, hatten Affären gehabt, aber bei Jason war es bei Weitem am offensichtlichsten. Er tat nicht einmal so, als würde er Lauren mögen. Sogar Arlo und Amelie merkten das. Amelie hatte einmal zu ihr gesagt, dass »Daddy Mommy hasst«. Sie fragte sich, ob Lauren das zu ihr gesagt hatte oder ob sie von selbst auf diesen Gedanken gekommen war. Silvia liebte Amelie, die hübsch, aber auch herrisch war. Wie ihre Mutter. Arlo war ihr einerlei. So ein Kind gab es immer in solchen Familien.

Reiche Leute waren unglücklich, aber sie wussten nicht, wie privilegiert sie waren. Sie zahlten ihr knapp tausendfünfhundert Dollar die Woche, plus Unterkunft und Verpflegung, plus zwanzig Dollar pro Stunde fürs Babysitten, wenn sie abends noch ausgingen. Für solche Leute war das ein Klacks. Der Spitzensatz für Nannys. Sie überlegte, wie sie noch mehr aus ihnen herausquetschen könnte, bevor sie in Rente ging.

Sie legte sich wieder ins Bett und kuschelte sich in die weichen Laken von Frette. Die Mücke surrte weiter um ihre Ohren. Sie schlug nach ihr und traf sich selbst ziemlich fest am Kopf. Noch zwei volle Monate an diesem Ort.

Zweiter Teil

4. Juli

7

Lauren Parker

Der 4. Juli war der landesweite Feiertag, den Lauren Parker am wenigsten mochte. Es war immer heiß, immer nervig und immer chaotisch. Die Gemeinde Salcombe veranstaltete stets ein ganztägiges Programm für ihre Bürger, das in der Theorie großartig klang, in der Praxis aber nervtötende acht Stunden lang schwer zu ertragen war. Morgens gab es Spiele und Wettrennen für die Kinder auf dem örtlichen Sportplatz – Eierlauf, Sackhüpfen und Dreibeinrennen aus der Hölle. Unweigerlich verletzte sich eines der Kinder oder rastete vollkommen aus, und am Ende war Lauren verschwitzt und von Mückenstichen übersät. Danach gab es Hotdogs, Hamburger und Wassermelone, serviert auf langen Picknicktischen vor der Feuerwache neben dem Baseballfeld. Die Feuerwehrmänner, oder besser gesagt »Feuerwehrmänner« in Anführungszeichen, wie Lauren insgeheim über sie dachte, waren fast allesamt Familienväter aus Salcombe – Anwälte, Banker und Medienmanager –, die im Zuge ihrer Midlife-Crisis beschlossen hatten, dass es doch cool wäre, der Freiwilligen Feuerwehr beizutreten. Zu Beginn eines jeden Sommers absolvierten sie gemeinsam einen Auffrischungskurs, und dann mussten die Einwohner hoffen, dass bloß nichts Schlimmes passierte. Es war keine besonders beruhigende Vorstellung, dass einem bei einem Großfeuer jemand wie Brian Metzner zu Hilfe eilte. Die Feuerwache war ein uriger, garagenähnlicher Holzschuppen, in dem ein eher kleines

Feuerwehrauto Platz fand und das besagten Vätern hauptsächlich als Treffpunkt diente, um sich zu entspannen und nachmittags Bier zu trinken.

Lauren und Silvia waren mit Arlo und Amelie zu den Spielen und zum Mittagessen gegangen, während Jason zu Hause geblieben war. Er hatte behauptet, dass er vor seinem Tennistraining mit Sam gegen Mittag noch »jede Menge Arbeit« zu erledigen hätte. Arbeit an einem Sonntag, der noch dazu ein Feiertag war? Lauren kaufte ihm das nicht ab, aber sie konnte es ihm auch nicht verübeln, dass er sich nicht mit dem Rest der Stadt am gezwungenen Spektakel beteiligen wollte. Arlo und sein Freund August hatten den Dreibeinlauf in ihrer Altersklasse gewonnen und trugen deshalb Plastikmedaillen um den Hals. Amelie, deren Gesicht mit Feuerwerk bemalt war, trug ihr Flaggenmotiv-Kleid von Pink Chicken, das Lauren extra für diesen Tag gekauft hatte. Nur weil sie diesen Feiertag hasste, hieß das schließlich nicht, dass sie keine süßen Bilder auf Instagram davon posten wollte. Beide Kinder hatten in der vergangenen Woche vormittags am Ferienprogramm von Salcombe teilgenommen, das sowohl Kunstprojekte als auch Schwimmen umfasste, und an den Nachmittagen an verschiedenen weiteren Freizeitangeboten – Tennis für beide, Segeln für Arlo, ein Bastelkurs für Amelie.

Silvia hatte sie hin- und hergebracht, und so hatte Lauren jeden Tag Zeit zum Tennisspielen gehabt. Langsam fühlte sie sich wieder wohl beim Spielen; ihr Muskelgedächtnis kehrte zurück, und ihre Schläge wurden geschmeidiger.

Gestern hatte Lauren zusammen mit Claire Laurell gegen Rachel und Emily gespielt. Lauren war in guter Form gewesen – ihre Rückhand funktionierte, und ihr erster Aufschlag kam an. Claire Laurell war Anfang sechzig und hatte zwei Töchter im

Teenageralter, Lila und Reb, die gelegentlich auf Arlo und Amelie aufpassten, wenn Silvia einen freien Abend brauchte. Claire war in ihrer Jugend eine hervorragende Tennisspielerin gewesen, hatte aber in den letzten zehn Jahren merklich nachgelassen und konnte nicht mehr so schnell zum Netz rennen, wie Lauren es sich von ihr gewünscht hätte. Ihre Grundschläge waren allerdings immer noch stark, und Lauren war in der Lage, sich so auf dem Platz zu bewegen, dass sie Claires bleierne Füße ausgleichen konnte. Sie hatten Rachel und Emily im ersten Satz bereits mit 6 zu 4 besiegt und führten 5 zu 3, als ihre Zeit abgelaufen war.

»Das hat Spaß gemacht«, hatte Rachel mit verschwitztem, gerötetem Gesicht gesagt, als sie ihre Bälle aufhoben und ihre Schläger einpackten. Rachel war die schlechteste Verliererin der Welt, und es amüsierte Lauren immer, wenn sie sich nach einer Niederlage abmühte, höflich zu sein. »Beim Durchziehen hab ich echt noch Luft nach oben; ich spiele nach unten statt über die Schulter.« Rachel konnte nie einfach sagen: »Du hast gut gespielt, Lauren«, sondern verpackte das immer in eine Analyse ihrer eigenen Fehler, um anzudeuten, dass das Ergebnis zu ihren Gunsten ausgefallen wäre, wenn sie nur so gespielt hätte, wie sie es normalerweise tat.

Claire war auf sie zugewatschelt gekommen; das graue Haar klebte ihr an der Stirn, und ein Schweißfleck machte sich unterhalb ihrer großen Brüste breit. In ihrem braunen Tennisoutfit erinnerte sie Lauren an eine Kartoffel aus Idaho.

»Schönes Spiel, Mädels«, meinte Claire. Lauren kannte das Gerücht, dass Claire und ihr Mann Seth Swinger seien und dass es vor zwanzig Jahren in Salcombe eine ganze Gruppe davon gegeben hätte, die nach wilden Feiern im Jachtclub regelmäßig die Partner getauscht hätten. Sie konnte sich nicht vorstellen, dass Claire und vor allem Seth, der jetzt korpulent und kahl war und seltsam unbehaarte Beine hatte, miteinander Sex hatten, geschweige denn so attraktiv waren, dass andere dabei mitmachen wollten. Aber da alle behaupteten, es sei so gewesen, mochte doch etwas dran sein. Wenn ja, schön für sie. Sie und Jason hatten kaum noch Sex. Vielleicht ein- oder zweimal im Monat. Lauren hatte kein Problem damit – Jason widerte sie in letzter Zeit oft an. Sein Atem, der sie vorher nicht gestört hatte, roch jetzt immer leicht ranzig. Vielleicht war das auch schon immer so gewesen, aber aus welchem Grund auch immer fiel es ihr nun erst auf. Und sie konnte ihm nicht einmal beim Kauen zusehen. Seine schmatzenden Lippen, und wie er das Essen in sich hineinschlang; Lauren fand es zum Kotzen.

Als sie sich kennengelernt hatten, hatte sie ihn sexy gefunden. Er hatte ihr erzählt, dass er ein pummeliges Kind gewesen sei, aber das sah man ihm als Erwachsenem nicht an, er war gut gebaut. Er hatte ausgesprochen volle Lippen und dunkle, tief liegende Augen. Sein Haar war schön dicht, und er hatte etwas an sich, das die Frauen, Lauren eingeschlossen, attraktiv fanden. Aber das war damals. Vielleicht hatte sich mit dem Älterwerden ihr Beuteschema verändert. Oder vielleicht war Jason auch einfach schlecht gealtert.

Sie beobachtete Robert, der Larry Higgins, einem Mitglied des Tenniskomitees von Salcombe, auf dem Einzelplatz hinter dem Platz, auf dem sie gespielt hatte, Unterricht gab.

»Nimm ihn weiter hinten an, Larry!«, rief Robert, als der alte Mann einen weiteren Ball ins Netz schlug. »Du schaffst das schon. Denk dran, Füße bewegen und Schulter eindrehen. Von tief nach hoch!«

Robert trug schwarze Nike-Shorts und ein weißes Nike-T-Shirt, das sich an seine definierte, sehnige Brustmuskulatur schmiegte. Er blickte auf und sah, dass Lauren ihn beobachtete, und obwohl ihr von der Juli-Sonne bereits warm war, spürte sie, wie ihr Hitze in die Wangen stieg. Er winkte ihr zu, und sie winkte zurück.

Sie musste an ihre Unterrichtsstunde bei ihm ein paar Tage zuvor denken, ihre erste in dieser Saison. Robert war auf ihre Seite des Platzes gekommen, um ihr zu helfen, ihren Vorhandgriff zu verbessern, der nicht richtig saß. Sie hatte ihr schönstes Tennisdress an, ein weißes Lacoste-Kleid, und sich vor der Stunde mit wasserfester Wimperntusche geschminkt. Sie wusste, dass sie gut aussah, und sie wollte, dass er es bemerkte. Er umfasste mit seiner großen Hand ihr schmales Handgelenk, hielt den Schläger und schob dann ihre Finger in die richtige Position am Griff. Laurens Beine wurden ganz weich, und Wärme breitete sich in ihrem Oberkörper aus. Instinktiv schmiegte sie sich fast unmerklich an Robert und drückte ihre Rückseite dann fester gegen seinen starken Arm und sein Bein. Er leistete keinen Widerstand; sie spürte, wie er eine Erektion bekam. Er gab ihr weiter Tipps, wie sie ihren Arm besser streckte, um mehr Kraft zu haben, und Lauren tat so, als interessiere sie sich für das, was er sagte, und presste ihren Körper dabei weiter an seinen. Schließlich trat Robert einen Schritt zurück und drehte sie beinahe unmerklich in Richtung einer Bank am Spielfeldrand. Lauren blickte etwas verwirrt hinüber und sah Susan Steinhagen dort sitzen, die sie misstrauisch beäugte. Lauren winkte ihr zu und fasste sich sogleich wieder. Susan hatte sicher nichts gesehen, weil es nichts zu sehen gab, befand sie. Wahrscheinlich war sie nur neidisch, dass Laurens Spiel sich so schnell verbesserte. Susan war früher eine der besten Spielerinnen im Club gewesen, aber jetzt war sie alt, hatte eine kaputte Hüfte und war zum »Seniorenturnier« verbannt worden, das sich niemand ansah und für das sich niemand interessierte.

Die letzten paar Tage seit der Tennisstunde hatte Lauren damit verbracht, von Robert zu fantasieren. Sie hatte ständig an ihn gedacht, war an den Tennisplätzen vorbeigefahren, um einen Blick auf ihn beim Spielen zu erhaschen, und sich den Gedanken, Sex mit ihm zu haben, immer und immer wieder durch den Kopf gehen lassen. Sie hatte Jason noch nie betrogen und seit Jahren nicht einmal mehr mit einem Mann geflirtet. Wo hätte sie auch jemanden kennenlernen sollen? Nach der Geburt des ersten Kindes hatte sie aufgehört zu arbeiten und war seither fast nur noch mit anderen Frauen zusammen, bei Schulveranstaltungen, Sportkursen und zum Abendessen. Wenn Männer dabei anwesend waren, waren sie ausnahmslos mit ihren Ehefrauen da und wirkten gelangweilt. Und es war nun auch nicht gerade so, als würde Lauren die Ehemänner ihrer Freundinnen besonders attraktiv finden. Sie hatten einen Hängebauch oder waren zu klein oder zu alt. Ihr Mann Jason war der attraktivste von allen. Dieses Gefühl, jemanden zu *wollen*, auch wenn es nur ein Tennislehrer war, war also völlig neu und aufregend. Sie erinnerte sich immer wieder daran, wie es sich angefühlt hatte, Robert zu berühren. Ganz ehrlich, würde es Jason überhaupt etwas ausmachen, wenn sie ihn betrog? Lauren war sich da nicht so sicher. Er war in letzter Zeit so gleichgültig ihr gegenüber, so übellaunig. Er blickte kaum von seinem Handydisplay auf. Vielleicht würde er einfach mit den Schultern zucken und sie gewähren lassen.

Auch nun, bei den Feierlichkeiten zum 4. Juli, suchte sie die Menschenmenge nach Robert ab, in der Hoffnung, dass er trotz seines straffen Terminplans auf ein Bier in der Feuerwache vorbeischauen würde. Seit ihrer letzten Tennisstunde bei ihm hatte sie keine weitere mehr gebucht. Einerseits wollte sie gerne wieder in seiner Nähe sein, aber andererseits wollte sie nicht aufdringlich wirken. Oder noch schlimmer, verzweifelt. Was, wenn er gar nicht interessiert war?

Sie hatten sich auf Rachels Umtrunk unterhalten, und sein Gesicht war so nah an ihrem gewesen, dass sie sich hätten küssen können. Sie hatten über Roberts Vater geredet – er hatte ihr erzählt, dass er vor ein paar Jahren verstorben war. Sie hatte sich angemessen mitfühlend gegeben, obwohl sie es nicht nachfühlen konnte. Ihr Vater lebte gesund und munter in Kalifornien und vergnügte sich mit seinen Kumpels auf dem Golfplatz. Aber ihr hatte gefallen, wie sein Gesicht während des Erzählens aussah, die kleinen Fältchen seitlich an seinen blauen Augen, die kantige, maskuline Kinnpartie. Irgendwann war das Gespräch ins Stocken geraten, und Lauren, die sich verwegen fühlte, weil sie schon etwas beschwipst war und wütend auf Jason, der sie seit einer gefühlten Ewigkeit ignorierte, hatte mit gedämpfter Stimme zu ihm gesagt: »Ich möchte mit dir allein sein.« Doch sie hatte es sofort danach bereut. Was war nur los mit ihr? Ihr Ehemann war anwesend! Und der Typ war ein Tennislehrer! Aber Robert hatte nur genickt und war noch näher an sie herangerückt, bis – just in diesem Moment – Rachel aufgetaucht war, um ihnen etwas zu trinken anzubieten, und den Moment damit ruinierte.

Und während der Tennisstunde war er ihr auch nicht ausgewichen, sondern hatte sich vielmehr noch fester an sie gedrückt. Das hatte sie sich sicher nicht bloß eingebildet. Es war gar nicht Laurens Art, so unsicher zu sein. Sie hatte sich von jeher der Aufmerksamkeit von Männern sicher sein können, und sie drehten sich auf der Straße noch immer nach ihr um. Aber sie war aus der Übung.

Da kam Amelie aus dem Feiertagsgewühl auf sie zugerannt; die Schminke in ihrem Gesicht war verschmiert, das Kleidchen voller Ketchupflecken.

»Mami, Lucy Ledbetter hat mich geschubst und mich mit Ketchup vollgeschüttet! Und dann hat ihre Mami gelacht.« Sie warf sich weinend in Laurens Arme.

Lauren suchte nach Beth Ledbetter, deren Kind, Lucy, eindeutig nach ihr geraten war. Sie war drüben am Getränkestand, wo Plastikbecher voller Bier auf einem Klapptisch bereitgestellt wurden. Beth Ledbetter, geborene Taubman, war ein Salcombe-Urgestein. Wie Sam und Rachel hatte sie schon ihre Kindheitssommer hier verbracht und das Haus ihrer Eltern, ein rotes Cottage an der Ecke Harbor und Pacific, geerbt, als diese ihren Ruhestand in Florida angetreten hatten. Obwohl sie in ihrer Jugend ständig dabei gewesen war, hatte sie laut Sam nie wirklich dazugehört. Damals wie heute war sie streitsüchtig, eine Besserwisserin und obendrein eine Riesenlügnerin. Sie saugte sich Dinge buchstäblich aus den Fingern. (Jen, die ja Psychologin war, hatte Lauren einmal erklärt, dass Beth eine pathologische Lügnerin sei – jemand, der lügt, um seinen Willen durchzusetzen oder andere zu manipulieren – und keine zwanghafte Lügnerin, die einfach gewohnheitsmäßig lügt.) Sie leugnete schlichtweg Dinge, die sie getan hatte – »Nein, ich habe deine Neun-Uhr-Stunde nicht absichtlich genommen; der Platz war frei, als ich vorbeikam« –, und sie säte Unfrieden, wo es keinen gab: »Ich habe gehört, dass Lisa Rachel nicht *ausstehen* kann.«

Von achtzehn bis dreißig war Beth aus den Sommern in Salcombe verschwunden und dann eines Tages plötzlich mit einem Baby und ihrem Ehemann namens Kevin Ledbetter, der kaum den Mund aufbekam, im Schlepptau wieder dort aufgetaucht. Obwohl die meisten anderen weiblichen Urgesteine, wenn sie auf Salcombe weilten, ihren Mädchennamen weiterführten, hatte Beth jede Spur von Taubman getilgt, trat seit ihrer Heirat nur mehr als Beth Ledbetter auf und hatte nach ihrer Rückkehr versucht, sich bei den neuen Paaren einzuschmeicheln, die in ihrer Abwesenheit dazugekommen waren und ihren Ruf noch nicht kannten. Es hatte halbwegs funktioniert – mittlerweile war sie mit einer kleinen Gruppe Mütter befreundet, mit Leuten wie Jeanette Oberman, Jessica Leavitt und Mollie Davidson, die Lauren alle als zweitklassig bezeichnen würde.

Vor ein paar Jahren hatten Lauren und ihre Freundinnen auch aufgehört, Beth zu tolerieren, und schlossen sie seitdem aktiv von Einladungen zu Drinks und Abendessen im Jachtclub aus. Beth hatte sich gerächt, indem sie das Gerücht verbreitet hatte, Lauren hätte ihren Kindern verbotene Snacks wie Erdnussbutterbrezeln mit ins Ferienlager gegeben, woraufhin Lauren einen wütenden Anruf von Jessica Leavitt erhalten hatte, deren Sohn Danny unter einer lebensbedrohlichen Nussallergie litt. Dabei stimmte das überhaupt nicht! Ein *einziges* Mal am Strand hatte Lauren Arlo erlaubt, einen Bagel mit Erdnussbutter zu essen, aber strikt darauf geachtet, dass er weit weg von allen anderen stand, und ihn hinterher genötigt, sich die Hände zu waschen.

Jetzt bahnte sich Lauren ihren Weg in Richtung Bierstand, die schluchzende Amelie an der Hand hinter sich herziehend. Beth stand mit einigen Feuerwehrmännern zusammen, die fröhlich Bier tranken und Hotdogs aßen. Weiß Gott, was passieren würde, wenn heute noch ein Feuer ausbräche. Beths staksige Hühnerbeine ragten aus Jeans-Shorts hervor, sie trug ein zerrissenes schwarzes T-Shirt und hatte das Haar unter einem Tennisvisor zusammengebunden. Statt der hübschen

Sommerkleider von Marken wie La Ligne oder Gabriela Hearst, die alle anderen Frauen hier trugen, bevorzugte Beth schlabbrige Outfits, die ihre knochige Gestalt kaschierten. Es war *skurril*. Und Lauren hasste skurril.

Beth starrte Lauren an, als diese auf sie zukam. Amelie schniefte noch immer, und Lauren beugte sich zu ihr hinunter und sagte ihr, sie solle Silvia suchen gehen, während Mami mit Mrs. Ledbetter sprach. Die Kleine tapste traurig davon, ihr besudeltes Pink-Chicken-Kleid war reif für die Tonne.

Lauren war erbost. Wer lachte schon über ein weinendes Kind? Die kleine Lucy benahm sich unmöglich, und ihre Mutter Beth beförderte es auch noch. Normalerweise lag es Lauren fern, eine Szene zu machen, aber heute war irgendetwas anders. Sie biss sich fest auf die Unterlippe. Sie war *stinkwütend*.

Jetzt grinste Beth auch noch frech. Eine ihrer Handlangerinnen, Mollie Davidson, stand an ihrer Seite wie ein armseliger Leibwächter.

»Hey, Beth, ich muss mit dir reden«, fauchte Lauren. Ihr Mund fühlte sich plötzlich staubtrocken an.

»Gibt's ein Problem?«, schoss Beth zurück und plusterte sich noch mehr auf in ihrem lächerlichen Outfit, das eher zu einer Siebenjährigen als zu einer erwachsenen Frau passte.

»Hast du gelacht, als Lucy Amelie mit Ketchup vollgespritzt hat?« Lauren konnte nicht so recht glauben, dass sie sagte, was sie da sagte; die meisten Streitereien zwischen Müttern endeten mit Pseudo-Entschuldigungen und dem Versprechen, sich bald auf ein Glas Wein zu treffen. Schon versammelte sich eine kleine Menschenmenge um die beiden Frauen. Lauren sah Rachel und Emily in dem Kreis und war dankbar, zwei ihrer eigenen Leute dabei zu haben, die ihr später helfen würden, die Geschichte so zu erzählen, wie sie erzählt werden musste.

»Sicher nicht«, sagte Beth. »Kleine Kinder streiten sich nun mal. Warum sollte ich sie auslachen? Obwohl dieses Kleid *schon* irgendwie komisch ist.«

Ein hörbares Raunen ging durch die Zuschauer. Laurens Wangen fingen an zu brennen. Ihre Hände zitterten. Selbst Beth wirkte überrascht, dass sie so weit gegangen war. Lauren war sich nicht sicher, ob sie sich einfach umdrehen und weggehen oder es drauf ankommen lassen sollte. *Scheiß drauf*, dachte sie sich. Sie hatte genug davon, dass man sie schlecht behandelte. Die Menge um sie herum hatte sich verdoppelt. Auch Lisa und Brian waren jetzt mit von der Partie. Wo war Jason eigentlich, wenn sie ihn brauchte? *Scheiß auf ihn.*

»Ach, *fick* dich, Beth. Meine Tochter ist ganz aufgelöst. Du bist so 'ne Lügnerin. *Und* 'ne Schlampe!«, schrie sie.

Beths hässliches Gesicht wurde ganz bleich. Sie machte einen Schritt auf Lauren zu. Wollte sie sie etwa schlagen? Brian, breitschultrig in seiner schweren Feuerwehrmontur, trat zwischen sie.

»Ladys, Ladys, jetzt beruhigen wir uns alle erst mal. Das hier scheint mir für keine Partei eine gute Investition zu sein«, sagte er. *Scheiß auf Brian Metzner*, dachte Lauren. *Scheiß auf sie alle.*

Da kam Rachel herbeigeeilt, nahm Lauren am Arm und führte sie von Beth weg zum Spielfeld, auf dem die Kinder immer noch um die Wette liefen und sich mit Wasserballons bewarfen. Lauren entdeckte Amelie und Arlo, die mit Silvia Wassermelone aßen. Zum Glück hatten sie den kleinen Nervenzusammenbruch ihrer Mutter nicht mitbekommen. Rachel zog sie weiter, bis sie die hölzerne Tribüne vor dem Baseballfeld erreicht hatten. Die beiden Frauen setzten sich. Lauren hatte das Gefühl, sich gleich übergeben zu müssen.

»Was war denn *das* eben?«, fragte Rachel, die immer noch

ihre Tenniskleidung von diesem Morgen trug, vor Aufregung fast platzte und sich Mühe gab, ein Grinsen zu unterdrücken.

»Keine Ahnung«, sagte Lauren. »Beth hat Amelie ausgelacht, nachdem Lucy sie schikaniert hat, und ich bin irgendwie ausgerastet.«

»Beth ist der Horror«, sagte Rachel. Lauren war zwar oft von Rachel genervt, aber in Situationen wie dieser war sie ganz nützlich. Rachel war ihr gegenüber loyal, und Lauren wusste, dass sie demzufolge Anti-Beth-Klatsch verbreiten würde.

Rachel beugte sich näher zu Lauren vor. »Ich habe gehört – und das hast du jetzt nicht von mir –, dass Beth in letzter Zeit *ziemlich* viel Gras raucht. Sogar tagsüber«, zischte sie hämisch. »Vielleicht war sie auf Drogen.«

»Schon möglich«, sagte Lauren. Sie fühlte sich vollkommen aufgewühlt und ganz und gar nicht wie sie selbst. Lisa und Emily kamen auf sie zu, in fast identischer Aufmachung: weiße Leinenoveralls und große schwarze Sonnenbrillen.

»Oh, mein Gott«, stieß Emily hervor, als sie vor ihnen standen. Ihr langes blondes Haar war zu einem lässigen Dutt hochgesteckt, und ihre Arme sahen dünn wie Zweige aus. »Ich kann nicht glauben, dass das gerade passiert ist. Geht es dir gut?«

»Jaja, ich bin okay. Ich glaube, ich bin nur kurz ein bisschen ausgeflippt«, sagte Lauren.

»Das würde ich mir gerne genauer mit dir zusammen ansehen«, säuselte Lisa mit ihrer Life-Coach-Stimme. Sie war kleiner als Emily und hübscher, mit dunklem, schulterlangem Haar und braunen Augen, die seltsam, aber nicht unsympathisch weit auseinanderstanden. Sie war eine ehemalige PR-Managerin, die mit dem Arbeiten aufgehört hatte, als sie Kinder bekam, aber sie steckte noch immer diese laute Energie in alles, was sie tat.

»So habe ich dich noch nie erlebt«, fuhr Lisa fort. »Ist heute irgendwas passiert, das dich so aus der Fassung gebracht hat?«

»Ich weiß es ehrlich nicht«, erwiderte Lauren wahrheitsgemäß. »Ich bin immer noch so aufgebracht wegen dieses Betrugsskandals an der Braeburn. Jason und ich hatten uns deswegen ganz schön in den Haaren. Vielleicht hat es etwas damit zu tun.« Lauren bereute sofort, es laut ausgesprochen zu haben. Sie wusste, dass es besser war, vor Rachel nichts von Bedeutung preiszugeben. Lauren merkte, wie sie aufhorchte.

»Falls es dich tröstet, Brian raubt mir auch den letzten Nerv«, sagte Lisa. »Das restliche Jahr über vergesse ich immer, wie nervig er eigentlich ist, weil er da die ganze Zeit am Arbeiten ist und ich mein eigenes Ding mache, und dann kommen wir im Sommer hierher und verbringen Zeit miteinander, und ich denke mir: *O ja, ich hasse meinen Mann.* Und warum hat er hier ständig einen Feuerwehrhelm auf? Er ist ein verdammter Hedgefonds-Manager.«

Alle kicherten, auch Lauren. Langsam fühlte sie sich ein wenig besser. Sie wusste, dass sie Beth hier in Salcombe überlegen war und dass sie am Ende als Siegerin aus dieser Sache hervorgehen würde.

»Apropos Männer, da drüben ist dein Freund«, sagte Emily und zeigte zur Promenade hinüber. Dort stand Robert umringt von einer Gruppe älterer Damen, darunter Claire Laurell, und ließ sich von ihnen anschmachten.

»Oh, bitte«, sagte Lauren, die kurz zu ihm hinüberschaute. »Er ist wie ein großes Kind.« Schon als sie es sagte, wusste sie, dass es nicht überzeugend klang.

»Komm schon, wir haben doch alle mitbekommen, wie er dich auf dem Platz angegafft hat«, meinte Emily.

Lauren zuckte bloß mit den Schultern.

»Okay, Mädels, gehen wir zurück zu den Essens- und Getränkeständen«, sagte Lisa. »Sieht so aus, als hätten Beth und ihre Gang sich verzogen. Also müsst ihr euch leider jemand anderen suchen, den ihr anschreien und beleidigen könnt.«

Lauren lachte. Vielleicht könnte sie Gefallen finden an dieser neu gewonnenen Stärke. Die vier Frauen zerstreuten sich, da jede nach ihrem Nachwuchs schauen wollte, bevor sie sich wieder ins Getümmel stürzten. Amelie und Arlo ging es gut – sie waren jetzt auf dem Spielplatz und spielten mit einer Gruppe von Kindern Fangen mit Freischlagen. Also beschloss Lauren, nach Hause zu gehen. Sie hatte ihr Fahrrad stehen lassen, daher nahm sie den Neptune Walk in Richtung Strand. Sie brauchte einen Moment für sich, bevor sie sich wieder in das fröhliche Treiben stürzen konnte. Sie wusste nicht recht, wie sie Jason den Vorfall mit Beth erklären würde; er hasste es, wenn sie die Beherrschung verlor, selbst wenn sie bloß mit ihm allein war. Der Gehweg war menschenleer und ruhig. Alle waren beim Sportplatz. Plötzlich hörte Lauren sich nähernde Schritte und spürte kurz darauf, wie jemand sie an der Schulter antippte. Sie drehte sich um und sah Robert, der allein vor ihr stand. Er trug frische Tenniskleidung, das blendend weiße Reebok-Shirt brachte seine gebräunte Haut noch mehr zur Geltung.

»Alles klar bei dir? Ich habe gesehen, wie du dich gestritten hast«, sagte er. »Wer war denn die Frau? Bist du okay?«

Er sah sie mit echter Sorge an. Lauren hatte diese Art von Aufmerksamkeit schon lange nicht mehr erlebt. Es war wundervoll.

»Ach, das war nur die Dorfschlampe, Beth Ledbetter. Ich glaube, du unterrichtest ihre Tochter.«

Robert schüttelte den Kopf. »Ich bin so neu hier. Mir kommt

es so vor, als hätte hier jeder mit jedem so ein paar alte Geschichten am Laufen.«

War er ihr absichtlich gefolgt?

»Willst du dir mein Haus ansehen?«, fragte Lauren. Sie fühlte sich mutig und irgendwie anders als sonst. Der Vorfall mit Beth hatte irgendetwas in ihr ausgelöst, auch wenn sie noch nicht sicher war, was genau. »Es ist gleich da drüben«, sagte sie und zeigte auf das Haus, das nur zwei Minuten zu Fuß entfernt lag.

Robert zögerte.

»Es ist niemand zu Hause«, sagte sie, was die Situation noch verfänglicher machte. Es war schon nach Mittag, und Jason hatte ein Tennismatch. Die Kinder waren mit Silvia auf dem Sportplatz.

»Okay«, sagte Robert schließlich.

Er sagte nichts weiter, sondern folgte Lauren einfach zu ihrem schönen grauen Strandhaus, vorbei an dem Fahrradständer, in dem ihr hellrosa Cruiser abgestellt war, und die Holztreppe hinauf zum Eingang. Es war ein Haus mit umgekehrter Aufteilung; die Schlafzimmer befanden sich im Erdgeschoss und die Küche und der Wohnbereich im oberen Stock, von dem aus man einen besseren Blick aufs Meer hatte. Als Lauren die Fliegengittertür öffnete, spürte sie, wie Roberts Hand ihr über den Nacken strich und schließlich fest auf ihrem unteren Rücken landete. Sie drehte sich nicht um, sondern führte ihn einfach durch den Flur, der mit gerahmten Familienbildern vergangener Salcombe-Sommer gesäumt war, in ihr Schlafzimmer, das in maritimen, edlen Blau- und Weißtönen eingerichtet war. Vor dem Bett blieb Lauren stehen und drehte sich zu Robert um. Er nahm sie an beiden Schultern und schob sie sanft aufs Bett. *Danke, Beth*, dachte Lauren, als Robert sein Hemd auszog.

»Bleib, wo du bist«, sagte er.

8

Beth Ledbetter

Beth Ledbetter war ein Opfer. Zumindest sah sie sich so. Die anderen Frauen in Salcombe hatten es ohne ersichtlichen Grund auf sie abgesehen. Sie hatte ihnen doch gar nichts getan! War es etwa nicht ihr gutes Recht, zu existieren, Tennis zu spielen und in den Jachtclub zu gehen? Außerdem war sie schon länger hier als alle anderen, bis auf Rachel Woolf, dieses arschkriechende Miststück. Rachel war besessen davon, von Lauren, Lisa und Emily gemocht zu werden.

Beth hatte Null Bock, diese Cliquenschlampen für sich zu gewinnen. Sie hatte ihre eigenen Freundinnen, etwa Mollie, Jeanette und Jessica, und mehr brauchte sie nicht. Sie hatte es nicht nötig, die beliebteste Person der ganzen Stadt zu sein. Sie war noch nie beliebt gewesen. Aber sie hatte sich, vielleicht törichterweise, vorgestellt, wenn sie Salcombe ein paar Jahre fernbliebe, könnte sie nach ihrer Rückkehr einen sauberen Neuanfang machen. Sie wollte einfach nicht mehr »Beth Taubman« sein. Immerhin war sie jetzt erwachsen und nicht mehr das Mädchen, das beim Kickball immer als Letzte gewählt und von den Jungs wegen ihrer Storchenbeine gehänselt worden war.

Doch stattdessen war sie in ein Städtchen zurückgekehrt, das nun von Lauren Parker, Jason Parkers glamouröser Eiskönigin von einer Ehefrau, regiert wurde, die Beth niemals in ihren Kreis aufnehmen würde. Beth hatte schon früher mit solchen

Frauen zu tun gehabt. Sie mochten weder Beths Ausstrahlung noch die Art, wie sie sich kleidete. Sie hassten es, dass Beth sich, anders als etwa Rachel, zur Wehr setzte, wenn jemand sie auszunutzen versuchte. Beth hielt nicht einfach die Klappe und nahm alles hin, und das machte jemanden wie Lauren fertig, die es gewohnt war, agieren zu können, ohne auf Widerstand zu stoßen.

Sie war immer noch wütend, als sie von den Feierlichkeiten zum 4. Juli nach Hause radelte. Lucy war dort geblieben und spielte mit Hazel Davidson, Mollies Tochter. Mollie passte auf die beiden auf. Beth war etwas flau im Magen von dem Bier zur Mittagszeit und dem Hotdog; zu Hause würde sie sich eine kleine Bong genehmigen, nur um ihren Magen zu beruhigen. Sie und Lauren hatten sich heute in die Haare bekommen, so richtig, und jetzt musste sie mit den Konsequenzen klarkommen.

Sie überlegte, was sie Kevin sagen sollte. Sie würde die ganze Sache einfach abstreiten. Sagen, dass Lauren angefangen hatte.

Beth sah Jeanette Oberman mit ihrem rostigen grünen Fahrrad auf sie zufahren. Sie bremste und bedeutete ihr, stehen zu bleiben. Jeanette, die zu klein war, um im Sitzen mit den Füßen zum Boden zu kommen, stieg ab und klappte den Ständer aus. Sie trug Shorts und ein schwarzes Bikinioberteil, das ihre Brüste kaum verdeckte.

Beth wusste, dass Jeanette ein Wrack war – die Trennung von Greg, der nuttige Aufzug, das Trinken. Aber Jeanette schien sie zu mögen, und das genügte schon.

»Du glaubst nicht, was gerade passiert ist.« Beth wollte ihre Version der Geschichte so schnell wie möglich loswerden.

Jeanette nickte und freute sich, helfen zu können.

»Lauren ist vorhin einfach ohne jeden Grund auf mich losgegangen. Die Mädchen hatten offenbar einen kleinen Streit, und

Lauren kam vor der Feuerwache auf mich zugestürmt und hätte mich fast geschlagen. Da kannst du auch Mollie fragen. Lauren hat mich angebrüllt und mich eine Schlampe genannt.«

»Nein«, erwiderte Jeanette. Sie schüttelte theatralisch den Kopf, was auch ihre Brüste zum Beben brachte.

»Ich *weiß*«, sagte Beth. »Ich glaube echt, dass mit der irgendwas nicht stimmt. Ich hätte ihr den Sicherheitsdienst auf den Hals hetzen können, so durchgeknallt wie die war. Brian musste sie davon abhalten, mich tätlich anzugehen.«

»Total durchgeknallt. Wegen eines Streits von zwei Fünfjährigen? Ich bin nur froh, dass dir nichts passiert ist«, sagte Jeanette. »Stell dir vor, sie hätte dich tatsächlich zusammengeschlagen!«

»Es war *so* kurz davor«, sagte Beth. »Okay, ich muss nach Hause und mich erst mal etwas beruhigen. Wir sehen uns später im Club. Im Moment ist mir noch etwas zittrig.«

»Das kann ich gut verstehen«, sagte Jeanette und stieg wieder auf ihr Fahrrad. »Jemand sollte dieser Frau mal eine Lektion erteilen. Damit darf sie nicht durchkommen! Dann bis später.« Jeanette radelte in Richtung des Baseballfeldes davon, und Beth trat wieder ihren Nachhauseweg an.

Kevin würde wahrscheinlich oben an seinem Computer sitzen. Er hasste es, dass er in Salcombe nicht seine übliche Gaming-Ausstattung hatte – diesen hässlichen schwarzen Ledersessel und all die nervigen Monitore. So war er nicht gewesen, als sie sich vor acht Jahren kennengelernt hatten (auf Tinder – eine Tatsache, die Beth lieber für sich behielt). Er hatte Videospiele schon damals geliebt, klar, und das auch ganz offen kommuniziert. Aber die meisten Männer mochten Videospiele, oder? Doch über die Jahre hatte sich das zu einer Art Manie entwickelt. Um nichts in der Welt würde er nur mit Lucy spielen, auf gar keinen Fall. Kevin arbeitete in der IT-Abteilung einer Virtual-Reality-Firma, was nicht besonders viel einbrachte, aber Beths Vater hatte Geld, also ging es ihnen gut. Entweder arbeitete Kevin, oder er spielte. Er beachtete sie kaum noch. Beth musste alles allein machen. Weder ging er auf einen Drink mit ihr in den Club, noch nahm er an den Aktivitäten in Salcombe teil, und in die Nähe des Tennisplatzes brachten ihn sowieso keine zehn Pferde.

Beth fühlte sich wie eine alleinerziehende Mutter, auch wenn sie das ihren Freundinnen gegenüber nie geäußert hätte. Es war zu demütigend.

Sie erreichte ihr kleines rotes Häuschen an der Ecke Harbor und Pacific und sah Kevin durchs Verandafenster im Obergeschoss sitzen, mit glasigen Augen vor seinem Computer. Beth seufzte. Sie freute sich auf ihre Bong. Sie würde einen Zug nehmen, in die Couch sinken und Rachepläne gegen Lauren Parker schmieden.

9

Sam Weinstein

Sam Weinstein war keiner, der Frauen sexuell belästigte. Er war ein guter Mensch. Sicher, er flirtete gerne mit Kolleginnen. Wer flirtet nicht gerne an seinem Arbeitsplatz? Er hielt das schon seine ganze berufliche Laufbahn so. Die Frauen *liebten* ihn. Das war nicht seine Schuld. Verdammt, alle liebten ihn. Also hatte er, als die Personalabteilung ihn ganz offiziell kontaktierte und um ein Gespräch über eine persönliche Angelegenheit bat, angenommen, dass vielleicht jemand aus seinem Team klaute. Oder womöglich ein paar Köpfe seiner Mitarbeiter rollen mussten, weil die Zahlen nicht stimmten. Stattdessen war er in Mary Martins Büro zitiert worden, wo sie und Henry Boro, der geschäftsführende Teilhaber der Kanzlei, ihm den Schock seines Lebens versetzten.

»Sam, es fällt mir nicht leicht, dir das zu sagen«, meinte Mary. Sie war mittleren Alters und trug einen strengen grauen Dutt. »Lydia Gross hat die Personalabteilung darüber informiert, dass du sie am zwölften April in deinem Büro gezwungen hast, dich zu küssen. Normalerweise würden wir keine Einzelheiten über die Beschwerde mitteilen, vor allem keine Namen nennen, aber da es sich in diesem Fall um eine so konkrete Anschuldigung handelt und wir eine interne Untersuchung einleiten werden, geben wir die Informationen direkt weiter.«

Sams Magen verkrampfte sich. Lydia? Er hatte Lydia nie geküsst.

»Vorerst will sie keine Strafanzeige stellen und hat darum gebeten, dass die Kanzlei die Angelegenheit intern regelt. Wir werden also einen Ermittler beauftragen, der sich mit dir in Verbindung setzen wird. In der Zwischenzeit kannst du normal weiterarbeiten, und wir werden deine Mandanten nicht über die Angelegenheit informieren. Aber du solltest wissen, dass wir dich im Falle einer Eskalation beurlauben müssen.«

Interne Ermittlung? Beurlaubung? Sam konnte all das nicht auf einmal verarbeiten, es war zu viel. Henry räusperte sich peinlich berührt. Er kam nur noch selten ins Büro und war wahrscheinlich verärgert, dass dieser Termin seinem heutigen Ausflug auf den Golfplatz in die Quere kam.

»Hör zu, Sam«, sagte Henry schließlich, »das ist eine ernste Angelegenheit.« Er trug ein frisches weißes Hemd und Slacks, sein weißes Haar war aus seinem gebräunten Gesicht gekämmt. »Wir sind hier ja unter Anwälten, und wir wissen alle, was das für die Kanzlei und für dich bedeuten könnte …«

Sam spürte, wie sich Schweißflecken unter seinen Achseln bildeten. Dann setzte er zu seiner Verteidigung an. »Henry, Mary, das stimmt nicht. Ich habe Lydia nicht einmal angefasst. Sie lügt. Sie lügt! Ich glaube eher, sie ist sauer, dass ich sie niemals küssen *würde*.«

Henry und Mary blickten beide zu Boden. Sam wusste, dass er verzweifelt klang, aber er sagte die Wahrheit.

Die Geschichte war im Wesentlichen folgende gewesen, und so gab er sie auch an Henry und Mary weiter: Lydia war eine Mitarbeiterin im ersten Jahr, eine ehrgeizige junge Anwältin, die in der Kanzlei entsprechend schnell aufgestiegen war. Sie wollte gerne Teil von Sams Team in der Prozessabteilung werden, also hatte er ihr die Möglichkeit gegeben, an ein paar seiner Fälle mitzuarbeiten, und sie hatte ihn durchaus beeindruckt. Dass sie darüber hinaus noch attraktiv war, schadete auch nicht. Sam stand nun mal auf Titten und Ärsche, mit der bemerkenswerten Ausnahme seiner Frau Jen, die von beidem wenig vorzuweisen hatte – anders als Lydia. Sie trug gerne enge Bleistiftröcke und tief ausgeschnittene Blusen, was ihr bei den anderen männlichen Anwälten in seinem Team den Spitznamen »Titten-Lydia« eingebracht hatte. (Sam beteiligte sich nicht an solchen Männergesprächen, nicht nur, weil er der Chef war, sondern vor allem auch, weil er diesen Namen nicht besonders geistreich fand.) Aber natürlich bemerkte auch er Lydias Aussehen, und ihm gefiel, was er sah. Sie war auf die Art heiß, wie es die jüngere Generation heute war – ein bisschen über Gebühr zurechtgemacht, mit übervollen, wahrscheinlich aufgespritzten Lippen und stark verlängerten Wimpern.

Eines Abends, nach einem Dinner in der Polo Bar aus Anlass eines abgeschlossenen Falls, waren sie alle noch auf Drinks in Bill's Burgers gegangen. Alle hatten sich volllaufen lassen, auch Sam, wie er einer missbilligend dreinschauenden Mary gegenüber kleinlaut zugab. Sam hatte noch einmal kurz im Büro vorbeischauen müssen, um ein paar Akten zu holen, bevor er einen Wagen zurück nach Scarsdale nehmen wollte, also war er vor allen anderen aufgebrochen. Es waren wahrscheinlich noch sechs Leute da gewesen, unter ihnen Lydia, und er hatte sich verabschiedet und war zu seinem Büro im zwölften Stock des Hauptsitzes von Sullivan & Cromwell in der 535 Madison Avenue getorkelt. Während er seine Sachen zusammensuchte und draußen bereits das Uber nach Westchester wartete, war Lydia plötzlich in seiner Tür erschienen. Es war schon spät – vermutlich gegen halb zwölf –, und Sam hatte niemanden mehr gesehen, als er die Kanzlei betreten hatte. Sie kam herein, schloss die Tür und lehnte sich verführerisch an die Wand.

»Lydia! Hallo! Musst du auch noch etwas holen?« Sam hielt absichtlich Abstand zu ihr. Sicher, er war im Laufe der Jahre schon öfters versucht gewesen, Jen zu betrügen – da war zum Beispiel diese Frau gewesen, die er auf einer Geschäftsreise in einer Bar in London kennengelernt hatte, und eine andere auf einer Juristenkonferenz in Miami –, aber am Ende hatte er immer widerstanden. Als junger, gut aussehender Mann war er schon mit vielen Frauen zusammen gewesen, bevor er Jen kennengelernt hatte. Warum sollte er also das Risiko eingehen, seine Ehe zu zerstören? Sein schlimmster Albtraum war es, so zu enden wie seine Eltern. Zugegeben, er umgab sich bei der Arbeit gern mit hübschen Frauen, und er scherzte gern mit ihnen, aber das blieb alles ganz korrekt. Er hatte keine von ihnen je gevögelt.

»Ich bin deinetwegen hier«, sagte sie leicht lallend. Dann begann sie ihre weiße Seidenbluse aufzuknöpfen.

Sam rührte sich nicht von der Stelle. »Lydia, ich glaube nicht, dass das eine gute Idee ist«, sagte er so gemessen wie möglich. »Du bist eine wunderschöne junge Frau, aber ich bin dein Chef und verheiratet.«

Ihr Oberteil war mittlerweile vollkommen offen und enthüllte einen schwarzen Spitzen-BH und sehr pralle junge Brüste. Das war fast zu viel für Sam gewesen, und einen Moment lang hatte er gedacht: *Warum nicht?* (Das ließ er in seinem Bericht allerdings unerwähnt.) Doch dann hatte sie sich abrupt umgedreht und war weggelaufen, bevor Sam noch etwas sagen konnte. Sein Uber wartete immer noch auf ihn, also war er nach Hause nach Scarsdale gefahren, und zwar allein, und hatte sich schon mal auf die peinliche Teambesprechung am Montag gefasst gemacht.

Die darauffolgende Woche war grausam gewesen. Lydia

konnte Sam nicht in die Augen sehen und ging ihm so weit wie irgend möglich aus dem Weg. Außerdem – und Sam war sich nicht sicher, wie das passieren konnte – schienen einige der jüngeren Männer in seinem Team zu wissen, dass Lydia in ihn verknallt war. Vielleicht hatte sie es ihnen gesagt, nachdem er die Bar verlassen hatte? Einmal hörte er sogar, wie Jim Hagaen sie damit aufzog, bevor Sam einen Konferenzraum betrat.

»Ohhhh, Lydia, schau, da kommt Sam! Dein alter Fuckboy!«, hatte Jim zu ihr gesagt. Als Sam eingetreten war, hatte Lydia mit knallrotem Gesicht in ihre Notizen geblickt. Im Monat darauf hatte sie der Personalabteilung mitgeteilt, dass Sams Prozessteam vielleicht doch nicht das Richtige für sie sei und sie lieber im Unternehmensrecht arbeiten würde. Kurz darauf war sie verschwunden. Gelegentlich war Sam ihr noch im Aufzug begegnet, dann unterhielten sie sich knapp und unverfänglich, und das war's. Er hatte sich nicht allzu viel dabei gedacht. Schließlich arbeitete er nun bereits seit achtzehn Jahren in der Firma und hatte schon so manche Merkwürdigkeit im Büro erlebt, darunter auch das eine Mal, als er Henry Boro, denselben Henry Boro, der nun vor ihm stand, dabei erwischt hatte, wie er seiner ehemaligen Sekretärin den Nacken massierte.

Und jetzt saß er hier und musste sich von Henry und Mary anhören, dass Lydia behauptete, er sei ihr gegenüber sexuell übergriffig geworden. Sam konnte es nicht fassen.

»Hört mal, ich bin total pro #MeToo, ich bin Feminist, Hashtag ›believe women‹ und das ganze Blabla«, sagte Sam. »Ich arbeite hier seit fast zwei Jahrzehnten. Ihr kennt mich. Lydia denkt sich den Scheiß aus.« Sam spürte, wie ihm Spucke aus dem Mund flog, als er das sagte.

»Okay, Sam, wir werden deine Version der Geschichte berücksichtigen. Du wirst sie vor dem Ermittler wiederholen müssen.« Mary hörte sich streng an. Glaubte sie ihm überhaupt? Sie warf Henry einen Blick zu. »Wenn du es nicht getan hast, wird es sich aufklären.«

Henry stand auf und reichte Sam die Hand. »Wir werden eine Lösung finden, Sam«, sagte er, und Sam fragte sich, ob er an den Massagevorfall dachte.

Sam behielt die ganze unangenehme Sache für sich. Er wollte Jen nicht unnötig beunruhigen, zumindest redete er sich das ein. Sie brauchte nicht zu wissen, dass er betrunken mit einer jungen Kollegin im Büro gewesen war, selbst wenn er nichts Unrechtes getan hatte.

Das war auch einer der Gründe, warum er es dieses Jahr kaum erwarten hatte können, nach Fire Island zu fahren – er wusste, dass er mit Jason darüber reden konnte. Jason, sein bester Freund, seit er fünf Jahre alt war. Jason, der ihn gerettet hatte, als seine beschissenen Eltern sich getrennt hatten. Jason, der ihn besser kannte als jeder andere.

Heute war der 4. Juli, und er und Jason hatten um zwölf Uhr mittags eine Verabredung zum Tennis. Die Plätze waren leer; der Rest der Stadt beging den Feiertag mit Spielen und Essen auf dem Baseballplatz, darunter auch Jen und Sams drei Kinder, Lilly, Ross und Dara, die acht, sechs und vier Jahre alt waren. Es war heiß und schwül, und Sam freute sich darauf, ordentlich ins Schwitzen zu kommen. Er war gestresst. Er hatte diese Woche erfahren, dass die Kanzleileitung bald eine Entscheidung treffen würde, und seitdem kaum mehr geschlafen. Wie bald war bald?

Er setzte sich auf eine der Bänke vor den Courts und wartete auf Jason. Er hatte ihm von der Sache erzählt, sobald er ihn gesehen hatte, bei Rachels Umtrunk an ihrem ersten Abend in

Salcombe. Sam war erleichtert gewesen, die heiklen Informationen loszuwerden, aber Jason hatte seltsam reagiert. Er hatte kaum Fragen gestellt und Sam seitdem nicht mehr darauf angesprochen.

Eigentlich hatte sich Jason schon das ganze Jahr über seltsam verhalten. Sam hatte ihn seit letztem Sommer kaum noch gesehen. Normalerweise hatten sie sich etwa einmal im Monat auf einen Drink getroffen, bevor Sam in den Zug nach Hause stieg, und vierteljährlich gemeinsam mit ihren Frauen zu Abend gegessen. Aber nun konnte Sam an einer Hand abzählen, wie oft er sich in den letzten zwölf Monaten mit Jason getroffen hatte. War Sam zu sehr auf sich selbst fixiert gewesen, um zu bemerken, dass mit Jason etwas nicht stimmte? Er fragte sich, ob mit Jason und Lauren alles in Ordnung war. An jenem Abend bei Rachel waren sie etwas frostig miteinander umgegangen, und diese Woche hatte Sam zufällig mitbekommen, wie Lisa und Emily im Club beschwipst von Lauren und ihrem »Tennislehrer-Schwarm« gesprochen hatten. Er wusste nicht, was es damit auf sich hatte, aber bei dem erwähnten Tennislehrer handelte es sich sicher nicht um Jason.

Sam schwor sich, Jason zu fragen, was los war. Wahrscheinlich war er ein schlechter Freund. Sein Therapeut hatte ihm kürzlich erst gesagt, dass er aufhören müsse zu denken, die Welt drehe sich allein um ihn. Sam hatte immer im Mittelpunkt der Aufmerksamkeit gestanden. Die Menschen fühlten sich zu ihm hingezogen, und er hatte das immer voll ausgenutzt. Bereits als Kind hatte er voll auf seinen Charme gesetzt – er war witzig, stellte Fragen und konnte anderen schmeicheln. Er nutzte das, um sich bei jedem beliebt zu machen, der darauf ansprach. Bis heute rief er noch jede Woche Jasons Mutter Ruth in ihrer Einrichtung für betreutes Wohnen in Florida an und plauderte mit ihr. Er fragte sich, ob Jason sie jemals anrief. Beim nächsten Mal würde er sie fragen.

Er checkte sein Telefon. Jason hatte bereits drei Minuten Verspätung zu ihrem Spiel und ihm eine Textnachricht geschickt.

Tut mir leid, aber muss absagen.
Arbeitsnotfall. Erklär's dir später. Sehen uns
beim Feuerwerk.

Was sollte der Scheiß? In diesem Moment fuhr Rachel vorbei, auf dem Weg zu den Feierlichkeiten auf dem Sportplatz. Als sie ihn sah, bremste sie ab.

»Hi! Mit wem spielst du?« Sie trug immer noch die Tenniskleidung von vorhin und hatte ihren Schläger im Korb.

»Mit niemandem«, sagte Sam. »Jason hat mir gerade abgesagt.«

Rachels Gesicht hellte sich auf. »Ich kann für ihn einspringen! Ich hatte um zehn ein Match mit den Mädels, hab mich also schon warmgespielt.«

Eigentlich hatte Sam keine Lust, mit Rachel Tennis zu spielen, aber jetzt hatte er das Gefühl, nicht mehr ablehnen zu können. Also nickte er.

Sam und Rachel hatten seit ihrer Kindheit jeden Sommer in Salcombe verbracht, waren beim jeweiligen anderen ein und aus gegangen, hatten Filmabende im Jachtclub gemeinsam besucht und zusammen Segel- und Tennisunterricht genommen. Er hatte sie als Freundin immer gemocht – sie war lustig, locker und abenteuerlustig, die Art von Mädchen, mit der man gerne befreundet war, aber in die man sich nicht verliebte. Er wusste, dass sie schon damals in ihn verliebt gewesen war – wie fast jedes Mädchen in Salcombe –, aber er hatte ihr nie Hoffnungen

gemacht; er sprach vor ihr sogar absichtlich über andere Erobe-
rungen, um sie wissen zu lassen, woran sie mit ihm war.

Dann, eines Sommers, mit neunzehn, hatte er sich erwei-
chen lassen. Es war ein Fehler, aber er war in einer schlechten
Verfassung gewesen. Seine Eltern hatten sich endlich scheiden
lassen, nach einem ausufernden, gut zehn Jahre langen Rechtsstreit, bei dem auch Sam vor Gericht hatte aussagen müssen. Er
hatte eigentlich gedacht, dass er einfach nur erleichtert sein
würde, wenn es endlich vorbei wäre, doch stattdessen war Sam
in einen Strudel aus Depressionen und Angstzuständen geraten. Bis dahin hatte sich sein ganzes Leben, seine gesamte Kindheit um den Umstand gedreht, dass seine Eltern sich zwar hassten, aber trotzdem zusammenblieben. Ohne diese Tatsache
fühlte er sich vollkommen neben der Spur. Im Juni waren er
und Jason nach ihrem ersten Jahr am College in sein Haus auf
Fire Island gezogen, und da hatten seine Panikattacken begonnen. Es geschah etwa auf dem Tennisplatz, wo er gerade noch
gut abgeschlagen hatte und dann plötzlich keine Luft mehr bekam. Oder er schwamm an einem ruhigen Tag im Meer, und
plötzlich konnte er minutenlang seine Beine nicht mehr bewegen. Er erzählte es Jason, der sehr mitfühlend reagierte, aber
eigentlich keinen anderen Vorschlag hatte, als seine Mutter an-
zurufen, was Sam jedoch nicht wollte. Er wollte Ruth nicht
auch noch damit belasten, dass er psychisch am Ende war. Und
so hielt er sich an Rachel, die ein wenig älter war als sie beide
und bereits länger am Middlebury College studierte.

Eines Tages saßen sie zusammen am Strand, und sie fragte
ihn, wie es ihm gehe. Er erzählte ihr die ungeschönte Wahrheit.
Sie hörte ihm zu und gab ihm ein paar Ratschläge, die Sam für
sehr erwachsen und reif hielt (»Geh zu einem Therapeuten«,
»Sprich mit deinen Eltern darüber«, »Versuch, tief ein- und

auszuatmen«). Im Gegenzug schlief Sam mit ihr. Daraufhin zog sie fast bei ihm und Jason ein, und sie teilten sich Sams Schlafzimmer. Als Bonus wusch sie seine Wäsche und kochte das Abendessen für ihn und Jason. Es war ein guter Deal, vor allem, weil Sam sich an den Abenden, die Rachel mit ihren Freundinnen verbrachte, weiterhin mit anderen Mädchen traf.

Manchmal hatte er schon ein schlechtes Gewissen, etwa als sie ihm gegen Ende des Sommers sagte, dass sie ihn liebte und mit ihm zusammenbleiben wollte. Er *mochte* sie wirklich. Er fühlte sich auf eine komplizierte, tröstliche Weise zu ihr hingezogen. Sie hatte ihn nicht verurteilt. Und sie hatte ihm Dinge über Sex beigebracht, die auszuprobieren er mit neunzehn dankbar bereit war. Aber er war davon ausgegangen, dass auch ihr bewusst war, dass es sich dabei lediglich um einen Sommerflirt handelte. Er konnte nicht mit Rachel zusammen sein, nicht wirklich. Er konnte sie nicht seinen Freunden aus Dartmouth vorstellen, seinen Verbindungsbrüdern in aufgeplusterten Daunenwesten. Er hatte Rachel sanft den Laufpass gegeben und ihr erklärt, dass es zu schwierig wäre, an ein Mädchen gebunden zurück aufs College zu gehen. Sie waren Freunde geblieben, auch wenn sie von Zeit zu Zeit immer mal wieder versucht hatte, bei ihm zu landen, was er jedoch immer abgewehrt hatte. (Nett! Sam war immer nett.)

Es tat ihm leid für sie, dass sie nie den richtigen Mann gefunden oder Kinder bekommen hatte. Es war irgendwie bedauernswert, aber nicht überraschend. Sie war immer nur … *da* … und wartete darauf, dass jemand – Sam oder sonst wer – sie ausnutzte. Sam fragte sich, ob sie Männerprobleme hatte, weil ihr Vater so plötzlich gestorben war, als sie noch klein war. Das konnte ein Mädchen ganz schön aus der Bahn werfen. Jedenfalls mochte er Rachel lieber, als Jen es tat. Jen hielt sie für eine totale Klatschtante (Jen hatte recht). Und für jemanden, der nicht das Beste für andere im Sinn hatte (auch damit hatte Jen wie immer recht). Und der Ärger machte. Sam war das egal. Aber das bedeutete noch lange nicht, dass er an einem heißen Nationalfeiertags-Nachmittag unbedingt mit ihr Tennis spielen wollte.

Sie schlugen etwa dreißig Minuten lang Bälle. Rachel war gut für eine Frau, mit einem schwungvollen Aufschlag und einer guten Vorhand. Sam passte sich ihrem Spiel an und hatte am Ende mehr Spaß, als er erwartet hätte. Sie beendeten einen Satz (Sam gewann mit 6 zu 2) und ließen sich dann wieder auf der Bank nieder. Rachels Gesicht war kirschrot. Sie hatte Schweiß-perlen auf der Oberlippe und atmete noch keuchend. Für einen kurzen Moment erinnerte sich Sam daran, wie es war, sie zu vögeln.

»Ich bin erledigt«, sagte sie. »Willst du noch auf eine Bloody Mary mit zu mir kommen?«

Sam hatte nichts Besseres vor, und er hatte auch wirklich keine Lust, sich seiner Familie zu wuseligen Rasenspielen auf dem brütend heißen Spielfeld anzuschließen. Sie gingen auf Rachels Veranda, wo ein Ventilator für Abkühlung sorgte. Rachel verschwand in der Küche, um die Drinks zuzubereiten, und Sam schrieb Jen eine Textnachricht. Seit sie auf der Insel angekommen waren, verhielt sie sich seltsam. Irgendwie dis-tanziert. Vielleicht musste sie sich erst wieder an das Sommer-leben gewöhnen, dachte er. Dann brachte Rachel auch schon die Bloody Marys, die würzig und stark schmeckten. Sam hatte noch gar nicht gefrühstückt.

»Und, wie geht's dir so?«, erkundigte sich Rachel. Sie ließ sich auf ihre weiße Pottery-Barn-Couch fallen.

Sie wirkte glücklich, und Sam schätzte, dass es daran lag,

dass sie ihn endlich einmal für sich hatte. Sie kannten sich schon so lange. Selbst das Muttermal an ihrem Hals war ihm vertraut.

»Na ja, gut.« Er zuckte mit den Schultern und trank einen großen Schluck. »Jen und den Kindern geht es gut, alle sind froh, wieder hier draußen zu sein. Die Arbeit ist wie immer. Und wie lief dein Jahr so? Warst du nicht mit jemandem zusammen?«

Rachels Gesicht verfinsterte sich kurz. »Ja, etwa sechs Monate lang. Ich habe ihn im September kennengelernt, und wir waren bis zum Frühjahr zusammen. Er ist geschieden, hat zwei Kinder, acht und elf. Ein Anwalt wie du, aber Wirtschaftsrecht – bei Skadden.«

»Was ist passiert?«

»Das Gleiche wie immer. Als es anfing, ernst zu werden, ist er abgehauen. Ihm gefiel nicht, dass ich heiraten wollte, und schon gar nicht, dass ich Interesse an einem Baby bekundete.«

»Ein Baby bekommen? Geht das überhaupt noch?«

»Sei nicht so ein Arschloch. Ich bin erst zweiundvierzig, und ich habe meine Eizellen vor Jahren einfrieren lassen. Die Wissenschaft ist eine wunderbare Sache.«

»War nur ein Scherz, nur ein Scherz. Jedenfalls hört es sich so an, als wäre er das Arschloch gewesen, nicht ich.«

Rachel seufzte. Langsam fing Sam an, den Wodka zu spüren.

»Ja, er war schrecklich. Aber ich hätte ihn geheiratet. *Irgendjemanden* muss ich, verdammt noch mal, heiraten. Ich habe so keinen Bock mehr, die traurige alte Jungfer der Kompanie zu sein.«

»Du wirst immer meine liebste alte Jungfer sein«, sagte Sam.

Er hatte seine Bloody Mary ausgetrunken, und sie brachte ihm blitzschnell eine neue. Sie setzte sich wieder neben ihn, sodass ihr Oberschenkel, der unter dem weißen Tennisrock herausschaute, seinen fast berührte.

»Wo wir gerade schon ehrlich sind, wie steht es um deine Angstzustände? Du wirkst gestresst. Ist bei dir und Jen alles in Ordnung?«

Sam nahm einen großen, köstlichen Schluck. Rachel machte die besten Drinks. Er beschloss, ihr von der Arbeit zu erzählen, obwohl er wusste, dass es ein riskantes Unterfangen war, da sie kaum ein Geheimnis für sich behalten konnte. Aber er musste mit jemandem darüber sprechen, und Jason ging ihm ständig aus dem Weg.

»Ehrlich gesagt, geht es mir nicht besonders«, sagte er. »Ich werde dir jetzt etwas sagen, aber du darfst es niemandem weitererzählen. Nicht mal Jen weiß davon.« Er sah, wie Rachels Augen aufleuchteten.

»Natürlich! Mein Ehrenwort.« Sie klopfte sich auf die Brust, als sie das sagte.

Sam erzählte detailliert von Lydia, betonte seine Unschuld und entlockte damit Rachel wiederholt ein mitfühlendes *Oh, mein Gott* und *Nicht dein Ernst*. Genau das brauchte er gerade. Jemanden, der ihm zuhörte und sich auf seine Seite stellte.

»Sam, ich kenne dich schon mein ganzes Leben, und ich weiß, dass du dich nie jemandem aufdrängen würdest.«

Es tat gut, das zu hören. Sehr gut. »Danke, Rachel. Ich weiß deine Unterstützung zu schätzen.«

Sie hielt inne. Dann schob sie ihr Bein näher an seins. »Wenn überhaupt, dann drängen sich die Frauen dir auf. Ich weiß das, weil ich's versucht habe.« Sie schenkte ihm ihr kokettestes Lächeln.

Wie sollte Sam darauf reagieren?

»Möchtest du noch einen Drink?«, fragte sie.

»Für mich nicht«, sagte Sam. »Es ist kaum Mittag, und ich bin jetzt schon etwas angetrunken.«

Rachel hatte auch zwei Gläser getrunken. Wie stark hatte sie sie gemacht? Auf ihrem Gesicht zeigte sich ein Anflug von Verärgerung. *Jetzt geht's los.*

»Du gehst mir echt so was von auf die Nerven«, sagte sie. Noch immer spielerisch, aber ihre Stimme hatte eine Schärfe, die Sam nicht recht gefiel.

»Ach, komm schon, Rachel. Lass uns freundlich bleiben. Ich habe dir gerade mein Herz ausgeschüttet! Reicht das nicht?« Sam wollte ihr auf den Rücken klopfen, aber sie rückte von ihm ab.

»Du hast keine Ahnung, wie es für mich hier draußen ist«, sagte sie. Sie wurde jetzt lauter. Bestimmt war sie betrunken. »Ich bin ganz allein. Jeder hat jemanden. Jen hat dich. Jen hat *jeden*!« Sie hielt sich die Hand vor den Mund, als sie das sagte. Dann stand sie abrupt auf und stürmte von der Veranda in Richtung ihres Schlafzimmers. Sam verstand nicht, was los war. Was meinte sie mit »Jen hat jeden«?

Er folgte ihr durch den Flur und fand sie mit dem Gesicht nach unten auf dem Bett liegend, der Tennisrock umspielte ihre Beine.

»Rachel, komm schon, steh auf. Was ist denn los?« Er fand, dass sie sich wie ein Teenager benahm. Oder wie eines seiner Kinder. Sie drehte sich um, setzte sich aber nicht auf.

»Sam, die Situation bei dir in der Arbeit tut mir leid. Und es tut mir auch leid, dass du es mir erzählt hast und nicht deiner Frau. Hast du daran gar nicht gedacht?«

Sam setzte sich neben sie. »Du kennst doch Jen«, sagte er. »Ich will die Pferde nicht scheu machen, solange es nicht unbedingt sein muss.«

»Kennst *du* Jen überhaupt?«, fragte sie. Ihre Stimme hörte sich jetzt fies an.

»Sie ist meine Frau. Worauf willst du hinaus?« Sam hatte ein schlechtes Gefühl bei der Sache. Sein Magen wurde unruhig.

Rachel holte tief Luft. Sie setzte sich auf, ihre Beine baumelten vom Bett. »Ich glaube, dass Jen dich möglicherweise betrügt.«

Sam fühlte sich ganz benommen. »Sie betrügt mich nicht. Was redest du da überhaupt?«

»Ich bin mir fast sicher«, sagte Rachel. Sie blickte zur Wand und fuhr fort: »Ich habe sie mit jemandem gesehen. Ich habe es definitiv gesehen.«

»Mit wem?«

»Das kann ich dir nicht sagen.«

Sam packte ihr dünnes Handgelenk und zog sie zu sich heran. Er hatte noch nie eine Frau so angefasst, und es fühlte sich seltsam gut an. Als könnte er ihr leicht den Arm brechen. »Rachel. Mit wem?«

Von draußen ertönte ein lautes Klopfen. Die beiden erstarrten.

»Rachel? Rachel? Bist du da?«, tönte die Stimme von Susan Steinhagen. Sie rüttelte an der Fliegengittertür, und Sam hörte, wie sie aufgemacht wurde.

»Rachel, bist du da? Ich brauche deine Hilfe bei der Auslosung der gemischten Doppel. Rachel? Du meintest, du wärst um halb zwei zu Hause. Bist du hinten?«

Sam sprang hastig vom Bett auf, aber nicht schnell genug. Susan steckte ihren Kopf, allem voran ihre markante gebogene Nase, in Rachels Schlafzimmer, erfasste auf einen Blick die Szene und zog sich dann eilig zurück.

»Oh, Entschuldigung! Ich komme morgen wieder«, sagte sie und stürmte hinaus.

Sam hörte, wie die Tür zuknallte. Rachel saß immer noch auf dem Bett. Ihr Gesicht war weiß. Wenn irgendwer herausfinden würde, dass Rachel und Sam mitten am Tag allein in ihrem Schlafzimmer gewesen waren, war Sam am Arsch. Ohne noch etwas zu sagen, ging Sam. Er schritt über Rachels Veranda, vorbei an den leeren Bloody-Mary-Gläsern (die Susan sicher gesehen hatte), und trat hinaus auf den Gehweg, in die heiße Sonne. Er fühlte sich noch immer ein wenig betrunken. Er musste Jen finden.

10

Robert Heyworth

Robert Heyworth hatte gerade Sex mit einer verheirateten Frau gehabt, einer zahlenden Kundin in seinem ganz neuen, ausgesprochen lukrativen Job. Also eine ziemlich dumme Aktion von ihm. Aber auch: unvermeidlich. Lauren wollte ihn, und er wollte sie, und sie wussten es beide. Da konnte keiner was dafür. Und es war gut gewesen. Und er würde es wieder tun.

Robert hatte den Vormittag des 4. Juli ab neun Uhr damit verbracht, Tennisstunden zu geben. Zuerst hatte er die Longeran-Gören Milly und Milo, acht und neun Jahre alt, unterrichtet, die ihn die ganze Zeit genervt hatten. »Robert ist ein großer, fetter Furz. Robert ist ein großer, fetter Furz«, hatten sie skandiert und seine Anweisungen, aufzuschlagen, den Schläger durchzuziehen oder Bälle aufzusammeln, geflissentlich ignoriert. Ihre Eltern waren wie üblich nirgends zu sehen gewesen. Um zehn Uhr hatte er dann ein halbstündiges Doppel-Strategietraining mit Rachel Woolf und Emily Grobel abgehalten, die dieses Jahr das Frauenturnier gewinnen wollten (was wahrscheinlich nicht passieren würde, aber natürlich würde er ihr Geld annehmen und versuchen, ihnen dabei zu helfen). Um halb elf hatte er dann noch Larry Higgins für den Rest der Stunde unterrichtet. Er trainierte Larry gerne, weil es Larry eh nicht juckte. Er hatte einfach nur Spaß am Tennisspielen und wollte sich auch in seinem hohen Alter immer noch ein wenig verbessern. Wegen einer alten Skiverletzung humpelte er über den Platz, aber er hatte immer viel Spaß dabei und scherzte zwischendurch mit Robert herum. Danach hatten sie noch auf einer Bank gesessen und ein wenig geplaudert.

»Und, wie gefällt dir der Job bisher? Ist die Unterkunft in Ordnung?«, hatte Larry gefragt und sich mit einem Handtuch das Gesicht abgewischt.

»Es gefällt mir sehr«, antwortete Robert wahrheitsgemäß. »Und das Haus ist toll«, fügte er hinzu, was nicht stimmte.

»Du veräppelst mich«, erwiderte Larry schmunzelnd. »Das Haus ist eine Bruchbude.«

Robert lachte. Larry hatte etwas an sich, das Robert an seinen Vater erinnerte. Eine entwaffnende, direkte Art.

»Na ja, es ist nicht perfekt. Aber es gehört eben zu dem Job dazu, und ich bin froh, dass ich dort untergekommen bin. Ich muss nur noch herausfinden, wie ich die vielen Ameisen loswerde.«

»Ich kann Pete, den Kammerjäger, vorbeischicken. Das kriegen wir schon hin.«

Alle, die auf dieser Insel arbeiteten – die kein eigenes Haus hier hatten und mit der Fähre kamen, um ihre Arbeit zu erledigen –, hatten nur einen Vornamen mit Berufsbezeichnung: Pete, der Kammerjäger. John, der Fahrradheini. Anthony, der Bauunternehmer. Luigi, der Klempner (ja, der Klempner hieß wirklich Luigi).

»Danke, Larry, das wäre nett. Aber ansonsten ist alles gut. Mein Kalender ist voll – ich habe kaum genug Zeit zum Mittagessen –, und die Leute sind im Allgemeinen sehr freundlich. Viel netter als bei einigen meiner früheren Stellen.« Was Robert jedoch verschwieg: Sie waren nett, aber alle ein bisschen gaga.

»Oh, hier leben lauter Verrückte. Das wissen wir beide«, meinte Larry.

Robert lachte wieder. Wie aufs Stichwort kam Susan Steinhagen vom anderen Platz herübermarschiert. Larry sah Robert an und verzog das Gesicht.

»Hallo, Larry. Hallo, Robert. Genau mit euch beiden wollte ich reden.« Wie immer war ihre Stimme zwei Stufen zu laut.

»Was können wir für dich tun, Susan?«, fragte Larry höflich.

»Ich werde eure Hilfe bei der Turnierauslosung brauchen. Das wird von Jahr zu Jahr mehr Arbeit, und ich brauche zusätzliche Unterstützung. Larry, du bist im Tennisausschuss, also werde ich dich mit den Anmeldungen betrauen, und Robert, Sie können sich um die administrativen Aufgaben kümmern, wie die Benachrichtigung der Teilnehmer über ihre Spielzeiten. Ich werde weiterhin die Startplätze vergeben.«

»Aber selbstverständlich, meine Liebe«, sagte Larry und zwinkerte Robert kurz zu.

Susan bemerkte es. »Larry, das ist eine ernste Angelegenheit. Du weißt doch genau, dass die Leute bei diesen Turnieren keinen Spaß verstehen.«

Das konnte sich Robert vorstellen. Für einen Ort voller mittelmäßiger Tennisspieler nahmen sie sich hier alle ausgesprochen ernst.

»Ich helfe gerne«, sagte Robert. »Sagen Sie mir nur, wie ich am besten vorgehen soll.«

Susan nickte. »Ich werde auch Rachel Woolf einbeziehen, da sie die Teilnehmerinnen am besten kennt«, sagte sie. »Allerdings werde ich ihr auf gar keinen Fall erlauben, Einfluss darauf zu nehmen, wer gegen wen antritt.«

»Ach was, wie könntest du«, zog Larry sie weiter auf.

Sie schüttelte den Kopf über ihn. »Larry Higgins, du kannst in Kürze mit meinen Anweisungen rechnen.« Dann drehte sie sich um und kehrte zu ihrem Spiel mit den älteren Damen zurück.

»Jawoll, Sir!«, rief Larry ihr scherzhaft hinterher. »Was für eine Xanthippe«, murmelte er, als sie außer Hörweite war. Robert fürchtete Susan, vor allem, seit sie ihn und Lauren auf dem Spielfeld so eng beieinanderstehen gesehen hatte, und es gefiel ihm, wie Larry sich über sie lustig machte.

»Du hast mir die Geschichte über den ehemaligen Tennislehrer, diesen Dave, nie zu Ende erzählt. Du meintest, dass Susan dachte, er hätte den Club bestohlen.«

»O ja, die Sache mit dem Alkohol war nur ein Vorwand für sie«, sagte Larry. Er nahm seinen Schläger und machte sich auf in Richtung Club. Robert folgte ihm und nickte im Vorbeigehen Sam Weinstein zu, der sich in Vorbereitung auf sein Mittagsmatch dehnte. Robert hatte jetzt bis vierzehn Uhr Pause.

»Ihr ist wohl aufgefallen, dass die Stunden nicht korrekt abgerechnet wurden. Oder besser gesagt, sie wurden doppelt abgerechnet. Dave behauptete zwar, es hätte sich bloß um einen Schreibfehler gehandelt, aber irgendetwas war daran definitiv faul.«

Wie dumm von diesem Kerl, dachte Robert. Er selbst machte den Job jetzt erst seit ein paar Wochen und konnte sich bereits eine viel einfachere Diebstahlmethode vorstellen. Dazu war nichts weiter nötig, als eine Stunde nicht »offiziell« in das Hauptbuch einzutragen und die Karte des Mitglieds über ein anderes Konto als das des Clubs abzurechnen. Niemand kontrollierte, wer wann auf dem Platz war. Er war der Einzige, der den Überblick behielt. Warum hatte Dave es nicht einfach so angestellt? Vielleicht hatte der Alkohol ihm das Gehirn vernebelt.

Robert hatte nun zwei Stunden Zeit, also ging er hinüber zur Feuerwache, wo es Hotdogs und Bier gab und die freiwilligen Feuerwehrleute alle in ihren Uniformen herumliefen. Sie sahen einfach lächerlich aus, wie erwachsene Männer in Halloween-Kostümen.

Da war Brian und ließ seine Hosenträger schnalzen. Robert sah Brians Frau Lisa mit Emily herumstehen. Sie waren wie Zwillinge in weiße Overalls gekleidet. Robert blickte die Frauen in Salcombe nicht, und er blickte Frauen sonst immer. Mochten sie sich nun untereinander oder nicht? Er hörte sie immer tratschen, darüber reden, wessen Kind sich nicht ordentlich benahm und wessen Tennis-Skills nicht so gut waren, wie sie selbst von sich dachte. Henrietta, Larrys Frau, lud Claire nicht zu ihrer Dinnerparty ein; Emily dachte, sie könnte eine bessere Doppel-Partnerin als Rachel finden; Lauren war eingebildet. Aber andererseits waren sie alle auch unzertrennlich. Sie trafen sich jeden Abend auf Drinks, sie verbrachten Stunden gemeinsam am Strand, sie saßen nachmittags zusammen und sahen ihren Kindern beim Corkballspielen auf dem Sportplatz zu. Wie Lisa und Emily kleideten sie sich gern ganz ähnlich in Designermarken. Er hatte noch nie in einer so kleinen Gemeinde gearbeitet – geschweige denn gewohnt. Er konnte sich vorstellen, wie leicht man in all das hineingezogen werden konnte.

Da entdeckte er Lauren in der Menge, die ein fließendes geblümtes Kleid trug. Die Träger eines rosa Bikinis lugten unter dem Oberteil hervor. Robert spürte, wie er unwillkürlich hart wurde. *Reiß dich zusammen, du Idiot*, dachte er.

Claire Laurell, die sich gerade den letzten Bissen eines Hotdogs einverleibte, kam auf ihn zu. Der sofortige Erektionskiller. *Danke, Claire.*

»Robert! Wie läuft's denn so? Sie sind immer noch hier, also scheinen wir Salcombians Sie ja noch nicht vergrault zu haben.«

Rachel hatte ihm beim Üben zwischen zwei Aufschlägen erzählt, dass Claire und ihr Mann Seth früher einmal Swinger gewesen waren. Offenbar hatte jeder in dieser Stadt ein oder zwei Geheimnisse.

»Alles gut, Claire, danke der Nachfrage. Ich habe Sie neulich spielen sehen – Sie scheinen sich ganz gut geschlagen zu haben.«

»Ich mag es einfach, mich mit den jungen Leuten zu messen«, sagte sie. »Ich kann zwar nicht mehr gut rennen, aber es ist nett, dass sie mich noch teilhaben lassen.«

Robert hörte in der Nähe des Biertisches Tumult aufkommen, drehte sich um und sah Lauren inmitten eines Kreises von Leuten stehen. »Oh, fick dich, Beth!«, hörte er sie rufen. Claire stieß ihn mit dem Ellbogen an, sie genoss die Show sichtlich. Dann faselte sie weiter von ihrem Spiel (»Ich kann meine Füße einfach nicht mehr so schnell bewegen«), und es gesellten sich noch ein paar weitere Damen in ihrem Alter zu ihnen. Er hörte scheinbar geduldig zu, während sie sich eine nach der anderen vorstellten und ihm ihr Tennis-Niveau und ihren Werdegang erläuterten. Doch seine ganze Aufmerksamkeit gehörte Lauren, die er in Richtung Strand davongehen sah.

»Ich möchte mit dir allein sein«, hatte sie neulich bei Rachel zu ihm gesagt. Zuerst hatte Robert gedacht, er hätte sich verhört. Er hatte sich den ganzen Abend auf sie konzentriert, auch als er sich mit den anderen unterhalten hatte. Und er hatte sehr wohl gemerkt, dass sie auf ihn stand. Aber ihr Mann war auch da gewesen. Ein paar Tage später hatte sie eine Tennisstunde bei ihm gebucht. Sie hatte ein Lacoste-Tennis-Outfit getragen, das ihre schlanken, langen Beine zur Geltung brachten. Er hatte sie schon die ganze Zeit berühren wollen und schließlich einen Vorwand gefunden, als sie ihn wegen ihres Vorhandgriffs fragte. Er war auf ihre Seite des Platzes gegangen, hatte ihr zartes Handgelenk genommen und es den Schläger hinaufgeschoben, damit es richtig saß.

Während er irgendeinen Unsinn über Kraft und den richtigen Griff erzählte, hatte sie sich zurückgelehnt und ihren warmen Körper an seine Leistengegend geschmiegt. Sie hatte gewusst, was sie da tat, und er hatte sie gewähren lassen und das Gefühl genossen, wie sich ihr Hintern an ihn drückte; er hatte mit niemandem mehr geschlafen, seit er Taylor vor ein paar Wochen in Florida zurückgelassen hatte. So waren ein paar Sekunden verstrichen, bis er die alte Susan Steinhagen bemerkt hatte, die auf der Bank vor dem Platz nebenan saß und sie beobachtete. Lauren war schnell von ihm abgerückt, und für den Rest der Stunde hatten sie sich beide ganz unverfänglich verhalten. Aber Robert hatte sich geschworen, eine Gelegenheit zu finden, mit Lauren allein zu sein. Nun war seine Chance gekommen.

»Es tut mir leid, meine Damen, aber ich muss los. Ich freue mich darauf, Sie auf dem Platz zu sehen!«, sagte er.

Sie schenkten ihm ihr kokettestes Altweiberlächeln.

Robert überquerte das Spielfeld und lief im Zickzack zwischen Gruppen verschwitzter Kinder in rot-weiß-blauer Kleidung hindurch, die sich gegenseitig mit Wasserpistolen beschossen. Er ging an der Tribüne vorbei und bog in den Neptune ein. Er konnte Lauren davongehen sehen, eine einsame Gestalt unter einem Baldachin aus Bäumen. Er beeilte sich, sie einzuholen. Er wusste zwar nicht, was passieren würde, wenn er sie erreichte, hatte aber das Bedürfnis, ihr zu folgen.

Und dann lud sie ihn in ihr Haus ein. Er folgte ihr und war beeindruckt, wie weitläufig es war. Es war so stilvoll, maritim und luxuriös zugleich, weit und breit kaum eine Spur von den beiden Kindern, die auch dort wohnten. Robert dachte an seine eigene kleine Bude, die Ameisen in der Küche, die durchgelegene Matratze. Er hatte sich immer vorgestellt, eines Tages so ein Haus zu haben. Stilsicher ausgestattet, makellos, wie die Häuser und Wohnungen, in denen er mit Julie gewohnt hatte.

Als er später am Tag von seiner Bude zur Außenterrasse des Jachtclubs ging, die für die jährliche Cocktailparty am 4. Juli geschmückt war, dachte er noch immer an Laurens Körper, ihren flachen Bauch, ihre kleinen, kecken Brüste. Nachdem sie Sex gehabt hatten, hatte er sie dort nackt und befriedigt zurückgelassen, sich durch die Seitentür hinausgeschlichen und darauf geachtet, dass niemand sehen konnte, aus welchem Haus er kam.

Den restlichen Nachmittag hatte er mit Unterrichten verbracht, mit den Gedanken woanders und ausgepowert. Er hatte schon öfter mit Kundinnen geschlafen, aber das hier war etwas anderes. Diese Stadt war so klein, und alle tratschten so viel – wenn das herauskäme, würde er seinen Job verlieren. Wohin sollte er dann gehen? Zurück nach Hause, nach Tampa? Seine Mutter um Geld anbetteln? Allein bei dem Gedanken fühlte er sich schon ganz elend. Immer wieder tauchten Bilder von Lauren in seinem Kopf auf. Ihre Zunge auf seinem Bauch. Ihr Kopf, das schöne blonde Haar, als sie seinen Schwanz lutschte. Er wusste, dass er sie heute Abend auf der Party sehen würde. Jason würde auch dort sein.

Mittlerweile war die Temperatur angenehmer geworden, und vom Wasser her wehte eine Brise. Robert bog in die Bay Promenade ein und ging an der Broadway Road vorbei zum Jachtclub, der am Marine Walk lag. Auf rostigen Fahrrädern, in Kleidern oder Khakihosen und Button-Down-Hemden fuhren Leute in dieselbe Richtung. Robert hatte ein weißes Polohemd und Seersucker-Shorts an. Er wusste, wie er sich in dieses Umfeld einfügen konnte.

Als er ankam, war die Terrasse bereits voller Menschen. Es war neunzehn Uhr, und die Sonne stand noch hoch am Himmel. Die Kellner reichten Häppchen – Mini-Quiches, Krabbencocktails, geräucherten Lachs an Toast –, die von den Frauen allesamt demonstrativ abgelehnt wurden. Robert wurde ein Glas Champagner in die Hand gedrückt. Für diesen Anlass war der Club herausgeputzt worden; Tischdecken und Blumenarrangements zierten die Holztische, um dem Ganzen mehr Klasse zu verleihen. Robert war bei solchen Veranstaltungen immer etwas unbehaglich zumute. Zählte er zu den Gästen oder zum Personal? Er sah aus wie diese Leute, aber er gehörte nicht zu ihnen. Auf dem College war er gut darin geworden, so zu tun als ob, besonders mit Julie am Arm. Aber jetzt war er eingerostet, was wahrscheinlich an dem noch nicht lange zurückliegenden längeren Aufenthalt in Shitsville, Florida, lag.

»Robert! Wie schön, dich zu sehen!« Es war Emily. Er hatte erst am Morgen mit ihr zu tun gehabt, aber sie begrüßte ihn, als wäre es ein Jahr her. Sie trug ein weißes Rüschenoberteil, das aussah wie ein teures Spitzendeckchen, und große grüne Ohrringe. Ihr blondes Haar war zu einem gepflegten Dutt hochgesteckt. Sie war nicht hübsch, aber ansprechend zurechtgemacht. Mit Geld ist vieles möglich, war Roberts Gedanke.

»Hier, komm und unterhalte dich ein bisschen mit uns«, sagte sie, nahm ihn am Arm und führte ihn zu einer Gruppe, zu der auch ihr Mann Paul sowie Jen und Sam Weinstein gehörten. Jen wirkte freundlich, wie immer. Sie trug ein leuchtend blaues Kimonokleid. Robert befand, dass Sam ihm an Attraktivität in nichts nachstand, auch wenn der mit seinen grau melierten Locken und der gebräunten Haut eher an George

Clooney erinnerte statt, wie er selbst, an Brad Pitt. Doch Sam wirkte untypisch mürrisch. Er würdigte Robert kaum eines Blickes und stand weit weg von seiner Frau. Paul war gerade mitten in einem Monolog und machte damit weiter.

»Wir wohnen in der Innenstadt, weil wir die Diversität des urbanen Lebens schätzen. So lernen unsere Kinder die echte Welt kennen, wisst ihr? Wenn man wie Lauren und Jason draußen in so einem Nobelviertel zu Hause ist, bekommen die Kinder nur die Welt der reichen weißen Leute mit. Außerdem arbeite ich in der Musikbranche, von daher wissen meine Kinder, dass man auch mit einem Beruf außerhalb des Finanzwesens glücklich sein kann. Das finde ich so was von wertvoll.«

Für einen so kleinen Mann hatte Paul ein auffallend großes Ego. Robert konnte sehen, dass Jen sich über ihn aufregte.

»Also, mir leuchtet nicht ganz so ein, wie das Leben in einer schicken Wohnung nahe Union Square und der Besuch einer teuren Privatschule deine Kinder mit der Vielfalt der Stadt in Kontakt bringen soll«, meinte sie mit einem Lächeln auf den Lippen.

»Unsere Schule ist wirklich recht unprätentiös«, sagte Emily.

Robert hatte den Eindruck, dass Emily nicht die Schlaueste der Runde war.

»Es gibt keine Noten – die Lehrer bewerten die Schüler ganz nach Gefühl. Das nennt sich *gefühlsgeleitete Philosophie*.«

Jen zog eine Augenbraue hoch.

»Viele Berühmtheiten schicken ihre Kinder dorthin«, fuhr Emily fort. »Aber eher bekannte Künstler, Autoren und Regisseure – weniger TV-Stars oder so.«

»Ich dachte, du hättest gesagt, die Gyllenhaal-Kinder wären da«, konterte Jen.

»Ach, stimmt, aber das ist was anderes«, meinte Emily. »Die Schule ist so gut, dass sie ihre Kinder sogar aus Brooklyn dorthin schicken.«

»Ich habe Jake Gyllenhaal mal Tennisunterricht gegeben«, warf Robert ein.

Alle drehten sich zu ihm um und sahen ihn an. Selbst Sam schien beeindruckt.

»Er war ein Stammkunde, als ich in Brentwood war. Hinterher sind wir immer noch was trinken gegangen. Netter Typ«, fügte Robert beiläufig hinzu.

Vor allem Paul musterte Robert mit Bewunderung. Robert erkannte Groupies, wenn er sie sah.

Ein Kellner kam herüber und bot ihnen Mini-Hamburger an. Robert nahm einen. Er war am Verhungern.

»Ich war auch sehr zufrieden, wie unsere Schule mit der Black-Lives-Matter-Bewegung umgegangen ist«, sagte Paul. Er trug ein gelb-rosa Hawaiihemd, obwohl Robert annahm, dass es eher eine ironische Anspielung auf ein Hawaiihemd war als das, was sein Vater gerne getragen hatte, wenn Leute zum Grillen zu Besuch kamen. Wahrscheinlich war es von Valentino oder so ähnlich.

Sam hatte bis dahin schweigend an seinem Getränk genippt, aber bei diesem Satz horchte er auf. »Rassismus hier, #MeToo da. Ich kann es nicht mehr hören«, sagte er. »Die Leute müssen aufhören, sich ständig zu beschweren, und einfach mal ihr Leben in die Hand nehmen.«

Jen sah ihn überrascht an. Alle waren verblüfft, denn Sam war sonst immer so positiv und locker.

»Da kann ich dir nicht widersprechen«, sagte Paul.

Jetzt geht's los, dachte Robert. Er hatte schon eine Million solcher Gespräche unter seinen Kunden gehört. Reiche Leute liebten es, über Leute zu lästern, die versuchten, ihnen ihre Macht streitig zu machen.

»In unserer Firma wurden dieses Jahr nur Schwarze befördert. Es ging rein um die Optik. Wir haben 'ne hübsche Pressemitteilung verschickt, die von der *Variety* aufgegriffen wurde, und bekamen gute PR rein dafür, dass unsere Führungsriege mit People of Color aufgefüllt wurde. Aber unternehmerisch war das, ehrlich gesagt, kein so guter Schachzug. Es müssen eben die *besten* Leute befördert werden, Punkt. Jetzt gehen sogar weiße Frauen leer aus!«, gluckste Paul.

»Bist du hier nicht eigentlich der Wokeness-Beauftragte unter uns, Paul?«, erwiderte Sam spöttisch.

In diesem Moment kam Theo Burch, der einzige Schwarze in Salcombe, an der Gruppe vorbei. Er war in Begleitung seiner weißen Frau, Erica Todd, deren Familie ein Strandhaus am Atlantic Walk besaß. Eine angespannte Sekunde lang wusste niemand, ob Theo Pauls Tirade gehört hatte. Theo, der sich immer wie zum Golfspielen bei einem Profiturnier kleidete, war gerade zum Chief Operating Officer einer großen Versicherungsgesellschaft befördert worden. Robert hatte auf dem Platz tuscheln hören, dass Theo »vom aktuellen Trend profitiert« hätte, aber soweit er das beurteilen konnte, war Theo nicht weniger verdienstvoll als die anderen wohlhabenden Führungskräfte aus dem Ort.

»Was weiße Frauen betrifft, wäre ich mir nicht so sicher«, fuhr Sam düster fort. »In meiner Welt haben sie noch immer jede Menge Trümpfe in der Hand.«

Robert leerte sein Champagnerglas, nachdem er den Mini-Burger aufgegessen hatte. Wie konnte er sich bloß aus diesem Gespräch herauswinden? Er suchte die Menge ab – noch immer keine Lauren weit und breit. Er sah auch Jason nicht.

»Also, diese Unterhaltung nimmt gerade eine sehr seltsame Wendung«, stellte Jen trocken fest.

Robert spürte miese Schwingungen von allen Seiten.

»Wie wäre es, wenn wir uns auf die Suche nach etwas stärkeren Drinks machen würden, Robert?«, sagte Jen.

Sam starrte ihn an.

»Prost allerseits«, warf Robert noch in die Runde, als er Jen in den Barbereich folgte und Sam, Emily und Paul betreten zurückblieben.

Jen schob sich auf einen der roten Holzhocker und klopfte auf den Sitz neben sich. Er nahm Platz.

»Sorry dafür«, sagte sie und winkte den Barkeeper Micah Holt heran. »Zwei Whiskey, bitte, Micah.«

Micah, der das braune Haar effektvoll zur Seite gescheitelt trug, lächelte strahlend und genoss es, allen Freunden seiner Eltern zu gefallen. Robert überkam eine Welle des Neids auf Micahs Position im Leben: jung, aus reichem Hause, lässiger Sommerjob. Er erinnerte Robert an die Jungs, mit denen er früher in Stanford gewesen war.

»Paul kann ein ganz schönes Arschloch sein, wie du vielleicht schon gehört hast, und ich weiß nicht so recht, was mit Sam los ist. Ich glaube nicht, dass er wirklich so denkt. Ignorier ihn einfach«, sagte sie. Das Ganze war ihr sichtlich peinlich. »Ich glaube, die Leute hier vergessen manchmal, dass sich nicht jeder einen Zweitwohnsitz an einem privilegierten Ort wie diesem hier leisten kann.«

»Ach, mach dir nichts draus. Ich habe schon viel Schlimmeres gehört«, winkte Robert ab. Und das stimmte.

Da ging die Tür auf, und Lauren kam herein, gefolgt von Jason. Robert wurde leicht schwummerig. Er drehte sich ganz zu Jen, denn er wollte nicht, dass Lauren ihn gleich sah. Sie trug ein elegantes marineblaues Kleid, das ihr bis zu den Waden reichte und den Rest ihres Körpers umschmiegte. Sie sah taufrisch aus, ihre Wangen waren gerötet, ihr blonder Bob saß perfekt. Sie winkte jemandem im hinteren Teil des Raums zu und strebte dann in diese Richtung, vorbei an Robert und Jen, ohne sie zu sehen. Derweil kam Jason schnurstracks auf sie beide zu. Robert spürte, wie sich Jen verspannte.

»Jen, Robert, hallo«, rief Jason. »Wie war euer 4. Juli? Auf dem Spielfeld war ganz schön was los, oder?«

»Ja, ich war vor Ort«, sagte Robert. »Ein ganz schönes Spektakel, das die Stadt da veranstaltet.« Seine Kehle fühlte sich wie zugeschnürt an. Warum hatte Jason sich an ihn gewandt?

»Dann hast du ja vielleicht auch den Streit meiner Frau mitbekommen? Es muss eine ziemliche Szene gewesen sein, habe ich gehört«, sagte er.

Robert war sich nicht sicher, worauf er hinauswollte. »Ja, hab ich mitbekommen«, meinte er zögerlich.

»Geht es ihr gut?«, warf Jen ein.

»Ja, du kennst doch Lauren«, sagte Jason. Er schien das Interesse an Robert verloren zu haben und richtete seine ganze Aufmerksamkeit nun auf Jen. »Sie kommt immer klar.« Er winkte Micah heran. »Ich nehme einen Wodka Martini, ohne Eis.«

Micah nickte und machte sich an die Arbeit.

Jen lächelte Jason an. Irgendetwas ging da vor sich, aber Robert konnte nicht genau sagen, was, er war einfach nur froh, dass Jasons Aufmerksamkeit nicht mehr auf ihn gerichtet war, auf die Person, die erst heute Nachmittag in seinem Bett mit seiner Frau gevögelt hatte. Keiner sagte etwas. Sollte Robert das Gespräch am Laufen halten?

»Jason, wie läuft's beim Tennis? Lauren habe ich auf dem Platz gesehen, aber dich nicht so oft.«

Micah überreichte Jason den Martini. Vorher wischte er noch das Kondenswasser von den Seiten des Glases ab. Jason trug ein blau-weiß gestreiftes Button-Down, und seine Augen wirkten noch dunkler als sonst.

»Eigentlich hätte ich heute mit Sam spielen sollen, aber mir ist die Arbeit dazwischengekommen«, sagte er. »Aber nächste Woche werde ich auf jeden Fall wieder spielen. Vielleicht kannst du mir eine Stunde geben?«

Robert hätte wissen müssen, dass das kommen würde. »Ja, klingt gut. Ich bin zwar ziemlich ausgebucht, kann dich aber bestimmt mal vormittags dazwischenschieben.« Jen rutschte auf ihrem Stuhl herum, und Robert erkannte seine Chance zu entkommen.

»Danke für den Drink, Jen«, sagte er und erhob sich. »Ich werde ein paar anderen Spielern Hallo sagen.«

Er ließ die beiden stehen beziehungsweise sitzen und ging nach hinten. Er spazierte mit seinem Drink durch die Hintertür und verzog sich in seine kleine Hütte bei den Tennisplätzen. Sie war aus Holz und ziemlich eng, vielleicht ein Meter fünfzig auf zwei Meter fünfzig. Darin befanden sich die Eimer mit Übungs-bällen, eine kleine Nachspannmaschine und ein paar zusätz-liche Schläger für diejenigen, deren Schläger kaputtgingen oder die sie vergessen hatten. Zwischen den Tennisstunden konnte er sich zum Abkühlen dorthin zurückziehen. Er hatte sogar einen kleinen Stuhl und einen behelfsmäßigen Schreibtisch, auf dem er seine Unterlagen und den Tagesplan aufbewahrte. Glücklicherweise hatte die Hütte auch eine Tür, die er zu-machen konnte, damit die Kunden nicht versuchten, ihn auch noch außerhalb der Unterrichtszeiten über ihr Spiel zuzuquat-schen. Er schloss sie auch jetzt und setzte sich an den Schreib-tisch, um die Stille zu genießen. Dann leerte er seinen Whiskey.

Er wusste, dass er eigentlich zurück auf die Feier gehen, sich zeigen und seine Talente vermarkten sollte, aber er war zu angespannt. Er wollte Lauren sehen und wollte es doch nicht.

Doch die Entscheidung wurde ihm abgenommen. Es klopfte kurz an der Tür, und da stand sie. Mit einem Glas Weißwein in der Hand kam sie herein, und ihr Blick wirkte ein wenig wild.

»Was machst du denn hier? Man wird uns vermissen«, sagte Robert. Sein Herz schlug schneller, als er es wollte.

Sie stellte ihr Weinglas so schwungvoll auf dem Schreibtisch ab, dass es überschwappte, und drückte ihn gegen die Nachspannmaschine. Robert spürte, wie sich ein Stück Metall unangenehm an seinen Rücken drückte. Lauren küsste ihn stürmisch und ließ eine ihrer warmen Hände in seine Shorts gleiten.

»Ich bin dir gefolgt«, sagte sie. »Keiner hat mich gesehen.«

»Lauren, Jason ist da drüben, jemand könnte uns entdecken«, flüsterte er.

»Mir doch egal«, sagte sie und drückte sich an ihn.

Ihr marineblaues Kleid schob sich an ihren Beinen hoch, und Robert half ihr, es über die Taille zu schieben. Er drehte sie um und zog ihr die Unterwäsche herunter. Seine Hose rutschte ihm auf die Knöchel; er beugte sie über seinen Schreibtisch und fickte sie von hinten, bis sie beide kamen, schnell und leicht.

Im Handumdrehen hatte sie ihr Kleid wieder heruntergezogen und ihr Haar glatt gestrichen. Sie küsste ihn flüchtig auf den Mund, griff nach ihrem Weinglas, schlüpfte zur Tür hinaus und schloss sie hinter sich. Robert zog seine Shorts hoch und setzte sich hin. Die ganze Sache hatte vielleicht sechs Minuten gedauert.

Er wusste, dass er glücklich sein sollte, fühlte sich aber schal und benutzt. Er beschloss, nicht mehr auf die Feier zu gehen – er bezweifelte, dass er jetzt noch in der Lage wäre, eine vernünftige Unterhaltung zu führen. Stattdessen blätterte er in seinem kleinen Unterrichtsbuch und sah sich das Programm für morgen an.

5. Juli – Unterrichtszeitplan
Susan Steinhagen – 09:00–10:00 Uhr
Lisa Metzner – 10:00–11:00 Uhr
Claire Laurell – 11:00–11:30 Uhr
Doppel-Kurs – 11:30–13:00 Uhr
Mittagessen
Larry Higgins – 14:00–15:00 Uhr
Lauren Parker – 15.30–16.30 Uhr

Er würde Lauren also bald wiedersehen. Es war stickig in seiner Hütte, und es roch jetzt nach einer Mischung aus Sex und dem metallischen Geruch von Tennisballdosen. Der kleine Mülleimer neben ihm war voll mit Powerriegel-Verpackungen und leeren Wasserflaschen. Er dachte an Dave, den armen alten Tennisprofi, und seinen stümperhaften Versuch, ein bisschen Extraprofit aus seinen Tennisstunden herauszuschlagen. Er musste verzweifelt gewesen sein. Aber wie hatte er nur so unvorsichtig sein können?

Wie so oft hatte Robert den Gedanken, dass er viel klüger war als der durchschnittliche Tennislehrer. Er hatte schon genug von ihnen kennengelernt, um das zu wissen. Bei zweihundert Dollar pro Stunde hätte Dave nur ein oder zwei Trainingseinheiten pro Tag auf ein anderes Konto seiner Wahl abzweigen müssen. Dann hätte er zwanzigtausend Dollar zusätzlich zu seinem Gehalt verdient. Zwanzigtausend Dollar, steuerfrei, wären genug, um monatelang Roberts Miete zu bezahlen, während er sich nach einem besseren Job in New York City umsah.

Robert stand auf und machte sich an der Nachspann-maschine zu schaffen. Seth Laurell, Claires Ehemann, hatte seinen Wilson-Schläger heute Nachmittag zur Neubespannung abgegeben, weil er seine Niederlage gegen Tom Schiller auf die lockeren Schlägersaiten geschoben hatte (natürlich hatte er verloren, weil er nicht besonders gut war; die Saiten hatten nichts damit zu tun). Doch Robert hatte sich dennoch bereit erklärt, den Schläger für ihn neu zu bespannen, und zwar für fünfzig Dollar. Nun nahm er ihn zur Hand und begann, die Saiten, eine nach der anderen, mit einer Schere abzuschneiden.

Mit jedem Schnipsen wurde Robert wütender und wütender. Was wollte Lauren eigentlich? Ein Spielzeug, das sie wegwerfen konnte, sobald der Sommer vorbei war?

Er dachte an seinen Vater und daran, dass dieser sich für Robert immer mehr erhofft hatte als eine Tennislehrer-Laufbahn. Er dachte an Julie und ihr glanzvolles Leben ohne ihn. Er dachte an all die Möglichkeiten, die an ihm vorbeigegangen waren. Dann schleuderte er Seths Schläger gegen die Holzwand; er prallte ab, hätte ihn fast im Gesicht getroffen und landete so auf seinem Schreibtisch, dass Papiere durch die Gegend flogen.

Robert seufzte und nahm sein Unterrichtsbuch in die Hand. Er setzte sich hin und sah es sich noch einmal an. Vielleicht hatte Dave nicht ordentlich stehlen können, aber Robert konnte es womöglich. Niemand würde ihn verdächtigen, vor allem, weil niemand denken würde, dass er verrückt genug wäre, das Gleiche zu versuchen, was Dave, der Alkoholiker, im Jahr zuvor getan hatte. Er würde das Geld einfach *umschichten*. Am Ende jeder Woche belastete er die Karten der Mitglieder für ihre Unterrichtsstunden, und am Labor Day würde der Club ihm zwanzig Prozent dieser Gesamtsumme auszahlen. Er musste Kopien der Belege an den Tennisausschuss des Sal-combe Yacht Clubs schicken, für deren Unterlagen und die Steuer. Von jetzt an würde er einfach ein oder zwei Stunden pro Tag nicht in seinem Hauptbuch vermerken. Er würde diese Stunden zwar geben, aber sie über ein anderes Konto abrechnen, das er noch heute Abend einrichten wollte. Warum sollte er auch *nicht* hundert Prozent von dem bekommen, was die Leute für seine Fähigkeiten bezahlten? Er sah sich noch einmal die Aufstellung für morgen an.

5. Juli – Unterrichtszeitplan
Susan Steinhagen – 09:00–10:00 Uhr
Lisa Metzner – 10.00–11.00 Uhr
Claire Laurell – 11:00–11:30 Uhr
Doppel-Kurs – 11:30–13:00 Uhr
Mittagessen
Larry Higgins – 14:00–15:00 Uhr
Lauren Parker – 15.30–16.30 Uhr

Er riss die Seite aus dem Buch, zerknüllte sie und steckte sie sich in die Tasche, um sie später wegzuwerfen. Dann schlug er eine leere Seite auf und schrieb:

5. Juli – Unterrichtszeitplan
Susan Steinhagen – 9:00–10:00 Uhr
Claire Laurell – 11:00–11:30 Uhr
Doppel-Kurs – 11:30–13:00 Uhr
Mittagessen
Larry Higgins – 14:00–15:00 Uhr
Lauren Parker – 15:30–16:30 Uhr

Er würde Lisa trotzdem ihre Stunde geben, ihre Karte (über sein Konto) belasten, und niemand würde es merken. Keiner verfolgte jeden seiner Schritte. Sogar Susan Steinhagen ging mal an den Strand und spielte Bridge. Mit den zusätzlichen zwanzigtausend Dollar würde er sich viel besser fühlen, wenn er diesen Herbst arbeitslos in New York City antreten musste. Robert schloss sein Unterrichtsbuch und verließ die Hütte. Er entfernte sich erst vom Club, bevor er in den Harbor Walk einbog und eine Schleife zurück zu seiner Unterkunft machte. Es war jetzt dunkler, und er konnte das Knallen von Feuerwerkskörpern über der Bucht hören. Er kam an Rachels Haus vorbei; das Licht auf der Veranda war an, aber er wusste, dass niemand zu Hause war. Wie er all diese Leute hier hasste. Robert fühlte sich etwas leichter, als er weiter die ruhige Uferpromenade entlangging. *Scheiß auf sie alle*, dachte er. Er freute sich schon darauf, ihnen das Geld abzunehmen. Dann kehrte er in seine Küche voller Ameisen zurück.

II

Paul Grobel

Paul Grobel bedauerte die anderen Männer in Salcombe. Das waren alles Heuler. Auf der Cocktailparty am 4. Juli hatte er gehört, wie ein Typ über sich selbst sagte, er habe »eine Leidenschaft fürs Finanzwesen«. Leidenschaft fürs Finanzwesen! Ha! »Hallo, mein Name ist Blödmann, und ich liebe es, Geld von einem Konto aufs andere zu schieben.« Paul konnte nicht fassen, wie jemand so geistlos sein konnte.

Er arbeitete in der Musikbranche, bei Atlantic Records, im Marketing, wo er half, allerlei Musiker und Projekte auf den verschiedensten Plattformen zu promoten. In Wahrheit klang das cooler, als es war, denn im Grunde war er nichts als ein besserer PR-Heini und nicht einmal der Leiter seiner Abteilung (er verdiente auch bloß ein paar Hunderttausend im Jahr. Emily hatte keine Ahnung. Er ließ sie in dem Glauben, er verdiene mindestens eine halbe Million, was angesichts des kreativen Charakters seiner Arbeit akzeptabel war.) Aber ihm gefiel, wie es sich anhörte, wenn er sagte, er arbeite »in der Musikbranche«, und Emilys Familie bezahlte sowieso für alles.

Er und Emily hatten sich vor zehn Jahren auf einer Vernissage kennengelernt, und er hatte sie mit seinem Hintergrundwissen über den Künstler beeindruckt. Obwohl Paul klein war, hatte er nie große Probleme gehabt, an Frauen heranzukommen. Emily war auch klein. Es schien sie nicht zu stören. Und sein Penis war recht stattlich für seine Größe. Er war sich ziemlich sicher, dass ihn das rettete. Und er liebte sie, wirklich. Er fand, sie war süß und hübsch und hatte einen guten Geschmack. (Und der beste Beweis dafür war, dass sie sich von allen Männern in Manhattan ihn ausgesucht und geheiratet hatte.) Er mochte auch, wie ihr Haar roch und wie sie den Jungs vor dem Einschlafen Küsschen auf die Nase gab.

Er hatte zwar gewusst, dass sie reich war, aber nicht, wie reich sie wirklich war, bis sie den Ehevertrag unterschrieben. Es war komisch für Paul, der in der oberen Mittelschicht auf Long Island aufgewachsen und immer durchaus wohlhabend, aber längst nicht superreich gewesen war … ausgesorgt zu haben. Auf Pauls Betreiben hin hatten sie beschlossen, »aus kulturellen Gründen« in New York City zu bleiben, und Emily hatte eine nette Gruppe von befreundeten Müttern gefunden – alles Kreative mit elterlicher Unterstützung.

Als Nächstes hatten sie das Haus in Salcombe gebaut. Paul hatte sich gegen die Hamptons ausgesprochen – zu sehr Mainstream –, und sie hatten sich wegen ihrer Verschrobenheit und ihres Charmes für Fire Island entschieden. Keines der Häuser dort war so ganz das Richtige, also hatten sie beschlossen, eines direkt am Clam Pond, einer schönen Bucht, zu kaufen, es abzureißen und ihr eigenes von Grund auf neu zu bauen. Der ganze Vorgang war wirklich mühsam gewesen: die Genehmigungen, das Drama mit den Baubestimmungen der Stadt. Aber jetzt besaßen die Grobels das größte und schickste Haus in ganz Salcombe, und die Aussicht auf den Sonnenuntergang war unglaublich. Zur Krönung hatte Paul sich im letzten Jahr noch ein großes Motorboot gekauft, das er am eigenen Steg liegen hatte.

Emily liebte es, im Sommer hierherzukommen. Sie sagte, Salcombe sei »normal« im Vergleich zu ihrem Leben in der

Stadt. Paul nahm also an, dass sie gerne mit ihren Freundinnen Tennis spielte und mit den Kindern (Hayden, vier, und Dash, sechs) an den Strand ging. Für ihn war das in Ordnung. Auch ihm gefielen einige Aspekte hier – das Haus, der entspannte Lebensstil, die Tatsache, dass alle jeden Abend um siebzehn Uhr zu trinken begannen. Aber mit den Männern im Ort wurde er nicht wirklich warm. Sie waren ihm alle zu machohaft, zu sportlich, zu groß. Es waren Anwälte und Banker, eben die Art von Leuten, die sagten, sie hätten »eine Leidenschaft fürs Finanzwesen«. Das war nicht Pauls Welt. Er merkte, dass sie seine Kleidung, die übrigens einen Haufen Geld kostete, schief beäugten. Paul sprach gerne über Kunst, Filme und Musik. Er hatte das Gefühl, dass ihn das zu einem interessanteren Menschen machte. Wollte er sich wirklich mit Brian darüber unterhalten, wie oft er auf seinem Peloton trainierte? Nein, ganz bestimmt nicht. Aber es waren ja nur ein paar Monate, und damit konnte Paul sich arrangieren.

Er saß auf seiner Terrasse und nippte an einem teuren Pinot. Emily kam heraus und setzte sich ihm gegenüber. Die Kinder schliefen bereits; ihr Kindermädchen, Lucia, hatte sie ins Bett gebracht, während Paul und Emily auf der Cocktailparty im Club gewesen waren.

Es war dunkel und warm, und das Wasser der Bucht plätscherte an den Steg. Am Horizont blinkten die Lichter der Boote.

»Ich habe das Gefühl, dass alle meine Freundinnen ihre Ehemänner hassen«, sagte Emily.

Im schummrigen Abendlicht sah sie hübsch aus. Paul hoffte, dass sie heute Abend Sex haben würden.

»Hasst du mich denn auch?«, fragte er.

Sie lächelte. »Manchmal«, sagte sie leichthin. »Du solltest nicht darüber meckern, wenn Schwarze bei der Arbeit befördert werden. Das ist anstößig.«

»Ich weiß, es tut mir leid«, sagte Paul.

Sie hatte recht. Er hatte nur versucht, mit Sam ins Gespräch zu kommen.

»Irgendetwas ist definitiv mit Lauren los«, sagte Emily. »So wie sie Robert ansieht … Ich weiß nicht. Ich frage mich, ob sie Jason betrügen würde.«

»Ich würde Jason betrügen«, sagte Paul. »Er ist ein Arschloch.«

Emily lachte. »Stimmt, er ist wirklich so ein Arsch.«

Sie stand auf und ging zu Paul hinüber, stellte sich hinter ihn und massierte ihm den Nacken. Es fühlte sich unglaublich an. Er liebte seine Frau.

»Schatz, lass uns ins Bett gehen«, sagte er, stand auf und nahm ihre Hand. Als sie hineingingen, sah er sein Spiegelbild in der Schiebetür und merkte mal wieder, wie gut er sein Hawaiihemd fand. Es war von Valentino.

12

Jen Weinstein

Jen Weinstein war eine Betrügerin. Sie hatte schon in der Schule bei Prüfungen geschummelt, indem sie sich die Antworten auf die Hände schrieb; sie schummelte beim Tennis, indem sie bei Bällen »Aus« rief, die drin waren, und auch beim Kartenspielen, indem sie den Gegnern ins Blatt schielte, wenn diese nicht aufpassten. Und sie betrog Männer, jeden einzelnen, mit dem sie je zusammen gewesen war, so auch ihren Mann Sam, der sie nie im Leben verdächtigen würde, irgendetwas davon zu tun.

Zurzeit betrog sie Sam mit seinem besten Freund Jason Parker, obwohl Jason nur eine von vielen Affären war. Sie betrog sogar die Leute, mit denen sie fremdging. Mit Jason schlief sie seit letztem Sommer, aber in diesem Winter hatte sie auch einmal mit Tyler Brand gevögelt, dem Ehemann ihrer Freundin Natalie Brand. Mit ihm hatte sie in seinem Auto geschlafen, einem BMW-SUV, direkt vor dem Scarsdale Tennis Club, wo ihre Kinder Unterricht hatten. Dann war sie ausgestiegen und in den Club gegangen, um Lilly abzuholen.

Sowohl Sam als auch Jason wären am Boden zerstört, wenn sie davon wüssten, eine Tatsache, die sie irgendwie amüsierte. Wie konnten Männer nur so leichtgläubig sein? Sie hatte den leichtgläubigsten von allen geheiratet. Sie liebte Sam, ja wirklich. Er war warmherzig und witzig, und er verwöhnte sie sowohl mit Geld als auch mit Aufmerksamkeit. Er war hübsch anzusehen, war ein großartiger Partygast und ein fantastischer, zupackender Vater. Sie hatten immer noch Sex, vielleicht ein- oder zweimal in der Woche, und Sam war im Bett angenehm energisch und interessant. Kurz gesagt, er war der ideale Ehemann, und Jens Freundinnen sagten ihr das alle immer wieder. Doch das bedeutete nicht, dass sie ihm treu sein konnte. O nein, mit ihm hatte das überhaupt nichts zu tun.

Das mit dem Fremdgehen war ihr eigenes Ding. Als Psychologin wusste Jen, dass sie süchtig nach dem Gefühl des Neuen war, nach dem Adrenalin des Geheimnisses, das sie beflügelte. Es ging ihr nicht um den Sex, obwohl sie Sex durchaus mochte. Es ermöglichte ihr, als Mutter von drei kleinen Kindern nicht verrückt zu werden. Sie wollte Sam nicht verlassen und neu anfangen; allein bei der Vorstellung bekam sie Stresspickel. Sie wollte sich einfach nur lebendig fühlen.

Und so wurde die Sache mit Jason langsam zu einem Problem. Jason war der Erste gewesen, mit dem sie Sam betrogen hatte, vor einer Million Jahren. In den ersten Monaten ihrer Beziehung war sie Sam treu gewesen, ein Rekord für sie, aber dann war sie Jason auf Fire Island begegnet, und er schien sie so sehr zu wollen, dass sie einfach nicht widerstehen konnte. Dass er Sams bester Freund war, machte die Sache noch reizvoller (Sam vergötterte Jason, und Jason konnte Sam kaum ertragen, was sie schnell mitbekommen hatte). Für sie war es eine einmalige Sache gewesen, aber sie wusste, dass Jason in sie verliebt war, so sehr, dass er nicht einmal bei seiner eigenen Hochzeit mit Lauren aufhören konnte, sie anzustarren. Im Laufe der Jahre hatte es immer wieder Anzeichen gegeben, dass er verliebt war – sehnsüchtige Blicke, Ausreden, um in ihrer Nähe zu sein –, aber sie hatte ihn stets kühl abgewiesen, weil sie befürchtete, es wäre zu kompliziert, und er könnte zu anhänglich werden. Dann, im letzten Sommer, war sie vierzig geworden und hatte einen inneren Zusammenbruch erlitten, ohne dass es jemand bemerkt hätte – nach außen hin wirkte Jen stets ruhig und gefasst.

Sie hatte das Gefühl gehabt, von ihrem eigenen Leben erdrückt zu werden, von ihren Kindern, dem schönen Haus und ihrem perfekten Mann. Auch die üblichen Affären hatten ihr nicht mehr geholfen (damals schlief sie mit ihrem Zahnarzt Dr. Ada).

Als Jason dann auf einem von Rachels Umtrünken beschwipst ihr Bein berührt hatte, hatte sie die Berührung erwidert, statt ihr auszuweichen. Inzwischen war ein Jahr vergangen, und ihre Affäre hatte immer mehr an Fahrt aufgenommen, zumindest auf Jasons Seite. Er war bis über beide Ohren in sie verliebt, und das war gefährlich. Sie befürchtete, dass er etwas Verrücktes tun könnte, wie es Sam oder Lauren erzählen, denn dann wäre alles ruiniert. Sie wollte überhaupt nicht *richtig* mit Jason zusammen sein. Die Situation wurde langsam zu verfahren, vor allem, weil sie jetzt alle beide nah beieinander in einer so kleinen Stadt wohnten.

Zum Beispiel hatten sie am heutigen 4. Juli nachmittags einen Quickie im Haus von Jen und Sam gehabt. Jason hatte sie unbedingt allein sehen wollen, denn sie hatten bis dahin bloß die Gelegenheit zu einem einzigen nächtlichen Treffen am Strand nach einer Party bei Rachel am ersten Abend gehabt. Aber das Maß an Koordination und das damit verbundene Risiko machten Jen nervös.

Jason war mittags eigentlich mit Sam zum Tennisspielen verabredet gewesen, während die Kinder mit ihrer Babysitterin Luana auf dem Sportplatz bei den Feierlichkeiten zum 4. Juli waren. Doch Jason hatte das Spiel mit Sam um 12:01 per Text abgesagt, als Sam bereits dort auf ihn wartete, und war zu Jen nach Hause geeilt. Sie hatten einfach darauf gehofft, dass Sam stattdessen entweder zu den Feierlichkeiten oder zum Einkaufen gehen oder vielleicht jemand anderen zum Tennisspielen finden würde, sodass Jason und Jen knappe zehn Minuten Zeit für Sex blieben. So war es dann auch gekommen, und zwar im Zimmer von Jens Sohn Ross auf dessen PAW-Patrol-Bettzeug. Hinterher hatte sich Jason durch die Hintertür hinausgeschlichen, auch wenn keiner Verdacht geschöpft hätte, wenn er gesehen worden wäre – schließlich war er Sams bester Freund. Die ganze Sache war unbefriedigend und selbst für Jen zu heikel gewesen. Was, wenn eines der Kinder nach Hause gekommen wäre, um zu pinkeln? Was, wenn Sam beschlossen hätte, direkt zum Haus zurückzukehren und auf dem Weg nach draußen Jason begegnet wäre?

Jen überlegte fieberhaft, wie sie sich aus der Affäre mit Jason herauswinden könnte. Sie saß auf der blau-weiß gestreiften Couch ihrer herrlichen Veranda und trank einen Eistee. Viele Frauen, oder besser gesagt, die Art von Frauen, die Jen kannte, hätten sich dagegen gesträubt, das Haus ihrer Schwiegereltern zu erben, anstatt etwas Eigenes zu kaufen. Aber Jen liebte das Haus von Sams Eltern. Es war die perfekte Mischung aus Shabby Chic, maritimem Dekor – Segelbootbilder, Kissen mit Ankern – und hochwertigen Details wie Viking-Geräten und maßangefertigten Einbauschränken. Es war weitläufig, sonnendurchflutet und gemütlich. Vielleicht hatte Sams Mutter versucht, die Art von Umgebung zu schaffen, die sie sich für ihren Sohn gewünscht hätte, im Gegensatz zu den chaotischen Zuständen, die er erlebt hatte. Sam, der in seiner Jugend unter großen Ängsten gelitten hatte, war hier am glücklichsten. Auch Jen liebte es auf Fire Island. Abgesehen von Jason hatte sie in dieser Stadt niemanden außer Sam gevögelt. Es hätte sich wie ein zu großer Verrat angefühlt. Das hier war Sams Ort.

Und da stand er nun vor ihr, in seiner feuchten Tenniskleidung, das lockige Haar verschwitzt und an der Stirn klebend, mit einem seltsamen Gesichtsausdruck. Es war zwei Uhr nachmittags, lange nach seinem geplatzten Spieltermin mit Jason, aber Jen musste sich deswegen dumm stellen.

»Wie war das Spiel? Hast du gewonnen?«, fragte sie fröhlich. Sie trug einen geschmackvollen schwarzen Bikini mit einem übergroßen weißen Hemd darüber; sie hatte es angezogen, nachdem Jason gegangen war. Sam schwankte, sagte aber nichts. Er wirkte betrunken.

»Jason ist gar nicht aufgetaucht«, sagte Sam, seltsam abgehackt. »Ich habe stattdessen mit Rachel gespielt.«

Jen spürte, wie sich ihr Körper anspannte, obwohl sie wusste, dass es noch keinen Grund zur Panik gab. »Oh, schön, wie lief's?«

Jen wusste, dass Rachel schon immer in Sam verliebt gewesen war. Die beiden hatten vor zwanzig Jahren einen Sommer lang etwas laufen gehabt, wovon Sam ihr alles erzählt hatte und Rachel anscheinend nicht lassen konnte. Jen war das egal. Alle liebten Sam. Ständig machten sich Frauen an ihn ran, manchmal direkt vor ihren Augen. Er flirtete auch gerne, und Jen ging davon aus, dass er im Laufe ihrer Ehe mit der einen oder anderen dieser Frauen geschlafen hatte. Wer hätte das nicht getan? Aber sie hatte sich nie Sorgen gemacht, dass er sie womöglich verlassen könnte.

»Es war okay; es war Rachel. Und was hast du so getrieben?« Er starrte sie an, aber sie wich seinem Blick aus.

»Nur lesen und entspannen. Luana übernimmt heute das Abendessen und Zubettbringen der Kinder – denk daran, dass wir heute Abend noch eine Cocktailparty im Club haben.«

»Das ist *alles*, was du getan hast? Lesen?« Seine Stimme hatte eine Schärfe, die Jen nicht gefiel. Hatte er sie irgendwie mit Jason gesehen? Oder hatte sie jemand anderes beobachtet?

»Nein, ich war auch im Laden und hab Milch besorgt.« Mit den Worten stand Jen auf und ging durchs Wohnzimmer, vorbei am steinernen Kamin, in die Landhausküche im hinteren Teil des Hauses. Sie wollte das Gespräch so schnell wie möglich beenden. Sam biss an. Sie hörte seine Schritte auf der Holztreppe nach oben knarren, und dann schloss sich die Tür zu ihrem Schlafzimmer. Jen nahm ihr Smartphone in die Hand und öffnete die Signal-App, über die sie mit Jason – und vielen, vielen anderen – kommunizierte.

> Jen Weinstein: Hast du etwas von Sam gehört?
> Er verhält sich seltsam.

> Jason Parker: Nein, er hat mir nicht einmal
> geantwortet, als ich Tennis abgesagt habe.
> Ich war noch am Strand, nachdem ich bei dir
> weg bin.

> Jen Weinstein: Okay, gib mir Bescheid, wenn
> er sich bei dir meldet. Irgendwas ist los.

Sam kam erst zum Abendessen-Tumult am späten Nachmittag wieder aus dem Schlafzimmer herunter. Die Kinder schrien und stritten sich, und Jen konnte es kaum erwarten, aus dem Haus zu kommen. Sie wusste nicht, woher Sams seltsames Gebaren kam, aber es gefiel ihr nicht, dass er vorher mit Rachel zusammen gewesen war. Diese Frau liebte es, Geschichten zu erzählen, und Jen war besorgt, dass Rachel Sam irgendetwas in den Kopf gesetzt hatte. Jen hatte bereits geduscht und sich im Gästezimmer für die Party zurechtgemacht – das blaue Kleid angezogen, das Sam so gefiel und das im falschen Schrank gehangen hatte. Sam kam rasiert und gut aussehend in einem grünen Button-Down-Hemd herunter.

Er sah sie immer noch nicht an. *Fuck*, dachte Jen. War's das jetzt? Sam hatte ihr noch nie so die kalte Schulter gezeigt.

Sie verabschiedeten sich von den Kindern, die sich Nudeln in den Mund schaufelten, drückten ihnen nacheinander Küsse auf die warmen Köpfe und gingen dann hinüber in den Jachtclub. Sam lief ein paar Schritte vor Jen, die Mühe hatte, hinterherzukommen. Die Nacht war warm, und in der Bucht herrschte reges Treiben. Segelboote kehrten in den Hafen von Salcombe zurück, und gerade legte die 18-Uhr-Fähre mit Wochenendgästen am Kai an.

Sie gingen schweigend weiter und winkten den vorbeifahrenden Radfahrern zu. Jen versuchte sich so normal wie möglich zu verhalten, aber ihr war mulmig zumute.

Der Club war bereits voll, als sie ankamen, ein verschwitztes Meer aus Polohemden, Sommerkleidern und Statement-Schmuck. Sie schlossen sich einer besonders unangenehmen Unterhaltung zwischen Paul, Emily und dem armen Tennislehrer Robert an, in der Paul es fertigbrachte, rassistische Sprüche von sich zu geben, und Sam schockierenderweise so klang, als würde er die gesamte #MeToo-Bewegung abtun wollen.

Jen war immer wieder fassungslos, wie wenig sich viele Menschen in Salcombe ihres Reichtums und ihrer Privilegien bewusst waren. Zwar kannte sie Roberts Hintergrund nicht, aber sie nahm an, dass er nicht aus reichem Hause kam. Auch Jen stammte aus einfacheren Verhältnissen. Sie war in Ohio aufgewachsen; ihre Eltern hatten beide an der örtlichen Highschool unterrichtet – ihr Vater Biologie und ihre Mutter Englisch. Es ging ihnen gut, sie waren keineswegs arm, vor allem nicht nach den Maßstäben von Ohio, aber sie konnten keine großen Sprünge machen. Jen war ihr einziges Kind – ihre Mutter hatte sie erst mit dreiundvierzig bekommen, nachdem sie es jahrelang versucht hatten. Jen war hübsch, beliebt und klug. Eine verdammte Cheerleaderin. Wenn sie ihren dunkleren Impulsen in ihrer Jugend mehr nachgegeben hätte, wäre sie dann heute so in deren Bann? Sie würde es nie erfahren. Später studierte sie an der University of Pennsylvania und war damit die Erste aus ihrer Familie, die ein College in einem anderen Bundesstaat besuchte. Dort fand sie Anschluss an eine Gruppe von Sprösslingen der feinen New Yorker Gesellschaft, die sie adoptierten, weil sie gut aussah und man mit ihr Spaß haben konnte. Nach ihrem Abschluss folgte sie ihnen nach New York City und entschied sich, an der NYU in Psychologie zu promovieren, in der Hoffnung, sich selbst und andere besser verstehen zu lernen. Sie verschuldete sich, um das Studium zu finanzieren, und vertraute einfach darauf, dass schon alles gut werden würde, und als sie Sam kennenlernte, wusste sie, dass sie damit richtig lag.

Er war süß, sah gut aus und hatte Geld. Er selbst kam aus einer zerrütteten Familie und fand es toll, dass Jens Eltern seit vierzig Jahren zusammen waren. Er bewunderte Jens Arbeitsmoral und dass sie ihren eigenen Weg in der Welt ging – die Mädchen, mit denen er normalerweise ausging, hatten Kreditkarten ihrer Väter. Sie mochte ihn auch aufrichtig. Ihr gefiel, dass er sie unter all den jungen Frauen in New York ausgesucht hatte. Sie fand es gut, dass er für die gemeinsamen Abendessen zahlte und dass er ein wunderschönes Strandhaus auf Fire Island ganz für sich allein besaß.

Aber als sie dann mit nach Salcombe fuhr und Jason kennenlernte, wurde sie unweigerlich wieder zur alten Jen. Es gab einen bestimmten Typ Mann, schwermütig und düster, auf den Jen eine magische Anziehungskraft auszuüben schien. Vielleicht hatte es irgendetwas mit ihrer tiefen Stimme zu tun, mit ihren freundlichen Augen oder ihrer hellen Haut, sie wusste es nicht. Aber Jason war machtlos dagegen. Sobald sie sich ihm vorgestellt hatte, wusste sie, dass er ihr verfallen sein würde. Aber damals schlief sie nur ein einziges Mal mit ihm; sie hatte die Initiative ergriffen. Dann setzte sie ihre Beziehung mit Sam fort, als wäre es nie passiert. Sie betrog ihn erst wieder, nachdem sie verheiratet waren. Aber dann tat sie es. Wieder und wieder.

Auf der Cocktailparty im Jachtclub war Jen der peinlichen Unterhaltung irgendwann überdrüssig. Sam und Paul benahmen sich wie totale Idioten. Sie erbarmte sich und entführte Robert an die Bar. In diesem Moment betrat Jason den Club und kam direkt auf sie zu, obwohl sie vereinbart hatten, das nicht in der Öffentlichkeit zu tun. Robert betrieb höflich Small Talk, entschuldigte sich dann aber rasch, wahrscheinlich, weil er spürte, wie seltsam Jason war. Jen war geliefert. Sie blickte Robert hinterher, der in der Menge verschwand, und wandte sich dann Jason zu, der sich neben sie gesetzt hatte.

»Ich habe dir doch gesagt, du sollst dich nicht vor anderen Leuten an mich ranwanzen«, zischte sie. »In diesem Kaff beobachtet jeder jeden. Es wird zu riskant.«

Micah kam auf sie zu, um ihr Glas aufzufüllen, aber Jen schüttelte den Kopf.

Jason setzte sein bestes Hundegesicht auf. Seine Augen waren tiefschwarz.

»Aber ich rede so *gerne* mit dir«, sagte er. »Und ich will dich spüren.« Er schob seine Hand an ihre, und sie zog sie weg.

»Jason, hör auf. Wir müssen da später noch mal drüber reden, aber nicht jetzt.«

Jen stand verärgert auf und ging in den großen Saal des Clubs, der zu dem Anlass mit kitschigen amerikanischen Motiven dekoriert war – Fähnchen, rot-weiß-blauen Luftschlangen. Auf zwei großen Tischen befand sich das Buffet, Aufstriche aus Fleisch und Käse und Platten mit Austern und Krabben.

Jessica Leavitt kam vorbei und fasste Jen am Arm.

»Wie geht es dir? Dich hab ich ja diesen Sommer gefühlt noch gar nicht zu Gesicht bekommen.«

»Oh, mir geht's gut. Wie immer, echt. Und wie geht es dir und den Deinen?«

Jessica hatte zwei Kinder, Danny und Rose, die beide unter Lebensmittelallergien litten. Darüber redete sie am liebsten.

»Danke, gut. Wir sind glücklich, am Strand zu sein. Auch wenn es hier für Rose schwieriger ist, mit Gluten aufzupassen, und für Danny, sich von Nüssen fernzuhalten. Hier ist wirklich alles sehr locker, und nicht alle Mütter sind so aufmerksam, wie ich es gerne hätte.«

Jen erinnerte sich flüchtig daran, wie Lauren ihr erzählt hatte, dass Jessica sie wegen eines Erdnussbutter-Bagels angeschrien hatte. Alle Frauen hier sind verrückt, dachte Jen, während sie Jessicas Gerede von Dannys Schule mit dem ein oder anderen Nicken quittierte.

»Als er jünger war, hat ihn ein Test für das Hochbegabtenprogramm qualifiziert, aber die nächstgelegene Schule dafür war in Harlem, also kam das nicht infrage. Das wäre viel zu weit, um jeden Tag dorthin zu fahren, und außerdem«, jetzt flüsterte sie, »ist es keine gute Gegend. Und ich weiß nicht einmal, ob es an der Schule ein offizielles Nussverbot gegeben hätte.«

Jen spürte, wie sie sich ein Gähnen verkneifen musste.

Jessica fuhr unbeirrt fort: »Stattdessen haben wir ihn in Dalton angemeldet, wo auch Rose ist. Aber wir haben wirklich über die öffentliche Schule nachgedacht! Danny ist ein so guter Schüler, dass wir dachten, er könnte überall gut zurechtkommen. Aber wir haben nun mal das Glück, dass wir so viele Optionen haben.«

»Ja, wir können uns alle sehr glücklich schätzen«, sagte Jen. Es kam schärfer rüber, als sie beabsichtigt hatte, aber Jessica schien es nicht zu bemerken. Beth Ledbetter, in Cargo-Shorts und einem zerlumpten T-Shirt, kam lächelnd auf sie zu. Jen hatte von dem Streit mit Lauren gehört, und sie wollte diesem Thema aus dem Weg gehen.

Jen zog es in Salcombe vor, sich mit allen gut zu verstehen, ohne sich zu eng an Einzelne zu binden. Es gefiel ihr, dass ihre Loyalitäten für niemanden durchschaubar waren. So war es auch in Scarsdale mit ihr. Die Leute bewunderten sie, aber niemand kannte sie wirklich.

»Hallo, die Damen«, sagte Beth und stieß mit ihrer Bierflasche an Jens Whiskeyglas und Jessicas Weinglas an. »Habt ihr alle einen schönen 4. Juli? Jen, ich weiß nicht, ob du es schon gehört hast, aber Lauren und ich haben uns auf dem Sportplatz ein bisschen in die Haare bekommen.«

»Ja, hab ich mitbekommen. Ich hoffe, ihr konntet den Streit beilegen«, sagte Jen mit neutraler Miene.

»Die ist *total* durchgedreht«, kam Jessica ihr zu Hilfe. »Es ist ja nicht so, als hättest du ihr irgendwas getan, und sie kommt plötzlich an und plärrt: ›Fick dich!‹ Echt verrückt.«

Beth zuckte mit den Schultern. »Ich versuche einfach mich wie eine Erwachsene zu verhalten. Ich denke, wir sollten es beide gut sein lassen«, meinte sie.

Jen hätte beinahe geschnaubt, besann sich aber rechtzeitig wieder.

Da kam Jeanette auf sie zugeschwankt. Sie trug ein rosafarbenes, enges, tief ausgeschnittenes Kleid, und ihr lockiges braunes Haar kräuselte sich in alle Richtungen. Jeanette war diesen Sommer mit ihren beiden Jungen Mason und Luke hier, aber ohne ihren Mann Greg. Jen hatte gehört, dass sie ihn mit der Hundesitterin im Bett erwischt hatte. Jeanette war klein, vielleicht einen Meter fünfzig, aber sie war eine Naturgewalt. Jen konnte sich die Szene lebhaft vorstellen, als sie Greg dabei erwischt hatte, wie er es mit der Hundeausführerin trieb, während die Liebe ihres Lebens, der Pudel Doobie, dabei zusah.

»Mädels, Mädels, wie geht es euch?« Jeanette lallte, sie war bereits betrunken.

»Uns geht es großartig«, sagte Jessica. »Beth hat gerade von ihrem Streit mit Lauren erzählt. Und wie geht es dir?«

»So gut wie es eben geht, allein mit zwei Monsterkindern und ohne Ehemann, der einem hilft.« Jen hielt es für das Beste, nicht anzumerken, dass Jeanette den ganzen Sommer über rund um die Uhr die Unterstützung einer Nanny hatte. Sollte sie doch ihren Auftritt haben.

»Das muss wirklich hart sein«, sagte Jessica.

»Er ist so ein Versager«, schimpfte Beth. »Kevin würde mir so etwas nie und nimmer antun.« Jeanette blickte finster drein, während Beth unbeirrt weiterredete. »Jen, du bist doch Psychologin – warum gehen Männer so oft fremd?«

Nicht bloß die Männer, dachte Jen bei sich. »Ach, da gibt es viele Gründe«, sagte sie leichthin. »Probleme mit dem Selbstwertgefühl, dem Wutmanagement, das Bedürfnis nach Abwechslung. Und dann gibt es noch die einfache Antwort: Ein Partner liebt den anderen nicht mehr.«

Das brachte sie allesamt zum Schweigen.

Jen nutzte den Moment der Stille, um sich zu verabschieden und das Weite zu suchen. Sie schaute durch die großen Erkerfenster auf die Terrasse, um zu sehen, ob Sam noch da war. Er war da und stand immer noch mit Paul und Emily zusammen. Auch Jason war jetzt bei ihnen, aber Lauren war nirgends zu sehen. Sie winkte Theo Burch und Erica Todd zu, als diese an ihr vorbei nach drinnen eilten, um sich noch etwas zu trinken zu holen. Jen wollte nicht nach draußen zu Sam gehen, aber sie wollte auch nicht mit irgendjemand anderem plaudern. Sie war müde und genervt von den beiden Männern in ihrem Leben. Von Jason, weil er zu anhänglich war, und von Sam, weil er möglicherweise zu viel wusste. Also ging sie hinaus zu den Tennisplätzen, um etwas frische Luft zu schnappen, und setzte sich auf eine Bank mit Blick auf den »Arenaplatz«, den einzigen der Tennisplätze, der Zuschauerränge hatte und auf dem alle Endspiele der Turniere ausgetragen wurden. Die Sprinkleranlage war in Betrieb und befeuchtete den Sandplatz, und Jen kam einen Moment zur Ruhe, bevor zwei seltsame Dinge passierten. Zuerst sah sie Lauren aus der kleinen Hütte kommen, die die Tennislehrer als Lagerraum benutzten. Lauren strich sich das marineblaue Kleid glatt, und sie sah Jen sofort. Anstatt sie zu begrüßen, lächelte Lauren bloß distanziert, als wäre Jen nur eine lose Bekannte und keine gute Freundin. Dann drehte sie sich um und ging in Richtung der Außenterrasse des Clubs davon.

Etwa eine Minute später hörte Jen ein lautes Krachen in der Hütte, als ob etwas gegen die Wand geschleudert worden wäre. Was – oder wer – war das? Aber da sie genug mit den Leichen in ihrem eigenen Keller zu tun hatte, beschloss Jen, der Sache nicht auf den Grund zu gehen. Sie stand leise auf und machte sich auf den Weg zurück in den Club, während sie sich mental auf mehr geistlose Gespräche und einen Ehemann, der sie möglicherweise hasste, einstellte.

13

Micah Holt

Micah Holt war betrunken. Er hatte es nach dem Ende seiner Schicht übertrieben und mit seinen Freunden so lange im Club Shots gekippt, bis um ein Uhr nachts die Lichter angingen. Nun lag er in seinem Bett im Haus seiner Eltern am Navy Walk, und in seinem Kopf drehte sich alles. Er versuchte sich auf einen Punkt an der Decke zu konzentrieren, aber das Drehen hörte einfach nicht auf, also machte er die Augen fest zu. Er wusste, dass er sich wahrscheinlich übergeben sollte – der morgige Tag würde sonst elend werden.

Aber er hatte keine Lust, sich ins Bad zu schleppen und zu riskieren, dass seine Eltern ihn würgen hörten. Er war zu alt, um sich von seiner Mutter dafür tadeln zu lassen, dass er zu viel getrunken hatte.

Micah zog seine gemütliche grüne Bettdecke höher und atmete ihren vertrauten, frischen Fire-Island-Duft ein. Seit seiner Geburt hatte er jeden Sommer hier verbracht. Hier war er am glücklichsten, eine Tatsache, der er mehr als nur ein wenig ambivalent gegenüberstand. Am College protestierte er gegen die Einkommensungleichheit. Er und seine Freunde verbrachten viel Zeit damit, die Frage nach ihrer eigenen Mitschuld an den Missständen in der Gesellschaft zu stellen. Dass er schwul war, sprach ihn nicht von seiner Verantwortung frei, zumal er in einer Bastion der Akzeptanz von Schwulen aufgewachsen war. Er war wohlhabend und weiß, und er fühlte sich entsprechend schuldig.

Und doch war er hier und freute sich, wieder in dieser privilegierten Enklave zu sein. Es gab sogar kaum andere homosexuelle Menschen hier! Nur ein lesbisches Paar, Karen und Shannon Travis, die ein Haus am East Walk von Shannons Eltern geerbt hatten. Tja, aber war das im Leben nun nicht mal so? Dass man Dinge genoss, die man eigentlich nicht genießen sollte?

Micah dachte darüber nach, was er auf der Cocktailparty am 4. Juli gesehen hatte. Er war jetzt vollkommen davon überzeugt, dass Jen Weinstein und Jason Parker eine Affäre hatten. Am frühen Abend hatte Jen mit dem schönen Tennisprofi Robert an der Bar gesessen, dessen Blick Micah schon seit Tagen zu erhaschen versucht hatte. Könnte es möglicherweise sein, dass er auf Männer stand? Er sah so gut aus und war so schwer zu durchschauen. Selbst Micah blickte nicht hinter seine Fassade. Jedenfalls hatte Jason sich zu den beiden gesellt, und Robert war direkt abgehauen. Micah hatte beobachtet, wie Jason versuchte, Jens Hand zu berühren. Als Reaktion darauf hatte sie Jason sofort allein an der Bar sitzen lassen, der daraufhin mit einem finsteren Ausdruck auf seinem markanten Gesicht an seinem Martini genippt hatte.

Micah hatte viel zu tun gehabt; die Partys im Jachtclub waren für das Personal immer das reinste Chaos, die Leute drängten sich an der Bar und riefen ihm ihre Bestellungen zu. »Micah, bring mir mal drei Chardonnay, zwei Stellas und einen Wodka auf Eis!« »Micah, Micah, wir brauchen eine Runde Casamigos!« »Micah, mein Junge, wo bleibt der Whiskey, nach dem ich schon so lange frage?« Und so weiter und so fort. Doch anstatt sich überfordert zu fühlen, genoss Micah die Aufmerksamkeit und blühte regelrecht darin auf. In der Highschool hatte er in Musicals mitgespielt, und das hier kam dem Nervenkitzel, auf der Bühne zu stehen, am nächsten.

Jason hatte fast eine Stunde lang auf seinem Barhocker gesessen und Micah beäugt, was Micah zwar bemerkt, aber zu ignorieren versucht hatte. Schließlich, in einer seltenen Pause, hatte Jason ihn zu sich gewinkt.

»Noch einen Martini, Jason?«, hatte Micah möglichst beiläufig gefragt.

»Klar, Micah. Und außerdem …«, Jason senkte die Stimme, »… wollte ich dir danken, dass du meinen kleinen Spaziergang neulich für dich behalten hast. Ich weiß deine Diskretion zu schätzen. Du warst schon immer ein guter Junge.«

Micah, dem dabei etwas unheimlich zumute gewesen war, hatte gespürt, wie sein Gesicht heiß wurde. Er hatte genickt und war an seine Cocktailtheke zurückgekehrt, fest entschlossen, Jason von nun an so weit wie möglich aus dem Weg zu gehen. (Ein ziemlich aussichtsloses Unterfangen, wenn man bedachte, wie es hier am Ort zuging.)

Kurz darauf hatte Micah gesehen, dass Sam Weinstein aus der Tür stapfte, wenig später gefolgt von Jen, die ein neutrales Lächeln im Gesicht hatte wie immer.

Während er im Bett lag und die Wärme des Wodkas in seiner Kehle aufsteigen spürte, wurde Micah klar, dass die Frage nicht lautete, *ob* jemand ein Lügner war, sondern *wie* verlogen er oder sie war. Gegen Ende seiner Schicht hatte Micah Ronan eine Textnachricht geschickt, um ihm ein Treffen am Strand vorzuschlagen. Sie hatten sich alle paar Tage gesehen, und Micah begann ihn zu vermissen, wenn sie getrennt waren. Es war ein gefährliches Gefühl, das zwangsläufig mit Herzschmerz enden würde, das wusste er.

Doch er konnte nichts dagegen tun. Er liebte Ronans süße Verletzlichkeit, dass er so anders war als die selbstbewusst-cleveren Leute, mit denen Micah sonst abhing. Aber Ronan hatte nicht geantwortet. Es war das erste Mal, dass das passierte, und Micah fühlte sich verwirrt und verletzt. Also hatte er, wie für Zwanzigjährige nun mal seit eh und je üblich, seinen Kummer in Alkohol ertränkt. Anschließend hatten er und Willa sich gemeinsam schwankend auf den Heimweg gemacht, und Willa war am Anchor Walk ausgeschert, während Micah weiter zum Navy Walk getorkelt war. Ein Glück, dass er nicht vom Gehweg gestürzt war. Auf diese Weise konnte man sich umbringen.

Dritter Teil

24. Juli

14

Rachel Woolf

Das große Picknick an der Bucht war Rachel Woolfs Lieblings-event des ganzen Sommers. Es fand immer am letzten Sams-tag im Juli statt, und dieses Jahr war das Wetter perfekt: siebenundzwanzig Grad und sonnig, ohne eine Spur von Feuchtigkeit in der Meeresbrise. Am Abend würde sich die ganze Stadt weit vorne an der Bucht auf der Westseite von Sal-combe im sandigen Bereich zwischen der Bay Promenade und der Uferbefestigung versammeln. Pünktlich um sechzehn Uhr erlaubte der Sicherheitsdienst der Stadt den Leuten aufzu-bauen, und alle liefen um die Wette, um ihre bevorzugten Pick-nickplätze mit Strandliegen zu reservieren, ein Ritual, das schon mehr als einmal in kleineren Handgemengen (in Form von »versehentlichen« Ellbogenstößen) geendet hatte. Um acht-zehn Uhr brachten die Leute dann ihr Picknick, je aufwendi-ger, desto besser – Grillsteaks, Mini-Burger aus Fleisch von Pat LaFrieda, riesige Etageren mit Meeresfrüchten, auf denen sich pfundweise Garnelen türmten. Einige Familien bildeten schon seit Jahren Picknickgruppen. Man konnte nicht einfach ändern, mit wem man picknickte, selbst wenn man seit Ewigkeiten nicht mehr miteinander gesprochen hatte (oder sich aktiv hasste). Mittendrin spielte eine Beatles-Coverband – vier lang-haarige Typen, die »Hey Jude« trällerten, während die Salcom-bians bei Sonnenuntergang schmausten, plauderten, die Festmahlzeiten anderer Familien probierten und Unmengen von vorab gemixten Margaritas und Wein tranken. Und dazwischen rannten die Kinder überall wie wild herum.

Für Rachel war das alljährliche Bay Picnic das Beste, was eine Stadt wie diese zu bieten hatte – ein altmodischer Spaß voller Gemeinschaftsgefühl und mit jeder Menge Alkohol. Außerdem gab es am nächsten Tag immer viel zu klären und zu tratschen.

Dieses Jahr aß sie, wie schon in den letzten zehn Jahren, mit den Weinsteins, den Parkers, den Grobels und den Metzners. Ihre kleine Truppe wählte traditionell ein mexikanisches Thema für das Picknick, und jedes Paar bekam einen Gang zugeteilt, um den es sich kümmern musste. (Rachel war die einzige Alleinstehende in der Runde, aber darauf wurde nicht weiter eingegangen.) Dieses Jahr hatte sie die Vorspeisen zugewiesen bekommen und plante, Nachos, eine Auswahl an Salsas und selbst gemachte Guacamole zu machen – ohne rote Zwiebeln, wie von Lauren gewünscht.

Jen, Emily und Lisa teilten sich die Hauptgerichte – Quesadillas, gegrillter Mais mit Cotija-Käse und Fisch-Tacos. Und Lauren brachte den Nachtisch. Sie hatte Churros bei der Boqueria in New York City bestellt, die am Nachmittag mit dem Schiff eintreffen sollten. Eine von Laurens befreundeten Müttern aus der Braeburn machte PR für diese angesagte Restaurantkette, und Lauren hatte sie um diesen Gefallen gebeten.

Rachel hatte den Morgen mit den Vorbereitungen verbracht, die Nachos angerichtet, die sie um siebzehn Uhr in den Ofen schieben wollte, und die besten Schalen für die verschiedenen Salsas ausgesucht, die sie in einem Spezialgeschäft in Los Angeles bestellt hatte, von dem sie im *Condé Nast Traveler* gelesen hatte. Die Guacamole würde sie erst kurz bevor sie aufbrach machen, damit sie ihr nicht braun wurde. Denn was gab es schon Schlimmeres als braune Guacamole?

Um elf Uhr hatte sie noch ein Tennisspiel. Rachel und Emily traten gegen Lauren und Jen an. Jen gehörte zwar eigentlich nicht zu ihrer Tennisgruppe, aber sie hatte Rachel wiederholt gebeten, sie mit einzubeziehen. Rachel hatte sie bei Spielen mit eher zweitklassigen Spielerinnen wie Beth und Jeannette gesehen, aber auch mitbekommen, dass sie bei Robert Unterricht nahm. Sie war sich nicht sicher, ob Jen auf ihrem Niveau mithalten konnte, aber sie war bereit, ihr eine Chance zu geben. Für Rachel und Emily war jedes Training ein gutes Training. Außerdem amüsierte Rachel die Vorstellung, dass Lauren und Jen Spielpartnerinnen wären, auf eine krude Weise. Sie war noch immer die Einzige, die von Jen und Jason wusste. Sie hatte Sam zwar erzählt, dass Jen ihn mit *jemandem* betrog (hatte er etwa kein Recht darauf, es zu erfahren?). Aber sie hatte ihm noch nicht verraten, dass es sein bester Freund war.

In den letzten Wochen hatte er sie mit Fragen gelöchert, sie auf Partys zur Seite gezogen, sich am Strand neben sie gesetzt und versucht, sie mürbe zu machen. Aber sie hatte sich nicht beirren lassen und ihm gesagt, dass es ihr nicht zustünde, ihm weitere Einzelheiten zu verraten. Sie musste zugeben, dass sie die Aufmerksamkeit genoss, ebenso wie die hitzige Art, wie er mit ihr über Jen sprach.

Rachel spazierte um fünf vor elf rüber zum Platz, in einem ihrer blütenweißen Adidas-Kleider und mit einer Oakley-Sonnenbrille. Die schmeichelte ihrem Gesicht zwar nicht gerade, aber ohne sie konnte Rachel in der Mittagssonne nichts sehen, und schon ihre Mutter hatte ihr beigebracht, dass beim Sport die Funktion immer über die Mode ging. Lauren hatte dieses Memo anscheinend nicht erhalten. Sie traf als Nächste auf dem Platz ein, in einem engen weißen Kleid, das vorne tief ausgeschnitten war. Hatte Lauren ihre Brüste etwa in ihrem

Sport-BH hochgeschoben, um noch mehr Dekolleté zeigen zu können? Rachel konnte sehen, dass sie sich geschminkt hatte, aber es war die Art von Make-up, die wie ungeschminkt wirkte und die nur jemand wie Lauren hinbekommen konnte. Lauren war von Natur aus hübscher als fast alle anderen Frauen in Salcombe, vielleicht mit Ausnahme von Jen, aber das war Geschmacksache. Rachel dagegen trug kein bisschen Make-up, außer Lippenbalsam mit Lichtschutzfaktor. Wie immer fühlte sie sich von Laurens Aussehen und Auftreten eingeschüchtert. Die einzige Situation, in der sie sich Lauren überlegen fühlte, war manchmal auf dem Platz, sofern ihr Aufschlag sie nicht im Stich ließ. Rachel rief sich in Erinnerung, dass Laurens Mann ungeachtet ihrer Schönheit und Stilsicherheit Sex mit einer anderen Frau hatte. Und schon fühlte sie sich ein klein wenig besser.

Emily und Jen vervollständigten die Vierergruppe, und die Frauen begannen auf dem Arenaplatz mit dem Aufwärmen, indem sie sich gegenseitig Bälle von der Aufschlaglinie zuspielten und einander die Gelegenheit zu Volleys und Aufschlägen gaben. Jen und Lauren gaben ein hübsches Paar ab. Die Blondine und die Brünette hatten etwas von den Comicfiguren Betty und Veronica. Rachel, die die Rückhandseite spielte, wärmte sich mit Jen auf, die Vorhand spielte. Ihre Schläge waren viel besser, als Rachel erwartet hatte; ihre Vorhand hatte einen schönen Topspin, und vor ihrem Rückhand-Slice würde Rachel sich in Acht nehmen müssen. Rachel war neidisch, dass Jen so viel Zeit und Geld hatte, um sich dem Sport zu widmen – und sich nebenbei noch mit dem besten Freund ihres Mannes vergnügen konnte. Was für ein Glück dieses Luder hatte.

Es war Zeit, mit dem Match zu beginnen, und die Frauen versammelten sich noch einmal um den Wasserspender am Rande des Platzes, um etwas zu trinken. Im Grunde war sich

Rachel sicher, dass Emily und sie dieses Spiel leicht gewinnen würden, besonders da Jen kaum Erfahrung in Sachen Doppel-Strategie hatte. Sie würde nicht wissen, wie sie sich auf dem Platz bewegen sollte, und das konnte Rachel ausnutzen.

»Okay, die Damen, dann wünsche ich uns allen viel Spaß!«, rief Emily aufgesetzt heiter. Frauen machten sich immer gegenseitig Komplimente zu ihren Aufschlägen, gaben einander hilfreiche Ratschläge und beteuerten, wie gut der anderen ihr Outfit stand. Aber gleich hinter dieser Fassade wollten sie sich am liebsten alle gegenseitig umbringen.

Die ersten paar Spiele vergingen wie im Flug, und ehe Rachel sich versah, hatten sie und Emily den ersten Satz mit drei zu sechs verloren. Jen spielte großartig; ihre ersten Aufschläge kamen an, und sie hatte auch ein unerwartet präzises Spiel am Netz. *Verdammt,* dachte sich Rachel und schlug mit ihrem Schläger an ihre Schuhe, um den grünen Ton herauszuklopfen. Auch Lauren punktete mit ihrer Rückhand und lobbte gekonnt über Rachels und Emilys Köpfe hinweg, wenn die beiden gerade am Netz waren.

Rachel und Emily steckten im hinteren Teil des Platzes die Köpfe zusammen, um vor Beginn des zweiten Satzes ihre Strategie zu besprechen. Lauren und Jen saßen am Wasserspender und plauderten entspannt. Rachel sah Robert, der auf der Bank gegenüber vom Spielfeld hinter der grünen Umzäunung saß und sie beim Spielen beobachtete. Er hatte sich mit vor der Brust verschränkten Armen zurückgelehnt und die Beine lässig gespreizt. Bei seinem Anblick verspürte Rachel einen Anflug von Erregung. Sie hatte in den letzten Wochen intensiv mit ihm gearbeitet, fast täglich, um ihr Niveau vor dem großen Turnier zu verbessern. Sie wollte, dass er stolz auf sie war und sah, wie weit sie gekommen war.

»Wir müssen Laurens Lobs aus der Luft holen«, sagte Emily und polierte ihre Sonnenbrille mit einem Zipfel ihres Oberteils. Emilys Gesicht wies keine einzige Falte auf; Rachel wusste, dass sie sich Botox spritzen ließ, fragte sich aber, ob da noch mehr gemacht worden war. Aber womit ließ sich Botox toppen?

»Stimmt«, sagte Rachel. »Wir müssen sie am Netz stärker unter Druck setzen und aggressiver sein.«

Emily nickte. Der Plan stand. Aber er ging, während Robert weiter zusah, überhaupt nicht auf. Lauren und Jen gewannen den zweiten Satz mit sechs zu zwei. Rachel und Emily ließen sich ausmanövrieren, erwischten nicht mal einfache Schläge und schlugen Volleys ins Netz. Anschließend trafen sich die Spielerinnen wieder am Wasserspender, um sich die Hände zu schütteln und »Gutes Spiel« zu sagen. Lauren und Jen strahlten vor Freude, was Rachel noch wütender machte.

»Wow, echt toll gespielt«, rang sich Emily gnädig ab. »Ihr habt uns ziemlich alt aussehen lassen. Jen, ich wusste ja gar nicht, dass du so gut bist!«

»Oh, danke«, erwiderte Jen. »Ich habe Rachel gesagt, dass ich dieses Jahr viel trainiert habe. Ich bin froh, dass es sich endlich auszahlt. Und es ist einfach, wenn man eine so tolle Partnerin hat.«

Lauren lächelte.

»Warte mal, Lauren, hast du eigentlich schon eine Partnerin für das Doppel der Frauen?«, erkundigte sich Emily.

»Nein, hab ich nicht. Ich beteilige mich nicht an den Turnieren, da werde ich einfach immer zu nervös. Und in dieser Stadt sind alle so versessen darauf«, meinte Lauren.

»Du und Jen solltet zusammen spielen!«, rief Emily.

Rachel hatte gehofft, sie würde das nicht vorschlagen. Was für ein Schwachkopf Emily doch manchmal war.

»Oh, nein, nein«, wehrte Jen ab. »Ich bin nicht gut genug, um beim Turnier anzutreten. Ich bin eigentlich noch ganz am Anfang.«

»Tja, uns hast du schon geschlagen, und wir waren letztes Jahr im Finale.« Sie hatten es gegen Vicky Mulder und Janet Braun in herzzerreißenden drei Sätzen von sechs zu zwei, vier zu sechs und fünf zu sieben verloren. Rachel dachte immer noch fast jeden Tag darüber nach, was dabei schiefgelaufen war.

Sie schwieg, denn sie hatte keinesfalls vor, die beiden zu bestärken. Lauren sah Jen mit hinter der Sonnenbrille hochgezogenen Augenbrauen fragend an. »Ich würde es machen, Jen, wenn du dabei wärst«, sagte Lauren.

Jen zuckte mit den Schultern. »Okay, bin dabei«, sagte sie.

Nein, dachte Rachel. *Nein.*

Sie verließen den Tennisplatz. Robert saß immer noch auf der Bank. Rachel ging auf ihn zu, während die anderen Frauen sich verabschiedeten, um mit ihren Fahrrädern nach Hause zu fahren. Alle mussten noch ihr Picknick vorbereiten.

»Hast du unser Match gesehen? Was habe ich falsch gemacht?« Sie setzte sich neben ihn. Rachel bewunderte sein markantes Kinn und seine perfekt geschwungenen Lippen.

»Tja, erstens hast du den Ball ständig zu der Spielerin, die am Netz war, geschlagen«, sagte er und lächelte sie irgendwie süß an. Flirtete er mit ihr? »Und zweitens seid ihr beide immer zu schnell nach vorne gelaufen, sodass Lauren den Ball ständig über eure Köpfe hinweg lobben konnte. Eine von euch hätte hinten bleiben müssen.«

Rachel hörte sich das alles aufmerksam an und speicherte die Informationen ab, damit sie sie nutzen konnte, falls sie im Turnier gegen Jen und Lauren antreten müssten.

»Verstehe. Du hast ja so recht«, sagte sie. Da kam ihr ein Gedanke. »Gehst du heute Abend zum Bay Picnic?«

»Was ist denn das Bay Picnic?«

»Da musst du hinkommen!«, rief Rachel. »Alle bringen was zu essen an die Bucht beim West Walk mit. Es gibt eine Band, die Leute tanzen und schlagen sich die Bäuche voll. Das solltest du dir wirklich nicht entgehen lassen, du kannst dich zu uns dazusetzen. Es beginnt um achtzehn Uhr, und unsere Picknickgruppe besteht aus mir, den Parkers, den Metzners, den Grobels und den Weinsteins. Also alle deine Lieblinge.«

Robert lachte. »Okay, klar«, sagte er. Dann erhob er sich und stand mit seinen kräftigen gebräunten Beinen vor ihr. »Ich geb jetzt eine Tennisstunde, aber wir sehen uns später.«

Der Rest des Tages zog sich. So kam es Rachel immer vor an Nachmittagen vor Ereignissen, auf die sie sich freute. Gegen vierzehn Uhr fuhr sie zum Strand und verbrachte ein paar Stunden ganz entspannt mit Lisa, die ihre Kinder beim Planschen im Meer beaufsichtigte. Rachel hatte vorsichtshalber ein Buch mitgebracht, falls alle mit ihren Kindern beschäftigt wären. Oft hatte sie das Gefühl, von diesem Teil des Lebens in Salcombe ausgeschlossen zu sein – das Feriencamp-Zeug, die Babysitter-Dramen, die Schwimmkurse. Die anderen Frauen taten zwar ihr Bestes, um sie einzubeziehen, aber es gab unweigerlich Ereignisse – und noch wichtiger Klatsch und Tratsch –, die sie verpasste, weil sie kinderlos war. Das zog sie runter, und sie versuchte, nicht daran zu denken.

»Lauren und Jen werden zusammen beim Doppel-Turnier antreten. Ist das zu glauben?«, erzählte sie Lisa. Rachel saß auf ihrem Strandklappstuhl von Tommy Bahama und blickte auf das Meer hinaus.

Es war ein ruhiger Tag mit schwachem Wellengang. Die Rettungsschwimmer, fit und braun, saßen auf ihrem hohen weißen Turm zu Rachels Linken.

»Ach, wirklich? Ich dachte, Lauren hasst es, bei so was mitzumachen. Und Jen ist doch eine Anfängerin?«

Eine von Lisas Töchtern, Maryloo, kam zu ihnen herübergeschlendert. Sie war erst neun, trug aber einen sehr knappen roten Bikini, der eher für eine Erwachsene gedacht war. »Mami, Rhenn kippt mir ständig Eimer mit Wasser über den Kopf.«

Rhenn Davidson war der Sohn von Mollie und Jeremy. Er war ein echter Satansbraten.

»Schatz, geh einfach weg, wenn er das macht. Geh und spiel mit deinen Freundinnen da drüben im heißen Sand.«

Die Kinder nannten den Bereich vor den Dünen den »heißen Sand«, weil man sich dort an heißen Tagen fast die Füße verbrennen konnte. Maryloo gehorchte, ging Richtung Dünen und ließ sich in der Nähe der Stelle nieder, an der Rachel gesessen hatte, als sie Jen und Jason am Anfang des Sommers beim Knutschen gesehen hatte.

»Ja, Jen ist Anfängerin«, fuhr Rachel fort. »Aber sie hat schnell dazugelernt, und Lauren und sie zusammen könnten eine echte Konkurrenz sein.«

Lisa spielte auch Tennis, aber nicht mit der gleichen Motivation und Begeisterung wie Rachel und Emily. Ihr ging es hauptsächlich um die Tennisröckchen und das Gequatsche drum rum.

»Die beiden haben schon eine ziemlich komische Beziehung, oder?«, meinte Lisa.

Rachel kam immer noch nicht drauf, was Lisa über den Winter mit ihrem Gesicht angestellt hatte. Wahrscheinlich Filler. Rachel ließ sich gelegentlich Botox in die Stirn spritzen, aber das war gar nichts im Vergleich zu dem, was ihre Freundinnen hier draußen alles machten. Sie hatte Nachholbedarf.

»Ich habe mich schon immer gefragt, ob sie sich wirklich mögen oder ihren Männern zuliebe nur so tun«, fuhr Lisa fort. »Sie sind so verschieden.«

»Total. Und sie sind mir beide auch irgendwie ein Rätsel«, sagte Rachel, die mehr wusste, als sie durchblicken ließ.

»Besonders Jen«, meinte Lisa. »Ich kenne sie jetzt schon … na ja, fast zehn Jahre. Und trotzdem habe ich nicht das Gefühl zu wissen, *wer* sie ist. Sam ist so ein lockerer, netter Typ. Aber an Jen kommt mir irgendwas komisch vor.«

»Ich weiß genau, was du meinst«, stimmte Rachel ihr zu. Sie hätte Lisa nur zu gerne von Jen und Jason erzählt. Es lag ihr auf der Zunge. Doch das eine Mal in ihrem Leben übte sie sich in Zurückhaltung. Vielleicht war es das, was man mit *persönlichem Wachstum* bezeichnete, dachte sie sich.

»Na, dann hoffen wir mal, dass sie dich beim Doppel-Turnier nicht fertigmachen«, sagte Lisa kichernd. »Entweder würdest du vor Scham tot umfallen oder die beiden umbringen, was beides kein guter Ausgang wäre.«

»Sei nicht so biestig«, sagte Rachel mit einem schiefen Lachen. Aber Lisa hatte damit nicht ganz unrecht.

Eine Stunde später leerte sich der Strand. Auch Rachel ging nach Hause, schob die Nachos in den Ofen und würfelte Tomaten für die Guacamole. Um siebzehn Uhr hatte sie noch einen kurzen Termin mit Susan Steinhagen, um ihr bei der Auslosung für das Damendoppel-Turnier zu helfen. Rachel ging zu den Tennisplätzen hinüber und betrat Roberts kleine Hütte. Susan war bereits da, in einem neonfarbenen Trainingsanzug, der aussah wie aus dem Jahr 1985. Susan hatte nie erwähnt, dass sie Sam am 4. Juli in Rachels Schlafzimmer gesehen hatte. Nicht genug damit, dass Susan denken musste, sie hätte eine Affäre mit Sam, war diese Annahme auch noch völlig unbegründet. Rachel überkam ein Anflug von Selbstmitleid.

Susan hielt eine Liste mit zwanzig Spielerpaaren in der Hand, alle, die sich für das Turnier angemeldet hatten. Mit den neueren Spielerinnen und jüngeren Frauen war sie nicht so vertraut, also nahm Rachel einen Stift und machte Notizen neben jede Paarung.

Laura June und Hailey Milotic: Laura hat ein großartiges Spiel am Netz, liefert aber wechselhafte Leistung bei den Grundschlägen. Hailey verfügt über eine starke Rückhand-Longline, aber das ist im Grunde der einzige Schlag, den sie beherrscht.

Trisha Spencer und Jane Rosen: Trishas Waffe ist ihr Aufschlag, der einen guten Spin hat und tief ins Feld geht. Jane erwischt zwar jeden Ball, spielt ihn aber nur kurz übers Netz.

Jenny Jamison und Paula Rudnick: Jenny kann sich kaum bewegen — sie hatte letzten Winter eine Hüftoperation und ist noch nicht wieder auf dem Damm. Wenn der Ball jedoch direkt zu ihr geschlagen wird, hat sie eine gute Vorhand. Paula kommt nie ans Netz.

Und so weiter und so fort. Susan schaute zu, während sie schrieb, und nickte zustimmend.

»Gute Arbeit, Rachel. Das weiß ich zu schätzen«, sagte sie, als Rachel fertig war. Selbst wenn Susan freundlich war, wirkte sie immer noch einschüchternd.

Rachel dachte, die Sache sei damit erledigt, und wollte schon die Hütte verlassen, doch Susan hielt sie am Arm fest, zog sie zurück und schloss die Tür. Sie sah Rachel mit zusammengekniffenen Augen und geschürzten Lippen an.

»Rachel, ich muss mit dir über etwas sprechen, aber vertraulich«, sagte sie.

Rachel wappnete sich für die Frage, was Sam in ihrem Schlafzimmer verloren gehabt hatte. Sie hatte sich bereits eine kleine Geschichte zurechtgelegt, wie sie sich auf dem Platz unwohl gefühlt und er sie nach Hause begleitet hatte, um sicherzugehen, dass sie zurechtkam.

Aber stattdessen sagte Susan: »Ist dir aufgefallen, dass zwischen Lauren Parker und Robert etwas läuft? Ich weiß, du bist ihre Freundin.«

Rachel schüttelte den Kopf. War ihr nicht, oder etwa doch? Alle Frauen hatten diesen Sommer ein Auge auf Robert geworfen, nur Lauren war als Einzige von ihnen hübsch genug, dass er ihren Blick erwiderte.

»Nein, ich glaube nicht, dass da etwas läuft«, sagte Rachel wahrheitsgemäß. »Lauren flirtet vielleicht gern mit ihm, aber das tun alle Frauen.«

»Ich weiß«, sagte Susan mit einem missbilligenden Schnauben. »Ich habe gesehen, wie die beiden während ihrer Tennisstunde vertraulich wurden. Ich frage das nur, weil ich nicht möchte, dass mit Robert dasselbe passiert wie mit Dave, wenn du verstehst, was ich meine.«

Rachel verstand. Eigentlich war es ganz untypisch für Rachel, dass ihr etwas entging, aber vielleicht war sie so sehr auf Sam, Jason und Jen konzentriert gewesen, dass sie das übersehen hatte. Sie würde Lauren später darauf ansprechen müssen. Sie wusste, dass Lisa und Emily viel über Laurens Begeisterung für

Robert tuschelten, und es stimmte, dass Lauren dieses Jahr viel mehr als sonst spielte (und freizügigere Tennis-Outfits trug). Mal ehrlich, falls Lauren mit Robert Sex hatte, wer könnte es ihr verdenken? Aber dann sollte sich Lauren besser etwas diskreter verhalten. Rachel wusste, dass Lauren nicht für das verheiratete Flittchen gehalten werden wollte, das mit dem Tennislehrer schläft.

»Verstehe, Susan«, sagte Rachel. »Ich werde mit ihr reden. Danke, dass du es mir gesagt hast.«

Susan öffnete die Tür, um Rachel hinauszulassen, die erleichtert war, aus dieser unangenehmen Situation zu entkommen. Sie war mit ihren Picknickvorbereitungen im Rückstand. Sie musste die Guacamole fertig machen, den Käse auf den Nachos schmelzen, duschen, sich umziehen und alles vor achtzehn Uhr in den Handwagen laden. Sie wollte beim Picknick mit Lauren reden. Ihr wurde klar, dass sie möglicherweise einen Fehler gemacht hatte, als sie Robert einlud, sich ihrer Gruppe anzuschließen. Aber wenn sie darüber nachdachte, wäre es auch eine gute Gelegenheit, ihn und Lauren in Aktion zu beobachten. So war sie auch Jason und Jen auf die Schliche gekommen.

Als sie ihre Veranda betrat, war sie von all dem noch ziemlich aufgewühlt. Alle außer ihr schienen mitten in einer heißen, möglicherweise lebensverändernden Affäre zu stecken. Sie fühlte sich ausgeschlossen. In dem Moment sah sie, dass Sam auf ihrer weißen Couch saß und auf sie wartete.

»Was machst du denn hier? Ich muss mich noch für das Picknick fertig machen. Wir werden alle zu spät kommen«, sagte sie zu ihm.

Sam trug immer noch seine Badeshorts; ein altes graues T-Shirt klebte ihm eng auf der Brust. Sein welliges Haar war zerzaust von der Meeresbrise, und er wirkte mitgenommen.

»Rachel, ich habe gerade schlechte Nachrichten bekommen«, sagte er.

Würde Sam etwa gleich in Tränen ausbrechen? Sie hatte ihn nur ein einziges Mal weinen sehen, als sie noch Kinder waren und er ihr gesagt hatte, er habe gesehen, wie sein Vater seine Mutter im Streit geohrfeigt hatte.

»Was ist denn los?«, fragte sie. Sie setzte sich neben ihn, ihr Oberschenkel berührte sein warmes Bein. Diesmal zog er es nicht weg.

»Ich hatte gerade einen Anruf von unserem geschäftsführenden Teilhaber Henry. Er meinte, sie hätten beschlossen, mich zu beurlauben, bis sie die Untersuchung wegen sexueller Belästigung abgeschlossen haben. Ich weiß nicht, was ich jetzt tun soll. Dieses durchgeknallte Miststück ruiniert mein Leben. Ich kann es Jen nicht sagen. Immerhin meintest du«, er spuckte die Worte fast in Rachels Richtung, »sie hätte eine Affäre. Also, selbst wenn ich es ihr sagen *wollte*, könnte ich es nicht. Das ist alles eine totale Katastrophe.« Er vergrub das Gesicht in den Händen. Rachel fiel auf, dass sein Nacken sandig war. Wahrscheinlich war er mit den Kindern am Strand gewesen.

»Es tut mir leid, Sam. Das ist ja furchtbar. Haben sie gesagt, wie lange sie dich beurlauben wollen?«

»Nein. Es ist Sommer, und alle sind in ihren verdammten Häusern in den Hamptons, daher geht es mit den Ermittlungen nur im Schneckentempo voran.« Niedergeschlagen rutschte er tiefer in die Couch, wobei sein Bein an ihrem entlangstreifte. Rachel witterte eine Chance. Er war in schlechter Verfassung. Seine Frau betrog ihn. Seine Karriere stand auf dem Spiel. Aber sie wollte, dass er sie begehrte, nicht dass er deprimiert war und einen Mitleidsfick brauchte. Rachel stand auf. Es war fast halb sechs. Sie hatte keine Zeit für Sex. Es war der Tag des Bay Picnic. Ihr Lieblingstag des Sommers.

»Sam, können wir das morgen besprechen? Ich könnte dich zu Mittagessen und Bloody Marys einladen. Du könntest Jen sagen, dass du joggen gehst. Ich bin total im Verzug und muss vor sechs Uhr mit allem fertig sein.«

»Wen interessiert schon dieses blöde Picknick?«, fragte Sam. »Warum ist das wichtig? Hast du im Leben wirklich nichts Besseres zu tun?«

Rachels Wangen brannten. Jetzt war er einfach nur gemein. »Lass das nicht an mir aus, Sam. Es ist nicht meine Schuld, dass du in diesem Schlamassel steckst.«

»Komm schon. Du hast es doch für nötig gehalten, mir zu stecken, dass Jen mit einem anderen schläft, und jetzt hältst du dicht. Du hast mir *gerade* genug gesagt, damit ich hellhörig werde, aber nicht genug, dass ich etwas dagegen unternehmen kann. Also ist es irgendwie *schon* deine Schuld.«

Er saß jetzt wieder aufrecht und sprach mit erhobener Stimme. Er hatte einen Ton drauf, den Rachel noch nie von ihm gehört hatte – finster und bedrohlich. Sie musste ihn zum Schweigen bringen. Sie konnte nicht zulassen, dass jemand hörte, wie Sam Weinstein sie in ihrem eigenen Haus anschrie.

»Du solltest jetzt gehen. Wir sehen uns beim Picknick.«

Er stand auf und kam mit seinem Gesicht ganz nah vor ihres, sodass sich ihre Nasen beinahe berührten. Sie konnte seinen Atem riechen, der lieblich war, genau so, wie sie ihn von früher her in Erinnerung hatte. Dann machte er kehrt und ging, wobei er die Fliegengittertür leise hinter sich zuzog, und ließ Rachel verängstigt und verwirrt zurück. Außerdem musste sie immer noch die Guacamole fertig machen.

15

Jason Parker

Jason und Lauren Parker hatten sich den ganzen Tag angeschrien. Lauren ließ sich Churros für das Picknick mit der Fähre liefern – ihre Freundin Abby, die PR für die Boqueria machte, hatte alles organisiert. Jason fand das ein bisschen übertrieben für das Bay Picnic. Was wollte Lauren damit beweisen? Noch dazu war alles total stressig geworden. Die Churros waren auf der falschen Fähre gelandet und stattdessen in Fair Harbor, dem Nachbarort von Salcombe, angekommen. Lauren hatte fast den ganzen Nachmittag damit verbracht, die bescheuerten Churros aufzuspüren. Sie hatte bei der Fährgesellschaft angerufen und jedes Schiff bei dessen Ankunft abgepasst, nur um schließlich herauszufinden, dass die Churros tatsächlich auf Fire Island waren, aber eben im Nachbarort.

Daraufhin hatte sie Jason rüber nach Fair Harbor geschickt, um sie abzuholen, was er dann auch widerstrebend getan hatte. Daher das Geschrei. Wenigstens waren Arlo und Amelie mit Silvia an der Bucht gewesen, so hatten sie nicht miterleben müssen, wie sich ihre Eltern wegen so etwas Lächerlichem stritten.

Jason hatte die Nase voll von Lauren. Dieser Sommer war bisher die reinste Hölle gewesen. Er bekam Jen kaum zu Gesicht – logistisch war es ja auch fast unmöglich, hier mit ihr allein zu sein. Lauren benahm sich wie eine Verrückte. Sie spielte wie besessen Tennis, so zwei- bis dreimal am Tag, verschwand immer wieder für längere Zeit, um weiß Gott weiß was zu tun, und ließ Jason (na ja, Jason und Silvia) mit den Kindern allein. Am 4. Juli hatte sie sich sogar beinahe mit Beth geprügelt und benahm sich auch seitdem ziemlich daneben. Ihre Streitereien hatten sich in den letzten Wochen so sehr zugespitzt, dass Jason sich dazu hinreißen ließ zu brüllen: »Schieb dir deine verdammten Churros doch sonst wohin!«

Unterdessen hatte Sam einen depressiven Schub und nervte Jason mit dem Wunsch nach moralischer Unterstützung in dieser Belästigungssache. All das erinnerte Jason ungut an ihre Kindheit, an den Sommer nach der Scheidung von Sams Eltern. Auch jetzt war Sam trübselig und anhänglich und ganz und gar nicht mehr der lässige Typ wie sonst. Jason machte sich so langsam Sorgen, dass noch mehr dahintersteckte, möglicherweise etwas mit Jen. Er hatte Jason gegenüber zwar nie etwas in dieser Richtung erwähnt, aber in Sams Augen lag ein Ausdruck, der Jason gar nicht gefiel.

So mies, wie der Sommer mit Lauren dieses Jahr lief, war Jason drauf und dran, die Wahrheit an den Tag kommen zu lassen. Schließlich liebten er und Jen sich und wollten zusammen sein. Es wäre der größte Skandal in Salcombe, seit Dottie Hart und Meryl Haggerty, die Doppel-Siegerinnen der Neunzigerjahre, verkündet hatten, dass sie ihre Ehemänner verlassen und zusammenziehen würden. Lauren Parker, die Königin von Salcombe, betrogen? Sam Weinstein, der attraktivste Mann von Salcombe, sitzengelassen für seinen weniger gut aussehenden besten Freund? Jason stellte sich den Klatsch und Tratsch vor, als er zur Bucht am West Walk hinüberging, wo an diesem Abend das Bay Picnic stattfinden sollte.

Er war heute schon einmal dort gewesen, um die zunächst verschwundenen und dann wiedergefundenen Churros abzuliefern, sowie einige Krüge Palomas, passend zum mexikanischen Thema. Jetzt kehrte er allein dorthin zurück, denn Lauren war mit den Kindern bereits vorausgegangen; wie üblich allesamt total herausgeputzt, Amelie sogar in einem Stella-McCartney-Kids-Outfit, das Lauren unbedingt für Hunderte von Dollar hatte kaufen müssen.

Es war ein schöner Abend. Der Himmel war klar, und es wehte eine leichte Brise vom Meer herüber. Das Wasser der Bucht glitzerte Jason entgegen, als er sich der Ansammlung von etwa zweihundert Menschen näherte. Alle hatten sich um Handwägelchen und kleine Tische versammelt, tranken, unterhielten sich und wippten unbeholfen zu der Beatles-Coverband, die gerade mitten im Geschehen eine eiernde Version von *Paperback Writer* spielte. Jason hatte keine Mühe, seine Picknickgruppe zu finden, denn Rachel nahm immer denselben Platz hinten links in Beschlag, direkt am Wasser. Lauren beklagte sich jedes Jahr darüber. (»Sie baut unsere Sachen so nah am Ufer auf, wenn eines der Kinder falsch niest, fällt es ins Wasser und ertrinkt. Rachel hat keine Kinder, also macht sie sich über solche Dinge keine Gedanken.«)

Lauren stand bei Arlo und Amelie und schenkte ihnen Wasser in Plastikbecher ein. Sie trug ein himmelblaues Plisseekleid, das ihr bis zu den Knien reichte und einen V-Ausschnitt hatte, der ihr immer noch ziemlich tolles Dekolleté zur Geltung brachte. Hinter ihr hing die Sonne tief am Himmel über der Bucht, ein großer orangefarbener Ball, der jeden Moment zu versinken drohte. Aus der Ferne betrachtet, gefiel ihm Lauren immer am besten.

Er sah Rachel neben ihr, die hektisch das Essen anrichtete, und den Tennislehrer, der auf einem der Strandklappstühle in der Nähe saß. Jason vermutete, dass Rachel ihn eingeladen hatte. Sie war stets auf der Suche nach alleinstehenden Männern auf der Insel, auch wenn sie selten damit erfolgreich war. Jason bezweifelte sowieso, dass Robert mit seinem Model-Aussehen und seinem Profisportler-Gehabe ein bereitwilliges Ziel für eine verzweifelte Frau um die vierzig war. Brian und Lisa waren auch schon da und machten gerade Selfies vor dem Wasser. Eine große Gruppe von Kindern scharte sich um die Band, und Jason sah, wie Lauren Arlo und Amelie mit der ganzen Mütterlichkeit einer Ameise dorthin dirigierte.

Er suchte die Menge nach Jen und Sam ab, sah sie aber nirgends. Es war nun schon zwei Wochen her, dass er zuletzt mit Jen allein sein konnte – nach dem kurzen Intermezzo am 4. Juli hatten sie es einmal geschafft, in Jasons Haus Sex zu haben, in seinem und Laurens Schlafzimmer, während Lauren einen zweistündigen Tenniskurs absolviert hatte und Silvia mit den Kindern am Strand gewesen war. Jen indes hatte Sam erzählt, sie würde eine Radtour nach Fair Harbor machen. Es war schnell gegangen und nicht berauschend gewesen. Jen schien keine große Lust zu haben, und Jason war innerhalb etwa einer Millisekunde gekommen.

Jason musste sich auf dem Weg zu ihrem angestammten Picknickplatz zwischen ein paar andere Gruppen hindurchmanövrieren und nickte ihnen zur Begrüßung zu. Er kam an den Laurells und deren Freunden mittleren Alters vorbei, allesamt in Chino-Shorts; an Susan Steinhagen und dem Rest der Oldies, sämtliche Frauen in bunten hawaiianischen Mu'umu'u-Kleidern; an Micah Holt und seiner Clique aus coolen Kids, die mit ihren Crop-Tops sehr trendy wirkten (ihm war aufgefallen, dass Micah ihm seit der ersten Nacht auf der Insel aus dem Weg ging, aber solange der seinen Mund hielt, was er bisher getan hatte, war es Jason egal, wenn er im Club ums Verrecken keinen Martini bekam). Und dann waren da noch die Ledbetters, die Leavitts und Jeanette Oberman, diesen Sommer alleine hier, ohne Greg, der beim Vögeln mit der Hundesitterin erwischt worden war. Jason fragte sich, was Lauren wohl täte, wenn sie das mit ihm und Jen herausbekäme. Würde sie ihn rausschmeißen, wie Jeanette es mit Greg getan hat? Würde sie kreischen, schreien und weinen? Oder ihn kühl und ruhig auffordern zu gehen und ihn seine Kinder nie wieder sehen lassen?

»Hey, Jas, wie war deine Woche? Ich hatte ein paar *Bomben-Siege*«, sagte Brian, als er mit dem erzwungenen Instagram-Fotoshooting fertig war. Er exte eine Paloma.

Jason bückte sich, nahm sich selbst einen der roten Plastikbecher und nippte an dem süßen Getränk.

»Gut, gut. Ich hatte viel zu tun, aber ich habe es immerhin geschafft, ein paarmal bis zum Leuchtturm zu joggen«, sagte Jason, schon jetzt von dem Gespräch gelangweilt. Lauren kam herüber, und Jason war ausnahmsweise dankbar, sie zu sehen.

»Wie geht es dir, Brian? Hast du mit Lisa ein paar Insta-taugliche Fotos gemacht? Soll ich noch eins von euch beiden machen?«

Sie war wirklich verdammt hübsch, dachte Jason, als er seine Frau ansah. Er wünschte, er würde mehr für sie empfinden.

»Ja, bitte«, sagte Brian und reichte ihr sein Handy. Er schnappte sich Lisa, die gerade einen Nacho aß. Sie sträubte sich kurz gegen seine Berührung, setzte dann aber ihr bereitwilligstes Instagram-Gesicht auf und lächelte vor dem wunderschönen Meerespanorama mit ihrem Mann um die Wette. Lauren knipste sie aus jedem Winkel. Jason konnte sehen, wie sich eine große Schweißperle ihren Weg von Brians Haaransatz über seine Stirn auf die Wange bahnte.

Er fragte sich, wo Jen blieb; es war schon nach halb sieben, und die Party war in vollem Gange. In diesem Moment sah er Sam, der vom Bohlenweg aus auf die Gruppe zukam, sich zwischen Handwagen und Tischen hindurchschlängelte und im Gehen leicht strauchelte. Hatte er immer noch seine Badesachen an? Als Sam näher kam, erkannte Jason, dass er sturzbetrunken war. Verdammt! Was war geschehen? Wo war Jen?

»Ist das Sam?«, fragte Brian, der gerade an einem großen Fisch-Taco kaute. »Warum hat er immer noch seine Badehose an?« Sam sah aus, als käme er gerade von einer nächtlichen Strandparty, mit Sand an den Beinen, Haaren, die in alle Richtungen abstanden, und glasigem Blick in seinem sonnengebräunten Gesicht. Es war, als näherte er sich in Zeitlupe, und alle Köpfe drehten sich nach ihm um, während er vorbeiging. Jason konnte das Raunen hören, das ihn begleitete.

»Ist das nicht Sam Weinstein? Was ist denn mit dem los?«

»Warum ist er so angezogen?«

»Wo ist Jen?«

»Ist er betrunken?«

Jason kam es so vor, als wären seine Füße am Boden festgeklebt. In jedem anderen Jahr wäre er sofort zu Sam geeilt. Aber im Moment machte er sich nur Sorgen, dass dieser Auftritt mit ihm zu tun hatte. Er sah, wie Lauren ihn verwirrt anschaute. Robert war der Einzige, der handelte. Er erhob sich, führte den wankenden Sam zu ihrem Bereich hinüber und half ihm behutsam, auf dem Stuhl Platz zu nehmen, auf dem er selbst gerade gesessen hatte. Dann ging er neben Sam in die Hocke und begann mit ihm zu sprechen, aber Jason konnte nicht hören, was die beiden sagten.

Lauren trat neben Jason.

»Sieh nach, was er hat. Irgendetwas stimmt nicht mit ihm. Jason, los!«, zischte sie und schob ihn in Richtung des Stuhls.

Also ging er zu Sam und Robert und stellte sich vor sie hin, unsicher, was genau er tun sollte. Sam war eindeutig in schlechter Verfassung.

»Was willst *du* denn?«, fragte Sam und blickte zu ihm auf, aber leicht an ihm vorbei. »Du hast doch den ganzen Sommer kaum mit mir gesprochen. Was hast du die ganze Zeit getrieben, Jason? *Arbeiten? Was?«* Seine Stimme klang jetzt wütend, und die Leute kamen näher, um zu sehen, was los war. Jason bemerkte die Ledbetters und die Leavitts im Anmarsch, denen wahrscheinlich schon beim bloßen Gedanken an ein Picknick-Drama das Wasser im Munde zusammenlief.

Rachel trat, nervös an den Nägeln kauend, neben Jason.

»Komm schon, mach keine Szene«, sagte sie leise zu Sam.

Der kam wackelig auf die Beine und baute sich vor den beiden auf. Robert erhob sich ebenfalls. Einen Moment lang sagte niemand etwas, und Jason hoffte, dass Sam Rachels Rat befolgen würde.

»Warum sollte ich auf dich hören?«, zischte Sam. »Du hast mir doch gesagt, dass meine Frau einen anderen vögelt. Aber vielleicht lügst du ja nur. Vielleicht versuchst du bloß, meine Ehe zu zerstören, weil du selbst so unglücklich bist.«

Rachel wich zurück, als hätte ihr jemand einen Schlag in die Magengrube versetzt.

Jason hatte das Gefühl, sich übergeben zu müssen.

»Und weißt du, was?«, fuhr Sam fort. Mittlerweile hatten sich ungefähr zwanzig Leute um sie herum versammelt und taten desinteressiert, während sie alles belauschten. »Ich habe meinen Job verloren! Weil irgend so eine Schlampe mich fälschlicherweise beschuldigt hat, sie geküsst zu haben!«

Jason wusste nicht, was er tun sollte. Sollte er ihn von dort wegzerren? Da waren überall Kinder.

Lauren zupfte Jason am Ärmel und flüsterte ihm ins Ohr: »Ich habe Jen angerufen. Sie ist auf dem Weg.«

Da rannte Sam plötzlich los, mit voller Geschwindigkeit in Richtung Great South Bay, und sprang wie ein aufgeregtes Kind in einem Vergnügungspark ins Wasser, dass es nur so spritzte.

»Sam Weinstein ist in die Bucht gesprungen!«, hörte Jason jemanden schreien, woraufhin fast ganz Salcombe zum Ufer gerannt kam, um einen Blick auf den Sunnyboy des Ortes zu erhaschen, der betrunken einen Zusammenbruch erlitten hatte. Sam trieb auf dem Rücken, etwa drei Meter weit draußen. Sein Gesichtsausdruck wirkte ruhig, die Augen waren geschlossen. Jason spürte eine Hand auf seinem Arm und sah, als er sich umdrehte, in das panische Gesicht von Jen. Auch sie trug noch immer ihren Badeanzug und einen Bademantel, das Haar klebte ihr am Schädel, und sie war ungeschminkt.

»Du musst ihn da rausholen. Sofort. Hol ihn da raus!« Sie war den Tränen nahe.

Jason sah, wie Rachel ihn und Jen kalt anstarrte und Jens Hand auf seinem Arm beäugte.

Scheiße, dachte Jason. *Rachel weiß es.* Doch ihm blieb keine Zeit, darüber nachzudenken, denn jetzt musste er Sam retten gehen, als wären sie wieder Teenager. Einmal, mit siebzehn, waren sie nachts mit ein paar Leuten im Meer schwimmen gegangen, dumm und betrunken. Die Wellen waren nicht riesig, aber es herrschte eine starke Strömung, mit der Jason nicht gerechnet hatte. Plötzlich befand er sich weit weg vom Ufer in pechschwarzer Dunkelheit, das Wasser kalt und grau. Eine Welle erfasste ihn, drückte ihn unter Wasser, und er wusste nicht mehr, ob er aufwärts oder abwärts trieb. Schließlich wurde er wieder an die Oberfläche gespült, keuchend und verängstigt. Er konnte seine Freunde nirgends sehen, obwohl er ihre Stimmen hörte. Er dachte daran, wie wütend seine Eltern wären, wenn sie einen Anruf bekämen, dass er nach acht Bier im eiskalten Atlantik ertrunken wäre. »Jason! Jason!« Er hörte Sam zuerst nur rufen und spürte dann seinen kräftigen Griff um seinen Oberkörper. »Ich hol dich raus. Komm schon, komm schon«, sagte Sam immer wieder und zog ihn mit sich, bis sie den Strand erreicht hatten und im Sand zusammenbrachen.

Jetzt war er an der Reihe zu helfen, obwohl es nicht so aussah, als ob Sam Gefahr lief zu ertrinken. Er würde sich nur zum Narren machen. Dennoch trat Jason an die Uferbegrenzung und holte an der Kante wippend Schwung. »Ich komm und hol dich!«

Dann sprang er in die Bucht. Die Kälte des Wassers traf seinen bekleideten Körper wie ein Schock. Er tauchte kopfüber in die trübe Brühe und kam erst fast direkt neben seinem Freund wieder an die Wasseroberfläche. Sam trieb immer noch auf dem Rücken vor sich hin. Jason paddelte im Hundestil zu ihm hinüber. Alle Blicke waren auf sie gerichtet.

»Los, komm mit, raus aus dem Wasser, verdammt. Du ziehst 'ne Riesenshow ab, und außerdem erschreckst du Jen.«

»Ach, scheiß auf Jen«, sagte Sam, ohne die Augen zu öffnen.

»Komm schon, Kumpel, sie ist deine Frau.« Die Worte blieben ihm fast in der Kehle stecken. Das Wasser war eiskalt, und Jason fühlte, wie ihn seine nasse Kleidung nach unten zog. Er ruderte rasch mit den Beinen, um sich über Wasser zu halten. Lange wollte er das nicht mehr machen.

»Sie betrügt mich. Rachel hat es mir gesagt. Ich wollte mit dir darüber reden, aber du bist mir ja aus dem Weg gegangen. Warum?«

»Ich habe dir doch gesagt, dass ich mit Arbeit zugeballert wurde«, sagte Jason. Er konnte in dieser Situation nicht richtig denken – er musste erst aus der Bucht raus, um einen klaren Gedanken fassen zu können. Er blickte auf und sah, wie die Picknickgäste das Ufer säumten und gebannt an ihrem Wein nippten.

»Wer könnte es sein?«, fragte Sam. »Max Leavitt? Ich habe sie einmal auf einer Party bei den Grobels eng beieinanderstehen sehen. Doch nicht etwa Paul, oder?! Nein, der ist viel zu klein für sie. Außerdem hasst sie ihn.« Sam hielt inne. »Glaubst du, sie vögelt diesen Tennisheini? Er sieht gut aus. Aber das wäre so ein Klischee. Das ist nicht Jens Ding. Jedenfalls scheint der Typ nur Augen für Lauren zu haben.«

»Oh, das glaube ich nicht«, wehrte Jason reflexhaft ab. Aber vielleicht stimmte das ja. Immerhin hatte Lauren sich in letzter Zeit ziemlich seltsam verhalten. Ihm schlug das Herz bis in die Kehle, und seine Schuhe fühlten sich wie Felsbrocken an den Füßen an. »Was ist mit der Sache bei der Arbeit?«, fragte Jason. »Ist die Untersuchung abgeschlossen?«

»Ich habe heute Morgen einen Anruf von Henry bekommen, der mir mitteilte, dass ich nicht arbeiten darf, solange die Untersuchung noch läuft. Sie feuern mich nicht; ich bin nur ›freigestellt‹, wie dieser Arsch es ausdrückte.«

»Und was ist mit der Frau? Gibt es was Neues von ihr?«

»Nein, keine Ahnung. Ich glaube, sie ist immer noch in der Kanzlei, in der Wirtschaftsabteilung. Jedenfalls habe ich nichts Gegenteiliges gehört.«

»Was wirst du machen?«

»Tja, jetzt wo es jeder in Salcombe weiß, auch Jen, werde ich mich wohl einfach umbringen.«

»Das ist nicht lustig«, sagte Jason. »Hör zu, ich werde dir helfen. Wir können die besten Anwälte finden, die dich vertreten. Selbst wenn du am Ende deinen Job verlierst, wird die Kanzlei dir Millionen wegen Rufschädigung zahlen müssen.«

Sam schwieg. Sie waren mittlerweile so weit hinausgetrieben, dass sie beinahe Gefahr liefen, in den Schiffsverkehr zu geraten. Jason sah Jen am Ufer stehen. Sie sah jung aus. Sie zitterte. Jemand hatte ihr einen Pullover um die schmalen Schultern gelegt.

Jason fühlte sich seltsam, als ob sein ganzes Leben auf diesen unangenehmen Moment hinausgelaufen wäre. »Komm, lass uns zurückschwimmen. Lauren reißt mir den Kopf ab, wenn wir nicht ein paar von ihren verdammten Luxus-Churros essen.«

Sam lachte leise. Schließlich drehte er sich um und kraulte in Richtung der kleinen Leiter davon, die zum Strand hinaufführte. Jason folgte ihm, froh, dass die Sache ein Ende nahm. Sie kletterten einer nach dem anderen aus dem Wasser, genau wie früher als Kinder beim Schwimmunterricht im Ferienlager. Zuerst Sam, dann Jason.

Die Menge zerstreute sich zum Glück schnell, als sie aus dem Wasser stiegen. Alle schienen zu betreten, um sich nach ihrem Befinden zu erkundigen, und verzogen sich zu ihren eigenen Picknickplätzen, um dort angeregt im kleinen Kreis das Geschehene zu diskutieren.

Jen und Rachel reichten den beiden Handtücher, die sie von irgendwoher aufgetrieben hatten, und Lauren trat vor Jason und wirkte ausnahmsweise besorgt. Die Gruppe kehrte zu ihrer Picknickdecke zurück, und alle standen unbeholfen vor den kalten Nachos und der inzwischen braun angelaufenen Guacamole herum. Brian und Lisa hatten sich einer anderen Picknickgesellschaft angeschlossen. Vielleicht schämten sie sich, mit Sams Kapriolen in Verbindung gebracht zu werden. Die Sonne hing am Horizont, eine gigantische rote Kugel, die gleich im Meer versinken würde. Jason musste aus seinen durchnässten Klamotten raus, war sich aber nicht sicher, wie das Protokoll für eine solche Situation war. Jetzt waren da noch Sam, Jason, Lauren, Jen, Rachel und Robert, der die Hände in den Taschen hatte und amüsiert wirkte. Sam brach das Eis.

»Also, Leute, man könnte sagen, dass ich einen schlechten Tag hatte. Ich hab da ein Problem in der Kanzlei – jemand wirft mir etwas vor, das ich nicht getan habe –, und deshalb bin ich jetzt freigestellt. Das setzt mir gerade ziemlich zu. Ich entschuldige mich bei allen hier für mein Verhalten. Besonders um Rachels Guacamole tut es mir leid. Ich weiß, dass ich euch enttäuscht habe.«

Alle lachten. Selbst nach all den Jahren war Jason immer noch baff über Sams Fähigkeit, eine Situation zu entschärfen und die Leute auf seine Seite zu ziehen.

Jen ging zu Sam hinüber und nahm ihn an beiden Armen. Dann sahen sie sich lächelnd an, und Jen flüsterte ihm etwas ins Ohr. Jason fühlte sich wie benommen. Was war hier los? Er begann zu zittern, vielleicht war es die Kälte, vielleicht seine Nerven.

»Lauren, ich muss nach Hause und aus diesen Klamotten raus«, sagte Jason. »Kommst du mit den Kindern zurecht?«

Lauren nickte. Er verabschiedete sich von niemandem. Die Leute starrten ihn an, als er vorbeiging, aber das war ihm egal. Er war nicht derjenige, der ausgerastet war und sich vor allen Leuten zum Affen gemacht hatte. Langsam wurde es dunkel, und er rannte fast über den Bohlenweg nach Hause. Auf dem Nachhauseweg konnte er noch die Band spielen hören. Erst *Hey Jude* und dann eine weichgespülte Version von *When I'm*

Sixty-Four. Er fragte sich, ob er dann noch mit Lauren zusammen wäre. Bis dahin waren es noch über zwanzig Jahre.

Als er zurückkam, ging er in sein Schlafzimmer mit den beruhigenden Blautönen und der hübschen Strand-Deko und machte die Tür hinter sich zu. Er griff nach seinem Telefon und öffnete Signal.

> Jason Parker: Jen, was ist los? Was war das mit Sam? Weiß er etwas?

Er ließ die App offen, um zu sehen, ob sie tippte. Keine Antwort.

> Jason Parker: Jen, ich liebe dich.

Nichts.

16

Lisa Metzner

Lisa Metzners Leben war ein anderes, seit sie Pilze nahm. Alle drei Tage schluckte sie eine daumennagelgroße Menge des grauen Pulvers, genau die richtige Dosis an zerstoßenen Psychedelika, um sich lebendig zu fühlen. Sie hatte das Microdosing letztes Jahr durch eine befreundete Mutter von der Horace Mann School entdeckt, eine Müsli-Liebhaberin, die an Gwyneth Paltrow erinnerte. Diese hatte geschworen, dass Microdosing Lisa von ihren Kopfschmerzen und ihrer leichten Depression heilen würde, und hatte ihr die Kontaktdaten ihres Dealers gegeben. Lisa, die neugierig war und einen Kick brauchte, probierte es sofort aus. Von da an gab es für sie kein Zurück mehr.

Die Pilze machten sie geistig hellwach. Glücklich. Sie war in der Lage, sich auf ihre Life-Coach-Ausbildung zu fokussieren, wie sie es nie für möglich gehalten hätte. Sie liebte Brian mehr. Sie genoss es, Mutter zu sein.

Besonders dankbar für diesen Trip war sie, als Brian ihr vor einem Monat erzählt hatte, dass sein Fonds den Bach runtergegangen war. Sie hatten sich verzockt, und jetzt musste Brian dafür bezahlen. Die Dinge standen so schlecht, dass Lisa sogar befürchten musste, dass sie womöglich ihr Haus in Salcombe verkaufen müssten. Dazu war es zwar bisher noch nicht gekommen, aber Brian war jenseits seiner dreisten Lügen allen anderen gegenüber im totalen Panikmodus. Lisa versuchte, sich zusammenzureißen und für Maryloo und Myrna weiter Optimismus zu versprühen, aber es war schwer, und die Pilze halfen ihr dabei.

Als sie Sam Weinstein dann in die Bucht springen sah, hatte sie einen Moment lang gedacht, sie hätte versehentlich zu viel eingenommen. Hatte sie etwa Halluzinationen? Aber nein, Sam war wirklich im Wasser gelandet und ließ sich auf dem Rücken treiben, während ihm der Rest der Stadt verwundert dabei zusah. Jason war ihm hinterhergesprungen, und ihre beiden Köpfe dümpelten auf den Wellen, während die Sonne im Meer versank. Vielleicht waren sie und Brian nicht die Einzigen, die etwas zu verbergen hatten.

Lisa war im Allgemeinen ein offener Mensch. In ihren Zwanzigern und Dreißigern hatte sie in der Promi-PR-Welt Karriere gemacht, wo sie verwöhnte, anspruchsvolle Film- und Fernsehstars vertreten hatte. Sie verstand es, mit schwierigen Persönlichkeiten umzugehen, die Egos der Leute zu streicheln und sie glauben zu lassen, sie hätten das Sagen.

Brian gefiel, dass Lisa ihm den Platz im Mittelpunkt der Aufmerksamkeit nicht streitig machte, während tatsächlich sie das Steuer in der Hand hielt. Sie behandelte ihn wie einen ihrer PR-Kunden; sie pushte ihn, wandte sich ab, wenn er sich zum Narren machte, und tröstete sich schließlich mit dem Gedanken, dass er für ihr Auskommen sorgte. Sie hatte mit Arbeiten aufgehört, als die Mädchen noch klein waren, doch als Myrna schließlich ganztags zur Schule ging, brauchte Lisa etwas anderes. Es war zu spät, um wieder in die PR-Branche einzusteigen, eine Branche, in der ein Ausstieg endgültig war. Sie hatte gehört, dass die Freundin einer Freundin Life Coach wurde, und sich nach einigen weinseligen Online-Recherchen für eine solche Ausbildung angemeldet.

»Life Coaches sind die neuen Immobilienmaklerinnen«, hatte sie jemanden kurz darauf auf einer Cocktailparty spotten gehört. Doch Lisa ließ sich nicht davon abbringen, nur weil es als Beschäftigung für gelangweilte Hausfrauen verschrien war. Sie hatte gerne mit Menschen zu tun und wollte sich im Leben noch auf etwas anderes konzentrieren als nur auf die Kinder und das Fitnessstudio.

Zu Beginn des Sommers hatte sich Lisa besser als je zuvor gefühlt. Das Microdosing, ihr neuer Karriereweg, noch dazu eine tolle Auffrischung durch Dr. Liotta, die begabteste Schönheitschirurgin der Park Avenue, und jetzt sah sie so jung aus wie seit Jahren nicht mehr. Und dann hatte Brian ihr das mit seinem Fonds erzählt.

Ein Leerverkauf, der geplatzt sei, hatte er gesagt. Es sei nicht seine Schuld, hatte er behauptet. Lisa verstand die Einzelheiten nicht wirklich, aber sie wusste, dass es schlimm war. In den vier Wochen seither hatte sich Brian von ihr zurückgezogen. In der Öffentlichkeit verhielt er sich normal – er zog sein Brian-Ding durch, redete zu viel, amüsierte die Leute –, aber zu Hause war er still geworden, und Lisa gelang es nicht, zu ihm durchdringen, sosehr sie es auch versuchte. Sie machte sich Sorgen darüber, was aus ihnen werden sollte. Denn sie liebte Brian wirklich. Sie machte sich über ihn lustig, klar, und verdrehte bei seinen Witzen genervt die Augen. Sie fand es höchst peinlich, wenn er etwas Haarsträubendes sagte. Aber er war *ihr* Riesen-Knallkopf, und er kümmerte sich um sie und die Mädchen. Brian hatte sie immer an ihren Vater erinnert, der an einem Schlaganfall gestorben war, als sie zweiundzwanzig war. Ein italienischstämmiger Amerikaner der ersten Generation, der in Fairfield, New Jersey, wo Lisa aufgewachsen war, eine eigene Klempnerei geführt hatte. Sie waren beide warmherzige, großzügige und ein klein wenig lächerliche Männer.

Lisa dachte auch an ihren Vater, als sie beobachtete, wie Jason und Sam aus der Bucht kletterten – vollständig bekleidet, große Kinder, tropfnass. Was er wohl von diesen Männern gehalten hätte? Diesen reichen Typen mit ihren weichen Händen, ihren Therapeuten und ihren teuren Leinenhemden.

Nach dem Vorfall hatten sie und Brian sich zu Jessica und Max Leavitt gesellt, die sich ebenfalls von ihrer Picknickgruppe abgesondert hatten. Alle kannten nur ein Thema: das gerade miterlebte Drama.

»Was um alles in der Welt war das?«, fragte Jessica.

Lisa fiel auf, dass Jessica fünf Jahre jünger aussah als letzten Sommer. Sie musste daran denken, sie nach ihrem behandelnden Arzt zu fragen.

»Ach, wer weiß. Große Jungs eben«, meinte Brian diplomatisch, denn er hatte ein Faible für Sam und Jason. Lisa machte das traurig, denn sie spürte, dass die beiden ihn nicht so sehr schätzten wie er sie.

»Hast du gehört, wie Sam sich darüber echauffiert hat, dass er wegen sexueller Belästigung gefeuert wurde?«, sagte Max. »Und darüber, dass Jen ihn betrügt? Wer hätte das gedacht. Anscheinend ist der perfekte Sam Weinstein gar nicht so perfekt. Ha!« Max hatte einen langen Hals und einen ausgeprägten Adamsapfel; wenn er aufgeregt war, hüpfte der auf und ab wie ein Flummi.

Lisa musste daran denken, wie es wohl wäre, wenn alle von Brians finanziellem Misserfolg mit dem Fonds erführen; an die hämische Schadenfreude, die bei Dinnerpartys und im Jachtclub um sich greifen würde. Mit ihrer besten energischen PR-Stimme sagte sie: »Weißt du, was, Max? Bei jedem gibt es irgendwelche Probleme. Ich bin sicher, bei dir und Jessica gibt es etwas. Und bei Brian und mir auch. Wie wär's, wenn du ein bisschen Mitgefühl für andere Leute an den Tag legen würdest?«

Jessica traten fast die Augen aus dem Kopf. Max blickte mit seltsam gekrümmtem Vogelhals betreten zu Boden.

Brian nahm Lisas Hand und drückte sie anerkennend. Dann gingen sie davon, zurück zu ihren echten Freunden. Lisa konnte es sowieso kaum erwarten, nach Hause zu kommen. Ihre Pilze warteten.

17

Robert Heyworth

Robert Heyworth hatte den Salcombe Yacht Club bereits um fünftausend Dollar bestohlen. Nicht viel – vielleicht zwei Monatsmieten für eine schlichte Einzimmerwohnung in Manhattan –, aber genug, um sich wie ein Krimineller zu fühlen. War er ein Krimineller? Er versuchte sich mit Arbeit und Sex von diesem quälenden Gedanken abzulenken.

Vielleicht mit etwas zu viel Sex. In letzter Zeit geriet die Sache mit Lauren immer mehr aus dem Ruder. Sie verhielten sich leichtsinnig. Heute hatten sie in der Besenkammer des Jachtclubs miteinander geschlafen, dort, wo die Reinigungsmittel gelagert wurden. Es war später Vormittag, und niemand sonst hatte sich im Club befunden, aber es war dennoch ein Risiko gewesen. Jemand hätte das Gebäude betreten können, um auf die Toilette zu gehen, und einen von ihnen beim Verlassen der Kammer sehen können, oder Micah hätte hereinplatzen können, um Bleichmittel zum Reinigen der Bar zu holen.

In der Kammer war es eng, und es roch nach Chlor. Robert hatte Lauren gegen ein Regal mit Papierhandtüchern und Toilettenpapier gedrückt. Sie hatte einen schwarzen Tennisrock getragen, den er zunächst hochzuziehen versucht hatte, bevor er merkte, dass er ihn wegen der integrierten Unterwäsche bis zu den Knien hinunterschieben musste.

Nun war es halb neun Uhr abends, der Himmel glühte immer noch nach, und Robert schlenderte nach Hause, die

Hände in den Taschen und den Blick hinunter auf die abge-schrägten Holzplanken des Bohlenwegs gerichtet. Das Pick-nick war eine Katastrophe gewesen. Wenn Robert reich wäre, würde er sich von solchen Veranstaltungen tunlichst fern-halten. Ihm hatte immer gefallen, wie Julie und ihre Familie gewesen waren. Dezent, zurückhaltend. Sie hatten nicht das Bedürfnis, mit anderen zu konkurrieren, weil sie wussten, dass sie überlegen waren. Julie hätte Salcombe gehasst – wie dort jeder Strichlisten über die Siege der anderen führte, wie Männer sich an ihrem Vermögen maßen und Frauen daran, wie sie Tennis spielten.

Er war auch überrascht gewesen, als er hörte, dass Sam dachte, Jen würde ihn betrügen. Jen wirkte so nett. Nicht, dass nett zu sein bedeutete, dass man nicht auch eine Affäre haben konnte. Da musste man sich nur ansehen, was Robert gerade anstellte. Er log, stahl und schlief mit der Frau eines anderen.

Robert ging an den leeren Tennisplätzen vorbei, die aufge-räumt wirkten, nachdem er zuvor am frühen Abend sauber gemacht hatte. Die Spiele des nächsten Tags konnten kommen. Er begann, den Anblick davon zu verabscheuen.

»Robert! Robert!«

Er hörte ein heiseres Flüstern hinter sich und sah, als er sich umdrehte, dass Rachel Woolf auf ihn zugehastet kam, deren zu enges Kleid beim Laufen ein wetzendes Geräusch machte. Er hatte vor etwa zehn Minuten das Picknick und dessen Besucher verlassen, nachdem er Lauren kurz allein erwischt und ihr leise zugeraunt hatte, sie solle doch versuchen, zu ihm zu kommen, wenn ihre Kinder im Bett waren.

Jason war bereits zuvor gegangen, um sich umzuziehen, war aber nicht mehr zurückgekehrt. Auch Sam und Jen waren kurz nach »dem Vorfall«, wie die Stadt es bereits nannte, nach Hause gegangen, Hand in Hand, und Sam noch immer klatschnass. Und Rachel, das ewige fünfte Rad am Wagen, hatte sich gerade mit Emily und Lisa und deren Ehemännern unterhalten, als Robert sich verabschiedet hatte.

Er blieb stehen, obwohl er eigentlich kein Interesse hatte, mit ihr zu sprechen. Sie war außer Atem und wirkte ein wenig betrunken. In der Hand hielt sie immer noch einen roten Plastikbecher, halb voll mit einer Margarita. Sie befanden sich fast vor ihrem Haus, als sie ihn ansprach.

»Robert, kann ich mal mit dir reden? Könntest du kurz mit zu mir kommen? Es dauert auch nur eine Sekunde.«

»Okay, klar«, sagte er vorsichtig und folgte ihr auf ihre überdachte Veranda.

Sie schaltete das Licht ein, bot ihm einen Platz auf ihrer weißen Couch an und ließ sich neben ihn plumpsen. Er rückte etwas von ihr ab. Sie bemerkte es und warf ihm einen verärgerten Blick zu.

»Keine Sorge, ich werde nicht versuchen, mich an dich ranzumachen«, sagte sie. »Kann ich dir was zu trinken anbieten?«

»Nein, nein, danke«, sagte Robert. Er wollte so schnell wie möglich von dort verschwinden. »Was gibt es denn?«

»Was war das heute bloß für ein verrücktes Picknick?«, stellte sie in den Raum. Sie nahm kleine Schlucke von ihrer Margarita. Das Licht betonte ihre Falten, und mit dem Make-up, das sich darin abgesetzt hatte, wirkte sie alt auf ihn. »Nicht zu fassen, dass Sam in die Bucht gesprungen ist. Er scheint wirklich eine harte Zeit durchzumachen«, fuhr sie fort.

»Ja, scheint so.« Robert wusste nicht, worauf sie hinauswollte.

»Und dann noch die Sache mit Jen, die eine Affäre haben soll …«

Er konnte erkennen, dass sie seine Reaktion abwarten wollte. Er zwang sich zu einem neutralen Gesichtsausdruck. »Klingt verfahren«, sagte er. »Aber ich schätze, in jeder Ehe gibt es Höhen und Tiefen. Nicht, dass ich darin Experte wäre. Du warst auch noch nie verheiratet, oder?«

Sie schüttelte den Kopf und trank ihren Becher in einem Zug leer. »Darüber wollte ich mit dir sprechen«, sagte sie.

Robert konnte die Grillen draußen zirpen hören. Ihm wurde plötzlich sehr heiß.

»Du kennst doch Susan Steinhagen, oder? Natürlich kennst du sie.«

Robert nickte. Hatte Susan irgendwie herausgefunden, dass er gestohlen hatte? Wie war das möglich? Robert spürte, wie das Blut in seinen Handgelenken pulsierte.

»Ich weiß, dass sie eine Wichtigtuerin ist, also betrachte das, was ich dir jetzt sage, unter Vorbehalt. Sie hat mir gegenüber erwähnt, dass sie gesehen hätte, wie du mit Lauren Parker, äh … vertraulich wurdest. Und, na ja, Lauren ist meine Freundin, und dich mag ich auch sehr. Und ich will einfach nicht, dass ihr ins Gerede kommt. Du kennst dieses Kaff inzwischen ja – es wird auf *jeden Fall* Gerede geben.«

Robert atmete tief durch. Gott sei Dank ging es nur um Lauren und nicht um das verfluchte Geld. Das konnte er regeln. Niemand hatte irgendwelche Beweise.

»Oh, Mann, danke, dass du mir das sagst. Gut, dass ich das weiß – ich liebe diesen Job und möchte ihn ungern aufs Spiel setzen. Damit eins klar ist: Da läuft absolut nichts zwischen mir und Lauren. Sie ist eine geschätzte Kundin – wie du! –, aber mehr nicht. Wenn ich da einen falschen Eindruck erweckt habe, dann nehm ich das auf meine Kappe und kläre das.« Er sagte das so ernst wie möglich und starrte dabei direkt in

Rachels Kulleraugen. Er rückte näher an sie heran. Sie war so eine leichte Beute. »Du glaubst mir doch, oder?«

»Ich glaube dir!«, sagte sie. »Ich bekomme hier alles mit und hatte nie den Eindruck, dass ihr beide Heimlichkeiten miteinander habt. Was ich allerdings nicht von allen hier behaupten kann.«

O weh, jetzt geht's los, dachte Robert. Aber das war seine Chance, sie von der Fährte abzulenken. »Ach ja? An wen denkst du da zum Beispiel?«, fragte er.

Rachels Augen glänzten betrunken. »Du hast doch *gehört*, was Sam über Jen gesagt hat, oder? Also ich weiß, mit wem sie eine Affäre hat, und du wirst nie erraten, wer es ist.«

Robert spielte mit. »Hmmm …«, sagte er. »Paul Grobel?«

»Ha!« sagte Rachel. »Jen würde Paul nicht einmal mit dem Hintern ansehen.«

»Okay, okay«, sagte Robert. »Hmmm … Theo Burch?« Er pickte einfach willkürlich Namen heraus. Woher sollte er wissen, mit wem Jen Weinstein vögelte?

»Nein, nein«, rief Rachel. »Viel skandalöser als das. Und ich erzähle es dir nur, weil ich weiß, dass du es für dich behalten wirst, und ich muss es einfach mit jemandem teilen. Ich gebe dir einen Tipp. Wenn Sam das jemals herausfindet, wird er sich vielleicht nie wieder davon erholen.«

Scheiße, dachte Robert. *Es ist Jason.*

Lauren würde sterben, wenn das jemals herauskäme. Ihr Mann schläft mit der Frau seines besten Freundes? Er hatte doch gewusst, dass an Jason etwas faul war.

»Ich weiß nicht, aber vielleicht solltest du es lieber für dich behalten. Ich möchte mir die Last dieser Information lieber nicht aufbürden!« Robert sagte es leichthin, aber er meinte es ernst. Sie sollte darüber schweigen. Niemand brauchte es zu wissen.

»Okay, wie du willst!«, sagte sie enttäuscht.

Er konnte sehen, dass er ihre Gefühle verletzt hatte. Er lächelte charmant und legte seine Hand auf ihren Arm, ihre Haut fühlte sich feucht an. »Ich achte einfach darauf, nicht zu viel über meine Kunden zu erfahren, aus naheliegenden Gründen«, sagte er.

Wenn er es sich recht überlegte, war es durchaus logisch, dass Jason etwas mit Jen hatte. Jason, der immer so in Sams Schatten zu stehen schien. Jason, der seine eigene heiße Frau ignorierte. Robert drückte Rachels Arm und ließ seine Finger zwei Sekunden zu lange verweilen. Rachels Gesicht färbte sich rosa.

»Aber ich möchte mich noch einmal für die Vorwarnung wegen Susan bedanken. Von nun an werde ich mich weit, weit von meiner weiblichen Kundschaft fernhalten.« Er zwinkerte ihr kurz zu, stand auf und verließ ihre Veranda.

Inzwischen war es stockdunkel geworden, und die Luft fühlte sich kühl an. Robert wünschte, er hätte einen richtigen Lebensplan. Warum ließ er sich überhaupt auf eine verheiratete Frau ein? Das hatte keine Zukunft – und dieser Job auch nicht. Er hatte in Los Angeles mit einem Typen namens Rick gearbeitet, ebenfalls ein ehemaliger College-Spieler, der das Geld, das er als Tennislehrer verdiente, für ein Jurastudium zurückgelegt hatte. Rick war mittlerweile Anwalt für Medienrecht; Robert folgte ihm auf Social Media. Robert hätte es genauso machen sollen, aber er war einfach immer davon ausgegangen, dass sich schon noch etwas Gutes für ihn ergeben würde. Bei seinem Aussehen und Auftreten hätte es ihm in den Schoß fallen müssen.

Er bog in den Harbor Walk ein, der mitten durch die Stadt führte, und ging bis zum Neptune Walk, wo er wohnte.

In den meisten Häusern brannte noch Licht, und er konnte sehen, wie die Leute ihrer Abendroutine nachgingen, fernsahen und Bücher lasen. Das Picknick war inzwischen zu Ende, und er nahm an, dass alle den restlichen Abend ruhig angehen würden, nachdem sie schon um achtzehn Uhr mit dem Trinken begonnen hatten. Er überlegte kurz, Lauren zu texten, ob sie sich hinausschleichen könnte, entschied sich aber dagegen. Stattdessen öffnete er seine Citibank-App, um den Kontostand seines neuen Kontos zu überprüfen: 5.200 Dollar. Das waren sechsundzwanzig Stundenhonorare, die er selbst eingestrichen hatte. Sechsundzwanzig Mal hatte er sich entschieden, das Falsche zu tun.

Während er so auf die Zahl starrte, wurde er von einem lauten Geräusch aufgeschreckt, sodass ihm fast das Smartphone aus der Hand gefallen wäre. Er blickte hoch und sah einen riesigen Hirsch mit einem Geweih, das jeder Trophäensammlung alle Ehren gemacht hätte. Das Tier stand reglos direkt vor ihm auf dem Bohlenweg. Robert wusste, dass er ihn nicht angreifen würde – oder? –, bekam aber trotzdem eine Riesenangst. Sollte er sich bewegen? Oder wegrennen? Kurz darauf gesellte sich ein weiteres, kleineres Tier zu dem Hirsch, von dem Robert annahm, dass es ein Weibchen war.

Robert erstarrte. Er merkte, dass auf seinem Handy eine Nachricht aufleuchtete, aber er traute sich nicht, darauf zu schauen, bevor die beiden Weißwedelhirsche verschwunden waren. Das Geweih des größeren war wirklich furchteinflößend, und Tiere waren unberechenbar. Er hatte zwar noch nie davon gehört, dass jemand auf Fire Island von einem Hirsch aufgespießt worden war, aber es gab für alles ein erstes Mal. Und dieser Sommer entwickelte sich sowieso schon auf ziemlich unvorhersehbare Weise.

Nachdem er etwas gewartet hatte, zogen sich die beiden Hirsche, einer nach dem anderen, gemächlich ins Gestrüpp zurück. Robert ging weiter zu seinem Haus, das nur ein paar Meter entfernt lag. Er war erleichtert, dass der Abend vorbei war, auch wenn das hieß, dass er die Nacht allein mit dem Ungeziefer in seiner Unterkunft verbringen würde.

Er trat ein, die Fliegengittertür quietschte laut, und sein Blick fiel auf die schäbige Einrichtung: die abgewetzte Couch, den brüchigen Rattanteppich, der wahrscheinlich schon drei Tennislehrer vor Robert gesehen hatte. Doch noch bevor er das Licht einschalten konnte, spürte er Arme um seine Taille und eine Hand, die sich in den Bund seiner Shorts schob. Er drehte sich um und drückte Lauren spielerisch gegen die Tür.

»Was, wenn ich dich für einen Einbrecher gehalten hätte? Dann hätte ich dich vielleicht umgebracht«, sagte er und küsste sie. Sie hatte noch das Outfit vom Picknick an, ein himmelblaues Kleid, und er vergrub das Gesicht an ihrem Busen.

»Du würdest mich nicht umbringen«, sagte sie. »Zumindest nicht absichtlich.«

Sie hatten Sex im Stehen, eine Stellung, die sie beide mochten, und danach benutzte Lauren sein schäbiges Badezimmer und setzte sich dann auf seine Couch. Es war ihm immer peinlich, wenn sie da war.

»Was hast du Jason erzählt?«, fragte Robert. Er entdeckte eine Ameise, die neben Laurens Fuß auf dem Boden krabbelte, unternahm aber nichts, um sie nicht darauf aufmerksam zu machen.

»Nur, dass ich noch mit ein paar Mädels was trinken gehe. Er hat nicht gefragt, mit wem oder wohin. Alles in Ordnung. Ich glaube, die ganze Sache mit Sam hat ihn ziemlich aus der Bahn geworfen. Er saß auf der Veranda wie ein Zombie. Das war vielleicht eine komische Nummer, oder?«

Robert gefiel es nicht, dass er etwas über Jason wusste, das Lauren nicht bekannt war. Sollte er ihr sagen, was Rachel ihm gesteckt hatte? Lauren schien Jason sattzuhaben, aber Robert konnte nicht vorhersagen, wie sie auf diese Information reagieren würde. Er würde es vorerst für sich behalten.

»Es war schon sehr merkwürdig«, meinte Robert. »Und du weißt ja, dass ich vieles in dieser Stadt ziemlich seltsam finde, aber das hat es noch mal getoppt.«

»Ich glaube, er hatte einen Nervenzusammenbruch oder so was«, sagte Lauren. »Aber Jen sollte ihm doch helfen können – sie ist Psychologin! Die beiden scheinen echt Probleme zu haben. Ich meine, Sam wird beschuldigt, jemanden sexuell belästigt zu haben. Er behauptet, sie betrügt ihn. Was für ein Schlamassel.«

»Ja wirklich, das ist alles nicht gut für eine Ehe«, sagte Robert. Er setzte sich neben Lauren und legte eine Hand an ihren Busen. »Das hier ist wahrscheinlich auch nicht gut für eine Ehe.«

Er küsste ihren Bauch, schob ihr Kleid hoch und leckte sie, bis sie zum Höhepunkt kam. Anschließend zog sie ihr Kleid wieder herunter und ließ sich verführerisch in die Polster sinken.

»Was, wenn jemand das mit uns herausfindet?«, überlegte Lauren. Sie kamen immer wieder auf dieses Thema zurück, schnitten es kurz an, ohne sich wirklich ernsthaft damit auseinanderzusetzen.

»Jen hat mich am 4. Juli aus deiner Hütte bei den Tennisplätzen kommen sehen. Zumindest glaube ich, dass sie es gesehen hat. Aber sie hat nichts dazu gesagt.«

»Wenn es jemand erfahren sollte, wird dein Mann stinksauer sein, und ich verliere meinen Job.« Robert zuckte mit den Schultern. »Rachel hat mich heute genötigt, mit zu ihr zu kommen.«

Er hatte sich das aufgehoben, bis sie mit dem Vögeln fertig waren, weil er die Stimmung nicht verderben wollte.

»Warum? Hat sie dich angegraben?« Lauren kicherte.

»Zuerst dachte ich, das würde sie«, sagte Robert. »Aber dann stellte sich heraus, dass sie mich bloß warnen wollte.«

»Warnen vor was?«

»Vor uns.«

Lauren setzte sich aufrecht hin und strich sich die Haare aus dem Gesicht. »Was hat sie gesagt?«, fragte sie.

»Sie meinte, Susan Steinhagen wäre aufgefallen, dass wir«, hier machte Robert Anführungszeichen, »›vertraulich‹ miteinander waren. Rachel hat mir im Grunde gesagt, ich solle aufpassen. Sie wollte bloß nett sein, glaube ich. Ich habe alles glatt abgestritten, und sie hat mir geglaubt. Sie ist ein Dummchen.«

Lauren verzog wenig erfreut das Gesicht. »Das ist nicht gut«, sagte sie. »Susan kann dafür sorgen, dass du gefeuert wirst. Außerdem wird Rachel es anderen Leuten erzählen. Sie kann nicht anders.«

Robert wusste, dass Lauren recht hatte. »Also, was sollen wir tun? Sollen wir damit aufhören?«

Lauren sah ihn an und runzelte die Stirn. »Nein, ich will nicht aufhören«, sagte sie.

Es klang, als hätte sie noch mehr zu sagen, aber sie sprach nicht weiter. Eine Weile saßen sie schweigend da. Dann stand sie auf, strich ihr blaues Kleid glatt und schob sich die Haare hinter die Ohren. »Ich muss los. Silvia hat die Kinder ins Bett gebracht, aber Jason wird sich irgendwann fragen, wo ich bleibe. Eventuell.« Sie verschwand durch die quietschende Fliegengittertür.

»Pass auf die Hirsche auf!«, rief Robert ihr noch hinterher.

Er ließ sich auf die Couch fallen und holte sein Handy hervor. Er überprüfte erneut die Citibank-App. Morgen würde er weitere zweihundert Dollar hinzufügen. Um vierzehn Uhr hatte er eine Tennisstunde mit Seth Laurell, die er nicht in das offizielle Buch eingetragen hatte. Solange der Betrag auf diesem Konto stieg, hatte er das Gefühl, seinem beschissenen Leben etwas abgewinnen zu können. Er schloss die Augen. Was für ein seltsamer Tag hinter ihm lag. Er machte sich Sorgen wegen Susan Steinhagen. Lauren und er mussten vorsichtiger sein. Aber irgendwie war es an diesem Ort schwer, sich vorzustellen, dass die eigenen Handlungen Konsequenzen im wirklichen Leben hatten. Es war ganz und gar nicht wie im richtigen Leben.

18

Micah Holt

Micah Holt war schlecht drauf. Ronan ging ihm seit dem 4. Juli aus dem Weg, und nachdem er wochenlang stolz dem Impuls widerstanden hatte, ihm zu texten, hatte Micah ihm gerade eine flehende Nachricht geschickt. Das war vor einer Stunde gewesen, und Ronan hatte immer noch nicht zurückgeschrieben. Micah kam sich wie ein Trottel vor.

Zuvor hatte er mit seinen Freunden am Bay Picnic teilgenommen, lauwarmen Wein aus einem Plastikbecher getrunken und die lahme Altherren-Beatles-Coverband ertragen. Dann war Sam Weinstein durchgedreht. Er hatte Jen lautstark beschuldigt, ihn zu betrügen (was, wie Micah wusste, stimmte), und offenbart, dass er der sexuellen Belästigung beschuldigt wurde. Es war so ein Klischee. Der gut aussehende, clevere Sam benutzte seine Macht, um jüngere Frauen dazu zu bringen, mit ihm zu vögeln? Einerseits war Micah zu der Überzeugung gelangt, dass so etwas in der Arbeitswelt weit verbreitet war. Auf der anderen Seite: Wirklich? *Sam?* Er war der Letzte, von dem Micah angenommen hätte, dass er so etwas tun würde.

Micah hatte das Drama zum Anlass genommen, die Nachricht an Ronan zu verfassen, in der er ihm den Abend auf amüsante Weise schilderte, um ihm dann noch einen traurigen Einzeiler hinterherzuschicken:

Ich vermisse dich. Kann ich dich sehen?

Micah wusste bereits, dass es keine gute Idee war, als er auf Senden drückte, aber er konnte nicht anders. Er vermisste ihn wirklich. Er verstand nicht, warum Ronan ihn auf Abstand hielt. In seinem verzweifelten Wunsch, ihn wiederzusehen, war Micah nachmittags bereits an den Strand gegangen. Er hatte seine Lieblingsbadehose von Jacquemus angezogen, die klassische, die ihm nur bis zum Oberschenkelansatz reichte, hatte es sich auf seinem Handtuch in der warmen Sonne bequem gemacht und mal wieder in seiner antiquarischen Ausgabe von *Giovannis Zimmer* geschmökert. Hin und wieder hatte er einen Blick zu dem weißen Rettungsschwimmerstand hinübergeworfen und Ronan gesehen, muskulös und konzentriert, mit seiner Ray-Ban-Sonnenbrille und der typischen roten Badehose. Ronan hatte seinen Blick nicht erwidert – er blickte konzentriert geradeaus aufs Wasser, auf der Suche nach Schwimmern, die gerettet werden mussten.

Micah schaute wieder auf sein Handy. Keine neuen Nachrichten. Er ging die Bay Promenade entlang. Das Picknick war schon vor einiger Zeit zu Ende gegangen, und Micah war seither allein über die Bohlenwege geschlendert, Kopfhörer auf, und hatte mit halbem Ohr einen Wirtschafts-Podcast gehört. Alle anderen waren bereits nach Hause gegangen, ausgelaugt, betrunken und überreizt von Sam Weinsteins Auftritt. (Micah war überrascht gewesen, als Jason Sam in die Bucht hinterhersprang; wenn die Leute nur die wahre Geschichte wüssten.)

Er bog in den Neptune Walk und überlegte, ob er noch eine Runde über den Spielplatz drehen sollte, bevor er sich auf den Heimweg machte. In Anbetracht seines derzeitigen verdrießlichen Zustands erschien ihm das passend. Seine Eltern würden sicher immer noch fernsehen, und Micah hatte jetzt keine Lust, sich mit ihnen zu unterhalten. Obwohl er volljährig war, blieb er auf Fire Island ewig zwölf. Seine Mutter wusch seine Wäsche und machte ihm Essen; sein Vater zwang ihn, jeden Sonntagnachmittag mit ihm segeln zu gehen. Für Eltern waren sie eigentlich ziemlich in Ordnung: liberal, locker und stolz auf Micah. Aber es war trotzdem ein bisschen viel, ständig in ihrer Nähe zu sein.

Als Micah in Richtung Spielplatz ging, hörte er das Quietschen einer Fliegengittertür und das anschließende leise Krachen, als sie sich schloss. Er trat an den Rand des Bohlenwegs und verbarg sich hinter dem langen, überhängenden Schilfgras. Dann sah er, wie Lauren Parker, immer noch in dem hellblauen Kleid vom Picknick, aus Roberts Haus kam. Lauren war Micah immer so glamourös vorgekommen, mit stets perfekter Frisur und teuren Klamotten. Sie sah sich verstohlen um, vergewisserte sich, dass sie niemand beobachtete, und huschte dann den Neptune Walk hinauf, vermutlich zu ihrem und Jasons Strandhaus.

Micah hätte beinahe laut aufgelacht. Wenigstens wusste er jetzt mit Sicherheit, dass Robert nicht schwul war. War es das, was passierte, wenn man alt wurde? Man setzte seine Ehe aufs Spiel und verlor den Verstand? Oder war das nur in Salcombe so? Micah checkte sein Handy. Eine neue Nachricht, die Antwort von Ronan. Mit zittriger Hand öffnete Micah sie.

> Witzig, das mit dem Picknick. Was für crazy Leute.

Micah sah drei Punkte erscheinen und wieder verschwinden. Dann sah er, wie die Punkte erneut auftauchten, gefolgt von einer zweiten Nachricht.

> Tut mir leid, aber es ist gerade nicht der
> richtige Zeitpunkt für mich. Ich bin mir nicht
> einmal sicher, was ich selber will. Ich hoffe, du
> verstehst das. Man sieht sich.

Micah schloss hastig die Nachrichten-App und steckte sein Handy in die Tasche. Er spürte, wie ihm Tränen in die Augen stiegen, von denen eine über seine Wange lief. Er wischte sie weg, verärgert über seine eigene Schwäche. Draußen wurde es immer kälter, also beschloss er, das mit dem Spielplatz zu überspringen und direkt nach Hause zu gehen. Vielleicht war Fernsehen mit Mama und Papa ja doch keine so schlechte Idee.

19

Susan Steinhagen

Susan Steinhagen sah immer wieder Dinge, die sie eigentlich nicht sehen wollte. Etwa das eine Mal vor zwanzig Jahren, als sie das Haus von Claire und Seth Laurell betreten hatte, nur um sie bei abscheulichen sexuellen Handlungen mit Nat und Carol Jacobs zu erwischen. Sie hatte bloß einen Mixer zurückbringen wollen, den Claire ihr geliehen hatte; das Licht war aus – es war gerade mal zwanzig Uhr! –, und Susan hatte angenommen, die Laurells seien auswärts beim Abendessen. Also schaltete sie die Lampe ein und wurde unfreiwillig Zeugin der ekelerregenden Szene. »Susan! Raus hier!«, hatte Claire geschrien, nackt und mit rotem Gesicht, in inniger Umarmung mit dem hageren, vornübergebeugten Nat. Susan hatte den Mixer hastig auf den Küchentisch gestellt und war traumatisiert hinausgeeilt. Sie und die Beteiligten hatten anschließend nie auch nur ein Wort darüber verloren. Susan hatte es nicht einmal ihrem inzwischen verstorbenen Mann Garry erzählt. Um ehrlich zu sein, wusste sie nicht wirklich, was sie da gesehen hatte.

Und dann war da noch der Battles-Skandal im Jahr 2002 gewesen. Damals war Jack Battles einer der reichsten Männer auf Fire Island. Es stellte sich heraus, dass er zwei Familien hatte, eine, mit der er den Sommer in Salcombe verbrachte, und eine weitere, heimliche, in Palm Beach. Susan hatte hinter ihm am Strand gesessen, als er einen Anruf von seiner heimlichen Ehefrau Eileen entgegennahm und zu ihr sagte: »Ich liebe dich.«

Später auf dem Heimweg hatte Susan Jacks andere Frau, Marlene Battles, auf dem Gehweg gesehen. »Wer ist Eileen?«, hatte sie sich ganz unschuldig bei ihr erkundigt und damit einen Sturm entfesselt, der schließlich als Artikel in der *New York Post* gelandet war: »Bankier Jack Battles bekämpft Ex-Frau in Rechtsstreit um heimliche Zweitfamilie.«

Und letztes Jahr war es die Sache mit Dave, dem Tennislehrer, gewesen. Susan hatte ihn eigentlich nie gemocht. Er war zu vertraulich mit den Clubmitgliedern umgegangen, ganz zu schweigen davon, dass er einmal zu Susan gesagt hatte: »Sie waren bestimmt mal eine großartige Tennisspielerin, als Sie noch jung waren.« *Hmpf.* Aber sie hegte auch den Verdacht, dass bei der Abrechnung etwas faul war. Sie hatte zwar keine konkreten Beweise dafür, es war nur so eine Vermutung – wie so oft bei ihr reine Intuition. Doch eines Tages im Spätsommer wollte sie in der Tennishütte ein paar Reserve-Griffbänder holen. Dave war gerade auf dem Platz und unterrichtete Arlo Parker. Das Hauptbuch lag aufgeschlagen auf der Seite mit der Tagesaufstellung auf dem Tisch. Also warf sie einen kurzen Blick hinein – sie gehörte dem Tennisausschuss des Jachtclubs an, also war das nur recht und billig –, aber ihr fiel nichts Ungewöhnliches auf. Aber unter einem Stapel von Papieren und Schlägersaiten und, ja, Griffband, das sie einsteckte, fand sie einen kleinen Flachmann mit Wodka. Er trank also während der Arbeit. Ein Vergehen, das einen Rauswurf rechtfertigte.

Am nächsten Wochenende fand das Turnier im gemischten Doppel statt, das früher Susans Lieblingswettbewerb gewesen war. Sie und Garry hatten darin immer gut abgeschnitten und zweimal, 1988 und 1993, sogar gewonnen. Mittlerweile nahm Susan am Seniorenturnier teil, ein Umstand, den sie hasste. (Garry war vor drei Jahren gestorben, und seitdem spielte sie mit Richie Trimble, einem jovialen Zweiundachtzigjährigen, der nur einen einzigen Schlag beherrschte, eine Slice-Rückhand.) Beim Turnier letztes Jahr war Dave auf dem Platz herumgestolpert, bemüht, irgendwie den Überblick zu behalten, und da war Susan ausgerastet, hatte ihn vor einer kleinen Menschenmenge angeschrien und beschuldigt, ein Säufer zu sein. Es war keine Glanzleistung von ihr gewesen, wie sie sich selbst eingestand. Aber sie hatte sich einfach über die Gesamtsituation geärgert: mit den anderen alten Leuten spielen zu müssen, Daves Verhalten, dass Garry nach wie vor tot war. Am Ende war es richtig gewesen, ihn loszuwerden, denn nachdem Dave weg war, hatte sie seine Buchhaltung genauer unter die Lupe genommen und herausgefunden, dass er bestimmte Kunden zweimal abgerechnet und das zusätzliche Geld selbst eingeschoben hatte. Sie hatte die Sache nicht öffentlich bekannt gemacht, sondern nur einigen wichtigen Vorstandsmitgliedern erzählt, die es dann aber im ganzen Ort herumgetratscht hatten.

Dieses Jahr hatten sie sich deshalb ganz bewusst für einen blitzsauberen Kandidaten entschieden, einen Stanford-Absolventen, der sich die letzten Jahre um seine verwitwete Mutter gekümmert hatte. Bisher schien Robert ein wahrer Glücksgriff zu sein. Er war freundlich, gut aussehend und konnte gut mit Kindern umgehen. Susan hatte nur Gutes über ihn gehört

Aber sie hatte eben auch gesehen, was andere nicht sahen oder nicht sehen wollten. Robert und Lauren Parker, die ständig zusammenhingen. Sie *wusste* einfach, dass da etwas vor sich ging. Erst vorhin hatte sie Rachel Woolf, der Klatschkönigin des Ortes, gesagt, sie solle Lauren ermahnen, etwas mehr Zurückhaltung zu wahren. Susan wollte nicht noch einen Profi-Tennislehrer mitten in der Sommersaison feuern müssen, zumal dieser ansonsten ein Ass war. Hoffentlich würde Rachels Intervention fruchten.

Susan erkannte sich in Rachel ein wenig selbst wieder. Rachel war eine leidenschaftliche Tennisspielerin, ihr lag Salcombe am Herzen, und sie war auch ganz auf sich allein gestellt (Susan war dankbar, dass sie Garry all die Jahre gehabt hatte; kaum auszumalen, ganz ohne jemanden durchs Leben zu gehen). Sie wusste, wie sehr Rachel der frühe Tod ihres Vaters, eines freundlichen Mannes, erschüttert hatte. Sie wusste auch, dass Rachel seit eh und je in Sam Weinstein verliebt war. Und sie verstand auch, warum. Sam war in seiner Kindheit und Jugend ein ganz besonderer Junge gewesen, der so gut aussah und so traurig war. Seine Eltern waren ein fürchterliches Paar gewesen, ein Schandfleck für ganz Salcombe, und Susan war froh gewesen, als sich ihre Wege endlich getrennt und sie Sam das schöne Haus überlassen hatten.

Susan musste an einen Sommer vor langer Zeit denken, als Sam und Rachel ein glückliches junges Paar gewesen waren, das zusammen die Zeit am Strand genoss und im Jachtclub Händchen hielt. Die Leute in dieser Stadt verband wirklich eine so lange Geschichte. Deshalb war sie auch gar nicht überrascht gewesen, dass sie Sam letzte Woche bei Rachel zu Hause vorfand, als sie dort vorbeischaute, um sich Hilfe für das Turnier zu holen. Sie hatte Rachel hinterher nicht darauf angesprochen – und es auch sonst niemandem gegenüber erwähnt. Sie vertraute darauf, dass Sam seiner Frau Jen und seiner kleinen Schar süßer Kinder verpflichtet war. Jen hingegen war für Susan ein Rätsel. Sie war reizend und nett und sagte immer das Richtige, aber Susan spürte, dass es bei ihr vielleicht auch eine dunkle Seite gab, die der treuherzige Sam nicht sehen konnte.

Nun war Susan mit einer Tasche voll Käsestücke aus einem

kleinen Feinkostladen auf dem Weg zum Bay Picnic, wo sie immer mit ihrer Bande von alten Hasen zusammensaß. Da waren die Ponds und die Trimbles und die Todds. Auch Erica, die Tochter der Todds, und ihr Mann Theo saßen bei ihnen. Ebenso deren beide Kinder, die Enkelkinder der Todds.

Susan war die Einzige in der Gruppe, die keinen Ehepartner mehr hatte. Garry war vor drei Jahren ganz plötzlich an einem Herzinfarkt verstorben. Sie hatten gerade in einem ihrer Lieblingsrestaurants, dem Paola's an der Upper East Side, zu Abend gegessen, als er sich an die Brust fasste und umkippte. Der Krankenwagen war nur wenige Minuten später vor Ort gewesen, doch da war er bereits tot, das war Susan damals schon klar gewesen. Trotzdem hatten sie ihn noch ins Mount Sinai Hospital gebracht, und Susan hatte die ganze Fahrt zur sechsundneunzigsten Straße über geweint. Sie waren einundvierzig Jahre verheiratet gewesen und hatten nie Kinder bekommen. Sie hatte an der Columbia gelehrt, und Garry war zu sehr mit seiner Anwaltskarriere beschäftigt gewesen. Als sie es dann versucht hatten, da war Susan Ende dreißig gewesen, hatte es einfach nicht geklappt. Und damals war es nicht so wie heutzutage, mit künstlicher Befruchtung und Leihmutterschaft und was diese jungen Leute sonst noch alles so machen konnten, um Kinder zu bekommen. Wenn es damals nicht klappte, dann klappte es eben nicht. Susan bedauerte immer, dass sie nicht früher darüber nachgedacht hatte. Nun war sie dreiundsiebzig und schleppte ganz allein eine Tüte mit Fontina-Käse von Murray's zum Picknick in Salcombe.

Sie und Garry hatten ihr Haus an der Ecke Lighthouse Road und Neptune Walk 1985 gekauft und eigentlich immer gedacht, dass sie es irgendwann mit Kindern füllen würden. Stattdessen hatten sie beide begonnen, sich sehr für die Stadt zu engagieren. Susan übernahm die Leitung des Tennisprogramms im Jachtclub, und Garry wurde Teil der Kommunalverwaltung. Von 1994 bis 2002 war er sogar Bürgermeister von Salcombe gewesen, worauf er so stolz war, dass er für sich und Susan T-Shirts mit der Aufschrift »Bürgermeister« und »Frau des Bürgermeisters« drucken ließ. Susan vermisste ihn. Er hatte sie immer zum Lachen gebracht.

Sie fühlte sich dafür verantwortlich, dass das Tennisprogramm lief, aber sie machte sich Sorgen, dass sie mit ihrem Kontrollwahn langsam zu einer griesgrämigen alten Frau wurde. Was ging es sie an, ob Robert, der nette junge Tennislehrer, mit Lauren Parker schlief, die in ihrer Ehe mit dem Miesepeter Jason eindeutig unglücklich war? Susan war Jason schon immer skeptisch gegenübergestanden, seit er als Kind mit Sam nach Salcombe gekommen war. Er wirkte immer so düster und mürrisch und grüßte sie nicht einmal, wenn er mit dem Fahrrad an ihr vorbeifuhr.

Die Wahrheit war, dass Susan gar nicht so furchterregend oder fies war, wie alle dachten. Sie war lustig – zumindest hielt sie sich dafür –, und sie sorgte sich um das Wohlergehen der Menschen. Ja, sie konnte auch streng sein, und sie mochte es nicht, wenn jemand gegen die Regeln verstieß. Das war die Professorin in ihr. Sie hatte immer das Gefühl, die Welt wäre ihr Seminarraum, und ihre Aufgabe wäre es, für Ordnung zu sorgen. Seit Garrys Tod war sie bissiger geworden, das wusste sie, und es war etwas, woran sie arbeiten wollte. Eine Freundin hatte ihr vorgeschlagen, einen Therapeuten aufzusuchen, um über ihre Trauer zu sprechen, und Susan hatte höflich genickt, aber gleich gewusst, dass sie den Rat ignorieren würde. Sie brauchte keinen Therapeuten. Sie brauchte nur jemanden, der ihr half, diesen vielen Käse zu tragen.

Das Picknick war bereits in vollem Gange, als Susan eintraf. Ihre Gruppe hatte sich im vorderen Bereich versammelt, näher an den Häusern als an der Wasserlinie. Es gab zwei Wagen voller Essen, und drum herum hatten es sich ihre Freunde Bonnie und Richie Trimble, Marie und Steve Pond sowie Betsy und Mike Todd gemütlich gemacht. Susan begrüßte alle und richtete ihre Köstlichkeiten auf einer Platte an. Ihre Picknickgesellschaft wartete immer mit Käsespezialitäten auf, dazu gab es reifen Prosciutto, Oliven und Cornichons, knuspriges Brot und Cracker, Feigenaufstrich, Weintrauben und vieles mehr. Susan mochte die lässige Vornehmheit der ganzen Veranstaltung: barfuß im Sand an einem köstlichen französischen Champagner zu schlürfen.

Das Bay Picnic war Garrys Idee gewesen; das erste hatte 1994 stattgefunden, in dem Sommer, als Garry Bürgermeister wurde. Eines Abends, als sie auf dem Heimweg von einem Drink bei Marie und Steve waren und die Sonne über dem Wasser unterging, hatte er die Idee zu diesem geselligen Abend gehabt. Nun war es zu einer festen alljährlichen Tradition geworden, die Susan aus ebendiesem Grund noch mehr schätzte.

»Susan! Schnapp dir einen Champagner und etwas zu essen, und auf geht's«, rief Bonnie Trimble ihr zur Begrüßung zu. Sie war etwa sieben Jahre älter als Susan, fast achtzig, eine echte Klatschtante und immer für ein Schwätzchen und einen Drink zu haben. Sie trug einen wallenden roten Kaftan mit großen goldenen Ohrringen, und ihr Lippenstift war auf die Farbe ihres Kleides abgestimmt. Bonnie hatte versucht, Susan mit einem ihrer Witwerfreunde in New York City zu verkuppeln, aber Susan hatte sich strikt geweigert. Was sollte sie mit einem Freund anfangen?

Sie stießen mit Marie und Steve Pond an, beide in ihren Siebzigern. Marie war eine echte Sportskanone; mit ihren gut siebzig Jahren, dem flachen Bauch und straffen Armen konnte sie noch locker mit den Fünfzigjährigen am Strand mithalten. Sonntagmorgens gab sie einen Yogakurs im städtischen Pavillon. Hin und wieder nahm auch Susan daran teil, mehr um Marie zu unterstützen, auch wenn sie keines der Asanas halten konnte. Steve war ein Schlitzohr, ein Finanzmann, der sein Vermögen in den 1990er Jahren gemacht hatte und längst im Ruhestand war. Er war der derzeitige Präsident des Jachtclubs und genoss sowohl die Position als auch die damit verbundene Möglichkeit, die Leute herumzukommandieren. Die beiden hatten drei Kinder, die über das ganze Land verstreut lebten, und sechs Enkelkinder vorzuweisen.

»Susan, du leistest dieses Jahr großartige Arbeit mit dem Tennisprogramm«, sagte Marie. Sie trug ein körperbetontes schwarz-weißes Kleid und hatte ihr grau meliertes Haar zu einem eleganten Dutt zurückgesteckt.

»Danke«, erwiderte Susan, die sich in ihrer grünen Chinohose und dem weißen Hemd plötzlich unwohl fühlte. Eigentlich fühlte sie sich in Tenniskleidung am wohlsten; die Frauen hier draußen kleideten sich feiner, als sie es gewohnt war. Garry hatte ihr immer gesagt, dass er sie am liebsten im Trainingsanzug sah, und das hatte sie sich zu Herzen genommen.

»Dieser Tennislehrer, Robert, ist ein echter Schatz«, fuhr Marie fort. »Er hat mir wirklich bei meiner Doppel-Strategie geholfen – und er hat mich nach all den Jahren sogar dazu gebracht, auch mal ans Netz zu gehen«, sagte sie.

»Ja, er ist ein Volltreffer«, stimmte Susan ihr zu.

»Ich habe ihn schon da drüben gesehen, zusammen mit den Parkers und Lisa und Brian Metzner«, fuhr Bonnie fort. »Es ist schön, dass sie alle so angetan von ihm sind.«

Susan schaute hinüber und sah Robert auf einem Liegestuhl sitzen und Lauren Parker, die in einem sexy Kleid um ihn herumschwänzelte. Sie fragte sich, ob Rachel schon mit Lauren über die Sache gesprochen hatte. Wahrscheinlich nicht.

In diesem Moment kam Unruhe auf, in der Nähe der Beatles-Band (auch eine Idee von Garry, dachte Susan stolz). Susan sah Sam Weinstein, der, immer noch in Badebekleidung, auf seine Freunde zustolperte. Die Gespräche verstummten, und alle gafften, als Sam vorbeitorkelte. Er war in keiner guten Verfassung. Er wirkte betrunken und wütend, und Susan überkam das ungute Gefühl, dass gleich etwas Schlimmes passieren würde. Wo war Jen? Ehefrauen hatten dafür zu sorgen, dass ihre Männer nicht in solch einen Zustand gerieten. Robert stand auf und überließ Sam seinen Stuhl, und einen Moment lang schöpfte Susan Hoffnung, dass alles in Ordnung käme und das Picknick nicht gestört werden würde. Aber Salcombe war immer für einen Skandal gut. Sie und die anderen wurden Zeugen, wie Sam seine Stimme erhob und brüllte, dass Jen eine Affäre hätte und dass er möglicherweise seinen Job verlieren würde. Dann beobachtete Susan entsetzt, wie Sam zur Bucht rannte und sich ins Wasser stürzte.

»Sam Weinstein ist in die Bucht gesprungen!«, hörte Susan jemanden rufen. Dann kam Bewegung in die Picknickgesellschaft, und Susan wurde von der Menge mitgerissen, die versuchte, einen Blick auf den gefallenen Helden zu erhaschen. Sie hatte noch immer ihr Champagnerglas in der Hand, als sie sich mit den anderen Schaulustigen an der Uferbegrenzung drängte, und ihr war dabei etwas mulmig zumute.

Gott sei Dank sprang Jason Parker seinem Freund hinterher. Sam ließ sich mit geschlossenen Augen auf dem Rücken treiben, als Jason zu ihm paddelte. Sie wünschte, Garry wäre hier und könnte das sehen. Sie würden es hinterher bei einem feinen Glas Rotwein besprechen und noch einmal alle kleinen Details durchgehen – wie Jen Weinstein hektisch im Badeanzug auftauchte, wie Rachel Woolf sich verhielt, als stünde ihr Haus in Flammen, und Brian und Lisa Metzner sich peinlich berührt abwandten.

Nach ein paar Minuten, in denen sie über wer weiß was gesprochen hatten, schwammen Sam und Jason zurück zur Leiter und kletterten aus dem Wasser. Susan war erleichtert, dass der Zwischenfall vorbei war. Sie und ihre Freunde kehrten zu ihren Köstlichkeiten zurück, wobei Bonnie ihr vielsagende Blicke zuwarf.

»Was war *das* denn bitte?«, fragte Bonnie mit leiser Stimme. Sie nahm ein Stück Prosciutto in die Hand, drehte es zu einem kleinen Röllchen und biss davon ab.

»Er sah aus wie ein gebrochener Mann«, sagte Steve Pond, unter dessen hochgekrempelten Hemdsärmeln eine Rolex und sehr braune, behaarte Unterarme zu sehen waren. Mike Todd nickte. Susan fragte sich, ob er und Betsy enttäuscht gewesen waren, dass Erica mit Theo einen Schwarzen geheiratet hatte. Sie betonten stets, wie glücklich sie darüber waren, eine so vielfältige Familie zu haben, aber Susan war sich nicht sicher, ob sie ihnen das abnahm. Sie waren solche Snobs – es musste sie kalt erwischt haben.

»Ich wusste schon immer, dass mit dieser Jen etwas nicht stimmt«, lästerte Marie. »Sie ist zu perfekt, um wahr zu sein. Sam ist so ein lieber Kerl. Er hat etwas Besseres verdient.«

»Ja, der arme Sam«, pflichtete Bonnie ihr bei. »Er ist so ein netter Mann. Ich hoffe, er ist okay.«

»Ich bin nicht unbedingt qualifiziert, mich dazu zu äußern, weil ich den Kerl kaum kenne«, sagte Theo Burch, wie immer in perfekter Golfkleidung. »Aber warum haben wir alle Mitleid mit Sam, wenn er doch derjenige ist, der so eine Szene gemacht hat? Vielleicht ist Jen gar nicht dafür verantwortlich. Hat Sam nicht gesagt, er hätte seinen Job verloren, weil er jemanden belästigt hat?«

»Ja, schon, aber das kann nicht stimmen. Das würde er nie tun«, sagte Marie. »Ich kenne ihn, seit er ein kleiner Junge war.«

»Das heißt gar nichts«, winkte Theo ab. »In unserer Firma gab es mal einen Typen, der allseits beliebt war, aber dann stellte sich heraus, dass er heimlich Frauen auf der Damentoilette fotografiert hat.«

Einen Moment lang herrschte betretenes Schweigen.

Susan nutzte die Gelegenheit, um sich zu entfernen. Sie entdeckte Rachel, die allein herumstand, und ging zu ihr, um sie zu begrüßen. Sam und Jen hatten das Picknick zusammen verlassen, genauso wie Jason. Rachel stand noch immer total neben sich. Sie umklammerte einen roten Plastikbecher, der mit irgendeinem Tequila-Getränk gefüllt war.

»Rachel, was war da los?«, fragte Susan. Es kam heftiger als beabsichtigt rüber.

»Ich weiß nicht so genau«, antwortete Rachel. Sie wich Susans Blick aus, was diese zu der Annahme veranlasste, dass Rachel sehr genau wusste, was los war. »Du hast ja gesehen, wie Sam ausgeflippt ist, so wie alle anderen auch. Ich schätze, das ist nicht gerade sein Sommer.«

»Für mich sah es so aus, als würde da etwas mehr dahinterstecken«, erwiderte Susan. Normalerweise konnte sie Rachel leicht zum Reden bringen, und in Anbetracht von Rachels angesäuseltem Zustand hielt sie es für einen guten Zeitpunkt. »Ich will ja nicht neugierig sein …«

»Natürlich nicht«, zischte Rachel leise.

»Rachel Woolf, ich kenne dich, seit du ein kleines Mädchen warst. Sprich nicht in diesem Ton mit mir.«

Rachel blickte zu Susan auf. Sie hatte Tränen in den Augen. Oje, war Susan etwa wieder zu weit gegangen? Vielleicht war eine Therapie gar keine so schlechte Idee. Doch da packte Rachel Susan am Ärmel und zog sie von der Menschenansammlung weg in Richtung Bohlenweg. Susan war sich nicht sicher, was Rachel vorhatte. Sie gingen den menschenleeren Surf Walk entlang. Die Band spielte jetzt *Blackbird*, und Susan verspürte ein Stechen in der Brust. Das war eines von Garrys Lieblingsliedern gewesen.

»Susan, ich brauche deine Hilfe«, sagte Rachel ein wenig außer Atem. Sie konnte schon ziemlich dramatisch sein, dachte Susan.

»Ich habe Jen Weinstein zusammen mit Jason Parker gesehen«, fuhr Rachel fort. »Mit dem hat Jen also eine Affäre.« Ihre Augen wirkten in dem schwachen Licht ganz wässrig.

Das war nicht das, was Susan zu hören erwartet hatte – sie hatte gedacht, dass Rachel vielleicht in finanziellen Schwierigkeiten steckte oder dass sie Sam endlich weichgekocht hatte. Aber dem war nicht so. »O weh«, sagte Susan. »Bist du sicher?«

»Absolut. Ich habe gesehen, wie sie sich am Strand geküsst haben. Ich weiß nicht, ob ich Sam davon erzählen soll. Ich habe ihm zwar schon gesagt, dass Jen ihn betrügt, aber ohne Einzelheiten zu nennen. Die Sache in der Arbeit nimmt ihn sowieso schon so mit, dass ich befürchte, das würde ihn komplett aus der Bahn werfen.«

»Und warum erzählst du *mir* das?«, fragte Susan. Konnte ihr nicht mal einen Sommer lang kein ausgewachsener Skandal vor die Füße fallen?

»Ich habe sonst niemanden, dem ich es erzählen kann«, sagte Rachel. »Ich weiß einfach nicht, was ich jetzt tun soll.«

»Rachel, ich habe eher das Gefühl, du möchtest, dass alle die Wahrheit erfahren, nur eben nicht von dir«, sagte Susan unverblümt. »Du hast Sam immer geliebt, und das würde seine Ehe und seine Freundschaft mit Jason zerstören. Und vielleicht wärst du dann die Einzige, an die er sich noch wenden könnte.« Rachel konnte ihr nichts vormachen, dazu hatte sie zu viel Lebenserfahrung. »Falls das eine Aufforderung an mich ist, diese Sache in Umlauf zu bringen, muss ich dich enttäuschen. Ich glaube nämlich nicht, dass ich das tun möchte.«

»Nein, das sollte es gar nicht sein. Aber …« Rachel hielt inne und nahm einen Schluck von ihrem rosa Getränk.

»Aber was?«

»Aber vielleicht könntest du sie ertappen? Aus Versehen? Und dann wäre Jen gezwungen, es Sam zu sagen.«

Susan schüttelte den Kopf. »Warum sollte ich mich da einmischen wollen?«

Rachel fing an zu weinen, und dicke Krokodilstränen liefen ihr übers Gesicht. In diesem Moment tauchte Beth Ledbetter auf, vielleicht wollte sie nach Hause, um zu pinkeln. (Das war der einzige Teil des Picknicks, den Garry nicht gut gelöst hatte; aus Mangel an Toiletten mussten die Leute den ganzen Abend über nach Hause laufen.) Sie kam auf sie zugeschlendert, und Rachel wischte sich rasch die Augen.

»Wie läuft's?«, erkundigte sich Beth. Sie trug ihre typische Uniform, abgeschnittene Jeans und ein altes weißes T-Shirt. »Sam hat ja gerade eine ganz schöne Show abgezogen, was?«

»Ja, allerdings. Rachel und ich haben gerade über die Setzliste für das Doppel-Turnier der Frauen gesprochen. Trittst du dieses Jahr wieder mit Jessica an?«

Rachel sah Susan dankbar an.

»Natürlich«, sagte Beth. »Und hoffentlich kommen wir diesmal über die erste Runde hinaus. Letztes Jahr hatten wir eine unmögliche Auslosung und mussten gegen Claire Laurell und Erica Todd spielen. Das war ein ziemlicher Affront!«

»Ach, du kennst mich doch«, sagte Susan. »Bei mir läuft immer alles fair und ehrlich ab.«

Beth verdrehte die Augen. »Ich muss dringend auf die Toilette. Wir sehen uns später.« Sie ging weiter.

Rachel stieß einen tiefen Seufzer aus. Susan sah sie mitfühlend an. Sie hatte Mitleid mit Rachel und wollte ihr wirklich helfen. Susan wusste, wie es sich anfühlte, wenn man sehr einsam war.

»Ich bin nicht bereit, Jen und Jason auf frischer Tat zu ertappen. Aber du weißt, dass du die Information anderweitig streuen könntest, oder? Je mehr Leute es wissen, desto schneller wird es herauskommen. Aber geh dabei geschickt vor. Es soll ja nicht so aussehen, als würdest du es darauf anlegen. Warum fängst du nicht bei dem Tennislehrer an? Vielleicht erzählt er dann seiner Freundin Lauren, dass ihr Mann mit Jen schläft.« Susan schnaubte. Das war alles so haarsträubend, diese jungen Leute und ihre scheußlichen Affären. Warum ließ sie sich überhaupt in diesen Unsinn hineinziehen? Wahrscheinlich war ihr langweilig. Jetzt, wo Garry nicht mehr war, brauchte sie ein neues Hobby, zusätzlich zum Tennis. Vielleicht sollte sie mit Bridge anfangen.

Wie aufs Stichwort sahen Susan und Rachel, wie Robert das Picknick verließ und sich auf den Weg nach Hause machte. Rachel lächelte Susan an und eilte ihm hinterher, wobei ihr Kleid beim Gehen raschelte. *Na, dann viel Glück,* dachte Susan.

Sie kehrte zu ihren Freunden zurück, die immer noch um ihre Wagen versammelt waren. Der Himmel leuchtete orange, und das Wasser glitzerte besonders schön. Das Picknick verbreitete eine elektrisierende Energie; alle waren noch ganz aufgeputscht von den vorangegangenen Ereignissen, und Susan konnte aus jeder Ecke Getuschel hören.

»Sam Weinstein ist ein Fall für #MeToo!«

»Sams und Jens Ehe steht auf der Kippe.«

»Jen Weinstein ist eine Betrügerin.«

»Jason Parker hat Dreck am Stecken.«

Und so weiter und so fort. Wie gern in dieser kleinen Stadt doch getratscht wurde. Garry hatte es immer sehr amüsant gefunden, die Einzelheiten aus dem Leben anderer Leute zu erfahren. Vielleicht, weil sie nie Kinder hatten und es außer ihren eigenen Problemen bei der Arbeit nicht viel zu besprechen gab. Sie wünschte, er würde jetzt in ihrem Haus an der Lighthouse Road auf sie warten, in seinem Adirondack-Stuhl auf der kleinen Terrasse sitzend einen Wodka Soda schlürfen und sein Bürgermeister-T-Shirt tragen. Sie würden anstoßen, Susan mit Chardonnay, und sie würde sich neben ihn setzen und ihm von den Tennisturnier-Dramen erzählen. Er würde lachen und ihre Hand halten, und sie würde ihm ausführlich berichten, wie der verrückte Sam Weinstein beim Picknick – Garrys Picknick! – in die Bucht gesprungen war und dass Sams Frau Jen mit Jason Parker schlief sowie von ihrer Vermutung, dass Jasons Frau Lauren eine Affäre mit Robert, dem neuen Tennislehrer, hatte. Und von der einsamen Rachel Woolf und wie glücklich sie, Susan Steinhagen, war, ihr Leben mit Garry Steinhagen teilen zu können.

Vierter Teil

21. August

20

Jen Weinstein

Es lief bei Jen Weinstein. Sie hatte es nicht nur geschafft, ihre Affäre mit Jason zu beenden – und sich gleichzeitig wieder Sams Gunst zu sichern –, sondern sie spielte auch noch großartiges Tennis. Das war entscheidend, denn an diesem Wochenende fand das Damendoppel-Turnier statt. Jen und ihre Partnerin Lauren Parker hatten es bereits bis ins Halbfinale geschafft und alle damit überrascht, nicht zuletzt sich selbst.

Gestern hatten sie drei andere Teams aus dem Turnier besiegt. Zuerst Laura June und Hailey Milotic mit sechs zu vier (die ersten Runden des Wettbewerbs bestanden nur aus Ein-Satz-Matches). Dann Jenny Jamison und Paula Rudnick mit sechs zu null. Jenny war im Winter an der Hüfte operiert worden und konnte sich kaum bewegen. Es war zwar nicht ganz die feine Art gewesen, aber Lauren und Jen hatten fast jeden Ball zu ihr geschlagen, möglichst kurz, und sie erwischte keinen davon. Gewinner mussten tun, was Gewinner eben tun müssen.

Dann, im Viertelfinale gestern Nachmittag, lieferten sie sich ein zähes Match mit Trisha Spencer und Jane Rosen, einem ausgesprochen starken Team. Trisha beherrschte einen tollen Aufschlag, mit ordentlichem Drall, und Jane bekam jeden Ball. Rachel Woolf, die den Spielerinnen bei der Strategie behilflich war, hatte vorher mit ihnen die Köpfe zusammengesteckt und ihnen geraten, so oft wie möglich die Linie entlang zu spielen.

Doch sie lagen schnell null zu drei zurück (zu ihrem Kummer verlor Jen ihr Aufschlagspiel). Aber dann schafften sie es, das Blatt zu wenden, gewannen die nächsten drei Sätze und nahmen Trisha den Aufschlag ab. Jen brachte ihren Aufschlag nach einem Marathonspiel durch, das viermal bis zum Einstand ging. Beim Stand von sechs zu sechs ging es in den Tiebreak, den sie mit sieben zu fünf für sich entscheiden konnten.

Eine kleine Gruppe von Zuschauern hatte sich versammelt, um die letzten Spiele zu verfolgen, und Jen freute sich über den Jubel nach ihrem Siegesschlag, einem Longline. Trisha und Jane taten danach sehr freundlich, aber Jen merkte, dass sie sich ärgerten. Sie hatten nicht damit gerechnet, von Jen und Lauren besiegt zu werden.

Das Damendoppel-Turnier fand jedes Jahr an einem Augustwochenende statt. Es war der Höhepunkt des Tennisprogramms der jeweiligen Saison. Das Herrendoppel-Turnier wurde im Juli angesetzt – in diesem Jahr hatten Theo Burch und Jerry Braun es in einem Drei-Satz-Krimi gewonnen –, und das gemischte Doppel Anfang August (die Mulders bezwangen die Romans im Finale haushoch mit sechs zu zwei und sechs zu eins).

Bei den Damen waren sowohl die Vorfreude als auch der Andrang am größten. Letztes Jahr hatten sich rund hundert Leute um den Arenaplatz gedrängt, Bier getrunken und fades Popcorn gegessen, um die Niederlage von Rachel Woolf und Emily Grobel gegen Vicky Mulder und Janet Braun zu verfolgen. Auch Jen hatte damals am Spielfeldrand gestanden und gebannt zugesehen. Es fühlte sich gut an, in diesem Sommer Teil des Geschehens zu sein.

Das Turnier dauerte das ganze Wochenende. Samstags fanden die Vorrunden statt, und am Sonntag gab es die Halbfinal-

und Finalspiele. Dieses Jahr waren fünfundzwanzig Paare am Start, eine Mischung aus alten und neuen Gesichtern. Der gestrige Tag war ein voller Erfolg gewesen. Susan Steinhagen hatte wie eine Kaiserin über die Plätze geherrscht und dafür gesorgt, dass die Spiele pünktlich begannen – es ärgerte Susan immer, wenn das Aufwärmen zu lange dauerte; Jen hatte sie zahlreichen Vierergruppen zurufen gehört: »Jetzt aber los!« Die letzten vier Teams im Rennen waren Jen mit Lauren und Rachel mit Emily sowie Erica Todd mit Claire Laurell und Vicky Mulder mit Janet Braun, die Siegerinnen des Vorjahres. (Zu Rachels Enttäuschung hatte Vicky ihren Mann Aaron nach Maine geschickt, um ihre Tochter aus dem Ferienlager abzuholen, damit sie selbst das Turnier nicht verpasste.)

Nun befand sich Jen wieder auf dem Platz und wuselte vor ihrer Startzeit um zehn Uhr aufgeregt dort herum. Sie und Lauren sollten im Halbfinale gegen Emily und Rachel antreten, und alle sahen sich die Aufstellung an, die laminiert an der Seite von Roberts Tennishütte hing. Die Frauen quatschten, begrüßten sich, tuschelten über Favoritinnen und mögliche Überraschungserfolge. Jen war froh, dass sie und Lauren Außenseiterinnen waren. Auf dem Weg hierher war ihr Rachel aufgefallen, die etwas abseits stand und versuchte, die Fassung zu wahren. Jen hatte ihr zugewinkt, war aber nicht zu ihr hinübergegangen. Falsche Freundlichkeit stand heute auf der Tagesordnung.

Dieses Wochenende war für Rachel wie der Super Bowl. Sie freute sich den ganzen Sommer darauf, und letztes Jahr war sie so nah dran gewesen, zu gewinnen. Aus beruflicher Sicht als Psychologin wusste Jen, dass es für Rachel nicht gesund war, sich so sehr auf diesen Kleinstadt-Clubwettbewerb einzuschießen. Aber ihr war auch klar, dass Rachel sonst nicht viel im

Leben hatte. Außerdem bedeutete Rachels obsessive Konzentration auf den Tennissport, dass sie nicht mit jedem über Jens Privatleben tratschte.

Jen selbst war wirklich begeistert, noch im Turnier zu sein. So eine echte Freude empfand sie gemeinhin nicht. Sie war schon mit einem guten Gefühl aufgewacht. Sie hatte am Morgen Sex mit Sam gehabt, was sie sonst nie taten, und sie hatte sich über die Auswahl ihrer Kleidung für den Tag gefreut (alles Lacoste; sie und Lauren hatten sich darauf geeinigt, zusammenpassende weiße Kleidung zu tragen).

Jemand fasste sie am Arm. Da stand Lauren, lächelnd, in einem identischen Outfit, und hatte ihr blondes Haar zu einem ordentlichen Pferdeschwanz gebunden. Diese Erfahrung war gut für sie beide gewesen, dachte Jen. Es hatte sie einander nähergebracht, so wie es bei gemeinsamen körperlichen Aktivitäten der Fall sein kann. Sie bewunderte, wie Lauren zu Stoppbällen rannte, und fand es lustig, dass sie »Upsi!« rief, wenn sie einen Schlag verfehlte, als wäre sie ein Kind und keine erwachsene Frau.

»Ein schöner Tag für Tennis!«, sagte Lauren. Sie strahlte.

Jen war sich nicht sicher, ob sie sie jemals so glücklich gesehen hatte. Lauren schien sich in diesem Sommer verändert zu haben. Am Anfang war sie noch die typische versnobte Upper-East-Side-Tussi gewesen. Jetzt fand Jen, dass Lauren netter war, weniger blasiert, und dass es mehr Spaß machte, mit ihr zusammen zu sein. In letzter Zeit hatte sie auch kaum noch ein Wort über den Betrugsskandal an der Schule von Laurens Kindern gehört, über den Lauren im Juni ständig geredet hatte. Jen war sich nicht sicher, was passiert war – vielleicht hatte der Zusammenstoß mit Beth Ledbetter sie befreit? Jedenfalls wusste Jen, dass es nichts mit Jason zu tun hatte, der wegen ihr noch immer Trübsal blies. Was Jason nicht begriff – und nie begriffen hatte –, war, dass es in ihrer Affäre überhaupt nicht um ihn gegangen war. Nie.

Es war ein herrlicher Tag. Klar, über fünfundzwanzig Grad, und eine leichte Brise wehte von der Meerseite der Insel herüber. Die Pferdefliegen waren in den letzten Wochen schlimm gewesen, aber zu Ehren des Turniers schienen sie ganz verschwunden zu sein.

»Ich habe gehört, dass es heute Abend ein Gewitter geben könnte, aber das gute Wetter soll sich noch bis zum Abend halten, also können wir den ganzen Tag ungestört spielen, einschließlich des Finales – wenn wir es schaffen!« Jen lachte, als sie das sagte, aber langsam fühlte es sich wie eine reale Möglichkeit an.

»Da ist ja unser Dream-Team der Stunde«, rief da Brian Metzner, schob sich zwischen sie und legte ihnen die Arme um die Schultern. Ein beißender Geruch wehte aus seinen Achselhöhlen. Jen hatte ihn vorhin mit seinen schwergewichtigen Kumpels aus der Finanzbranche spielen sehen. Sie machte sich höflich los. Auf dem Arenaplatz fand gerade noch ein Senioren-Match statt, und auch Lisa gesellte sich zu ihnen.

»Na, ihr Champions! Wie fühlt es sich an, es im Damendoppel-Turnier bis Sonntag zu schaffen? Ihr seid nur noch zwei Spiele davon entfernt, eure Namen für alle Zeiten auf einer Gedenktafel im berühmten Salcombe Yacht Club verewigt zu sehen. Ich will mir den Druck gar nicht ausmalen«, ulkte Lisa. »Ich drück euch die Daumen. Aber sagt es nicht Rachel oder Emily, die kriegen sonst einen Anfall.«

»Das wird ein hartes Match«, sagte Lauren. »Ihre Leistung ist superbeständig, und sie spielen schon ewig zusammen.«

»Komm schon. Rachel hat diesen komischen Aufschlag, und

Emily könnte nicht mal einen Volley schlagen, wenn ihr Leben davon abhinge«, mischte sich Brian ein, der anscheinend ein Experte für die Frauenmannschaften war. An diesem Wochenende schien auf magische Weise jeder ein Experte für die Spiele der Damen zu sein. »Mit denen nehmt ihr es locker auf!«

Jen sah aus dem Augenwinkel, wie Sam von seinem Fahrrad abstieg und es in den Fahrradständer des Jachtclubs schob, der bereits voll mit den Rädern der anderen Zuschauer war. Er hatte ihr gesagt, er würde zum Zuschauen kommen. Die letzten paar Wochen waren schwer für sie gewesen. An jenem Nachmittag vor dem Bay Picnic war Sam total wütend vom Strand gekommen und hatte aufgebracht herumgeschrien, dass Jen fremdvögeln würde. Sie hatte die Kinder sofort zum Fernsehen nach oben geschickt und dann versucht, ihn zu beruhigen, aber es war zwecklos gewesen. Dann hatte er zunächst schweigend vor ihren Augen eine Flasche Grey-Goose-Wodka in sich hineingekippt und ihr schließlich verraten, dass Rachel Woolf ihm gesteckt hatte, Jen würde ihn betrügen. Obendrein teilte er ihr mit, dass er seinen Job verloren hatte – vielleicht nur vorübergehend, vielleicht endgültig –, weil eine Frau ihn beschuldigte, sie gegen ihren Willen geküsst zu haben. Jen war erschüttert von dieser Nachricht, aber der ganzen Sache wollte sie später auf den Grund gehen – das drängendere Problem bestand erst mal darin, Sam davon zu überzeugen, dass Rachel die Unwahrheit sagte.

Sie hatte ihm erklärt, dass Rachel sich irrte und dass sie, Jen, nicht fremdging. »Rachel ist bloß eifersüchtig; sie ist in dich verliebt, das war sie schon immer«, hatte sie ihm immer wieder gesagt. »Sie erzählt Quatsch. Sie ist eine Lügnerin! So ist sie nun mal gestrickt.«

Doch er war aus dem Haus und zum Picknick gerannt, bevor

sie ihn aufhalten konnte. Sie wusste nicht wirklich, was im Wasser mit Jason passiert war – sie hatte eine Riesenangst gehabt, dass Jason ihm die Wahrheit sagen würde –, aber Sam hatte sich da draußen offenbar wieder eingekriegt. Danach hatte sie ihre Chance gewittert und sie genutzt, hatte ihn nach Hause gebracht und direkt Sex mit ihm gehabt, während die Kinder immer noch so viel Mist im Fernsehen anschauten, wie sie wollten.

Mittlerweile lief es wieder ganz gut zwischen ihnen; sie hatten viele kräftezehrende Gespräche geführt über die Gefahren, die daraus resultierten, wenn man als Paar Dinge voreinander verheimlichte. Sam hatte sich dafür entschuldigt, dass er ihr nichts von den Vorwürfen der sexuellen Belästigung am Arbeitsplatz gegen ihn erzählt hatte. Sie hatte ihm verziehen – und sie glaubte ihm, dass er die Wahrheit sagte. Aber sie musste auch zugeben, dass sie verunsichert war. Was, wenn er am Ende wirklich seinen Job verlor? Was würden die Leute dann denken? Sam war ihre Tarnung; alle hielten sie für einen guten Menschen, weil sie glaubten, dass der blitzsaubere Sam genau das verdiente. Aber wenn Sams Fassade bröckelte, musste Jen befürchten, dass auch ihre Eskapaden aufgedeckt werden könnten. Natürlich hatte sie nicht zugegeben, Affären zu haben, schon gar nicht eine mit Jason, aber sie hatte Sam gesagt, dass sie in letzter Zeit unglücklich war. Das reichte als Köder aus, um ihn auf die falsche Fährte zu locken. Doch das Problem blieb Rachel, bei der man sich nicht darauf verlassen konnte, dass sie den Mund hielt.

Seit jenem Abend ging sie Jason aus dem Weg und nutzte Sams Ausraster als Vorwand, um die Affäre ruhen zu lassen. In der ersten Woche hatte er nicht lockergelassen, schrieb ihr rund um die Uhr Nachrichten auf Signal und fuhr wie ein

Besessener immer wieder auf dem Fahrrad an ihrem Haus vorbei, sodass Sam ihn eines Abends, als er draußen auf der Veranda saß, fragte, was er denn da treibe (»Ich mache Sport, Alter. Solltest du auch mal versuchen«, war Jasons Antwort darauf gewesen.)

Doch mit der Zeit schien er den Wink mit dem Zaunpfahl verstanden zu haben. Er starrte Jen zwar am Strand und im Jachtclub weiter an und drückte sich immer bei den Tennisplätzen herum, wenn sie dort war. Aber zumindest hatte er aufgehört, sie ständig zu kontaktieren. Sie selbst war überrascht, dass sie ihn, nachdem sie ein Jahr lang jeden Tag mit ihm gesprochen hatte, überhaupt nicht vermisste. Aber das war Jens Superkraft.

Da sie nun nichts mehr mit Jason hatte, konnte sie andere Prioritäten setzen, zum Beispiel Tennis. Außerdem konnte sie so mit Lauren ein Team bilden, ohne ein schlechtes Gewissen zu haben. Sicher, sie *hatte* mit Laurens Ehemann geschlafen, aber das tat sie nun nicht mehr. Und den Blicken nach zu urteilen, die Lauren sich mit Robert, dem Tennislehrer, zuwarf, machte sie sich sowieso nicht mehr viel aus Jason. Jen hatte sie am 4. Juli erwischt, wie sie aus Roberts Hütte kam, und sie war sich fast sicher, dass sie nun wusste, was das zu bedeuten hatte. Schön für Lauren. Der Typ war umwerfend.

Nachdem er sein Fahrrad abgestellt hatte, kam Sam zu ihr herüber, legte seinen Arm um ihre Taille und drückte sie leicht an sich. Er wirkte heute besonders sonnengebräunt und attraktiv und trug das orangefarbene Leinenhemd, das sie ihm vor ein paar Jahren gekauft hatte. Hin und wieder krampfte sich ihr Herz bei dem Gedanken zusammen, dass ihre Ehe so leicht in die Brüche gehen könnte und dass alles dann ihre Schuld wäre. Aber sie schob diesen Gedanken schnell von sich. Oder steckte ihn in eine Schublade. Oder sperrte ihn hinter eine Tür. Sie hatte kognitive Therapie studiert, und das erwies sich äußerst praktisch, wenn es darum ging, ihre eigenen Gedanken unter Kontrolle zu bringen.

»Lauren, kommt Jason auch, um sich diese Runde anzusehen?«, erkundigte sich Sam. Seine berufliche Zukunft hatte sich immer noch nicht entschieden, und abgesehen davon, dass er vor der ganzen Stadt in die Bucht gesprungen war, fand Jen, dass er seinen Stress bewundernswert gut meisterte.

»Ich weiß nicht genau«, meinte Lauren. »Silvia passt auf die Kinder auf, also sollte er kommen, wenn ihn die Arbeit nicht gerade in Beschlag nimmt.« Soweit Jen das beurteilen konnte, würde Lauren das nicht allzu sehr stören.

Susan Steinhagen tauchte mit ernstem Blick hinter Lisas Schulter auf und unterbrach das Gespräch. Sie trug, ganz korrekt, einen weißen Tennisrock mit Falten und eine Adidas-Trainingsjacke. »Parker und Weinstein, ab auf den Platz«, befahl sie scharf wie ein Feldwebel.

Brian zog entsetzt die Augenbrauen hoch, und Lisa kicherte.

Rachel und Emily waren bereits beim Aufwärmen, machten Dehnübungen und kleine Sprünge auf ihrer Seite des Platzes. Lauren und Jen steckten weiter hinten die Köpfe zusammen.

»Wir schaffen das«, flüsterte Lauren. Ihre Wangen waren rosig, und ihre Lippen sahen prall aus. Eine Sekunde lang konnte Jen sich vorstellen, wie sie beim Sex aussah. »Schlag auf Emilys Rückhand – die geht immer weit. Und bring Rachel dazu, dass sie sich ihren schlaffen Hintern abläuft.«

Jen nickte lachend. Lauren hatte es faustdick hinter den Ohren. Sie gaben sich ein High Five und gingen auf ihre Positionen. Jen fing an, sich zum Aufwärmen mit Emily lange Bälle zuzuschlagen. Sie fühlte sich nervös und steif. Zu Hause in

Scarsdale war sie von einem Ex-Profi unterrichtet worden, Chuck. Sie versuchte, seine Stimme in ihrem Ohr zu hören, während sie den Ball schlug. »Zieh voll durch, Jenny«, hatte er immer zu ihr gesagt. In der ersten Stunde hatte er angefangen, sie *Jenny* zu nennen, und sie hatte ihn nicht korrigiert. Jetzt sah sie selbst in sich »Jenny«, wenn sie an sich beim Tennis dachte. »Häng dich rein, Mädchen!«, würde er ihr zurufen.

Jen schlug einen Ball sehr weit, woraufhin Emily vom Platz eilte, um ihn zurückzuholen. Sie hatten noch nicht einmal angefangen, und schon vermasselte sie es. *Konzentrier dich, Jenny*, dachte sie. *Du schaffst das schon, Jenny.*

»Zeit zu spielen«, rief Susan scharf hinter der grünen Begrenzung rund um den Platz. Die Bänke, die den Platz säumten, waren voll besetzt. Jen sah Sam bei Emilys Ehemann Paul Grobel sitzen und so tun, als wolle er ihn erwürgen (Paul trug ein schwarzes T-Shirt mit der Aufschrift »CANCEL CANCEL CULTURE«). Jason entdeckte sie nirgends in der Runde, umso besser. Sie brauchte niemand, der sie beim Spielen finster anstarrte.

Das Spiel ging los. Jen und Lauren hatten den Münzwurf gewonnen, daher schlug Lauren als Erste auf. Sie zeigte eine starke Leistung und gewann das Spiel mit vier schnellen Punkten. Die Leute klatschten nach guten Schlägen, was Jen irritierte. Sie drosch einen Überkopfball direkt auf Emily und hörte dann Jubel. Das Spiel war knallhart.

Die beiden Teams waren gleich stark. Jede brachte ihr Aufschlagsspiel durch, bis der erste Satz mit sechs zu sechs unentschieden stand und sie in den Tiebreak mussten. Jen war noch nie so konzentriert gewesen. Sie konnte ihr Herz in den Ohren pochen hören. »Du!«, schrie Lauren ihr vom Netz aus zu. Rachel hatte den Ball über Laurens Kopf hinweg gelobbt, und Jen hastete auf die andere Seite des Platzes, um ihn zu retournieren. Emily wich zurück, um ihn als Überkopfball zu nehmen, holte aus und schlug ihn schließlich ins Netz. Die Menge johlte. Lauren und Jen hatten den ersten Satz gewonnen.

Sie machten alle eine Pause in der Mitte des Platzes und nippten Wasser aus Pappbechern. Rachel, in ihrem schwarzen Lieblingstennisrock von Nike, sah blass aus. Sie sagte kein Wort, während sie den Becher austrank, und starrte einfach ins Leere.

»Toller Satz, Leute«, sagte Emily höflich. Ihr blondes Haar war zu einem wuscheligen Pferdeschwanz hochgebunden. Jen bewunderte ihre Schlüsselbeine, die deutlich hervortraten. Doch Emilys Stimme hatte etwas an sich – schwach, leise –, das Jen Zuversicht verlieh. Sie würden gewinnen. Das wusste sie jetzt. Sie schaute Lauren an, die offensichtlich dasselbe dachte. Lauren zwinkerte ihr zu. Sie würden es gemeinsam schaffen.

Der nächste Satz war blitzschnell vorbei, und der Überraschungserfolg war besiegelt. Parker/Weinstein hatten Woolf/Grobel mit sechs zu sechs (sieben zu drei) und sechs zu zwei besiegt.

»Ja!«, schrie Lauren nach dem Matchball, einem langen Ballwechsel, der mit einem Longline-Vorhand-Winner endete. »Ja!« Es war ein gutturaler, animalischer Schrei, der so gar nicht zu Lauren passte. Sie rannte zu Jen hinüber, umarmte sie so heftig, dass ihre Schläger scheppernd aneinanderstießen, und flüsterte ihr ins Ohr: »Fuck, ja.« Jen konnte nicht aufhören zu grinsen. Ihr tat schon der Mund weh.

Sie traten ans Netz, um Rachel und Emily die Hände zu schütteln, die diese Geste beide schlaff erwiderten. Rachel biss sich auf die Unterlippe, und Jen hatte schon Angst, dass sie gleich losheulen würde. Sie sah wirklich erschüttert aus, und ihr Blick wich nach links aus, als Jen sich bei ihr für das Spiel bedankte. Rachel schlurfte hinter den anderen drei Spielerinnen her, als sie gemeinsam den staubigen Sandplatz verließen. Sam stand vor dem Tor, schloss Jen in die Arme, sobald sie herauskam, und hob sie hoch in die Luft.

Paul Grobel war auch da und blickte angemessen düster drein. Er klopfte Emily auf den Rücken, als sie herauskam. »Tut mir leid, Schatz«, sagte er zu ihr. Sie zuckte mit den Schultern.

»Ich fass es nicht«, rief Sam strahlend. »Du hast toll gespielt! Meine Jen, Tennis-Champion von Salcombe.«

Lauren war auch da und nahm Glückwünsche von allerlei Freunden entgegen. Jason war nirgends zu sehen.

Es fühlte sich wirklich sehr gut an, gewonnen zu haben. Dieses Hochgefühl kannte sie sonst nur, wenn sie mit jemand anderem als Sam Sex hatte. Sie hatten ausgerechnet Rachel besiegt. Rachel! Tennis war Rachels Leben! Jen sah Rachel allein auf einer Bank sitzen, zusammengesunken, das Tennistop hing schlaff um ihre Brust.

Sie hatte fast Mitleid mit ihr – eine traurige, einsame Zweiundvierzigjährige –, bis ihr wieder einfiel, dass Rachel versucht hatte, ihre Ehe zu torpedieren.

Susan Steinhagen kam zu Jen herüber und schüttelte ihr mit ihren knochigen, kalten Fingern die Hand. Das war die höchste Ehre von Salcombe. »Jen Weinstein, ich wusste ja gar nicht, was in dir steckt«, sagte Susan anerkennend. »Ich bin beeindruckt.«

Jen spürte, wie sie errötete. Sie legte ihre Hand an ihre heiße, feuchte Wange. »Danke, Susan, dass du so ein tolles Turnier organisiert hast«, sagte sie. »Ich kann das Finale heute Nachmittag kaum erwarten. Wie läuft es bei dem anderen Spiel?«

»Vicky und Janet liegen weit in Führung. Da habt ihr beide, Lauren und du, jede Menge Arbeit vor euch.«

»Sie können es schaffen«, sagte Sam.

Susan lächelte ihn sanft an. Seit dem Picknick fasste die ganze Stadt Sam mit Samthandschuhen an. Ja, es gab gelegentliches Getuschel, Blicke am Strand oder hochgezogene Augenbrauen, wenn Jen und Sam allein im Jachtclub zu Abend aßen. Aber meistens gingen die Leute freundlich auf ihn zu, kamen bei ihm vorbei und erkundigten sich, wie es ihm ging, oder schickten ihm aufmunternde E-Mails oder Textnachrichten.

Jen war erfreut über diese Fürsorge. Sie war fast schon schockiert, wie wenig Schadenfreude alle an ihrer Schmach zu haben schienen. Die Dinge wären anders, dachte sie, wenn Sam eine Frau wäre. Aber er war ein beliebter Mann in dieser Kleinstadt. Niemand wollte sehen, wie er zu Fall gebracht wurde.

Lisa kam auf Jen zu und beglückwünschte sie mit einer Umarmung. Sam unterhielt sich mit Paul, den er um Längen überragte, fast wie eine andere Spezies.

»Du hast fantastisch gespielt«, sagte Lisa mit Knitterfalten an den Augen. Im Laufe des Sommers ließ die Wirkung der Filler und Injektionen bei den Frauen nach, und am Labor Day sahen sie dann alle annähernd so alt aus, wie sie wirklich waren. Älter, braun gebrannt, ihre Körper verlebter. Jen zog diese Lisa derjenigen vor, die im Juni hier angekommen war, starr und aufgespritzt.

»Sieh dir Rachel an«, flüsterte sie und trat näher an Jen heran. »Das ist der schlimmste Augenblick ihres Lebens.« Dabei grinste sie süffisant.

Rachel starrte sie an, als ob sie sie gehört hätte.

»Sei nett«, sagte Jen, auch wenn sie es nicht wirklich so meinte. »Du solltest ihr deine Dienste als Life Coach anbieten. Sie hat es eindeutig nötig.«

Lisa kicherte verschwörerisch. »Was ist nur in dich gefahren! Du bist hier doch eigentlich die Nette.«

Sie sahen zu, wie Rachel aufstand und zu Sam und Paul hinüberging, die sie zu trösten versuchten. Lisa ging, um auch Lauren zu gratulieren, die noch immer ihre Siegesrunde drehte, und ließ Jen allein zurück. Sie fühlte sich großartig. Gestärkt. Stolz.

Sie sah, wie Rachel an Sams Ärmel zupfte und ihn von Paul wegzog. Dann verschwand sie mit Sam in Roberts Tennishütte und machte die Tür hinter ihnen zu. Was hatte sie vor? Jen spürte, wie sich ihr Herzschlag beschleunigte, und sie folgte ihnen und versuchte, die Tür aufzumachen, aber vergebens. Rachel musste abgeschlossen haben. Sie klopfte an und versuchte dabei kein Aufsehen zu erregen. Sie lächelte Brian Metzner zu, als er vorbeiging, und stand dann mindestens eine Minute lang hilflos da. »Sam«, zischte sie heiser durch die Tür. »Sam!«

Die Tür ging auf, und da waren sie. Sam stand neben der Bespannungsmaschine, und Rachel lehnte an Roberts Schreibtisch, neben seinem offenen Terminkalender. Sam sah seltsam aus, weiß und getroffen, die Lippen seltsam über den Zähnen geschürzt. Rachel schaute schuldbewusst zu Boden statt zu Jen, dann drängte sie sich an ihr vorbei nach draußen.

»Sam«, sagte Jen.

Er starrte sie an wie eine Fremde.

»Was hat sie zu dir gesagt? Sie ist eine Lügnerin. Vergiss das nicht. Und sie ist sauer, dass sie gegen mich verloren hat.«

Sam schüttelte mit wippenden Locken den Kopf. Dann verließ er schweigend die Hütte. Jen versuchte, ihn im Vorbeigehen am Arm zu packen, aber er schüttelte sie mit gesenktem Kopf ab. Er ging weiter, ohne auf den Weg zu achten, und stieß dann heftig mit dem armen Micah Holt zusammen, der neben Lauren in der Nähe des Fahrradständers stand. Überrascht ging

Micah zu Boden. Sam half ihm wie einem kleinen Jungen auf und stellte ihn sanft auf die Füße. Dann legte Sam die Hände an Laurens Wangen und flüsterte ihr etwas ins Ohr. Lauren drehte sich zu Jen um, und das Entsetzen breitete sich auf ihrem hübschen Gesicht aus wie Wasser in einer Badewanne.

Sam schnappte sich sein Fahrrad, löste es mit einem kräftigen Rütteln von den anderen und radelte los, den Marine Walk entlang, weg von den Tennisplätzen, weg von Jen. Sie stand da und sah ihm nach, unsicher, was sie als Nächstes tun sollte. *Fick dich, Rachel Woolf*, dachte Jen. Sie würde sie umbringen. Jen ging zu ihrem eigenen Fahrrad und holte ihr Handy aus der Tennistasche im Korb. Lauren stand immer noch reglos an ihrem Platz. Jen öffnete Signal und tippte eine Nachricht ein.

Jen Weinstein: Ich glaube, er weiß Bescheid.
Pass auf.

21

Robert Heyworth

Robert Heyworth war in bester Stimmung. Er hatte einen fantastischen Herbst vor sich. Aber erst mal konnte er nicht glauben, wie ernst die Leute hier dieses Tennisturnier nahmen. Es war ein Witz. Ein Haufen Frauen mittleren Alters, von denen keine ein USTA-Ranking von über 3,5 hatte, traten gegeneinander an, als wären das hier die French Open. Er war schon lange genug Tennisprofi, um zu wissen, dass wohlhabende Leute es nur zu gerne mit ihren sportlichen Fähigkeiten übertrieben, aber das hier war ein ganz neues Level. Man hätte meinen können, Rachel Woolf wäre die nächste Serena Williams, so schwer nahm sie ihre Niederlage im Halbfinale gegen Lauren und Jen.

Robert hatte das ganze Spiel über zugeschaut und Laurens Beine in ihrem weißen Rock bewundert. Er hatte sie vorher noch einmal gecoacht, am Vorabend bei ihm zu Hause, nach dem Sex, während sie nackt auf seinem Bett lag.

»Du musst Rachel im Auge behalten. Wenn sie in die Mitte abdriftet, musst du den Ball so weit ins Spielfeld schlagen, dass sie ihn nicht mehr erreichen kann«, hatte er gesagt und mit seinem Finger eine Linie von ihren Brüsten bis zu ihrem Bauch gezogen.

Sie hatte zugehört und heute geliefert, und Robert war stolz auf sie. So bescheuert dieses Turnier auch war, er wollte, dass Lauren es gewann. Sie befanden sich nun in der Schwebephase zwischen dem Halbfinale und dem Finale, das um sechzehn

Uhr beginnen sollte. Es war seine Aufgabe, die Plätze so zu organisieren, dass möglichst viele Leute zuschauen konnten; er schleppte zusätzliche Sitzgelegenheiten aus dem Jachtclub nach draußen und stellte Bänke auf, damit jeder eine gute Sicht hatte. Willa Thomas und Micah Holt halfen ihm dabei, flitzten fröhlich herum und trugen vorsichtig Plastikkrüge voller Bier und Behälter mit frisch gemachtem Popcorn hinaus. Die Mitarbeiter des Jachtclubs waren eine Mischung aus Anwohnern wie Willa und Micah und Arbeiterkindern aus Long Island, drüben auf der anderen Seite der Bucht, die mit der Fähre hin- und zurückfuhren und das Geld tatsächlich brauchten.

»Hey, Micah«, sagte Robert und setzte sich für eine kurze Pause hin. Er klopfte auf den Platz neben sich.

Micah, aus diesem Anlass in weißer Tenniskleidung, kam herüber und hockte sich zu ihm auf die Bank.

»Wem drückst du die Daumen?«, erkundigte sich Robert, um das Gespräch in Gang zu bringen. Micah war in letzter Zeit etwas abweisend gewesen, obwohl Robert nicht sagen konnte, warum. Es war nicht so, dass sie außerhalb der Arbeit viel miteinander zu tun hätten.

»Lauren und Jen, wenn du mich fragst«, erwiderte Micah und beäugte ihn misstrauisch. »Ich mag Außenseiter, und ich finde, Lauren hätte es verdient.« Schnell fügte er noch hinzu: »Sie hat so hart trainiert. Ich habe sie fast jeden Tag mit dir auf dem Platz gesehen.«

Robert überkam plötzlich das ungute Gefühl, dass der Junge mehr wusste, als er sollte.

»Und was ist mit dir?«, fragte dieser ganz unschuldig.

»Oh, ich bin eine neutrale Partei«, wich Robert der Frage aus. Wahrscheinlich bildete er sich das Ganze nur ein. Er war in Hochstimmung. Nach dem Spiel am Morgen hatte er ein paar

Tennisstunden gegeben, unter anderem Larry Higgins. Danach hatten sie zusammengesessen, Wasser getrunken und über das Leben diskutiert, Larrys Lieblingsbeschäftigung.

»Also, Junge, der Sommer ist fast rum. Was sind deine Pläne für den Herbst?« Larry zeigte ein väterliches Interesse an Robert, was dieser zu schätzen wusste. Es gab eigentlich immer einen netten älteren Herrn in den Clubs, dem Roberts Fortkommen am Herzen lag.

»Da bin ich mir ehrlich gesagt noch nicht sicher«, hatte Robert erwidert. »Ich möchte das Jahr über in New York City bleiben und mir Arbeit suchen, richtige Arbeit«, hatte er erklärt. »Aber einen genaueren Plan habe ich bis jetzt nicht.«

Larry hatte einen großen Schluck Wasser aus seiner lila Contigo-Trinkflasche genommen. Robert fiel auf, dass er nur wenig über Larry wusste, außer dass seine Frau Henrietta kein Tennis spielte und dass er zwei erwachsene Söhne hatte. Wo wohnten sie? Warum waren sie nicht hier draußen, um Zeit mit ihrem Vater zu verbringen, solange er noch lebte?

»Ich hätte da eine Idee für dich«, hatte Larry vorgeschlagen und ihn unter buschigen weißen Augenbrauen ernst angesehen. »Ich möchte, dass du für mich arbeitest.«

»Aber ich dachte, du bist im Ruhestand«, hatte Robert erwidert.

»Ich bin halb im Ruhestand«, hatte Larry erklärt. »Sporadisch bin ich noch im Geschäft. Und ich brauche jemanden, der mir Investitionsideen liefert und mir bei der Buchführung hilft. Ich weiß, dass du darin nicht ausgebildet bist, aber du bist ein kluger Kerl, viel klüger als die meisten Leute, mit denen ich in meiner Laufbahn gearbeitet habe, und ich denke, ich könnte es dir beibringen. Ich könnte dich so aufbauen, dass du in ein paar Jahren von einer richtigen Firma eingestellt werden kannst.«

Das war exakt – und zwar Wort für Wort – das, was sich Robert immer erhofft hatte. Ein Gönner, endlich.

»Das wäre genial. Ich bin bereit, hart zu arbeiten, das weißt du ja. Und ich könnte mich mit meinen Ersparnissen aus dem Sommer durchschlagen«, hatte Robert gesagt und an die zusätzlich 16.000 Dollar steuerfrei gedacht, die er heimlich im Club beiseitegeschafft hatte.

»Oh, ich werde dich natürlich bezahlen, mein Sohn«, hatte Larry betont. »Ich würde nie jemanden anheuern, ohne ihn zu bezahlen; das nennt man Sklaverei. Für den Anfang biete ich dir hundertfünfzigtausend im Jahr an. Was sagst du dazu?«

Robert war fast von der Bank gefallen.

»Das ist zu viel. Woher willst du überhaupt wissen, dass es funktioniert? Ich dachte eher, es wäre eine Art Praktikumsangebot, und das wäre mir auch recht.«

»Ach Junge, nimm ein gutes Angebot einfach an, wenn du es bekommst. Das ist Lektion Nummer eins«, hatte Larry ihm geraten. »Meine Söhne sind weit weg in Europa und verprassen ihr Erbe. Es wäre schön, einen jungen Mann um mich zu haben, der von der Pike auf lernen will. Der einzige Haken wäre, dass du mir kostenlos Tennisstunden gibst.«

»Aber natürlich! Das klingt perfekt. Vielen, vielen Dank«, hatte Robert erfreut gerufen und vor Glück fast gezittert.

»Dann legen wir in der Woche nach dem Labor Day los«, hatte Larry erklärt. »Du wirst dir eine Wohnung suchen müssen, aber ich bin zuversichtlich, dass du das hinkriegen wirst.«

»Ja, aber sicher«, beteuerte Robert. Larry hatte ihm die Hand hingehalten, und Robert schüttelte sie energisch. »Ich werde dich nicht enttäuschen«, hatte er noch zu Larry gesagt, als sie vom Platz gegangen waren.

»Das will ich dir auch geraten haben«, hatte Larry lachend erwidert.

Das war vor ein paar Stunden gewesen, und Robert war immer noch begeistert von der Idee, ein Jahr lang in New York City zu bleiben und für Larry zu arbeiten, selbst wenn es ein Akt der Wohltätigkeit war. So oder so war Robert bereit, sich für Larry in jeder Hinsicht den Arsch aufzureißen.

Micah war wieder nach drinnen verschwunden, und Robert ging zum Arenaplatz hinüber und fegte ihn gründlich mit dem großen Besen, um ihn für das Finale perfekt herzurichten. Er hatte Lauren nicht mehr zu Gesicht bekommen, seit sie nach dem Halbfinale gegangen war, und freute sich darauf, sie wieder spielen zu sehen.

Schon trafen die ersten Leute zum Spiel ein, für Robert das Signal, sich in seine Hütte zurückzuziehen und erst mal an seinem Schreibtisch zu entspannen. Er mochte es nicht, sich während der Turniere unter die Mitglieder zu mischen, da ihn dann immer alle der Reihe nach bestürmten und nach seiner Einschätzung fragten. Er fand es albern, sich ernsthaft so zu äußern, als wären sie hier in Wimbledon. Vicky Mulder war um die fünfzig!

Er blätterte durch sein Buch und sah sich die leeren Stunden an, in denen er in Wirklichkeit unterrichtet hatte. Er war ein wenig dreist geworden und hatte in den letzten Wochen zwei Stunden am Tag unterschlagen, aber jetzt, wo er eine Jobzusage hatte, würde er vorsichtiger vorgehen. Vielleicht würde er sogar ganz damit aufhören. Mit seinem wöchentlichen Gehalt hatte er mittlerweile seine Kreditkartenschulden beglichen, und diese 16.000 Dollar blieben ihm zusätzlich. Außerdem standen ihm dann noch zwanzig Prozent für alle erteilten Stunden vom Club zu, und da hoffte er auf mindestens weitere 10.000 Dollar.

Das sollte mehr als genug sein, um eine kleine Wohnung zu er-
gattern und die Kaution dafür zu hinterlegen. Aber wenn er
jetzt erwischt würde, wäre alles umsonst gewesen.

Es klopfte laut an der Tür. Sie wurde aufgerissen, bevor Robert aufstehen und öffnen konnte. Susan Steinhagen stand da,
in ihrem Lieblingstennisrock, herausgeputzt wie ein Kind auf
seiner eigenen Geburtstagsparty. Heute war Susans großer Tag.
Robert wollte sich gar nicht ausmalen, wie es wohl früher
gewesen war, als Susan das Turnier nicht nur geleitet, sondern
auch noch gewonnen hatte. Mittlerweile spielte sie bei den
Senioren, widerstrebend. Jedes Mal, wenn sie das Wort »Senioren« aussprach, rümpfte sie die Nase, als würde sie etwas Fauli-
ges riechen.

»Jetzt wird's ernst«, sagte sie dramatisch. Er wusste, dass sie
damit nur die Endrunde meinte, aber es klang trotzdem wie
eine Drohung. Ihr Blick fiel auf das Unterrichtsbuch, das am
heutigen Datum aufgeschlagen war. »Machst du die Buchhaltung?«

Robert schloss das Buch mit einem dumpfen Schlag, fester
als beabsichtigt. »Ich hab nur noch mal alles auf seine Richtig-
keit überprüft«, sagte er mit einem gezwungenen Lächeln. Sein
Charme verpuffte an Susan Steinhagen. Sie war so ziemlich die
einzige Person in Salcombe, die nicht wenigstens ein bisschen
in ihn verliebt war.

»Dann wollen wir mal«, sagte er und komplimentierte sie hinaus.

Die Zuschauerbereiche waren voll. Die Bänke rund um den
Platz waren von bestimmt fünfzig Leuten besetzt, und weitere vierzig hatten nur noch Stehplätze dahinter ergattert. Es
erinnerte an einen Rummelplatz, der Geruch von Popcorn
und Bier vermischte sich, und lebhaftes Geplapper lag in der

spätsommerlichen Luft. Die beiden Doppel-Teams waren bereits auf dem Platz und schlugen einander zum Aufwärmen schon ein paar Longline-Bälle zu.

Lauren sah toll aus, neu eingekleidet in einem blauen Adidas-Kleid, ihr Haar glänzte in der Nachmittagssonne. Jen strahlte weniger als sonst, aber Robert konnte nicht genau sagen, warum. Sie trug ebenfalls ein blaues Dress, eine Kombination aus Rock und ärmellosem Top, aber ihr Gesicht wirkte verkniffen. *Wahrscheinlich ist sie nervös*, dachte sich Robert. Sie hatte die wenigste Wettkampferfahrung von allen.

Robert ließ seinen Blick über die Menge wandern. Er sah weder Sam noch Jason, was seltsam war. Laurens und Jens Freunde standen in einer kleinen Gruppe beisammen. Lisa, Emily, Brian, Paul – wo war Rachel? Robert konnte sich nicht vorstellen, dass sie sich das entgehen lassen würde, auch nicht nach ihrer Niederlage heute Morgen. Am anderen Ende des Platzes saß die rivalisierende Gang, bestehend aus Beth Ledbetter, Jessica Leavitt und Jeanette Oberman. Sie trugen aus Solidarität alle Rot (Vicky und Janet hatten jedes Jahr die gleichen roten Tennisröcke an) und tranken Wodka Soda aus Plastikbechern. Die Loyalität der Stadt verteilte sich in etwa gleichmäßig auf die beiden Teams.

Robert, in seinem offiziellen Salcombe-Yacht-Club-Tennis-Polo, bezog seinen Platz am Rande des Courts. Er gab den Linienrichter ab, auch wenn seine Aufgabe lediglich darin bestand, darauf zu achten, dass keine groben Fehler gemacht wurden; für das »Aus«-Rufen war er nicht zuständig. Er überwachte auch den Spielstand, damit niemand Punkte unterschlagen konnte. Während seiner Laufbahn als Tennislehrer hatte er festgestellt, dass Frauen im Allgemeinen ziemliche Schummlerinnen waren. Es überraschte Robert, dass Frauen in dieser Hinsicht schlimmer als Männer waren, aber vielleicht sparten sich die Männer das Betrügen einfach für ihr Leben außerhalb des Tennis auf. Hier in Salcombe war das nicht anders.

Das Spiel begann, und die Menge verstummte weitgehend. Aber er konnte Beth Ledbetter immer noch über irgendetwas gackern hören. »Ruhe, bitte!«, brüllte Susan bühnenwirksam durch ihre zu einem Trichter geformten Hände. Jason und Sam waren immer noch nicht aufgetaucht. Robert wusste, dass die Leute es bemerken und anfangen würden, darüber zu tuscheln. Der gesamte Ort hatte sich versammelt, nur nicht die Ehemänner der beiden Überraschungsfinalistinnen? Robert machte sich Sorgen, dass etwas nicht stimmte. Auch Rachel war noch nicht da.

Jen und Lauren hatten einen etwas wackeligen Start. Sie wirkten beide steif und spielten die Bälle nicht in ihrem normalen Tempo. Jen führte ihre Bälle nicht konsequent zu Ende und zögerte auf halbem Weg, und Lauren brachte den Ball mit Mühe und Not übers Netz, anstatt ihn mit Wucht zu schlagen. Vicky und Janet legten sich ins Zeug, nahmen Lauren den Aufschlag ab und gingen rasch mit drei zu null in Führung. Beim Seitenwechsel sah Robert, dass sowohl Jen als auch Lauren sich unter den Zuschauern umsahen, möglicherweise nach ihren Ehemännern. Er fing Laurens Blick auf, aber sie lächelte ihn nicht an, sondern wandte sich ab und flüsterte Jen etwas zu, bevor sie zurück auf den Platz gingen.

Das Spiel ging weiter, und Lauren und Jen wurden lockerer. Laurens Schläge fanden zu ihrer üblichen Kraft zurück, und Jen entdeckte gute Winkel und konnte den Ball hinter Janet bringen, wenn sie ans Netz lief. Sie glichen erst mit drei zu drei aus und zogen dann mit fünf zu vier vorbei.

Robert hatte bisher noch nicht eingreifen müssen und hoffte, dass sie den Satz beenden würden, bevor er es tun musste.

Aber so viel Glück hatte er nicht. Vicky schlug bei vierzig zu dreißig auf; wenn ihr Team dieses Spiel gewinnen würde, stünde es fünf zu fünf unentschieden, und es würde wahrscheinlich auf einen Tiebreak rauslaufen. Wenn sie jedoch verlieren würden, hätten Jen und Lauren den Satz gewonnen und den Überraschungserfolg damit praktisch in der Tasche. Vickys erster Aufschlag auf Jen ging weit ins Aus. Ihren zweiten Aufschlag, eine sich drehende, slice-artige, unklare Nummer, schleuderte sie an den äußersten Rand des Spielfelds.

»Aus«, rief Jen und hob dabei die Hand.

Ein leises Raunen ging durch die Zuschauer.

»Der war drin«, hörte Robert Beth laut widersprechen.

Laurens Gesicht rötete sich – sie wusste, dass ihre Partnerin log.

»Bist du sicher?«, fragte Vicky vom hinteren Teil des Platzes.

»Jen schummelt«, hörte Robert jemanden hinter sich sagen.

»Ich bin mir *sicher*. Der war aus«, behauptete Jen stur. »Jetzt haben wir Einstand.«

Vicky und Janet standen stumm da und rührten sich nicht vom Fleck. Vicky hatte die Hände in die Hüften gestemmt. Vicky war zwar älter, aber ziemlich tough. Robert hatte gehört, sie sei an der New-Jersey-Küste aufgewachsen und habe entfernte Verwandte bei der Mafia.

»Ich möchte, dass das überprüft wird«, sagte Vicky mit fester Stimme.

»Es ist ihr Spiel! Der Ball war drin!«, rief Jerry Braun, Janets Ehemann, der ein grün geblümtes Tommy-Bahama-Hemd trug.

Jetzt wurden von allen Seiten empörte Rufe laut. Die Männer

schrien sich gegenseitig an (»Drin!« »Aus!«), Popcorn purzelte herunter, Bier wurde verschüttet. Die Spieler standen wie angewurzelt auf dem Platz und beobachteten den um sich greifenden Tumult. Und auch Robert wusste nicht, was er nun tun sollte. Jemand näherte sich ihm von hinten. »Es ist Zeit einzugreifen!«, zischte Susan ihm ins Ohr, ihr Atem kitzelte ihn im Nacken. Sie schob ihn fast von seinem Sitz.

»Susan, wenn sie sagen, er war aus, war er aus. Es gibt kein Hawk-Eye in Salcombe. Das ist doch lächerlich.« Er sah Susan flehend an, aber sie zupfte ihn bloß energisch am Ärmel.

Er öffnete das grüne Tor, trat auf den Platz und ging zu der Stelle, an der der Aufschlag gelandet war. Lauren und Jen joggten zu ihm hinüber.

»Robert, er war im Aus, da bin ich mir sicher«, sagte Jen leise. Er sah den Abdruck eindeutig, genau auf der weißen Linie.

Lauren blickte auf den Sand hinunter und dann wieder zu Jen hoch. Sie zuckte mit den Schultern. »Komm, überlassen wir diesen Miststücken den Punkt einfach«, sagte sie zu Jen und klopfte ihr auf die Schulter.

Jen nickte verlegen. Robert ging aus dem Tor zurück zu seinem Platz und zog sich die Mütze tief ins Gesicht. Larry winkte ihm von einer der benachbarten Bänke aus zu und formte mit den Lippen lautlos: »Nicht zu fassen!«

»Er war drin. Tut mir leid«, sagte Jen, laut genug, dass es alle hören konnten.

Ein Jubelschrei ging durch die Beth-Ledbetter-Gruppe.

Jetzt stand es fünf zu fünf, und der Rest des Spiels war nicht mehr zu retten. Vicky und Janet holten sich den Satz im Tiebreak und gewannen dann auch noch den zweiten Satz mit sechs zu drei. Und zwar nicht einmal knapp. Robert konnte kaum hinsehen. Nach dem letzten Punkt warfen Vicky und Janet ihre Schläger in die Luft und kreischten. Die Champions hatten ihren Titel verteidigt. Robert wollte sterben, so unangenehm war ihm das alles.

Die Teams schüttelten sich die Hände und tauschten falsche Freundlichkeiten aus.

Lauren und Jen kamen als Erste vom Platz und wurden von Lisa und Emily umarmt. Das Rätsel um Sams, Jasons und Rachels Verbleib war noch immer nicht gelöst.

Robert ging zu Vicky und Janet, um ihnen zu gratulieren. Die Menge hatte sich inzwischen weitgehend zerstreut, nur noch die Familien und sehr enge Freunde waren geblieben und unterhielten sich mit den Spielerinnen.

»Das habt ihr toll gemacht, Ladys. Wirklich gut gespielt«, sagte Robert und setzte sein strahlendstes Lächeln auf.

»Danke, Robert«, sagte Vicky. Ihre Stimme klang rauchig, mit starkem New-Jersey-Akzent. Sie hatte beeindruckend definierte Muskeln; ihr Lat-Muskel wölbte sich unterhalb des Nackens wie eine Hügelkette.

»Ich fass es nicht, dass sie behauptet hat, der Ball wäre im Aus«, sagte Janet, die weniger Energische der beiden.

»Ich habe schon mit Jen gespielt«, sagte Vicky. »Und sie schummelt gern. Hab ich selbst miterlebt.«

Robert bezweifelte das nicht, bei allem, was er über ihr Privatleben wusste. Er wünschte nur, sie hätte es nicht während des Finales des Damendoppel-Turniers getan.

»In der Hitze des Gefechts ist eine korrekte Einschätzung oft schwierig«, sagte Robert diplomatisch. »Das Wichtigste ist, dass ihr beide euch davon nicht aus dem Konzept habt bringen lassen. Ihr seid cool geblieben.« Das war zwar gelogen, denn das konnte man von Vicky nun nicht behaupten. »Ihr habt euch tapfer geschlagen und den Sieg errungen.«

Die Frauen wirkten zufrieden mit sich selbst. Robert machte sich auf die Suche nach den Verliererinnen, die an der Seite zusammenhockten. Sie blickten auf, als er zu ihnen trat, und er hatte das Gefühl, dass sie nicht mit ihm sprechen wollten, was seltsam war. Er zögerte kurz, fand aber dann, dass es noch seltsamer wäre, sich jetzt einfach abzuwenden.

»Tolles Spiel, Mädels. Ihr habt alles gegeben«, sagte er. Er versuchte, Laurens Blick zu erhaschen, aber sie starrte bloß zum Fahrradständer hinüber, als warte sie darauf, dass jemand kam.

»Danke«, sagte Jen nach einer ungewöhnlich langen Pause. »Tut mir leid wegen vorhin. Ich dachte wirklich, der Ball wäre im Aus. Vielleicht brauche ich neue Kontaktlinsen.« Sie lachte leise.

»Das passiert auch den Besten unter uns«, sagte Robert. »Ich kenn das selber von mir.« Nur dass er das noch nie gemacht hatte. Zumindest nicht vorsätzlich. Er schummelte nicht beim Tennis. Er musste an sein Unterrichtsbuch denken. Hatte er es wieder zurück in die Schublade gelegt, als er die Hütte verlassen hatte, um das Spiel zu verfolgen?

Schweigen machte sich breit.

»Waren eure Ehemänner zu nervös, um sich das Spiel anzusehen?«, fragte er.

Lauren und Jen sahen sich an.

»Ja«, sagte Lauren. »Jason und Sam konnten die Spannung nicht aushalten. Es war zu viel für sie.«

Robert wurde ganz flau. Hatte irgendwas davon mit ihm zu tun? Wenn Jen verschwinden würde, könnte er Lauren direkt fragen, aber sie rührte sich nicht von der Stelle.

»Ich bin stolz auf euch beide, dass ihr es bis ins Finale geschafft habt«, sagte Robert schließlich. »Ihr habt euch diesen Sommer wirklich sehr verbessert. Es hat Spaß gemacht, euch zu unterrichten.«

In diesem Moment sah er Rachel, noch immer in ihrer Tennis-kleidung vom Morgen, von ihrer Veranda kommen. Sie wandte den Kopf nach links und rechts, als hielte sie nach etwas Aus-schau. Jen und Lauren bemerkten sie ebenfalls, sprangen auf und rannten drauflos in ihre Richtung. Rachel sah sie kommen. Einen Moment lang dachte Robert, sie würde vom Bohlenweg ins Zeckengras hechten und in den Wald flüchten. Stattdessen schwang sie sich auf ihr Fahrrad und radelte Lauren und Jen, die keine fünf Meter von ihrem Haus entfernt waren, eilig davon. Robert hatte bisher so einen tollen Tag gehabt – ein neuer Job, eine hellere Zukunft. Jetzt empfand er nur noch Beklommenheit.

Lauren und Jen joggten zurück zu ihren eigenen Rädern, die nebeneinander im Fahrradständer standen, und fuhren zu Roberts weiterer Bestürzung ohne ein Wort des Abschieds gemeinsam davon. Ihre Schläger ließen sie auf einer Bank in Roberts Nähe zurück. Er sammelte sie ein – er würde sie in seiner Hütte verstauen, bis sie zurückkamen. Er hoffte, dass Lauren später eine Erklärung für ihn hatte.

Mittlerweile war kaum noch jemand auf den Plätzen. Es war kurz vor achtzehn Uhr, und die Luft hatte etwas aufgefrischt, wie als Erinnerung daran, dass der Sommer langsam zu Ende ging, dass nichts von all dem ewig dauern würde. Robert nahm sich vor, heute früh ins Bett zu gehen. Er war erschöpft. Dass er nach einem Damendoppel-Turnier so fertig war, wäre vor zwei Monaten noch eine lächerliche Vorstellung gewesen. Aber jetzt war es so.

Die Situation mit Lauren machte ihm zu schaffen. Er wollte ihren und Jens Schläger in seine Hütte bringen und war voll-kommen überrascht, Susan an seinem Schreibtisch sitzen zu sehen. Sein Blick fiel auf ihr ausgeprägtes Profil. War sie etwa die ganze Zeit dort gewesen?

Sie drehte sich um, als sie ihn hereinkommen hörte. An ihrem Blick erkannte Robert sofort: Er war aufgeflogen.

»Robert Heyworth, ich habe eine Frage«, sagte sie, und ihre tiefe Stimme klang zittrig.

Robert spürte, wie sich eine Bremse genüsslich an seinem Bein festsaugte. Der Schmerz schoss ihm vom Oberschenkel bis zur Brust hoch.

Susan stand auf, und Robert sah, dass sie mit ihren arthritischen Händen sein Unterrichtsbuch umklammert hielt. Sie hatte keine Beweise, dachte er. Sie war clever, aber das war er auch.

»Sicher, Susan«, sagte er so lässig wie möglich. Er lehnte die Schläger gegen die Holzwand. »Was kann ich für dich tun?« Er starrte sie mit festem Blick an und versuchte sie einzuschüchtern.

»Es sieht so aus, als fehlten da einige Stunden in deinem Tagesplan«, sagte sie. Sie öffnete das Buch und blätterte zur Auflistung vom Vortag. Er konnte seine Schrift deutlich erkennen:

22. August – Unterrichtsplan
Larry Higgins – 09:00–10:00 Uhr
Jerry Braun – 10:00–11:00 Uhr
Kindertraining – 11:30–13:00 Uhr
Mittagspause
Beth Ledbetter – 14:00–15:00 Uhr
Lisa und Brian Metzner, Doppel – 15:30–16:30 Uhr

Sie deutete mit ausgestrecktem Finger auf die Seite.

»Hier, wo ›Mittagspause‹ steht, habe ich um dreizehn Uhr gesehen, wie du Claire Laurell eine Stunde gegeben hast. Da habe ich nämlich gerade auf dem Arenaplatz gespielt. Warum ist das hier nicht vermerkt?«

Robert zuckte mit den Schultern. »Das muss ein Versehen gewesen sein. Ich checke das noch mal mit Claire.« Er lächelte sie an, wobei er demonstrativ alle seine perfekten weißen Zähne aufblitzen ließ. »Aber ich weiß nicht, ob du dich da nicht täuschst.«

»Oh, ich täusche mich nicht«, erwiderte Susan wie aus der Pistole geschossen. Sie kniff die Augen zusammen. »Wenn ich mir dieses Buch hier genauer ansehe …«, sagte sie und blätterte darin. »Was werde ich da finden?«

»Ich denke, du wirst sehen, dass ich ein guter Buchhalter bin«, sagte Robert und lachte. Er spürte, wie sich der Schweiß in seinen Achselhöhlen sammelte und sich abzuzeichnen drohte.

»Da bin ich mir nicht so sicher«, sagte Susan. Sie wollte die Hütte verlassen, aber Robert stellte sich vor die Tür, um sie aufzuhalten. Es wirkte bedrohlicher, als er beabsichtigt hatte, aber er brauchte das Buch zurück. Susan, die Augen weit aufgerissen wie ein in die Enge getriebenes Tier, schnappte sich Laurens Schläger, holte weit aus und zog ihn Robert über den Kopf, sodass er in Richtung seines Schreibtisches schlingerte. Überkopfbälle waren schon immer eine ihrer Stärken gewesen; das hatte Robert selbst mitbekommen.

Susan war mit seinem Buch durch die Tür verschwunden, bevor er sich berappelt hatte. Als er schließlich nach draußen eilte, war sie schon nirgends mehr zu sehen. Die Tennisplätze waren leer. Es war Abendessenszeit. Robert konnte das Geklapper von der Terrasse des Jachtclubs hören, wo die Leute aßen und tranken. Er war jetzt allein und in Panik. Sollte er ihr folgen? Wenn sie ihn auffliegen ließ, würde er alles verlieren.

Diesen Job hier, seine geplante Stellung bei Larry und seinen guten Ruf.

Er musste Susan finden. Er musste das Buch zurückbekommen. Er ging los, um sein Fahrrad zu holen. Plötzlich klatschten ihm dicke Regentropfen auf den Kopf, und von der Bucht her kam starker Wind auf, ließ die Bäume rascheln und zerrte an seinen Haaren. Der Himmel hatte sich grau verdunkelt. Er entdeckte einen Hirsch auf dem Marine Walk, gleich hinter den Plätzen, der ihn anstarrte. Doch er trotzte dem aufziehenden Unwetter und fuhr los, um Susan zu suchen.

22

Larry Higgins

Larry Higgins erkannte einen Dieb, wenn er ihn sah. Und er wusste, dass der junge, gut aussehende Robert Heyworth einer war. Glaubte Robert wirklich, Larry, der die Finanzen des Tennisclubs überwachte, würde nicht bemerken, dass Unterrichtsgebühren auf dem Konto fehlten? *Larry Higgins?* Er hatte fünfundvierzig Jahre lang eine erfolgreiche Investmentfirma geleitet. Er hatte mit Schwindlern und Betrügern zu tun gehabt. Er war mit Bernie Madoff befreundet gewesen, Herrgott noch mal!

In Wirklichkeit war es seine eigene Schuld. Schließlich hatte er selbst Robert von dessen Vorgänger Dave erzählt und damit die Vorstellung in Roberts gieriges, kaputtes Hirn eingepflanzt, dass es möglich – ja sogar einfach – wäre, etwas Geld abzuzweigen. Robert war korrumpierbar; Larry hätte es besser wissen müssen. Er war ein junger Kerl, der unter seinem Niveau spielte. Er war klüger und begabter als die Arschlöcher, für die er malochte, das musste ihn ja wahnsinnig machen.

Larry war es im Grunde egal. Aber er wollte, dass er damit aufhörte. Denn es würde nicht lange dauern, bis diese Hexe Susan Steinhagen davon Wind bekäme, und dann wäre es mit dem charmanten Robert Heyworth vorbei. Also hatte er beschlossen, ihm einen Job anzubieten. Larry brauchte die Hilfe, und er wusste, dass Robert dafür geeignet wäre. Robert würde sich ein so gutes Angebot sicher nicht entgehen lassen. Er würde sein Verhalten korrigieren, und sie alle könnten ihr Leben einfach unbehelligt weiterleben. Wenn er recht überlegte, waren einige von Larrys besten Mitarbeitern auch die unehrlichsten gewesen. Solange es sich nicht gegen Larry selbst richtete, aber das würde es nicht. Dafür würde er schon sorgen.

Larry war nach dem Damenfinale noch auf einen Drink im Jachtclub. Vicky und Janet hatten Lauren und Jen vernichtend geschlagen, sehr zu Larrys Enttäuschung. Er liebte Underdogs. Er hatte sich selbst immer als solchen gesehen. Er kam aus dem Nichts. Er war in Brooklyn aufgewachsen; sein Vater war Bekleidungshändler gewesen und hatte im Großhandel für Damengarderobe gearbeitet. Larry war der Erste in seiner Familie gewesen, der aufs College ging. Er war klug und kämpferisch und hatte es, als die Dinge gut liefen, ins Investmentbanking geschafft. Er und Henrietta hatten zwei Söhne, Peter und Lee, die beide eine Enttäuschung waren. Peter lebte in Paris und »arbeitete« freiberuflich für eine Werbeagentur, und Lee war in London und gab nicht einmal vor, einen Job zu haben. Sie waren beide Ende dreißig, beide unverheiratet, und beim Gedanken an sie hätte Larry sowohl schreien als auch weinen können. Was hatte er bloß falsch gemacht? Er hatte ihnen alles gegeben.

Er winkte Micah Holt herüber, um sich seinen Whiskey nachfüllen zu lassen.

Micah kam zu ihm geeilt. »Bitte sehr, Larry«, sagte er und schenkte ihm großzügig ein.

»Danke, mein Sohn«, sagte Larry mit einem Seufzer. Also, das war mal ein guter Junge. Der die Arbeit nicht scheute. Schwul, sicher, aber waren heutzutage nicht alle jungen Leute schwul? Seine Eltern waren sicher stolz auf ihn.

Larry nahm seinen Drink und ging durch das Hinterzimmer hinaus zu den Tennisplätzen. Die Luft fühlte sich feucht und schwer an, und Larrys Bein, das er sich mit Mitte vierzig beim Skifahren in Zermatt ramponiert hatte, schmerzte. Das bedeutete, dass ein Unwetter aufzog. Er sollte bald nach Hause radeln; Henrietta bereitete bereits das Abendessen vor, und er wollte ungern durch das Gewitter aufgehalten werden und zu spät kommen. Die Plätze waren leer. Er fragte sich, was Robert jetzt machte. Wahrscheinlich war er losgezogen, um seinen neuen Job als Larrys Lehrling zu feiern. Larry setzte sich auf eine Bank und ruhte seine Augen aus. In letzter Zeit war er oft ungewöhnlich müde. Wahrscheinlich holte ihn das Alter doch langsam ein. Im Frühjahr würde er zweiundsiebzig Jahre alt werden. Es war seltsam. Er fühlte sich immer noch wie fünfunddreißig.

Sein Moment der Stille wurde von einem dramatischen Krachen aus Roberts Tennishütte gestört. Larry öffnete die Augen und sah, wie Susan mit flatterndem Tennisrock herausgestürmt kam, Roberts Unterrichtsbuch in der Hand. Sie eilte in Richtung ihres Fahrrads davon, ohne Larry in ihrer Hast zu bemerken. Larry war sich sicher, dass er wusste, was passiert war. Er stand auf und schlich sich sofort zurück in den Club, in der Hoffnung, dass Robert ihn nicht noch sehen würde. Er schlüpfte durch die Hintertür hinein, als es gerade zu regnen anfing. Armer Robert. Er war erledigt. Susan würde ihm das niemals ungestraft durchgehen lassen. Wahrscheinlich musste Larry auch sein Jobangebot zurückziehen, wenn das herauskam. Was für ein Jammer.

Er setzte sich wieder an die Bar und bedeutete Micah, ihm noch einen Whiskey zu bringen. Er war froh, noch eine Weile gemütlich hier sitzen und mit denjenigen plaudern zu können, die ebenfalls das Ende des Unwetters abwarten wollten. Ein lauter Donnerschlag ließ ihn auf seinem roten Hocker zusammenzucken. Es würde eine lange Nacht werden.

23

Das Unwetter

Jason Parker

Jason Parker hatte immer gedacht, dass er vielleicht einmal aus Versehen seinen besten Freund Sam Weinstein umbringen würde. Als Kind hatte er sich ausgemalt, wie Sam über seinen Fuß stolpern und vom Balkon im achten Stock auf die Ninety-third Street stürzen würde. Oder einen Segelunfall: Jason brachte auf rauer See das Boot zum Kentern, und Sam ertrank. Alle wären furchtbar traurig, aber vor allem hätten sie schreckliches Mitleid mit Jason, dem armen Jason, der jetzt ohne besten Freund dastand und in so jungen Jahren mit solch einer Schuld fertigwerden musste. In der Schule würde er daraufhin zum Objekt der Begierde; die Mädchen schenkten ihm mitfühlende Aufmerksamkeit, und die Jungs nahmen ihn in ihre Reihen auf.

Später, als Erwachsener, malte sich Jason zwar nicht mehr Sams Unfalltod aus, aber seinen Ruin. Sam würde durch eine Fehlinvestition sein gesamtes Vermögen verlieren und sich Hilfe suchend an Jason wenden, damit seine Familie nicht auf der Straße landete. Oder Sam würde süchtig nach Schmerzmitteln werden, und Jason müsste ihn zu einem Entzug zwingen, und für dessen Kosten müsste das Haus auf Fire Island, Sams liebster Besitz, verkauft werden.

Jason wusste, dass das nicht gesund war. Er wusste, dass die meisten Menschen nicht ihre besten Freunde umbringen wollten. Aber er konnte nicht anders. Sam hatte alles. Jason hatte immer doppelt so hart arbeiten müssen, um Erfolg, Frauen oder Respekt zu erlangen. Warum konnte *er* nicht einmal der Star sein?

Und nun hatten sich die Dinge so gedreht, dass am Ende Sam derjenige sein könnte, der Jason umbrachte. Jason dachte über die komische Ironie dieser Wendung nach. Er war klatschnass, fror bis auf die Knochen und versteckte sich unter der rostigen Rutsche auf dem Spielplatz gegenüber dem Baseballfeld.

Die Sonne war vor einer Stunde untergegangen, und es gewitterte heftiger, als Jason erwartet hatte. Als er heute Nachmittag, nach der kryptischen Textnachricht von Jen, sein Haus verlassen hatte, war es noch heiß und sonnig gewesen. Er trug Shorts und ein T-Shirt mit der Aufschrift *Salcombe Golf Outing 2017*. Und versteckte sich vor Sam! Dem sanftmütigen Sam, der sich noch nie in seinem Leben geprügelt hatte. Einmal, als sie neun oder zehn Jahre alt gewesen waren, hatte Keith Longeran, der fiese rothaarige Raufbold, Sam nach einem Kickballspiel im Ferienlager überraschend in den Rücken geboxt. Jason erinnerte sich noch genau daran, wie Sam damals auf der staubigen Grundlinie stand, sich vor Schmerzen krümmte und nicht wusste, wie er mit der Situation umgehen sollte. Anstatt sich zu wehren, hatte Sam zur Enttäuschung der anderen Jungs bloß mit den Achseln gezuckt und war weggelaufen. »Weichei!«, hatte Keith ihm noch hinterhergerufen. Daraufhin war Jason an Keith herangetreten und hatte ihn so ins Gesicht geschlagen, dass ihm ein Rinnsal Blut aus der Nase bis zum Kinn lief.

Würde Sam Jason also wirklich etwas antun, selbst wenn er ihn fände? Ihm, seinem langjährigen Beschützer? Ein Blitz erhellte den Himmel, gefolgt von einem Donnergrollen. Jason fühlte sich unbehaglich. Er fröstelte, war durchnässt und hungrig. Er wollte nach Hause gehen, aber Lauren textete ihm immer wieder, er solle besser noch wegbleiben, und Jen schickte ihm verzweifelte Signal-Nachrichten, in denen sie Sam als »gefährlich« bezeichnete und Jason riet, sich weiter versteckt zu halten.

Alle wussten Bescheid. Nach dem Tennismatch hatte Rachel Sam erzählt, dass er und Jen eine Affäre hatten, und dann hatte Sam es Lauren gesagt. Lange Zeit hatte Jason gehofft, dass alles ans Licht kommen würde, aber der Moment war mittlerweile vorbei. Jetzt fühlte es sich eher wie eine Krise an als wie eine Chance auf ein neues Leben. Rachel, dieses hinterhältige Miststück, musste ihn und Jen Anfang des Sommers zusammen gesehen haben. Ehrlich gesagt überraschte es ihn, dass sie es so lange für sich behalten hatte.

Wenn es das war, was er für seine Affäre mit Jen ertragen musste – Lauren, die ihm wütende Nachrichten schickte, und Sam, der ihn wegen seiner Affäre mit Jen »jagte« –, dann würde er es hinnehmen. Doch der schlimmste aller Fälle war eingetreten: Die Katze war aus dem Sack, und sie würden trotzdem nie zusammen sein. Jen war Psychologin – war das nicht etwas, worüber sie gesprochen hatten? Die Katastrophe war geschehen, und jetzt könnten sich doch alle wieder einkriegen.

Der Sturm würde sich legen, und Sam würde sich wieder beruhigen. Sie würden wohl keine Freunde mehr sein, aber ihren Kindern zuliebe würden sie sich schon arrangieren. Lauren würde ihm das ewig nachtragen, aber er würde ihr einen stattlichen Unterhalt zahlen, und sie könnte weiterhin über die Upper East Side herrschen. Die Hälfte ihrer Freundinnen waren geschieden; es war keine große Sache. Vielleicht würde er allein nach Miami ziehen. Jason schmunzelte beim Gedanken daran, wie wütend Lauren das machen würde, die sich schon seit Jahren dort niederlassen wollte.

Ein weiterer zuckender Blitz, ein weiteres Donnergrollen. Jetzt erhob sich ein regelrechter Sturm. Der Spielplatzsand prasselte Jason ins Gesicht. Das war doch lächerlich. Er würde nach Hause gehen. Er wusste nicht einmal genau, wovor er sich drücken wollte. Konnte er sich nicht in seinem eigenen Haus verstecken? Sam würde ihn doch nicht vor den Augen seiner Kinder angreifen. Der Gedanke war zu absurd. Da machte er sich schon eher Sorgen, dass Lauren ihn ermorden würde, weil er sie betrogen hatte.

Er legte sich auf den Bauch, um unter der Rutsche hervorzukriechen, und sofort prasselte Regen auf ihn herab. So ein Wetter war nicht vorhergesagt gewesen. Auf Fire Island kam es immer mal wieder zu schweren Unwettern, von denen auf dem Festland kaum etwas zu spüren war. Sie nahmen über der Bucht an Fahrt auf, bevor sie auf die schmale Barriereinsel trafen. Der Wind pfiff Jason entgegen, als er vom Spielplatz zum Neptune Walk huschte. Er hatte sein Fahrrad nicht dabei. Er würde in diesem Sturm den ganzen Weg nach Hause laufen müssen und hoffentlich auf dem Weg dorthin nicht Sam begegnen.

Sam Weinstein

Sam Weinstein hatte sich nie als Mörder betrachtet. Eigentlich war er immer ein friedliebender Typ gewesen. Er schrie nicht einmal seine eigenen Kinder an, geschweige denn, dass er sie jemals schlug. Die Drecksarbeit mit der häuslichen Disziplin überließ er lieber Jen. Und doch war er jetzt hier, draußen im Unwetter, mit – ausgerechnet – einem mächtigen Küchenmesser in der Hand, und suchte überall nach seinem ehemaligen besten Freund Jason Parker.

Diesen verdammte Jason, der mit Jen vögelte. Er konnte es nicht fassen. Allerdings: Als Rachel es ihm bei den Tennisplätzen zugeflüstert hatte, in dem Augenblick, als sie »Es ist Jason« sagte und ihr Atem feucht in sein Ohr drang, da hatte es Klick gemacht. Wer hätte es auch sonst sein sollen, wenn nicht Jason? Deshalb war er ihm auch die ganze Zeit aus dem Weg gegangen. Aber wie konnte er ihm das antun? Wie konnte Jen ihm das antun?

Wenn er darüber nachdachte, und er konnte keine Sekunde an etwas anderes denken, seit er es herausgefunden hatte, hatte er das Gefühl, sich übergeben zu müssen. Am liebsten wäre er gestorben. Oder würde jemanden umbringen. Das war ein Gefühl, das Sam noch nie erlebt hatte. Rotglühende Wut. Es war fast schon wieder lustig. Bis zu diesem Sommer war Sam der lässigste, coolste Typ gewesen. Und er hätte ganz gewiss nicht Leuten nachgestellt, bewaffnet mit einem japanischen Messer, das er vor Jahren für 150 Dollar bei Williams-Sonoma an der Ecke Madison und Eighty-sixth gekauft hatte.

Draußen war es kalt, nass und dunkel, und er trug noch immer sein teures orangefarbenes Lieblingsleinenhemd. Es klebte ihm an der Brust, und ihm kam der Gedanke, wie albern er aussehen musste. Der schnöseligste Mörder der Welt. Zu diesem Zeitpunkt war er bereits stundenlang durch den Ort gelaufen und hatte überall nach Jason gesucht.

Nachdem er es erfahren hatte, war er zunächst auf direktem Wege zu Jasons Haus gerast, um ihn zur Rede zu stellen. Jasons schwarzer Beach Cruiser stand vor dem Haus, und Sam dachte schon, er hätte ihn. Eilig durchkämmte er die Räume, von Laurens und Jasons Schlafzimmer im Erdgeschoss bis zu ihrer makellosen Küche im Obergeschoss mit dem fantastischen Meerblick. Aber das Haus war leer. Jason musste ohne sein Fahrrad losgerannt sein. Also fuhr Sam zurück zu seinem Haus, ging lässig hinein, grüßte sein Kindermädchen und die Kinder, schnappte sich das japanische Messer von der Kücheninsel, steckte es unter sein Hemd und zog wieder los. Seitdem war er unterwegs.

Er war zunächst zum Strand gegangen und etwa eineinhalb Kilometer nach Westen gelaufen, bevor er sich fast direkt vor dem Leuchtturm von Fire Island in den Sand plumpsen ließ. Dort saß er eine Weile – vielleicht Stunden, er wusste nicht, wie lange – und starrte auf das Meer hinaus, das von Minute zu Minute unruhiger wurde. Die Wellen waren etwa einen Meter fünfzig hoch und peitschten an den Strand. Er stellte sich vor, wie er Jason in seine dumme Fresse schlagen würde. Er stellte sich vor, wie Jason und Jen Sex hatten. Er stellte sich vor, wie er Jason das Messer genüsslich in den Rücken stieß, so wie Jason es mit ihm getan hatte.

Die Wolken hatten sich von der Buchtseite her aufgebaut, waren dann schnell über Sams Kopf hinweggezogen und hatten sich über dem Wasser ausgebreitet. Kurz darauf war der Regen losgebrochen, ein harter, peitschender Regen, und Sam war widerwillig aufgestanden und zurückgelaufen, völlig ungeschützt, wobei der Wind ihm nassen Sand ins Gesicht und in die Augen wehte. Er war der einzige Mensch am Strand. Er fragte sich, ob man ihn von den Strandhäusern aus sehen konnte: den durchgeknallten, schwer beschädigten Sam, der sich vor Kurzem vor aller Augen wie ein Verrückter in die Bucht gestürzt hatte, wie er durch eine Sturmböe stapfte. Wenn die Leute nur das Messer sehen könnten, das in seiner Hose steckte.

Er hatte nicht so recht gewusst, wohin er nun gehen sollte, also war er die Broadway Road weiter in Richtung Laden gegangen. Das Holz war nass und glitschig unter seinen Flip-Flops, und plötzlich überkam ihn die Angst, er könnte hinfallen und sich dabei aus Versehen selbst mit dem Messer verletzen.

Die nächste Stunde hatte er damit verbracht, sämtliche Wege abzugehen, ohne einen anderen Plan als den, Jason zu finden, und dann … er wusste es nicht. Der Ort war menschenleer; alle suchten Schutz vor dem heftigen Unwetter. Sam konnte höchstens einen Meter weit vor sich sehen, und die Zeit verging seltsam. Er fühlte sich fast wie im Wahn. Rückten ihm die Bäume, die die Uferpromenade säumten, immer näher auf den Leib? Er vermisste seine Kinder. Er vermisste Jen. Er hasste Jen.

Inzwischen war er in der Nähe des Spielplatzes gegenüber des Baseballfelds angekommen und ging zu der Veranda der Hütte, wo immer das Bastelprogramm des Kinderferienlagers stattfand. Seine Kinder hatten dort schon Pappmaché-Fische hergestellt und Freundschaftsarmbänder geflochten. Das Licht war aus, die Schiebetüren verschlossen, aber das Vordach bot etwas Schutz. Er nahm sein Handy aus der Tasche seiner Shorts und war überrascht, dass es nicht völlig durchnässt war. Er hatte siebenundzwanzig neue Textnachrichten, die meisten von Jen, die wissen wollte, wo er war, und immer wieder beteuerte, dass das alles nicht stimmte. *Diesmal nicht, Jen.* Er konnte sich nicht ewig zum Narren halten lassen. Ein paar der Nachrichten waren auch von Rachel, die ihn verzweifelt bat, sich mit ihr in Kismet zu treffen. Warum war sie in Kismet? Sogar Lauren hatte ihm geschrieben: »Bring den verdammten Mistkerl für mich um, falls du ihn siehst.« Es gab auch eine Sprachnachricht von einer Nummer in New York City. Er drückte das Handy fest ans Ohr, weil er bei dem Wind Mühe hatte, die Nachricht zu verstehen.

»Sam, hallo. Hier ist Mary.« – Mary Martin, die Leiterin der Personalabteilung seiner Firma.

Sam zog sich der Magen zusammen. Das war der Anruf, auf den er den ganzen Sommer über gewartet hatte.

»Ich habe Neuigkeiten für dich.«

Sam hielt die Nachricht an und drückte sich das Telefon noch fester ans Ohr. Blitze zuckten, gefolgt von Donner. Er drückte wieder auf Abspielen.

»Der Untersuchungsausschuss hat seine Ermittlungen abgeschlossen. Es wird dich freuen zu hören, dass wir kein Fehlverhalten deinerseits feststellen konnten. Das mag dich vielleicht überraschen, aber nach monatelangen Nachforschungen haben wir eine Struktur von vertuschten Übergriffen ans Licht gebracht, die von ganz oben ausgingen – tatsächlich hat Henry Boro junge Mitarbeiterinnen belästigt und sie dann unter Druck gesetzt, falsche Anschuldigungen gegen andere zu erheben. Lydia wird in der Kanzlei bleiben, aber nicht mehr in deiner Abteilung arbeiten. Wir werden die ganze Sache höchst diskret behandeln – sagen, dass Henry in den Ruhestand geht, und Abfindungen zahlen, wo es nötig ist. Es tut uns leid, dass die Klärung dieser Angelegenheit so lange gedauert hat, und wir bedauern die Unannehmlichkeiten, die du und deine Familie dadurch hatten, aber wir freuen uns, dich ab sofort wieder bei Sullivan & Cromwell willkommen zu heißen. Ruf mich bitte morgen an, damit wir alles Weitere besprechen können, aber ich wollte dir schon mal umgehend Bescheid geben. Ich wünsche dir noch einen schönen Abend, Sam.«

Sam spielte es noch einmal ab, um sich zu vergewissern, dass er richtig gehört hatte. Er lehnte sich gegen die Außenwand der Hütte und rutschte das Holz hinunter, ohne an das Messer zu denken, das ihn dabei in den Oberschenkel stach. »Au!

Scheiße!«, fluchte er, nahm das Messer heraus und hielt es in seinen vom Regen schon ganz schrumpelig gewordenen Händen. Henry Boro! Waren denn alle Menschen in seinem Leben – sein bester Freund, seine Frau, sein Chef – verlogene Arschlöcher? Langsam fing er an zu glauben, dass niemand der war, der er zu sein behauptete. Ein Blitz zuckte knisternd über den Himmel, und Donner rollte drüber hinweg. In der Millisekunde, in der es hell war, sah Sam einen Schatten unter der Spielplatzrutsche hervorkommen. Er ließ sich an Ort und Stelle zu Boden fallen und blieb dann flach und reglos auf der Veranda liegen. Er sah Jason unter der Rutsche hervorkriechen, eine einen Meter achtzig große nasse Ratte. Jason wandte den Kopf hin und her, um sich zu vergewissern, dass Sam ihm nirgends auflauerte, und hastete dann den Neptune Walk hinauf zu seinem Haus. Zehn Sekunden später schlüpfte auch Sam aus seinem Versteck und lief, immer noch mit dem Messer in der Hand, hinter ihm her.

Lauren Parker und Jen Weinstein

Lauren Parker und Jen Weinstein waren nie eng befreundet gewesen. Die beiden verband eine Beziehung, die durch räumliche Nähe entstanden war, wie unter Mitbewohnerinnen im ersten Semester. Sie konnten sich bei einem Abendessen oder einer Party nett unterhalten und kamen sogar bei einem einwöchigen Urlaub mit ihren Familien passabel miteinander aus – sie waren schon zusammen mit den Kindern in Snowmass Skifahren gewesen, hatten, bevor sie alle verheiratet waren, ein großes Haus in Maine gemietet und während endloser kalter Winter lange Wochenenden in luxuriös ausgebauten Scheunen miteinander verbracht. Aber das war alles nur oberflächlich. Wie geht es den Kindern, wie den Schwiegereltern, wie oft kommst du zum Tennisspielen, wie viel Pilates machst du? Sie wurden einfach nicht richtig warm miteinander. Manchmal ist das bei Frauen einfach so, sehr zur Verwunderung der Männer. Aber irgendetwas hatte sich diesen Sommer zwischen Lauren und Jen verändert, angefangen mit ihrem Überraschungserfolg auf dem Tennisplatz.

Draußen herrschte ein scheußliches Wetter; der Wind heulte, es regnete unaufhörlich, und die Bohlenwege waren kaum zu sehen. Lauren und Jen liefen allein in der Dunkelheit die Broadway Road entlang und suchten nach ihren Männern. Die Kinder waren alle zusammen im Haus von Jen und Sam, schauten einen Film und aßen Popcorn aus der Mikrowelle, ohne zu ahnen, dass die Ehen ihrer Eltern gerade in die Brüche zu gehen drohten.

Vor einer Stunde war klar geworden, dass Sam und Jason verschwunden waren und beide nicht mehr auf die panischen Textnachrichten antworteten, die ihre Frauen in die Nacht hinausschickten. Also hatte Silvia Laurens Kinder in Regensachen gepackt, und sie hatten Amelie abwechselnd den ganzen Weg durch den Sturm hinunter zur Bucht getragen, während Arlo mit der Taschenlampe vorneweg lief. War Laurens Ehe gescheitert? Würde sie von jetzt an eine alleinerziehende Mutter sein? Sie bezweifelte, dass sie die geheuchelte Sorge ihrer Freundinnen aus New York City ertragen könnte; Mimi und Co., die demonstrativ fragen würden: »Und … wie geht es dir?«, während sie hinter ihrem Rücken tratschten. Sie würde die Wohnung bekommen, ganz sicher. Aber was war mit Fire Island? Wenigstens hätte sie alle Hebel in der Hand. Robert war immer noch ein Geheimnis, und sie würde dafür sorgen, dass es auch dabei blieb.

Als sie bei Jen ankamen, war diese bereits startklar in einem übergroßen gelben Regenmantel mit dem Logo des Salcombe Yacht Club, und ihre großen haselnussbraunen Augen lugten unter der Kapuze hervor. Lauren musste fast lachen, als sie sie sah. Jen schnappte sich noch eine Taschenlampe aus dem antiken Küchenschränkchen. Als sie an der Kücheninsel vorbeikam, hielt sie vor dem Messerblock inne. Das gute japanische Messer fehlte. Sie öffnete die Besteckschublade – vielleicht hatte Luana es versehentlich dort hineingelegt? Aber es war weg.

»Lauren, ich glaube, Sam hat ein Messer dabei.«

Lauren starrte sie an. »Was zum Teufel hat er damit vor?«, fragte sie.

Jen zuckte mit den Schultern. »Ich weiß es nicht. Wir müssen diese Idioten finden.«

Sie redeten nicht viel, als sie Jens Haus verließen und die Bay Promenade Richtung Osten einschlugen. Schaumkronen tanzten auf dem Wasser, und am Horizont waren keine Boote zu sehen. Das einzige Licht kam vom beständigen Drehen des Leuchtturmstrahls, der alle paar Sekunden aufblinkte.

Jen fühlte sich einfach schrecklich. Sie hatte ihre Angelegenheiten immer als ihre *Privat*sache betrachtet, etwas, womit sie nur ihre eigenen Bedürfnisse befriedigte. Sie hätte es eigentlich besser wissen müssen, als sich mit Jason einzulassen. Es war ein Fehler gewesen. Obwohl sie als Therapeutin natürlich wusste, dass »Fehler« hier der falsche Begriff war – irgendetwas in ihrem Unterbewusstsein musste sie in Richtung Selbstzerstörung getrieben haben. Was für eine psychisch Gestörte schlief mit dem besten Freund ihres Mannes? Jetzt war alles aus den Fugen geraten, und ihr Handeln hatte eine Kaskade von Verletzungen ausgelöst. Es betraf Jason, Sam, Lauren und womöglich all ihre Kinder.

Sie bogen in den Marine Walk ein, gingen vorbei am Jachtclub, der zwar geöffnet hatte, aber allem Anschein nach bis auf Micah Holt, Willa Thomas und Larry Higgins leer war. Niemand wagte sich bei dem Wetter vor die Tür.

»Schauen wir auf den Tennisplätzen nach«, sagte Lauren.

Sie gingen hinüber und suchten den grünen Sand mit ihren Taschenlampen ab. Alles war still, und es gab keinerlei Geräusche bis auf das Prasseln der Regentropfen in die Pfützen entlang der Grundlinien. Plötzlich gingen die Lichter im Jachtclub aus, und die Nacht wurde in noch tiefere Schwärze getaucht.

»Das muss ein Stromausfall sein«, sagte Jen und leuchtete mit ihrer Lampe weiter in alle Richtungen.

Erst heute Morgen hatten sie hier das Halbfinale gegen Emily und Rachel gewonnen. Es fühlte sich an, als läge das schon Jahre zurück. »Ich kann immer noch nicht glauben, dass wir es bis ins Finale geschafft haben«, sagte Lauren.

»Ich weiß«, erwiderte Jen. »Eine ziemliche Sensation. Ich weiß nicht, ob Rachel sich jemals davon erholen wird. Oder wir.« Sie lachte düster.

Lauren ging hinüber zu Roberts Tennishütte und zog an der Tür, aber sie war verschlossen. Sie hatte seit dem Match nichts mehr von ihm gehört, als sie und Jen sich an Rachels Fersen geheftet hatten, ohne sie je einzuholen.

»Ich habe dich am 4. Juli aus der Hütte kommen sehen. Weißt du noch?«, sagte Jen unverblümt. Sie kam näher an Lauren heran. Der Wind machte es schwer, sich zu verstehen.

»Ja«, sagte Lauren. Keine von beiden hatte die Tatsache angesprochen, dass Jen mit Jason geschlafen hatte, und keine wollte es.

»Lass uns rüber zur Broadway Road gehen«, sagte Lauren schließlich. Sie liefen den Marine Walk entlang und kamen an

Rachels Haus vorbei. Das Licht auf der Veranda war aus, und ihr Fahrrad stand nicht davor.

»Was glaubst du, wo sie hin ist?«, fragte Jen. »Wir hatten ja nicht vor, ihr etwas anzutun oder so«, schob sie hinterher.

Lauren kicherte. »Also, ich hätte gute Lust dazu«, sagte sie. »Im Grunde hat sie unser aller Leben ruiniert.«

Sie bogen in den Harbor Walk ein und duckten sich unter regenschwer herabhängendem Schilf hindurch. Ein weiteres Donnergrollen ertönte.

»Ich bin diejenige, die unser aller Leben ruiniert hat«, sagte Jen. Sie zitterte unter ihrem übergroßen Regenmantel. Wasser tropfte ihr von der Kapuze in die Augen.

»Ehrlich gesagt, Jen, ist mir das schnurzegal«, sagte Lauren, erleichtert, es laut auszusprechen. »Ich schlafe schon seit Monaten mit Robert«, fuhr sie fort.

»Das dachte ich mir«, sagte Jen.

»Das Einzige, was mich an dir und Jason stört, ist, dass es *mich* schlecht aussehen lassen wird. Ich werde die bemitleidenswerte Frau sein, deren Mann sie für die Frau seines besten Freundes verlassen hat. Das ist echt peinlich. Ich werde *das* Gesprächsthema an der Braeburn Academy sein.«

»Also, wo wir jetzt schon mal so ehrlich sind«, sagte Jen und grinste. »Ich finde es super, dass du mit Robert vögelst. Er sieht umwerfend aus.«

»Er ist so was von heiß«, seufzte Lauren. »Ich glaube, er ist in mich verliebt. Schade, dass er nur ein Tennislehrer ist.« Lauren schnaubte und hielt dann inne. »Wirst du mit Jason durchbrennen? Mir wäre es egal, ich will es nur wissen.«

Jetzt schnaubte Jen. »Nein. Ich habe längst mit ihm Schluss gemacht. Er gehört ganz dir.«

»Ich will ihn auch nicht. Er ist ein Arschloch.«

Sie mussten beide lachen. Eine starke Böe drückte die Frauen auf die Fersen zurück. Sie bogen nach links in die Broadway ab und gingen zurück Richtung Bucht, auf das Spielfeld zu.

»Ich sag dir jetzt die Wahrheit«, erklärte Jen und zog ihre Kapuze fester um ihren Kopf. »Ich betrüge Sam schon, seit wir uns kennen. Ich hab immer jemand anderen, dieses Jahr war es Jason. Er bedeutet mir nichts. Aber es tut mir leid, dass ich dir das angetan habe. Das hast du nicht verdient.«

»Irre!«, rief Lauren, aufrichtig interessiert. »Das hätte ich ehrlich gesagt nie vermutet. Du scheinst immer so … rechtschaffen zu sein.«

»Ich bin eben gut darin, ein Doppelleben zu führen«, sagte Jen. »Ich liebe Sam wirklich – wie könnte man Sam nicht lieben –, aber er kennt mich überhaupt nicht.«

»Männer haben echt keine Ahnung«, sagte Lauren. »Zuinnerst habe ich immer gewusst, dass Jason in dich verliebt war. Es hat mich nur nicht interessiert. Warum auch? Ich habe mein Leben, wir haben die Kinder, wir haben schöne Dinge. Was will ich mehr?«

»Glück ist nicht immer das, was man sich darunter vorstellt«, meinte Jen. »Zumindest sage ich das immer meinen Klienten.«

»Ich weiß, ich sollte dich eigentlich hassen«, sagte Lauren, »aber das tue ich nicht. Eigentlich tust du mir sogar leid – du wirst mit Sam eine Lösung finden müssen. Was wirst du jetzt tun?«

»Keine Sorge, Sam und ich kommen schon klar«, sagte Jen. »Er braucht mich. Er wird nie so sein wollen wie seine Eltern. Niemals. Er wird mir verzeihen, das weiß ich.«

Sie standen jetzt vor dem Baseballfeld und leuchteten mit ih-

ren Taschenlampen durch den hohen grünen Zaun. Der Licht-
strahl wanderte über das Spielfeld und die Tribünen, die alle
leer waren. Blitze zuckten über den Himmel.

»Lauren, Lauren«, flüsterte Jen, zog Lauren näher zu sich und
hakte sich bei ihr unter. »Auf dem Spielplatz drüben hat sich etwas bewegt.«

Der Spielplatz befand sich auf der anderen Seite des Neptune
Walk und war hinter dem Spielfeld zu sehen.

Sie kauerten sich zusammen an den Rand des Bohlenwegs,
darauf bedacht, nicht ins Gestrüpp darunter zu stürzen. Durch
den Zaun konnten sie beobachten, wie Jason sich unter der
Rutsche hervorschob und dann in Richtung Strand ging. Keine
Minute später sahen sie, wie ein weiterer Mann in einem
orangefarbenen Hemd die Veranda der Bastelhütte verließ und
Jason folgte.

»Das ist Sam«, flüsterte Jen.

»Heilige Scheiße«, sagte Lauren. »Los, folgen wir ihnen.«

Micah Holt

Micah Holt langweilte sich. Er wartete nun schon eine gefühlte
Ewigkeit auf das Ende des Gewitters. Er wollte den Club verlassen und endlich ins Bett. Aber draußen war es immer noch zu
stürmisch – seine Eltern hatten ihm extra geschrieben, er solle
bleiben, wo er war, weil sie sich Sorgen um herabfallende Äste
oder lose Leitungen machten. Also saßen er und Willa noch
immer an der Bar und tranken schweigend Wodka, denn ihnen
waren schon vor einer Weile die Gesprächsthemen ausgegangen. Die einzige weitere Person dort war Larry Higgins, der zusammengesunken an einem kleinen Tisch saß und schwer

trunken ins Leere starrte. Micah hatte ihm im Laufe des ewig langen Abends bestimmt acht große Whiskeys eingeschenkt, und Larry war durch. Wenn der Regen und der Sturm endlich aufhörten, würden Micah und Willa dafür sorgen, dass Larry heil zu seinem Haus zurückkam. Sie waren zwar nur Barkeeper, aber gelegentlich mussten sie auch besonders betrunkene Erwachsene nach Hause begleiten.

Willa, in ihrer Uniform aus einem Polohemd des Salcombe Yacht Club und Jeans-Shorts, legte den Kopf auf die Bar. Sie und Micah waren seit Kindesbeinen beste Freunde; sie hatten beide jeden Sommer ihres jungen Lebens in Salcombe verbracht. Willa studierte jetzt in Michigan. Sie war ein Partygirl. Auf quirlige Art süß; Männer mochten ihre Energie und ihr Lachen. Bereits mit zwölf hatte Micah ihr erzählt, dass er schwul war, was für ihn damals eine große Sache gewesen war, aber sie hatte bloß gekichert und »Ach nee?« gesagt. Würde Micah Willa auch nahestehen, wenn er sie in der richtigen Welt da draußen getroffen hätte? Wahrscheinlich nicht. Ihre Freunde vom College waren alle heterosexuell, sie tranken gerne Bier und gingen zum Football. Aber er liebte Willa trotzdem. Salcombe machte das mit einem.

»Micaahhhhh«, stöhnte sie und hob den Kopf. »Können wir nicht einfach gehen? Bestimmt werden wir von keiner fliegenden Kuh erschlagen. Wir sind hier ja nicht im *Zauberer von Oz*.«

»Lass uns einfach noch ein paar Minuten warten«, sagte Micah.

Willa streckte ihm die Zunge heraus. Die Lichter fingen an zu flackern, gingen mehrfach an und aus, bevor sie ganz erloschen.

»Der Strom ist ausgefallen«, sagte Willa. Er konnte ihr Gesicht in der Dunkelheit nicht sehen.

»Ja, das habe ich gemerkt«, sagte Micah. Er schaltete die Taschenlampe seines Handys ein und steuerte den Sicherungskasten an, ganz in der Nähe der Stelle, an der Larry Higgins hockte. Larry war in einem halb schlafenden, halb bewusstlosen Zustand. Er brabbelte irgendwelchen Unsinn vor sich hin, den Micah nicht verstehen konnte. Micah drosch auf die Tür des rostigen Kastens, die sich daraufhin mit einem Scheppern öffnete (er musste unbedingt daran denken, mit Steve Pond, dem Präsidenten des Jachtclubs, über die Reparatur der Elektrik für den nächsten Sommer zu sprechen). Er legte ein paar Schalter um, aber nichts geschah.

»Es funktioniert nicht«, rief er Willa zu.

»Das sehe ich!«, erwiderte sie lachend.

»Ich schau mal, ob ich nebenan ein paar Kerzen finde«, sagte Micah. Er ging zur Abstellkammer neben dem Hinterausgang und passte dabei auf, nicht gegen Tische oder Stühle zu stoßen. Er warf einen Blick durch die großen Fenster, die auf die Tennisplätze hinausgingen, und bemerkte zwei Lichtkegel, die über den grünen Sand schwenkten.

Im Schutz der Dunkelheit trat er näher heran und drückte sich die Nase fast am Glas platt, um besser sehen zu können. Er erkannte Jen Weinstein und Lauren Parker in lächerlich großen gelben Regenmänteln und mit tief ins Gesicht gezogenen Kapuzen. Sie hatten Taschenlampen in der Hand und suchten nach … irgendetwas. Oder irgendwem. Auf den Tennisplätzen? Er trat wieder vom Fenster weg, um sicherzugehen, dass sie ihn nicht durch die Glasscheibe entdeckten. Gerade rechtzeitig, denn keine Sekunde später ging das Licht im Club wieder an und beleuchtete die verschrammten Holzwände und den Boden, und der grellgrüne Filz des Billardtisches blendete Micah. Schnell wandte er sich ab und eilte zurück in den Barbereich. Was machten Lauren und Jen da bloß zusammen draußen im Sturm? Und wonach suchten sie?

Willa saß immer noch auf ihrem Platz und scrollte auf ihrem Handy.

»Können wir jetzt endlich von hier verschwinden? *Bitte?*«, sagte sie, ohne aufzublicken.

»Jaja, okay«, erwiderte Micah, erschöpft und ein bisschen besorgt. »Aber du musst mir noch mit Mr. Higgins hier helfen.«

Willa nickte seufzend, und die beiden Freunde machten sich daran, Larry zu wecken. Micah legte einen Arm um ihn und zog ihn hoch. Sie hatten einen langen, nassen Weg vor sich.

Rachel Woolf

Rachel Woolf hatte seit dem frühen Nachmittag im Anchor Inn getrunken, einer Kneipe in Kismet, dem Nachbarort von Salcombe. Als sie gesehen hatte, dass Lauren und Jen sie zur Rede stellen wollten, war sie kopflos geflüchtet, rechts in die Lighthouse Road eingebogen und die fünfzehn Minuten über den Schotterweg, der die beiden Ortschaften verband, hinüber nach Kismet geradelt.

Sie hockte nun schon wer weiß wie lange im Anchor Inn, bestimmt seit Stunden, draußen war es dunkel und goss in Strömen, und sie wusste nicht, wohin sie gehen oder wen sie anrufen sollte. Sie war betrunken, und natürlich hatte sie keinen Schirm dabei. Der Barkeeper, ein angegrauter Fire-Island-Bewohner mit wettergegerbtem Seemannsgesicht, warf ihr immer wieder den »Jetzt hau schon endlich ab«-Blick zu. Aber

Rachel rührte sich nicht. Sie schaute auf ihr Handy: zwanzig Uhr achtunddreißig. Keine Anrufe oder Textnachrichten. Sie war die Einzige, die noch in der Kneipe hockte.

Da flog krachend die Tür auf, und Rachel fuhr ängstlich herum. Sie hoffte, dass es weder Lauren noch Jen, Sam oder Jason war – sie hatte eine Bombe gezündet, aber sie wollte nichts mit den Folgen zu tun haben. Sie atmete auf, als sie sah, dass es Robert war, durchnässt und immer noch in seiner Tenniskleidung. Er entdeckte sie sofort und ließ sich auf den Hocker neben ihr fallen. Der Barkeeper kam herüber und reichte ihm wortlos ein Geschirrtuch, mit dem Robert sich Gesicht und Haare abtrocknete.

»Whiskey auf Eis, bitte«, sagte Robert, als er es ihm zurückgab.

»Da ist er ja, der Mann der Stunde«, sagte Rachel und klopfte ihm auf betont schwesterliche Art auf den Rücken. »Was treibt dich nach Kismet? Geht Lauren nicht ans Telefon?« Rachel spürte, dass ihr die Worte lallend aus dem Mund krochen. Eigentlich hatte sie gar nicht vorgehabt, ihn anzugreifen. Sie war einfach in schlechter Verfassung.

»Sehr witzig«, schnaubte Robert. »Ich habe dir doch gesagt, dass zwischen uns nichts läuft.« Er klang gestresst, und seine gebräunte Stirn sah verkniffen aus. »Und was machst *du* überhaupt hier? Wo hast du den ganzen Tag gesteckt?«

Rachel befand, dass sie es ihm jetzt genauso gut sagen konnte. Wer war er schon auf dieser Welt? Er würde nächstes Jahr nicht wiederkommen. Außerdem war sie sehr, sehr betrunken.

»Weißt du noch, als ich erwähnt habe, dass ich weiß, mit wem Jen eine Affäre hat?«

Robert nickte argwöhnisch.

»Tja, es ist Jason«, fuhr sie fort. »Ja, genau der: Sams bester Freund Jason. Ist das zu fassen? Ich habe sie Anfang des Sommers zusammen am Strand gesehen, und ich habe es die ganze Zeit für mich behalten. Den ganzen Sommer lang! Ich kann immer noch nicht glauben, dass sie Sam so etwas antut. Ich meine, es ist *Sam*!« Rachel hatte das Gefühl, dass sie dafür ein Lob verdiente.

Doch Robert nickte bloß, sagte aber nichts. Also fuhr sie fort:

»Und als ich heute Morgen dann gegen Jen verloren habe …«, sie brach ab, da sie wusste, wie der Rest klingen würde.

»Du willst mir also sagen, dass du Sam von Jen und Jason *erzählt* hast, weil du so wütend darüber warst, dass du gegen Jen und Lauren verloren hast?!« Robert brach in lautes, schallendes Gelächter aus. »Ihr seid doch alle total geisteskrank«, sagte er und nahm einen großen Schluck von seinem Drink. »Verdammte Irre. Ihr alle.«

Rachel blickte auf ihre Hände hinunter. Sie sahen aus wie die Hände ihrer Mutter. Wie war sie nur so alt geworden, ohne etwas vorzuweisen zu haben? Sie wollte noch einen Wodka Soda beim Barkeeper bestellen, doch der schüttelte den zotteligen Kopf. Verdammter Mistkerl.

»Du hast mir noch nicht gesagt, warum *du* hier bist«, sagte Rachel. »Allein draußen bei dem Gewitter. Ich muss sagen, das ist schon ein bisschen seltsam, Robert.«

»Ach, ich hab nur nach jemandem gesucht, das ist alles«, winkte er ab.

Rachel vermutete, dass er Lauren meinte. Sie fragte sich, wo Lauren und Jen jetzt waren. Und natürlich auch Sam und Jason. Sie machte sich Sorgen, dass Sam sich zu irgendeiner unüberlegten Handlung hinreißen ließ. Er war in letzter Zeit unberechenbar. Was würde er mit Jason anstellen? Robert kippte den Rest seines Whiskeys hinunter und legte einen Zwanziger auf den Tresen.

»Gehen wir. Du musst nach Hause, und ich auch. Oder meinst du, du kannst dich ewig vor deinen Freunden verstecken?«

In der Tat hätte sie sich am liebsten für immer verkrochen. Es war nicht ihr Schlamassel gewesen, aber sie hatte es noch schlimmer gemacht. Wie würde es für sie alle weitergehen, wenn der Sommer vorbei war? Würde es in Salcombe für Rachel jemals wieder so wie früher sein? Der Gedanke, nach New York City zurückzukehren, bereitete ihr Bauchschmerzen. Zurück in ihr normales, trauriges, einsames Leben.

Sie rutschte vom Hocker, und sie traten gemeinsam in den Sturm hinaus. Es war so windig und regnerisch, dass Rachel kaum in die Pedale ihres Fahrrads treten konnte – Robert fuhr mit seinem voraus über einen schmalen, schlecht gewarteten Bohlenweg, der zu dem Schotterweg nach Hause führte.

Rachel war wackelig unterwegs; betrunken durch ein heftiges Unwetter zu fahren, war keine leichte Aufgabe. Zweimal driftete sie ins Gebüsch am Wegesrand ab, einmal schrammte sie mit dem nassen Gesicht einen Ast und schrie nach Robert um Hilfe. Sie konnte kaum einen halben Meter vor sich sehen. Nach fast dreißig Minuten Gestrampel entdeckten sie die Straßenlaterne am West Walk, die den Anfang von Salcombe markierte.

Robert fuhr weiter vor ihr her; die Konturen seines muskulösen Rückens zeichneten sich durch sein T-Shirt ab. Sie folgte ihm die Lighthouse Road entlang. An der Abzweigung zum Marine Walk, ihrer Straße, hielt er an. Sie tat es ihm nach, und er zeigte in die Richtung, in die sie weiterfahren musste, und winkte ihr noch zum Abschied. Dann fuhr er weiter. Sie wusste, dass sie direkt nach Hause fahren sollte, aber sie war noch nicht so weit. Wohin wollte er jetzt? Sie wartete ein paar Sekunden und folgte ihm dann an der Broadway Road vorbei und weiter in Richtung Neptune Walk. Sie passierte das Haus der Mulders und kurz darauf das der Brauns. Sie hatte Vicky und Janet in ein paar Gruppenchats zu ihrem Sieg gratuliert, einschließlich einiger abfälliger Bemerkungen über Jens peinlichen Schummelversuch. Rachel wünschte *fast*, sie hätte das Finale nicht geschwänzt. Fast. Denn sie wusste, Jen und Lauren verlieren zu sehen, wäre schön gewesen. Sie fragte sich, wie Vicky und Janet wohl ihren Sieg feierten.

Robert hielt im Neptune Walk, direkt vor Susan Steinhagens Haus. Er stieg vom Fahrrad ab und ging zum Seiteneingang. Er hatte nicht bemerkt, dass Rachel ihm hinterherfuhr. Auch sie stieg ab, klappte den Fahrradständer aus (obwohl das bei dem Wind wohl eher ein sinnloses Unterfangen war) und folgte ihm. Die Lichter in Susans Haus waren aus – vielleicht schlief sie schon? Bei diesem Unwetter war sie bestimmt zu Hause.

»Robert!«, rief Rachel ihm hinterher. Er stand an der Tür und rüttelte daran. »Robert! Was machst du denn da? Was willst du bei Susan?«

Er hörte sie nicht; der Wind war zu laut. Sie sah, wie er heftig gegen die Tür trat, einmal, zweimal, und sein Tennisschuh krachte gegen das feuchte Holz. Nichts geschah. Rachel war entsetzt. Zum ersten Mal an diesem Abend hatte sie das Gefühl, dass sie in Gefahr sein könnte. In diesem Moment nahm sie wahr, wie eine Gestalt auf einem Fahrrad vorbeisauste – eine ältere Frau in einem Adidas-Trainingsanzug, die den Bohlenweg hinunter in Richtung Bucht fuhr. In ihrem Fahrradkorb lag etwas, das wie ein Notizbuch aussah. Susan. Sie musste das Haus durch die Vordertür verlassen haben. Robert sah sie auch und rannte an Rachel vorbei, die er endlich bemerkte. Sein Gesicht wirkte grimmig.

»Robert, was ist los?«, rief Rachel ihm noch zu, als er Susan auf dem Neptune Walk hinterherfuhr. Schnell schnappte auch sie sich ihr Fahrrad, das wie durch ein Wunder noch stand, und radelte hinterher.

Sie sah ihn keine fünfzig Meter vor sich. Doch Susan konnte sie nicht mehr erkennen; der Nebel verschluckte sie. Auf dem Neptune Walk gab es keine Beleuchtung, und der Regen erschwerte ihr die Sicht. Betrunken wie sie war, fuhr Rachel Schlangenlinien, bemüht, das Gleichgewicht zu halten. Der Bohlenweg befand sich gut einen Meter über dem Boden. Wenn man unglücklich stürzte, konnte man sich leicht das Genick brechen.

»Fahr geradeaus, fahr geradeaus, fahr geradeaus«, murmelte Rachel vor sich hin, während sie Robert in Richtung Bucht folgte. Auf halbem Weg zwischen Lighthouse und Harbor brachte sie ein Anblick auf dem Neptune Walk zum Anhalten. Zwei Männer und zwei Frauen, die sich anscheinend Auge in Auge gegenüberstanden.

Sie beobachtete, wie Robert in einigem Abstand zu ihnen bremste und mit seinem Fahrrad stehen blieb. Wo war Susan hin? Rachel hörte Geschrei, konnte aber wegen des starken Windes nicht ausmachen, wer was sagte. Sie radelte näher heran, bevor auch sie stehen blieb. Sie erkannte ein leuchtend oranges Hemd. Sam. Und eine große Gestalt, die dicht neben ihm stand. Jason. Die beiden anderen waren kleiner und hatten Kapuzen über die Köpfe gezogen. »Jason!«, hörte sie eine von ihnen rufen. Es war Lauren. Lauren und Jen.

Rachel war betrunken, sicher, aber so betrunken nun auch

wieder nicht, dass sie in diese Szene hineingeraten wollte. Sie wendete das Fahrrad in einem vorsichtigen Bogen und fuhr in Richtung Meer davon. Das Radeln war schwierig; der Wind drängte sie zum Schauplatz zurück. Sie trat stehend in die Pedale, wie sie es als Kind getan hatte, um mehr Kraft aufbringen zu können. Sie musste daran denken, wie ihr Vater ihr auf eben diesen Bohlenwegen das Fahrradfahren beigebracht hatte.

Er hatte das Fahrrad hinten festgehalten und war neben ihr hergelaufen, während sie immer weiter radelte. »Ich hab dich!«, hatte er ihr beim Fahren zugerufen und dann losgelassen, als sie davonsauste. »Ich hab dich!«

Eine weitere heftige Böe kam auf, und plötzlich spürte sie, wie ihr etwas ins Gesicht klatschte – sie war von einem fliegenden Ast getroffen worden. Überrascht und aus dem Gleichgewicht gebracht, schlingerte sie an die Kante des Weges.

Aus einiger Entfernung hörte sie einen lauten Schrei. Dann stürzte sie über die Kante, kopfüber ins Gebüsch, und ihr Fahrrad landete mit einem dumpfen Knall auf ihr.

Fünfter Teil

Labor-Day-Wochenende

24

Lauren Parker

Lauren Parker war erschöpft. Seit zwei Tagen packte sie zusammen, warf Krimskrams weg, der sich im Laufe des Sommers angesammelt hatte, sichtete Klamotten, Badeanzüge, Flip-Flops und Tennisausrüstung und sortierte die Dinge danach, ob sie nach Salcombe gehörten oder nach New York City. Wie immer war Jason überhaupt keine Hilfe. Zum Glück gab es Silvia.

Lauren hasste den Labor Day. Sie hasste das ganze Organisatorische, das anfiel, das Ende des Sommers und das Gefühl, dass die Party nun vorbei war. Die Kinder mussten nächste Woche wieder an die Braeburn, und schon morgen würden sie die Insel für dieses Jahr verlassen. Sie hatten nicht vor, an irgendwelchen Herbstwochenenden wiederzukommen. Dass sie nach dem tragischen Unfall überhaupt noch so lange geblieben waren, grenzte an ein kleines Wunder, und sie hatten es auch nur getan, weil Arlo und Amelie gewaltige Ausraster bekommen hatten, da sie den Spaß am Ende der Saison ja nicht verpassen wollten.

Nun saß Lauren im Publikum beim großen alljährlichen Labor-Day-Spektakel, einer Talentshow für Kinder, die im großen Saal des Jachtclubs stattfand. Sowohl Arlo als auch Amelie würden auftreten – Arlo und sein Freund Rhenn, der Sohn von Mollie Davidson, wollten eine Zaubernummer vorführen (die Lauren für schlappe hundert Dollar bei Amazon bestellt hatte), und Amelie und Myrna Metzner sangen *Let It Go*. Es war eine schöne Tradition in Salcombe, aber in diesem Jahr fühlte sich das Ganze irgendwie nicht richtig an. Lauren rutschte unbehaglich auf einem der Plastikstühle hin und her und wartete darauf, dass Jason ihr ein kaltes Glas Chardonnay brachte. Die Betreuer des Feriencamps hatten die kleine Bühne für die Show aufgebaut und aus zwei Segeln einen behelfsmäßigen Vorhang gebastelt. Laurens Bekannte waren überall im Publikum verstreut. Lisa und Emily saßen in hellbraunen Hängekleidern weiter vorne und steckten die Köpfe zusammen. Beth und Jeanette saßen in der Nähe der Tür, Beth in einem schwarzen V-Ausschnitt-Oberteil und zerrissenen Jeans, und Jeanette unpassenderweise in einem hautengen blauen Top, dessen tiefer Ausschnitt für alle Väter sichtbar war. Von dem üblichen Trio fehlte nur Jessica Leavitt, denn die Leavitts waren sofort nach Dannys Befragung durch die Polizei nach New York City zurückgekehrt und hatten sich nicht einmal die Mühe gemacht, ihr Haus winterfest zu machen. Lauren hatte gesehen, wie sie ihren Handwagen nachmittags zum Anleger an der Broadway Road gezerrt hatten, wobei ihre beiden Kinder Danny und Rose mürrisch hinterhergestiefelt waren, traurig darüber, die letzten Wochen des Feriencamps zu verpassen.

Jason ließ sich auf den Stuhl neben Lauren gleiten und reichte ihr den sauren Chardonnay aus der Jachtclub-Bar. Die dürftige Weinauswahl hier würde sie sicher nicht vermissen. Jason war spätsommerlich tief gebräunt und roch nach Aftershave. Lauren musterte ihn kurz von oben bis unten und war nicht abgestoßen. Ein kleiner Fortschritt.

Sie sah Jen und Sam durch den Hintereingang hereinkommen. Sie hielten Händchen. Jen trug einen auffälligen roten Lippenstift zu ihrem liebsten weißen Hemdblusenkleid, Sam ein weißes Leinenhemd.

Sie gaben ein schönes Paar ab. Lauren winkte sie herbei, und sie steuerten um die Stuhlreihen herum und setzten sich direkt vor die beiden. Jason und Sam nickten sich freundlich zu.

Jen drückte Laurens Schulter, als die Lichter an- und ausgingen, zum Zeichen, dass die Show nun anfing. Normalerweise begann es mit einem Gruppenlied, der Stadthymne von Salcombe, aber heute ertönte bloß eine kreischende Rückkopplung, bevor Steve Pond, der Präsident des Jachtclubs, mit dem Mikrofon in der Hand die Bühne betrat. Jen sah Lauren stirnrunzelnd an.

»Willkommen, liebe Leute, willkommen«, sagte Steve. Seine perlweißen Veneers auf den Zähnen glänzten im Bühnenlicht regelrecht neonfarben. »Ich danke euch allen für euer Kommen. Die Kinder hinter der Bühne freuen sich sehr darauf, heute Abend für euch aufzutreten. Sie haben hart an ihren bezaubernden Nummern gearbeitet.« Jemand im Publikum nieste laut. »Es ist immer wieder traurig, wenn der Sommer zu Ende geht«, fuhr Steve fort. Seine Stimme klang heiser; jemand sollte ihm ein Glas Wasser reichen, war Laurens Gedanke. »Aber dieses Jahr ist der Abschied besonders bitter.«

Laurens Ohren wurden heiß. Sie fror ihr Lächeln ein, für den Fall, dass jemand sie ansah.

»Das liegt natürlich daran, dass wir jemanden von uns verloren haben, eine Person, die uns sehr am Herzen lag, die ein wichtiger Teil der Salcombe-Gemeinschaft und der Jachtclub-Familie war.« Lauren bemerkte, wie Rachel durch die Seitentür hereinschlüpfte. Sie trug Jeans zu einem weißen Rüschen-Oberteil und baumelnde Ohrringe, die Lauren billig vorkamen.

»Wir alle werden Susan Steinhagen ungeheuer vermissen«, sagte Steve. Das Mikrofon kreischte erneut durch eine Rückkoppelung, sodass sich viele im Publikum die Ohren zuhielten.

305

»Sie widmete ihr Leben dem überwältigenden Erfolg des Tennisprogramms in Salcombe, und wir können uns glücklich schätzen, sie und ihren verstorbenen Mann Garry in unseren Reihen gehabt zu haben. Susans Tod hat uns alle sehr hart getroffen – sie war eine persönliche Freundin von mir und Marie, und wir stehen noch immer unter Schock.«

Die Leute nickten. Lauren sah, wie sich einige der älteren Frauen aus Susans Freundeskreis die Tränen wischten. Rachel hatte sich mittlerweile ihren Weg zu Beth und Jeanette gebahnt und belegte einen Platz neben ihnen.

»Unser Salcombe-Lied möchte ich dieses Jahr Susan widmen. Ich erwarte von euch allen, dass ihr so laut wie möglich mitsingt! Wir haben es mit den Kindern geübt. Da kommen sie auch schon!«, rief Steve und gab den jungen Camp-Betreuern ein Zeichen, die Kleinen auf die Bühne zu führen.

Etwa vierzig Kinder im Alter von drei bis zwölf Jahren betraten in verschiedenen Kostümen die Bühne. Lauren sah Arlo neben Rhenn, beide im Smoking mit schwarzem Zylinder, wie sie ihre Zauberstäbe und Tücher umklammert hielten. Amelie hielt mit Myrna Händchen, beide in identischen blauen Disney-Eisköniginnen-Kleidern.

»Und eins, zwei, drei!«, rief die Chefbetreuerin Jessie Longeran, eine Sechzehnjährige mit rosa Strähne im lockigen roten Haar.

»S-A-L-C-O-M-B-E, gutes altes Salcombe, wie bist du doch so schö-hön«, sangen sie alle unisono.

Lauren sah zu Jason hinüber, der mitsang. Und Sam ebenfalls. Dieser bescheuerte Ort.

»S-A-L-C-O-M-B-E, der Sommer ist vorbei, oje-he, nun packen wir unsere Koffer und sagen ade-he, gutes altes Salcombe, wie bist du doch so schö-hön …«

Nun fiel die Menge in den Refrain ein, grölte, jubelte und applaudierte gemeinsam. Lauren stand mit auf, beteiligte sich aber nicht an dem Gejohle.

Das Lied endete mit einem mitreißenden: »Nächstes Jahr sind wir alle wieder da!«

Dann nahm das Publikum wieder Platz, bereit, sich die Vorstellung anzuschauen. Lauren merkte, dass sie bereits Wein-Nachschub brauchte. Sie schlüpfte aus ihrer Reihe und ging durch die Hintertür in den Restaurantbereich, bevölkert von ein paar vereinzelten Kinderlosen, die keine Lust hatten auf einen Haufen schief singender Kinder.

Durch die Tür konnte Lauren beobachten, welche Künstler gerade auftraten, und so beschloss sie, sich an die Bar zu setzen, bis sie Arlos oder Amelies Namen hörte. Den talentlosen Kindern anderer Leute zuzusehen, war die ultimative Hölle. Micah Holt stand hinter der Bar. Er war einer dieser stilsicheren Schwulen, mit denen sie schon immer gerne befreundet gewesen war, und sie empfand Zuneigung zu ihm.

»Noch einen Chardonnay, bitte, Micah«, sagte Lauren. Er brachte die Flasche herüber und schenkte ihr ein großes Glas ein. »Müsstest du nicht eigentlich schon wieder in Yale sein?«, fragte sie ihn.

»Ja, es ging schon los. Ich bin nur über das lange Wochenende hier und helfe meinen Eltern, das Haus klarzumachen«, sagte er und fuhr sich mit der Hand durch das beeindruckende Haar.

Lauren hoffte, dass Arlo einmal so höflich und rücksichtsvoll werden würde wie Micah. Bis jetzt kam Arlo eher nach Jason und wachte schon schlecht gelaunt auf, egal, wie viel *Minecraft* Lauren ihm erlaubte. Sie freute sich darauf, dass ihre Kinder bald wieder in den Schulalltag eingebunden waren und ihre Tage mit anderen Dingen als Meer, Tennis und Feriencamp ausgefüllt sein würden. Salcombe trocknete ihre Gehirne aus. Bis zu den College-Bewerbungen war es *so* weit nun auch nicht mehr, und mit Geld war nicht alles wettzumachen.

Das Drama mit der Braeburn schien so lange her zu sein. Rückblickend konnte sie kaum glauben, dass sie sich so sehr in einen Schulskandal um einen betrügerischen Schulleiter hineingesteigert hatte. Wie ahnungslos sie doch gewesen war. Inzwischen hatte eine Frau den Tod gefunden! Und sie war darin verwickelt gewesen! Gewissermaßen. Sie versuchte, nicht daran zu denken. Doch das war unmöglich, denn da kam Robert hereinspaziert, sexy in engen Jeans und einem hellgrauen Pullover. Er bemerkte Lauren sofort an der Bar, erstarrte für eine Sekunde und kam dann direkt auf sie zu. Erwischt. Sie hatte seit jener Nacht nicht mehr mit ihm gesprochen und eigentlich vorgehabt, ihm aus dem Weg zu gehen, bis sie die Insel verlassen würde. Aber Fehlanzeige.

Sie setzte sich aufrechter hin und schob ihre Brüste vor. Sie trug ein einfaches weißes Trägershirt und ihre leicht ausgestellte Lieblingsjeans von Frame. Robert setzte sich auf den Hocker neben sie, die Beine ihr zugewandt, und berührte ihre Knie fast mit seinen.

»Und …«, sagte er und schaute sie mit seinen blauen Augen direkt an, »wie geht es dir so?«

»Mir geht's gut, danke«, antwortete sie und versuchte, unbekümmert zu klingen. »Wir packen gerade zusammen und reisen morgen ab. Wie läuft's bei dir?«

Sie gab Micah ein Zeichen, herüberzukommen und Roberts Bestellung aufzunehmen. Komischerweise zögerte der und runzelte die Stirn. Warum mochte Micah Robert nicht?

»Hey, Robert, möchtest du ein Pils?«, fragte er schließlich.

Robert nickte freundlich.

Micah brachte ihm eines und verzog sich gleich wieder.

»Bei mir läuft's gut«, nahm Robert das Gespräch wieder auf und nippte an seinem Bier. »In einer Woche bin ich hier fertig, und dann ziehe ich nach New York City. Ich habe eine Wohnung in Chelsea gemietet, Ecke Twenty-First und Seventh. Nächste Woche fange ich in meinem neuen Job an.«

Lauren, von dieser Nachricht überrascht, versuchte, es sich nicht anmerken zu lassen. »Oh, das ist ja toll für dich. Was wirst du denn machen?«

»Ich arbeite für Larry Higgins, lerne sein Geschäft kennen und helfe ihm, wo ich kann.«

»Das klingt ja perfekt«, sagte sie. Sie schob ihre Knie so nahe an ihn heran, dass sie vollen Körperkontakt hatten. Er roch einfach so gut.

»Wenn du im Winter mal Tennisstunden brauchst, gib mir Bescheid«, sagte er. Seine Hand streifte ihren Arm, als er nach seinem Bier griff.

Bei der Berührung lief Lauren ein wohliger Schauer durch den Körper.

»Unter der Woche werde ich beschäftigt sein, aber an den Wochenenden könnte ich mir Zeit nehmen, um mit dir zu trainieren.«

Sie nickte.

Dann spürte sie plötzlich eine Hand an ihrem Rücken, drehte sich um und sah Brian Metzner hinter ihnen stehen. Sie war sich nicht sicher, hatte aber das Gefühl, er könnte einen verstohlenen Blick auf ihre und Roberts Beine geworfen haben. Schnell rückte sie von Robert ab.

»Hallo, ihr beiden«, sagte Brian. Er hatte im Laufe des

Sommers zugenommen, und man konnte seine Anspannung förmlich spüren. »Wie ich sehe, wolltet ihr auch dem Gekreische entkommen.«

»Ich geh wieder rein, wenn Myrna und Amelie dran sind – Arlo und Rhenn sind, glaube ich, die letzte Nummer im Programm«, erklärte Lauren. Sie wünschte, er würde gehen.

Robert schwieg. Brian verstand den Wink nicht. Micah reichte ihm einen Wodka auf Eis.

»Ich komme immer noch nicht über die Sache mit Susan Steinhagen hinweg«, sagte Brian und brach damit das Schweigen.

Lauren und Robert starrten beide zugleich auf den Tresen.

»Ich hätte einfach nie damit gerechnet. Ich dachte, diese Frau würde ewig leben und uns auch noch mit hundert auf dem Tennisplatz herumkommandieren«, erklärte er.

Lauren nickte verständnisvoll. Das Gute an Brian war: Er war so selbstbezogen, dass er nie bemerken würde, wenn sich jemand komisch benahm.

»Was zum Teufel hat sie da draußen gemacht?«, fragte Brian. »Sie hätte es doch eigentlich besser wissen müssen, als bei diesem heftigen Sturm mit dem Fahrrad durch die Gegend zu fahren – sie kommt seit vierzig Jahren hierher. Ich habe gehört, dass die Polizei kaum ermittelt hat. Irgend so ein paar Hampelmänner aus Suffolk County. Sie haben mit Danny Leavitt und den Cahulls gesprochen, die Susan gefunden haben, aber das war's auch schon.« Brian leerte seinen Wodka. »Ich hoffe nur, dass sich das nicht wertmindernd auf die hiesigen Immobilienpreise auswirken wird«, fuhr er fort. »Ein mysteriöser Todesfall, ob Unfall oder nicht, ist kein gutes Verkaufsargument für Immobilienmakler. Die Stadt hätte die Bohlenwege nie so hoch anlegen dürfen.«

»Es ist wirklich ein Jammer«, sagte Robert. »Ich habe gerne mit ihr zusammengearbeitet.«

Er stand vom Hocker auf und ließ sein halb volles Bier auf der Theke stehen. »Also, ich bin dann mal weg. Ich wollte mich noch kurz vor den Fernseher setzen und dann früh zu Bett gehen. Brian, Lauren, genießt den Rest der Show.« Mit diesen Worten ging er in den Abend hinaus und ließ die beiden anderen betreten zurück.

Lauren wusste nicht so recht, was sie noch sagen sollte. Ihr war immer noch ein Rätsel, wie sie in diese Situation geraten war. Sie war eine aufrechte, gesetzestreue Mutter von der Upper East Side. Und sie war Elternsprecherin an der Braeburn Academy! Sie musste an diese Nacht zurückdenken, an das Chaos und das Durcheinander. Sie wusste immer noch nicht, was genau passiert war oder warum Susan überhaupt dort gewesen war.

Was sie wusste, war Folgendes: Sie und Jen waren Jason und Sam auf dem Neptune Walk gefolgt, nachdem sie die beiden auf dem Spielplatz entdeckt hatten. Sie hatten beide gleich nach dem Harbor Walk eingeholt. Sam schrie Jason an und fuchtelte auf fast schon komische Weise mit einem Messer herum. Beide Männer waren völlig durchnässt. Lauren verstand Sams Wut – Jason hatte Sam auf die schändlichste Weise hintergangen. Auch Jens Verhalten ließ sich erklären. Sie war gelangweilt und unglücklich. Beides Gefühle, die Lauren nachempfinden konnte. Aber Jason, pah, was zur Hölle hatte den bloß geritten? Lauren war plötzlich stinksauer auf ihn gewesen. Sicher, auch sie hatte eine Affäre, aber immerhin nicht innerhalb ihres gemeinsamen Freundeskreises! Was Jason getan hatte, war unentschuldbar. Wie konnten sie sich je wieder in Salcombe blicken lassen, wenn jemand dahinterkäme? Jason war so ein egoistisches Arschloch. Sie spürte, wie sie etwas überkam, derselbe Impuls, den sie bei ihrem Streit mit Beth Ledbetter verspürt hatte. Blinde Wut.

»Jason!«, brüllte sie. Beide Männer fuhren herum und sahen sie an. Sie rannte rasend vor Wut auf ihren Mann zu und schubste ihn mit aller Kraft, wobei sie ihren durch Pilates trainierten Core fest anspannte. Von seiner knapp fünfzig Kilo schweren Frau völlig überrumpelt, stolperte er nach hinten. Just in diesem unglücklichen Moment kam ein Fahrrad herangesaust. Jason prallte rückwärts dagegen, was seinen Sturz zwar verhinderte, das Fahrrad jedoch über die Kante des Bohlenwegs hinausschleuderte, sodass es einen Meter tiefer auf dem nassen, harten Boden aufprallte. Lauren hörte ein Knirschen, als es landete. Jen kreischte auf. Lauren stürzte an den Rand des Bohlenwegs und sah eine alte Frau unnatürlich verdreht daliegen, ihr Fahrrad auf ihr. Sie bewegte sich nicht. Sam war als Erster an Laurens Seite; sie spürte die Wärme seines Körpers neben ihr, seinen hektischen Atem.

»Das ist Susan. Susan Steinhagen«, sagte er. »Das ist ihr Trainingsanzug.«

Lauren konnte nicht hinsehen. Sie wollte nicht. Stattdessen sah sie sich auf dem Bohlenweg um. Etwa sechs Meter weiter nördlich sah sie einen Mann mit einem Fahrrad, der wie versteinert stehen geblieben war. Robert. Was suchte er da? Keine Sekunde später machte er mit seinem Fahrrad kehrt und fuhr in Richtung Lighthouse Road davon. Er verschwand einfach in der Nacht. Sie glaubte nicht, dass die anderen ihn gesehen hatten.

»Wir müssen hier weg«, sagte Jen und zerrte an Laurens Regenmantelärmel.

»Ich glaube, sie ist tot«, sagte Jason.

Sam kletterte hinunter und tastete nach ihrem Puls, wobei er darauf achtete, das Fahrrad nicht zu berühren. »Nichts«, sagte er leise und kletterte wieder zurück auf den Weg.

»Trennen wir uns und treffen uns später bei uns zu Hause«, sagte Jen bestimmt. Lauren konnte sich vorstellen, dass dies die Stimme war, mit der sie mit ihren Klienten in der Therapie sprach. »Es darf nicht rauskommen. Wir wären alle ruiniert. Das Leben unserer Kinder wäre ruiniert. Lasst uns die dunkelsten Wege nehmen. Sam, du nimmst den West Walk, Jason, du den Surf Walk, Lauren, du den Atlantic, und ich gehe den Neptune entlang. Niemand kommt in die Nähe der Broadway Road, dort gibt es Straßenlaternen. Geht schnell, aber ohne zu rennen. Haltet euch im Dunklen. Es ist jetzt bestimmt niemand unterwegs, aber wir wollen vermeiden, dass uns jemand durchs Fenster sieht. Falls irgendwer später danach fragen sollte, einigen wir uns auf die Geschichte, dass wir mit den Kindern einen Filmabend bei uns zu Hause hatten. Die Einzigen, die wissen, dass das nicht stimmt, sind Luana und Silvia, und sie werden nichts sagen. Das hier ist nie passiert. Es war ein tragischer Unfall.«

Jason und Sam nickten.

»Jason, du und ich sind fertig miteinander«, sagte Jen. Lauren spürte, wie Jason in der Dunkelheit zusammenzuckte. »Sam, ich liebe dich. Wir sehen uns zu Hause.«

Damit drehte sich Jen um, eilte davon und ließ Lauren, Sam und Jason noch immer ganz benommen zurück. Später trafen sich alle wie verabredet bei Jen und Sam zu Hause, zogen sich trockene Sachen an und sahen sich mit ihren Kindern das Ende von *Toy Story 2* an.

Am nächsten Tag versteckte sich Lauren hinter Lippenstift und Sonnenbrille und dachte jeden Moment, die Polizei würde durch die Tür ihres 2,3 Millionen Dollar teuren Strandhauses stürmen und sie verhaften. Aber es kam niemand. Auch nicht am nächsten Tag. Die Stadt war durch die tragische Nachricht von Susan Steinhagens Tod in Aufruhr. Auf den Tennisplätzen herrschte eine seltsame Stimmung, als ob niemand mehr spielen sollte (alle spielten trotzdem). Man munkelte, dass es sich um eine Depression gehandelt hätte; sie wäre immer noch so erschüttert von Garrys Tod gewesen, dass sie sich absichtlich von der Promenade gestürzt hätte. Was hätte sie sonst bei diesem Sturm da draußen gesucht? Ihre Freunde richteten eine provisorische Gedenkstätte für sie ein; an einem Abend gingen sie mit Kerzen von den Tennisplätzen zum Fähranleger und versammelten sich anschließend zu Susans Gedenken bis spät am Strand der Bucht. Lauren verspürte den makabren Drang, daran teilzunehmen, was Jason ihr umsichtigerweise verbot. »Das ist nichts für Leute in unserem Alter. Das käme seltsam rüber«, hatte er gesagt. »Wie ein Serienmörder, der an den Tatort zurückkehrt.«

Eine Serienmörderin war Lauren ja nun wirklich nicht! Aber sie sah ein, dass Jason recht hatte. Seit jener Nacht herrschte Tauwetter zwischen ihnen beiden. Er schien so interessiert an ihr zu sein wie seit Jahren nicht mehr, erkundigte sich nach ihrem Tag und den Schulvorbereitungen der Kinder. Lauren war sich nicht sicher, ob es daran lag, dass er nun mit Sicherheit wusste, er würde niemals mit Jen zusammenkommen, oder daran, dass sie ab jetzt für immer durch diesen tödlichen Unfall verbunden waren. Oder vielleicht hatte er wegen ihres Wutausbruchs auch nur Schiss vor ihr. Wie auch immer, es war schön, sich nicht völlig ignoriert zu fühlen. Und es hatte durchaus etwas Aufregendes, ein großes Geheimnis zu teilen. Sie hatten in dieser Woche schon zweimal Sex gehabt. Das war seit Jahren nicht mehr vorgekommen.

»Begrüßen Sie: Amelie Parker und Myrna Metzner!«, hörte Lauren da den Showmaster ins Mikrofon sagen. Sie winkte Brian zum Abschied noch einmal zu und ging zurück in den großen Saal, um sich wieder neben Jason zu setzen. Die beiden zuckersüßen Mädchen betraten die Bühne und stimmten eine unglaublich laute Version von *Let It Go* an. Amelie wirbelte nur so herum, während Myrna sich müde auf der Bühne niedergelassen hatte. Als es vorbei war, lachten und applaudierten sämtliche Zuschauer. Jason schob seine weiche, kühle Hand in Laurens. Sie fühlte sich wie die eines Fremden an. Sie hatte niemandem davon erzählt, dass Robert Zeuge von Susans Tod gewesen war, und würde es niemals tun. Wozu auch?

In diesem Augenblick beschloss sie, Robert nicht in New York City wiederzutreffen. Das Gefühl, das sie heute Abend gehabt hatte, war nichts als eine Reaktion ihres Körpers auf ihn gewesen.

Wenn Lauren Parker etwas war, dann pragmatisch. Diesen Sommer war sie aus der Rolle gefallen, aber sie schwor sich, sich nun wieder auf ihre normalen Gewohnheiten zu besinnen. Der Sex mit Robert war gut gewesen, aber sie liebte ihr Leben mehr. Zu Hause würde sie auch viel zu sehr mit ihren befreundeten Müttern und ihren SoulCycle-Kursen beschäftigt sein. Außerdem hatte sie beschlossen, ihre Küche zu renovieren – die hatte schon seit Jahren ein Update nötig, und das war ein Projekt, in das sie sich stürzen konnte.

Nun betraten Arlo und Rhenn die Bühne und fuchtelten mit ihren Zauberstäben herum, während Arlo ein ellenlanges Taschentuch aus dem Ärmel zog.

»Sie sind so süß«, flüsterte Jen Lauren über die Schulter zu.

Lauren fragte sich, ob sie und Jen sich weiterhin so nahestehen würden wie im vergangenen Monat. Dagegen fühlten sich ihre Freundschaften mit anderen Müttern vergleichsweise dünn an. Vielleicht musste sie mit denen auch erst einen Mord begehen. Lauren schmunzelte über ihre eigenen schrägen Gedanken.

Ein paar Reihen weiter sah sie, wie Rachel aufstand und sich durch den Seiteneingang verdrückte. Auch mit ihr hatte Lauren seit jenem Tag nicht mehr gesprochen. Sie wusste nicht, wohin Rachel gefahren war, nachdem sie vor ihr und Jen weggelaufen war, und sie wollte auch nicht fragen. Sie hatten sich alle voneinander ferngehalten. Lauren fand, dass man Rachel ruhig schmoren lassen konnte. Es geschah ihr auch ganz recht, dass sie, nach allem, was sie getan hatte, nun ohne Freunde dastand. Wer versuchte schon absichtlich, einer anderen die Ehe zu zerstören?

Humpelte Rachel etwa? Lauren sah ihr nach, wie sie die Tür öffnete und hinausging, wobei sie eindeutig mehr auf den rechten Fuß auftrat. Wenn sie recht darüber nachdachte, hatte sie Rachel in den letzten zwei Wochen überhaupt nicht mehr auf dem Tennisplatz gesehen. Nicht, dass Lauren mit ihr gespielt hätte, aber sie fragte sich, ob sie sich irgendwie verletzt hatte – oder, was wahrscheinlicher war, betrunken und allein in ihrer Wohnung gestürzt war. Wie auch immer. Rachel war für sie gestorben. Keine bestärkenden Gespräche mehr darüber, dass sie irgendwann einen Ehemann finden würde. Keine Mitleidseinladungen mehr. Von nun an konnte sie sich zu Beth und Jeanette und den anderen Außenseiterinnen von Salcombe gesellen.

»Das ist alles nur eine Illusion!«, rief Arlo gerade.

Rhenn warf ein Kartenspiel in die Luft, und es landete überall verstreut auf der Bühne. Sie drückte Jasons Hand und lächelte ihn an. Ein weiterer Sommer in Salcombe war vorüber. Zeit, nach Hause zu fahren.

25

Lisa Metzner und Emily Grobel

Lisa Metzner und Emily Grobel waren auf einer Wellenlänge. Sie hatten sich vor Jahren in der Stadtbibliothek bei einem Bastelprogramm für Kinder kennengelernt, die noch zu klein für ein Tagescamp waren. In jenem Jahr war Emilys und Pauls neues Ferienhaus auf Salcombe endlich fertig geworden. Lisa und Brian hatten ihr Ferienhaus im Winter desselben Jahres gekauft, auf Drängen eines von Brians Finanzfreunden namens Matt Hanon, der schon sein ganzes Leben lang nach Salcombe kam.

Keine der beiden Frauen hatte so recht gewusst, worauf sie sich da einließ, und beide hatten sich bei ihrer Ankunft von den Dynamiken des Ortes etwas überfordert gefühlt. An dem Tag in der Bibliothek kamen sie ins Gespräch, weil keine von ihnen so recht wusste, wie man die Tennisplätze buchen konnte. Zum einigermaßen komplizierten System gehörten kleine runde Marken, die sogenannten »Bons«, auf denen die Nachnamen der Mitglieder aufgedruckt waren. Das ganze Prozedere wurde von einer einschüchternden Frau namens Susan Steinhagen überwacht, und jeden Abend um neunzehn Uhr versammelte sich die Tennisgemeinde im Jachtclub, um sich für die Plätze des nächsten Tages anzumelden. Dabei musste man seine Familienmarke in eine Schüssel werfen und warten, bis Susan sie wie beim Bingo herauszog und dann den Nachnamen aufrief. (Selbst wenn man als Allerletzter aufgerufen wurde, bekam man in der Regel noch einen Platz um die Mittagszeit, der hei-ßesten und schlechtesten Zeit zum Tennisspielen. Aber wenn man dabei sein wollte, musste man schon ein bisschen Einsatz zeigen.)

An dem Tag in der Bibliothek schlossen Lisa und Emily den Pakt, all das gemeinsam zu ergründen, und waren beide erleichtert, in der jeweils anderen eine Mitstreiterin gefunden zu haben, die A.) nicht schon seit ewigen Zeiten nach Salcombe kam und B.) deren Stil sie bewunderte. Sie wurden zu einem so unzertrennlichen Sommergespann, dass die Leute zu scherzen anfingen, sie würden sie kaum noch auseinanderhalten können, obwohl Emily blond und Lisa brünett war. Sie hatten ein ähnliches Gespür für Mode und trugen oft Variationen desselben Outfits – übergroße Kleider, die ihre schlanke Figur noch hervorhoben, bequeme Leinenhosen mit seidenen Tanktops –, was ihnen beiden eine Art Grundschul-beste-Freundinnen-Geborgenheit vermittelte. Bald darauf schlossen sie sich mit Lauren Parker und Rachel Woolf zusammen und waren froh, eine kleine Clique gefunden zu haben, mit der sie etwas trinken gehen oder am Strand sitzen und über andere lästern konnten.

Das taten sie auch jetzt, am letzten Abend dieses Sommers, bei ein paar Negroni auf Emilys wunderschöner Terrasse. Die Kinder waren nach überstandener großer Labor-Day-Show alle bereits im Bett, und Lisa war in der Dunkelheit herübergeradelt und hatte die kühle Abendluft genossen, während sie in die Pedale ihres Fahrrads trat. Sie machte sich Sorgen um Brian und seinen Fonds. Sie hatte das ungute Gefühl, dass er ihr nicht alles erzählte.

»Hast du Rachel dort gesehen?«, fragte Emily. Sie war die Nettere von beiden, auch wenn Lisa keineswegs fies war, aber sie konnte erschreckend direkt sein. »Ich hatte sie davor nicht mehr gesehen, seit wir im Doppel-Turnier verloren haben. War sie vielleicht krank oder so?«

»Ich weiß nicht recht«, erwiderte Lisa. »Ich habe nach Susans Tod zuletzt mit ihr gesprochen, aber seitdem nicht mehr. Ich war davon ausgegangen, dass sie aus irgendeinem Grund vorübergehend die Insel verlassen hatte, vielleicht zu einer Hochzeit gefahren ist oder so.«

»Und dann saß sie heute Abend mit Beth und Jeanette zusammen, das ist doch seltsam«, fuhr Emily fort. »Wer weiß, vielleicht ist ihr die Niederlage beim Tennis so peinlich. Also weißt du, ich wollte auch gewinnen, aber sie haben uns eben geschlagen! Das kommt vor. Sie haben gut gespielt.«

»Apropos Jen und Lauren, ist dir aufgefallen, wie nahe sie sich in letzter Zeit stehen? Ich hatte nie den Eindruck, dass sie *wirklich* Freundinnen sind«, meinte Lisa.

»Wer weiß, was mit denen los ist«, sagte Emily. »Zumindest scheint es Sam wieder besser zu gehen. Ich habe ihn und Jen Händchen halten gesehen.«

Paul kam mit einem Glas Wein in der Hand auf die Terrasse heraus. Lisa hatte die Beziehung von Emily und Paul noch nie verstanden – er war ihr immer ein bisschen wie ein Angeber vorgekommen, und Emily war so lieb. Aber man wusste ja nie, was in den Ehen anderer Leute vor sich ging, sagte sie sich.

»Schatz, kannst du uns etwas Käse und Obst besorgen?«, fragte Emily und lächelte ihn an.

Er trug einen Yeezy-Gap-Kapuzenpulli, von dem Lisa wusste, dass er überall ausverkauft war. Mit einem pflichtbewussten Nicken ging er hinein, um ihnen etwas zu knabbern zu holen. Der Mond stand hoch, und die Great South Bay lag still und schwarz da. Grillenzirpen umgab die beiden Frauen, die nun gemütlich beisammensaßen, ohne zu reden.

Pauls Motorboot, das er *Depth* getauft hatte – eine Mischung aus den Namen seiner Familie (Dash, Emily, Paul, Hayden), aber auch, weil er sich für tiefsinnig hielt –, schlug leise klackernd an ihren privaten Steg.

»Ich werde versuchen, über den Winter nicht zu vergessen, wie besonders dieser Ort ist«, sagte Lisa. Sie fühlte sich gestresst. Vielleicht würde sie heute Abend ihre Pilzdosis ein wenig erhöhen. »Auf einen weiteren tollen Sommer«, sagte sie und hielt Emily ihren orangeroten Negroni zum Anstoßen hin.

»Ich bin froh, dass wir uns haben«, sagte Emily augenzwinkernd. »Alle anderen hier sind total gaga.«

26

Rachel Woolf

Ihr linker Knöchel brachte Rachel Woolf um. Er war geschwollen, blau und hässlich, und sie konnte ihn kaum belasten. Aus offensichtlichen Gründen war sie nicht zum Arzt gegangen, aber sie war sich fast sicher, dass er verstaucht war, was nicht nur sehr unangenehm, sondern auch ausgesprochen peinlich war. Es gab nichts Schlimmeres als eine fußlahme Frau, die herumhumpelte und der man ihr Alter ansah. Die letzten zwei Wochen hatte sie sich in ihrem Haus verkrochen, Netflix geschaut, gearbeitet und jeden Kontakt gemieden. Sie hegte den unguten Verdacht, dass es niemandem aufgefallen war.

Nachdem sie ein paar Tage lang alle Tennisanfragen unter dem Vorwand, ihr Tennisarm mache ihr zu schaffen, per Textnachricht abgelehnt hatte, war sie nirgendwohin mehr eingeladen worden. Dabei gab es jetzt am Ende des Sommers jede Menge Veranstaltungen – Partys, Umtrünke, Abendessen. Aber niemand dachte daran, sie einzubeziehen.

Rachel fühlte sich wie eine Aussätzige. Sie hätte Sam nie von Jen und Jason erzählen dürfen. Alle paar Minuten musste sie daran denken, und ihr tiefes Bedauern äußerte sich als geradezu körperlicher Schmerz. Oje, oje, oje. Sie war einfach *so* wütend auf Jen und Lauren gewesen, weil die beiden sie im Halbfinale geschlagen hatten, und das Einzige, was ihr dazu eingefallen war, war diese Revanche gewesen. Aber jetzt stand sie ohne Freunde da. Was für eine Idiotin sie doch gewesen war.

Doch das Schlimmste daran war, dass es den beiden Paaren nun besser zu gehen schien als je zuvor. Bei der Labor-Day-Show waren sie äußerst vertraut miteinander umgegangen und hatten ihr damit ihr Glück noch einmal so richtig unter die Nase gerieben. Sie war nicht bis zum Ende der Veranstaltung geblieben – von dem Anblick war ihr schlecht geworden. Sie war gegangen, ohne sich von irgendjemandem zu verabschieden, und hatte ihr Hinken so gut wie möglich kaschiert.

Jetzt saß sie zu Hause auf ihrer überdachten Veranda und nippte an einem Glas Cabernet. Ihr Haus fühlte sich in letzter Zeit sehr leer an. Sie vermisste ihre Familie.

Sollte sie vielleicht näher zu ihren Schwestern ziehen? Schließlich hielt sie nichts in New York; sie konnte von überall aus arbeiten. Sie hatte sich dort schon mit jedem infrage kommenden Mann getroffen, aber keiner von denen war hängen geblieben.

Eine kühle Brise wehte durchs offene Fenster herein. Der Herbst war fast da. Rachel wickelte sich in ihre Kaschmirdecke. Wenn sie doch nur jemanden hätte, mit dem sie in kalten Nächten zusammensitzen könnte. Schon morgen würde sie von Salcombe nach New York abreisen und nur an einigen Wochenenden im September und Oktober wiederkommen. Und an Halloween würde sie das Haus für dieses Jahr zusammenpacken. Sie verspürte ein vages Unbehagen in Bezug auf, nun ja, alles. Es gab da ein paar fehlende Puzzleteilchen, die nur Jason, Sam, Jen, Lauren und Robert liefern konnten. (Außer Robert wusste niemand von den anderen, dass sie dort gewesen war, und sie hatte vor, es dabei zu belassen.) Aber sie hatte sowieso zu keinem von ihnen Kontakt.

Sie schaute auf ihr Handy. Keine Nachrichten. Nichts. Vielleicht sollte sie versuchen, sich mit Lauren auszusprechen.

Denn Lauren hatte jedes Recht, wütend auf sie zu sein – den ganzen Sommer über hatte Rachel ihr verschwiegen, dass Jason sie betrog. Sie war so damit beschäftigt gewesen, Sam Köder hinzuwerfen, da war ihr Lauren gar nicht in den Sinn gekommen. Aber war es überhaupt Rachels Aufgabe gewesen, es ihr zu sagen? Sie drückte auf Laurens Namen in ihren Kontakten, um eine Nachricht an sie zu verfassen:

Hi!

Das Ausrufezeichen war zu überschwänglich. Sie setzte erneut an.

Hallo, Lauren. Ich hoffe, es geht dir gut!

Nein, zu förmlich. Das klang wie eine Arbeits-E-Mail.

Hey, ich hoffe, es geht dir gut. Es tut mir leid, was passiert ist. Ich hätte es dir sagen sollen, aber ich wusste nicht, wie. Ich hoffe, du verzeihst mir! Ich würde mich freuen, wenn wir uns im Herbst mal in New York sehen würden.

Sie drückte auf Senden, bevor sie es sich anders überlegen konnte.

Erneut wanderten ihre Gedanken zu dieser unglückseligen Nacht zurück. Würde sie jemals erfahren, was wirklich passiert war? Nachdem sie vom Bohlenweg gestürzt war, blieb sie eine Minute lang still liegen, um ihre Verletzungen abzuschätzen und um keine Aufmerksamkeit auf sich zu ziehen. Schließlich war es ihr gelungen, das Fahrrad von sich runterzuschieben, doch als sie versuchte aufzustehen, schoss ihr der Schmerz in den Knöchel. Dann spürte sie auf einmal zwei starke Arme, die sie auf die Strandpromenade hinaufzogen. Es war Robert. Er sprang hinunter, zerrte ihr Fahrrad aus dem Gebüsch heraus und kletterte mit ihm wieder nach oben.

»Was machst du denn hier? Geht es dir gut?«

»Nur mein Knöchel. Ich glaube, er ist verstaucht.«

»Okay, dann bring ich dich jetzt erst mal nach Hause, und dann komme ich noch mal zurück und hole dein Fahrrad.«

Rachel zögerte – sie wusste immer noch nicht, warum er nach Susan gesucht hatte und wo Susan jetzt war. Aber sie hatte keine andere Wahl. Sie konnte sich nur schwer bewegen, und die Bohlenwege waren tückisch rutschig.

Sie gingen schweigend nebeneinanderher, und Robert stützte sie, einen Arm fest um ihre Taille gelegt, während sie vorsichtig auftrat. Unter anderen Umständen hätte sie seine Berührung erregt, aber in dieser Nacht fühlte sich einfach gar nichts richtig an. Sie waren schon fast bei ihrem Haus am Marine Walk angelangt, bevor sie sich durchrang, doch etwas zu sagen.

»Was war eigentlich los? Wer hat da geschrien?«

»Ich weiß es nicht«, behauptete er. »Ich konnte nichts erkennen.«

Rachel dachte an den Anfang des Sommers zurück, als sie und Lauren Robert auf der Fähre gesehen hatten, und an den Abend danach, als sie alle zusammen etwas getrunken hatten. Es kam ihr wie eine Ewigkeit her vor.

»Was wolltest du vorhin bei Susan?«, fragte Rachel.

Robert antwortete nicht. Sie näherten sich ihrem Haus. Das Licht war aus. Robert half ihr, auf die Veranda zu hüpfen. Dort ließ sie sich auf ihre weiße Couch plumpsen, zu müde, als dass es sie noch kümmerte, welche Schlammflecken sie darauf hinterließ.

Auch jetzt saß sie wieder auf derselben Couch. Sie hatte sie schon mehrfach mit Textilreiniger geschrubbt, aber an der Stelle, wo sie in der Nacht eingeschlafen war, waren immer noch blassbraune Flecken zu sehen. Als sie nach jener Nacht aufgewacht war, hatte ihr Fahrrad wieder an seinem Platz vor dem Eingang gestanden, als wäre nichts geschehen. Ihr schmerzender Knöchel, der heftige Kater und der blaue Fleck auf ihrer Wange waren die einzigen Erinnerungen an die vergangene Nacht gewesen.

Rachel hatte damals nicht gewusst, was sie an dem Tag erwarten würde, war aber mit dem unguten Gefühl aufgewacht, es würden schlechte Nachrichten sein. Hatten Jason oder Sam Lauren oder Jen etwas angetan? War jemand verletzt worden? Gegen acht Uhr morgens hatte sie dann die Notfallsirene gehört, ein lauter, beunruhigender Ton, der in der ganzen Stadt widerhallte.

Es war wie das Bat-Signal von Salcombe, das Feuerwehrleute und Rettungssanitäter dazu aufrief, sich schnell zum Feuerwehrhaus zu begeben: Jemand musste gerettet werden. Die Sirene ertönte immer dann, wenn jemand verletzt war oder einen Herzinfarkt hatte oder wenn ein Kind vom Fahrrad gefallen war und sich den Arm gebrochen hatte. Sie ertönte eine ganze Minute lang und jagte den Bewohnern der Stadt zuverlässig einen Schauer über den Rücken. Denn jeder hoffte dann, dass es nicht sein Kind, sein Mann oder seine Frau, sein Freund oder seine Freundin waren, die von der Insel in das nächste Krankenhaus auf Long Island gebracht werden mussten.

Rachel beobachtete von ihrer Veranda aus, wie die zerzausten freiwilligen Helfer vorbeifuhren und dabei den Resten des Sturms ausweichen mussten – Zweigen, Ästen, vereinzelten Schuhen oder Sandspielzeugen, die von den Terrassen geweht worden waren. Brian Metzner, Theo Burch, Jerry Braun, Seth Laurell, sie alle waren auf dem Weg zur Feuerwache an der Broadway Road, wo sie weitere Anweisungen bekommen würden. Das stimmte Rachel nicht gerade zuversichtlich. Sie wusste nicht, was sie mit sich anfangen sollte, außer ihren Knöchel zu kühlen und abzuwarten. Sie scrollte bang in ihrem Handy, ohne jemandem eine Nachricht zu schreiben. Sie las einen Artikel über das außergewöhnliche Unwetter, das gestern Abend über sie hinweggezogen war – ein sogenannter Microburst –, der peitschenden Regen und Winde mit Geschwindigkeiten von bis zu achtzig Stundenkilometern mit sich gebracht hatte. Sie wusste, dass sie bald von jemandem hören würde; nichts in dieser Stadt blieb lange ein Geheimnis. Gegen halb neun summte ihr Telefon. Lisa Metzner. Mit zitternder Hand nahm Rachel ab.

»Hast du es schon gehört?«

»Nein, was ist passiert?«, Rachel versuchte, so normal wie möglich zu klingen.

»Susan Steinhagen ist tot.«

»*Tot?* Oh, mein Gott. Wie kann das sein?« Rachel ließ fast das Handy fallen.

»Sie ist gestern Abend mit dem Fahrrad vom Bohlenweg geweht worden und hat sich das Genick gebrochen. Brian ist gerade mit dem Krankenwagen da. Der kleine Danny Leavitt hat sie gefunden.«

»Wie furchtbar. Das ist doch verrückt! Die arme Susan.«

»Es ist wirklich seltsam. Ich meine, warum zum Teufel ist

sie bei diesem Unwetter überhaupt da draußen herumgefahren? Bei dem heftigen Wind und Regen? Was ist nur in sie gefahren?«

»Ja, sehr seltsam. Bestimmt werden sie die Leute in der Stadt befragen, um zu sehen, ob jemand etwas beobachtet hat …« Rachel sagte es möglichst beiläufig.

»Keine Ahnung«, erwiderte Lisa. »Im Moment sind nur unsere Leute da, aber die Polizei von Suffolk County wird mit Sicherheit bald eintreffen.«

Ein stechender Schmerz durchfuhr Rachels Knöchel. Niemand durfte sie so sehen, in diesem Zustand.

»Es ist schrecklich traurig«, fuhr Lisa fort. »Ich mochte Susan, auch wenn sie eine harte Nuss sein konnte. Und dann stirbt sie am Abend des Damendoppel-Turniers! Das war doch immer der Höhepunkt ihres Sommers. Jemand muss es Robert sagen. Soll ich Lauren das machen lassen? Ha!«

Rachel kicherte bereitwillig mit, aber ihre Gedanken rasten. Würde die Polizei auch sie befragen? Sollte sie ihnen von Robert erzählen, wenn sie kämen? Sollte sie Sam vorwarnen?

Doch bis jetzt war nichts von alledem geschehen. Nach dem Telefonat mit Lisa hatte sie aufgelegt und war einfach nur … dagesessen. Tagelang. Niemand war gekommen, um mit ihr zu sprechen, weder die Polizei noch Robert oder sonst jemand. Heute Abend hatte sie sich zum ersten Mal nach draußen gewagt. Sie hatte gedacht, es wäre auffälliger, wenn sie *nicht* bei der Labor-Day-Show auftauchte. Also hatte sie sich zu Beth Ledbetter und Jeanette Oberman gesetzt und sich mit ihnen ganz unverfänglich über ihre Pläne für den Herbst unterhalten. Steve Ponds Gedenkrede für Susan war wie ein Schlag in die Magengrube gewesen. Ihr war ein bisschen übel geworden, als er davon sprach, was für ein wunderbarer Mensch sie gewesen war.

»Was für eine Schande«, hatte Beth ihr während des S-A-L-C-O-M-B-E-Songs ins Ohr geflüstert. »Ich habe gehört, dass sie nach Garrys Tod niedergeschlagen war. Ich frage mich, ob sie bei dem Sturm hinausging und *hoffte* zu stürzen.« Beth sagte es mit einem Anflug von Schadenfreude.

Rachel sprang darauf an. Alles, was von ihrer möglichen Beteiligung ablenkte und mehr Verwirrung in die Geschichte brachte, war gut. Das war ihre Chance. »Ich habe das noch niemandem erzählt, aber als wir zusammen die Turnierauslosung vorbereitet haben, hat sie erwähnt, wie deprimiert sie sich in letzter Zeit fühlt. Als wäre alles hoffnungslos«, zur Betonung beugte sich Rachel näher zu Beth und senkte die Stimme, »als wäre sie sich nicht sicher, ob das Leben noch lebenswert ist. Mit dem Fahrrad von der Promenade zu fahren, ist zwar nicht so, als würde man sich aufhängen, aber vielleicht ging sie wirklich absichtlich dieses Risiko ein.«

Beth nahm diese Information wie ein kostbares Geschenk entgegen, und ihre Lippen verzogen sich langsam zu einem Lächeln.

»Oh, wie interessant«, sagte sie. Das Lied näherte sich seinem lautstarken Höhepunkt – »Nun packen wir unsere Koffer und sagen ade-he« –, und alle um sie herum brachen in Jubelschreie aus, aber Beth und Rachel blieben still.

Das Lied endete mit einem schallenden: »Nächstes Jahr sind wir alle wieder da!«.

»Bis auf Susan«, sagte Beth.

Rachel lächelte sie schief an.

Nun, ein paar Stunden später, wickelte sich Rachel einsam in ihre Decke und hoffte, dass ihre Worte jeden möglichen Verdacht endgültig ausgeräumt hatten. Sie wollte, dass alles wieder zur Normalität zurückkehrte. Es war ihr egal, wie Susan gestorben war. Was spielte das überhaupt für eine Rolle? Es war ihr auch egal, warum Robert nach ihr gesucht hatte. Er würde schon seine Gründe gehabt haben. Susan war eine Schnüfflerin und eine Unruhestifterin gewesen; wahrscheinlich hatte sie es geradezu herausgefordert.

Aber gleichzeitig fürchtete Rachel, dass es für eine Rückkehr zu den alten Zeiten zu spät war. Sie hatten sich alle unwiederbringlich verändert. Sie wünschte sich mehr denn je, ihr Vater wäre noch am Leben. Sie brauchte wenigstens *einen* Mann auf Erden, der sie liebte. Sie sollte wirklich an die Westküste ziehen. Aber was war mit Fire Island? Konnte sie diesen Ort wirklich für immer verlassen?

Ihr Handy summte. Vielleicht hatte Lauren ihr geantwortet. Doch auf dem Display leuchtete Sams Name auf. Rachel holte geräuschvoll Luft und öffnete die Nachricht.

Hey, ich bin auf dem Weg. Wir müssen reden.

Panisch stand sie auf und humpelte ins Bad, um ihr Make-up zu überprüfen. Schnell trug sie Rouge auf, bog ihre Wimpern mit der Zange nach oben und trug etwas Gloss auf die Lippen auf. Alt sah sie aus. Sie hatte Falten auf der Stirn und dunkle Ringe unter den Augen.

Dann setzte sie sich wieder auf ihre Couch und versuchte, ruhig zu bleiben. Was wollte Sam? Er wusste nicht, dass sie ihn in der Nacht gesehen hatte. Vielleicht vermisste er sie einfach? Oder er wollte ihr dafür danken, dass sie ihm die Wahrheit über Jen erzählt hatte?

Ein paar Minuten später klopfte Sam leise an und trat ein. Er wirkte müde, abgerissener als sonst, in abgewetzten Jeans und einem hellblauen Button-Down. Seine Brille saß ihm schief auf der Nase, und seine tiefe Bräune wirkte künstlich. Auch nach diesem merkwürdigen Sommer – seiner untypisch fiesen Art, den Drohungen – war sie immer noch in ihn verliebt. Wie erbärmlich war das denn?

Er setzte sich neben sie. Sein Salcombe-Duft, eine Mischung aus Eau de Cologne und Insektenspray, wehte zu ihr herüber.

»Wie geht es dir? Es kommt mir so vor, als hätte ich dich schon eine ganze Weile nicht gesehen«, sagte er.

»Mir geht's gut. Nichts Neues zu berichten. Ich war vorhin bei der Labor-Day-Show. Die Kinder waren alle so süß«, sagte sie. Dann trat peinliches Schweigen ein.

»Möchtest du etwas trinken?«, fragte sie schließlich.

»Klar«, antwortete er. Erst im Aufstehen fiel Rachel ein, dass Sam ihr Hinken bemerken würde. Er bemerkte alles. Es kostete sie all ihre Kraft, normal in die Küche zu gehen. Dort schenkte sie ihm einen großen Wodka Soda ein und füllte sich Cabernet nach. Mit zusammengebissenen Zähnen schaffte sie es zurück, ließ sich auf die Couch sinken und nahm einen großen Schluck. Ihr Knöchel pochte von dem Gewicht, das sie ihm zugemutet hatte. Sam sagte nichts. Das machte sie wahnsinnig.

»Was ist los? Warum bist du hier?«

»Ich bin hier, weil du mir gefehlt hast, Rachel. Du bist schon so lange meine Freundin, und ich habe das Gefühl, dass ich dir vertrauen kann.«

»Das weiß ich zu schätzen.«

»Auch wenn du dich diesen Sommer mir gegenüber echt mies benommen hast.«

Rachel wich seinem Blick aus und starrte in ihr Glas.

»Du wusstest von Jason – *Jason!* – und hast es mir vorenthalten, um ein kleines Spielchen um meine Aufmerksamkeit zu spielen. Das ist schon irgendwie krank, wenn man darüber nachdenkt.«

»Ich wusste einfach nicht, was ich machen sollte«, sagte Rachel. »Und schließlich habe ich es dir ja dann gesagt.«

»Ja, als Rache für ein blödes Tennismatch. Gut gemacht, sehr erwachsen. Wie immer.«

Tränen stiegen ihr in die Augen, und ihr Blick verschwamm. War er bloß hergekommen, um sie zu quälen?

»Aber es scheint doch alles wieder in Ordnung zu sein zwischen euch«, sagte Rachel schließlich. »Ich habe euch beide heute Abend Händchen halten gesehen. Und Lauren und Jason sahen auch glücklich aus. Es ist also für alle außer für mich gut gelaufen. Wie immer, wie du so schön sagen würdest.«

»Ach, hör schon auf, dich selbst zu bemitleiden«, sagte Sam. »Du warst von jeher eine Unruhestifterin. So warst du schon immer.«

Rachel fühlte sich zittrig. »Also gut. Entweder du sagst mir jetzt, warum du hier bist, oder du verpisst dich aus meinem Haus.«

Sams Gesicht wurde weicher. Jetzt ähnelte er dem alten Sam. Dem guten Sam.

»Zuerst wollte ich dir sagen, dass ich wieder in die Kanzlei zurückkann. Die Frau hat Blödsinn erzählt – sie wurde von einem der Partner, der hinter der ganzen Sache steckt, unter Druck gesetzt zu lügen. Ab September wird für mich alles wieder normal sein. Du warst der einzige Mensch, mit dem ich diesen Sommer über die Sache reden konnte, und das weiß ich sehr zu schätzen.« Sam nahm ihre Hand und tätschelte sie leicht. »Ich schätze, man kann Frauen nicht immer glauben. Oder Männern.« Er lachte leise.

»Ich freue mich für dich.«

»Noch etwas: Du redest mit allen in dieser Stadt, und ich wollte wissen, ob du etwas über die Sache mit Susan gehört hast. Hat jemand eine Vermutung, wie sie gestorben ist?«

»Warum interessiert dich das?«, fragte sie. Sie wusste, warum es ihn interessierte.

Er rückte auf der Couch näher an sie heran und hielt immer noch ihre Hand. Rachel wusste nicht recht, was sie ihm erzählen sollte. Sollte sie sagen, dass sie ihn dort gesehen hatte? Sollte sie ihm von Robert erzählen?

Aus einem Impuls heraus stand sie auf, zog ihn mit sich hoch und in ihr Schlafzimmer. Als sie das letzte Mal dort gewesen waren, hatte Susan Steinhagen sie dabei erwischt. Jetzt war Susan tot. Rachel setzte sich auf das Bett, und Sam setzte sich neben sie. Er zog ihr das Oberteil über den Kopf und drückte sie nach hinten aufs Bett, sodass nur noch ihre Beine über den Rand baumelten. Dann kniete er sich über sie, wobei ihm seine Brille von der Nase rutschte, und saugte an ihren Nippeln, bis sie kam, so wie er es immer getan hatte, als sie noch jung waren. Während sie noch dalag und sich wohlig wand, zog er erst sich aus und dann ihre Gap-Jeans herunter. Anschließend drehte er sie um und vögelte sie von hinten, wobei er ihr leicht auf den Hintern klapste und dabei grunzte. Als er fertig war, sackte er auf ihr zusammen.

Als sie das Gewicht seines Körpers auf sich spürte, weinte Rachel fast vor Freude; es gab kein schöneres Gefühl auf der Welt. Sie ließ zu, dass sein Oberkörper und seine Beine auf ihr lasteten und er das Gesicht in ihrem Haar vergrub. Ein paar Minuten lang rührten sie sich nicht.

Schließlich rollte Sam von ihr herunter und machte es sich neben ihr bequem. Er sah genauso aus wie damals, als sie als

Teenager im Schlafzimmer seiner Eltern miteinander schliefen, Jason nebenan.

»Ich werde dir erzählen, was ich weiß«, sagte Rachel und streichelte Sams schöne Wangen. Wenn sie ihn nur überreden könnte, für immer zu bleiben. »An dem Abend war ich im Anchor Inn drüben in Kismet. Ich bin allein dorthin geradelt, um von euch allen wegzukommen. Ich konnte niemandem gegenübertreten. Ich habe mich zu sehr geschämt.«

Sam nickte. Er legte seine Hand auf ihren Rücken und begann Buchstaben zu malen, auch etwas, das er in dem Sommer, als sie zusammen waren, immer gemacht hatte.

»Ich war betrunken. Es war furchtbar stürmisch draußen, und ich wollte bei dem Unwetter nicht nach Hause fahren. Irgendwann kam Robert in die Bar und benahm sich seltsam. Er sagte mir, dass er jemanden sucht, aber nicht wen. Dann zerrte er mich dort raus. Wir sind zusammen nach Salcombe zurückgeradelt, was ewig gedauert hat, aber anstatt in den Marine Walk abzubiegen, ist er auf der Lighthouse Road weitergefahren, und ich bin ihm gefolgt. Er hielt direkt vor Susans Haus und fing an, an ihre Seitentür zu hämmern.«

Sams Augen weiteten sich. »Du warst bei Susan?«, fragte er ungläubig.

Rachel nickte. »Na ja, nicht direkt, ich bin bloß Robert hinterher, und er wusste nicht, dass ich ihm gefolgt bin. Der war vielleicht komisch drauf.«

»Ist er zu ihr reingegangen?«

»Nein, er ist nicht reingekommen. Und dann kam Susan plötzlich aus der Vordertür herausgerannt, stieg auf ihr Fahrrad und fuhr davon.«

Sam setzte sich auf und griff nach seinen Boxershorts. Rachel fühlte sich plötzlich sehr nackt. Sie schnappte sich ihren Bademantel vom Stuhl, schlüpfte hinein und ging dann zurück zum Bett. Sam beobachtete sie genau.

»Hast du dich am Knöchel verletzt?«

Rachel zögerte. Sollte sie ihm alles erzählen? »Na ja, ich war betrunken. Das sagte ich ja schon. Und es war windig.«

»Bist du in der Nacht etwa auch vom Bohlenweg gestürzt?«

»Ja. Und Robert hat mich dann nach Hause gebracht.«

»Was ist sonst noch passiert?«

Sam stand jetzt vor ihr, nackt bis auf die Unterwäsche. Sein lockiges Haar war wirr, und er hatte die Brille wieder aufgesetzt. Er wirkte nervös.

»Nichts. Ich habe nichts weiter gesehen«, sagte Rachel.

»Und Robert hat dir nicht gesagt, *was* er von Susan wollte?«

Rachel fiel ein, dass Sam Anwalt war. Er suchte nach Ungereimtheiten in ihrer Geschichte.

»Nein.« Das war nicht gelogen. »Er ist ihr auf dem Neptune Walk hinterher, und ich bin von dem Bohlenweg gestürzt. Dann weiß ich nur noch, dass er mich irgendwann hochgezogen und nach Hause gebracht hat. Dazwischen weiß ich nichts mehr.«

»Und du hast in dieser Nacht niemanden sonst gesehen?« Die Frage hing in der Luft. Sie schüttelte den Kopf. Sie wollte nichts damit zu tun haben. Es war ihr egal, was passiert war! Susan war tot, Ende der Geschichte. Sie wollte, dass alles wieder so war wie früher.

Er setzte sich dicht neben sie auf ihre fluffige weiße Bettdecke, die vom Sex noch ganz zerwühlt war. Er griff nach dem Gürtel ihres Bademantels, löste vorsichtig den Knoten und öffnete das Kleidungsstück, wie ein Arzt es tun würde. Rachel hielt ganz still. Er legte die Hände auf ihre Schenkel, streichelte sie und steckte seine Finger in sie hinein. Sie schloss die Augen.

Er machte weiter, erst langsam, dann immer schneller und schneller, bis sie kam, heftig und zitternd. Sie hielt die Augen geschlossen.

»Dich«, sagte sie etwas später zu ihm.

»Mich?«

»Ja, du warst da. Ich habe dich, Jen, Jason und Lauren gesehen, wie ihr euch auf dem Neptune Walk gestritten habt. Und ich habe jemanden schreien gehört. Aber ich habe nicht gesehen, was passiert ist. Hast du sie umgebracht?«

Sam sagte nichts. Sie öffnete die Augen. Er knöpfte gerade sein Hemd zu.

»Ich liebe dich«, sagte sie. Sie spürte, dass ihr die Tränen kamen. Sie vermisste ihren Vater so sehr.

»Erzähl niemandem davon. Niemals. Weder von uns noch von dem, was du gesehen hast. Das ist jetzt einfach unser Geheimnis, für immer. Und wir können das tun«, er zeigte auf ihr Bett, »wann immer du willst. Jen ist nicht die Einzige, die fremdgehen kann.«

Rachel überkam eine Welle von Glück. Er gehörte ihr.

»Ich verrate es nicht. Keine Sorge. Und übrigens, ich habe Beth Ledbetter erzählt, dass Susan depressiv war und dass es vielleicht Selbstmord war.«

»Braves Mädchen.« Er küsste sie auf den Kopf, zog seine Jeans an und war weg. Sie legte sich erschöpft hin, schnupperte an der Stelle neben sich und atmete Sams Parfum ein.

27

Jen Weinstein

Jen Weinstein konnte es kaum erwarten, zurück nach Scarsdale zu kommen. Sie hatte die Nase voll von Salcombe. Von den Leuten, dem ganzen Drama und von der Art, wie Sam sich benahm. Er musste sich zusammenreißen. Er musste es einfach gut sein lassen. Aber stattdessen nervte er sie Tag und Nacht, indem er sich wie ein Verrückter benahm. »Wir *müssen* herausfinden, warum sie da draußen war«, sagte er immer wieder. »Bevor wir das nicht wissen, haben wir keine Ruhe.« Jen hätte ihm am liebsten eine reingehauen. Die Polizei hatte den Tod als Unfall eingestuft. Keiner stellte Fragen. Niemand vermutete mehr hinter der Geschichte, als dass da eine einsame alte Frau bei einem Unwetter tragisch ums Leben gekommen war. Warum also verbiss er sich so in dieses Thema? Das machte alles nur noch schlimmer.

Nach Susans Tod hatte es eine Woche lang etwas Aufruhr gegeben; eine Gedenkfeier zu ihren Ehren, eine laute Bürgerversammlung mit dem Bürgermeister Don O'Connell, bei der das Thema Sicherheit der Bohlenwege hitzig diskutiert wurde. Fast das gesamte Dorf war gekommen, und alle drängten sich an dem regnerischen Donnerstagnachmittag im Gemeindehaus. Ein Haufen nasser Regenschirme türmte sich in einer Ecke. Es waren mehr als 150 Personen anwesend, die sich gegenseitig überschrien, und Bürgermeister O'Connell, ein Siebzigjähriger mit silbernem Haarschopf, versuchte für Ordnung zu sorgen. »Ein Kind könnte *sterben*!«, brüllte Beth Ledbetter außer sich.

»Wir müssen die Bohlenwege absenken! Wir haben sie zu hoch gebaut!«

»Mein Sohn hat eine *Leiche* gefunden«, schrie Max Leavitt, der extra für die Versammlung auf die Insel zurückgekehrt war. Jen und Sam waren hingegangen, um den Anschein zu wahren, und hinterher war Jen umso überzeugter, dass sie ungeschoren davonkommen würden.

Jetzt wollte sie nur noch zurück in ihr Haus in der Vorstadt, wieder in ihre Praxis gehen, die Kinder in die Schule bringen und diesen ganzen Sommer vergessen. Die letzten Monate waren eine einzige Katastrophe gewesen. Ihr einziges Highlight war Tennis gewesen – das Trainieren, Lauren als Tennispartnerin besser kennenzulernen, der Einzug ins Finale des Damendoppel-Turniers. Ansonsten war die ganze Sache ein totaler Reinfall gewesen. Wenn sie erst einmal wieder zu Hause wären, würde Sam ins Büro gehen – Gott sei Dank –, und Jen konnte wieder ihr eigenes Ding machen.

Wenigstens kamen sie jetzt wieder gut miteinander aus. Das war ein Silberstreif am Horizont. Nach dem tragischen Ereignis hatte Sam gar keine andere Wahl gehabt, als Jen die Sache mit Jason zu verzeihen und mit ihr an einem Strang zu ziehen. Er hätte es irgendwann sowieso getan, da war sie sich sicher, aber es hatte den Prozess beschleunigt. Sie hatte mit ihm über Reue, Ehrlichkeit und Fürsorge gesprochen und all ihre Therapie-Schlagworte benutzt, um ihm klarzumachen, dass er einfach darüber hinwegkommen musste. Es gab gar keine andere Wahl.

Sie würde in Zukunft sehr vorsichtig sein müssen. Er durfte ihr nie wieder auf die Schliche kommen. Keine Freunde der

Familie mehr, keine Väter, die er kannte, keine ehemaligen Arbeitskollegen von ihm. Jason war ihr letzter Fehler gewesen.

Sie hörte Sam durch den Seiteneingang hereinkommen, durch die Küche gehen und die knarrende Treppe hinauf. Sie war im Schlafzimmer und las auf ihrem Kindle *Think Again – Die Kraft des flexiblen Denkens: Was wir gewinnen, wenn wir unsere Pläne umschmeißen*. Ein Buch von Adam Grant darüber, wie man neugierig blieb, das sie zum Einschlafen brachte. Sie hatte ihren lila Schlafanzug an und die Bettdecke über sich gezogen. Ein langer Tag lag hinter ihr. Sie hatte das Haus für ihre Abreise vorbereitet – schon morgen wollten sie die Insel verlassen und zurück nach Westchester fahren. Sie hatte Wäsche gewaschen, Koffer gepackt, verderbliche Lebensmittel weggeworfen (zwar würde nächste Woche noch die Reinigungsfirma kommen, aber sie wollte nicht, dass bis dahin irgendetwas vor sich hin gammelte). Dann waren die Kinder noch bei der Labor-Day-Show aufgetreten – sie hatten *Do-Re-Mi* als Trio gesungen und den Text so geändert, dass er von Fire Island handelte.

Es war hinreißend gewesen, und die Weinstein Family Singers hatten Standing Ovations bekommen. Normalerweise machte sie der Tag vor dem Labor Day traurig, aber in diesem Jahr gab er ihr Aufwind. Niemand war gekommen, um sie mitten in der Nacht zu verhaften. Keiner hielt sie für schuldig. Die Sache mit Jason war aus und vorbei. Jen war frei.

Sam betrat das Schlafzimmer. Er sah seltsam aus. Sein Haar war zerzaust, und seine Augen waren glasig. Sie legte ihren E-Reader weg. Er hatte ihr gesagt, er würde spazieren gehen. Was hatte er getrieben? Sie beobachtete, wie er sich auszog und in seine Jogginghose und ein weißes T-Shirt schlüpfte.

Sie sagte nichts, sondern wartete darauf, dass er redete.

»Du müsstest etwas machen«, begann er schließlich. Seine

Stimme klang kratzig, als würde er eine Erkältung ausbrüten. Er ließ sich auf der cremefarbenen White-Company-Leinenbettdecke nieder.

»Jetzt spuck's schon aus«, sagte Jen.

»Ich möchte, dass du mit Robert noch heute Abend etwas trinken gehst. Jetzt gleich.«

»Wie bitte? Was redest du da?«

»Ich muss in sein Haus einbrechen und nach etwas suchen. Ich weiß nicht genau, was, aber wenn ich es sehe, erkenne ich es.«

»Äh, da brauche ich schon ein paar mehr Informationen als das«, sagte Jen. »Hör bitte auf, so kryptisch zu sein. Wir haben doch schon darüber gesprochen. Du musst offen zu mir sein.« Ihre psychologischen Tricks funktionierten immer.

Sam seufzte. »Ich war bei Rachel.«

»Was?!« Jen sprang aus dem Bett und baute sich mit in die Hüfte gestemmten Händen vor ihm auf.

»Ich wollte sie fragen, ob sie irgendwelchen Klatsch über Susan gehört hat, irgendetwas, das auf uns hindeuten könnte.«

»Wir hatten doch vereinbart, dass du sie nicht siehst!«

»Tja, wir hatten so einige Vereinbarungen in unserer Ehe, von denen du auch die eine oder andere ignoriert hast.«

Jen machte ein finsteres Gesicht. »Was hat sie gesagt?«

»Sie meinte, dass sie an dem Abend mit Robert zusammen war. Und dass er auf der Suche nach Susan war. Susan ist mit dem Fahrrad vor *ihm* davongefahren.«

Jen war nur wenig überrascht. Sie hatte in Robert einen Gleichgesinnten erkannt – ein Chamäleon wie sie selbst, jemanden, der sich je nach Bedarf anpassen konnte. Aber was hatte er von Susan gewollt?

»Weiß Rachel, dass wir dort waren? Hat sie gesehen, was passiert ist?«

»Sie hat uns gesehen, aber sie hat nicht gesehen, wie Susan gestürzt ist. Und ich habe ihr nichts gesagt.«

Jen, die vor wenigen Minuten noch so ruhig gewesen war, spürte, wie sich die Angst in ihrer Brust breitmachte. Wenn Rachel sie gesehen hatte, und Robert womöglich auch … nun, dann bestand die Möglichkeit, dass die ganze Sache noch nicht ausgestanden war. Rachel war die größte Klatschtante der Welt. Und das mit Robert war eine unvorhergesehene Wendung.

»Also, der Plan ist, dass ich mit Robert etwas trinken gehe und du währenddessen in sein Haus einbrichst, um nach was genau zu suchen?«

»Ich weiß es nicht«, sagte Sam achselzuckend.

»Du bist Anwalt, kein Einbrecher. Das ist doch lächerlich. Du trägst ein Hemd, das vierhundert Dollar gekostet hat«, sagte Jen. Aber sie holte ihr Telefon heraus und rief Roberts Kontakt auf.

> »Hi! Ein bisschen spontan, aber hättest du
> Lust, dich mit mir auf einen Drink im
> Jachtclub zu treffen? So als kleinen
> Abschied, bevor der Sommer zu Ende geht!«

Sie drückte auf Senden.

»Er wird wissen, dass da etwas faul ist«, sagte sie.

»Lass dir eine Ausrede einfallen. Du bist doch gut im Lügen.«

Sie verdrehte die Augen, stand aber auf, um sich anzuziehen, während sie auf das Summen ihres Handys wartete. Eine Minute später hörte sie es.

> Klar, wir treffen uns dort in zehn Minuten.

Sie schlüpfte in einen langen weißen Rock und einen gestreiften Kaschmirpullover.

»Und wie gedenkst du in sein Haus zu kommen?«, fragte sie.

Sam kaute an seinen ohnehin schon strapazierten Nägeln. »Durch die Vordertür, falls sie offen ist. Oder ich kann durch das Seitenfenster einsteigen. Früher haben in dem Haus immer die Rettungsschwimmer gewohnt – sie haben Partys geschmissen. Ich war schon tausendmal dort. Halt ihn einfach dreißig Minuten lang hin. Aber vögle nicht gleich mit ihm.«

»Sehr witzig. Ich glaube, um Letzteres hat sich Lauren schon gekümmert.«

Sam zog eine Augenbraue hoch. Jen legte etwas roten Lippenstift auf, und sie und Sam schlichen sich hinaus, vorbei an Luana, die auf der Couch saß und fernsah.

»Wir gehen noch was trinken«, rief Jen ihr zu, als sie das Haus verließen.

Jen ging die Bay Promenade entlang, und Sam verschwand über den Surf Walk. Er hatte vor, über einen Umweg zu Roberts Haus zu gehen und dann zu warten, bis Jen ihm eine Nachricht schrieb, dass Robert im Jachtclub sei.

Es war nach einundzwanzig Uhr, dunkel und kalt. Jen sah einen glücklosen, zerquetschten Frosch auf der Strandpromenade. Sie erschauderte angesichts der Brise, die von der Bucht herüberwehte, und schlang zitternd die Arme um sich. Als sie im Club ankam, war es dort relativ leer, bis auf ein paar junge Leute, die hinten Billard spielten, ein älteres Paar, die Longerans, das wohl noch einen Absacker nahm, und Micah Holt, der an seinem üblichen Platz hinter dem Tresen stand. Wahrscheinlich waren alle anderen noch mit den Vorbereitungen für die morgige Heimreise beschäftigt. Sie war froh darüber – sie wollte nicht, dass zu viele Leute sie mit Robert sahen. Er saß schon da und erwartete sie, in einem grauen Pullover und Jeans, mit einem Whiskey vor sich. Sie holte ihr Handy heraus und schickte Sam eine kurze Nachricht:

Er ist da.

Sie erinnerte sich an das letzte Mal, als sie und Robert zusammen an der Bar waren, bei der Feier am 4. Juli, als Jason sie unterbrochen hatte. Sie war so froh, dass das mit ihm vorbei war.

»Hi, Robert. Wie geht's dir? Danke, dass du dir Zeit genommen hast«, sagte sie und setzte sich neben ihn.

»Gern geschehen«, sagte er. »Ich hatte eh nichts vor. Fühlt sich irgendwie komisch an, dass der Sommer jetzt zu Ende geht, oder?«

Das machte Salcombe mit einem. Es bezirzte die Leute, sodass sie die schlechten Momente vergaßen.

»Ja, das Ende des Sommers kommt immer überraschend wie ein Todesfall«, sagte sie und merkte erst, als sie es aussprach, was sie da sagte. »Ich meine natürlich keinen *wirklichen* Todesfall. Obwohl, diesen Sommer …« Sie brach ab.

Robert nahm einen Schluck von seinem Whiskey.

»Ich wollte dich eigentlich fragen, was du jetzt vorhast. Gehst du zurück nach Florida, um Tennisunterricht zu geben?«

Robert lächelte. »Nein, zum Glück nicht. Ich habe einen Job bei Larry Higgins angenommen. Ich werde mit ihm in New York City arbeiten. Und ich habe auch schon eine Wohnung in Chelsea gemietet.«

»Das ist ja wunderbar, Robert«, sagte Jen. Sie fragte sich kurz, ob Lauren sich weiterhin mit ihm treffen würde. Nein. Dafür war Lauren zu klug. »Ich bin sicher, du wirst bei Larry gut klarkommen. Er ist ein cleverer, erfolgreicher Mann.«

»Ja, ich freu mich drauf«, sagte Robert. Der Ärmste wollte einfach nur vorwärtskommen. Was auch immer mit Susan passiert war, er war es nicht gewesen, der sie über diese Kante geschickt hatte.

»Ich wollte mich bei dir bedanken, dass du mich so bestärkt hast – ich habe wirklich das Gefühl, dass das meinem Spiel einen enormen Schub gegeben hat. Ich weiß das sehr zu schätzen. Tennisspielen war das Highlight meines Sommers. Ich weiß, wie schwierig Salcombe sein kann, und du hast das alles wunderbar gemeistert.«

Robert errötete ein wenig. »Danke, Jen. Du warst immer sehr nett zu mir. Ich freue mich, dass ich dir bei deinen Grundschlägen helfen konnte, aber hauptsächlich bin ich froh, dass ich mit dir hier so einen normalen, netten Menschen getroffen habe.«

Sie hob lächelnd ihr Glas. »Auf deine Zukunft, Robert. Das ist für dich erst der Anfang.«

Sie stießen an.

»Und es ist wirklich schade um Susan«, fuhr Jen fort und beobachtete seine Reaktion genau.

»Schreckliche Sache«, pflichtete Robert ihr bei. »Ich hab noch den ganzen Tag mit ihr auf dem Turnier zusammengearbeitet. Ich war so schockiert, als ich am Morgen beim Aufwachen die Nachricht gehört habe. Sie war eine wunderbare Frau. Starrköpfig, aber gutherzig«, sagte er.

Sie warf einen Blick auf ihr Handy. Zwanzig Minuten waren vergangen, seit sie mit Sam losgezogen war. Weitere zwanzig musste sie noch herumbekommen, bevor sie nach Hause gehen konnte.

Da betraten Marie und Steve Pond den Club, Marie in einem figurbetonten schwarzen Top und glänzenden Caprihosen, Steve in einem gelben Pullover, am Handgelenk eine Rolex, die

die Oberlichter reflektierte. Sie sahen sich in dem nahezu leeren Raum um und steuerten dann direkt auf Jen und Robert zu. Jen war erleichtert über die Ablenkung.

»Hallo, ihr zwei«, sagte Steve. Jen konnte ihm kaum auf den Mund sehen, so blendend weiß waren seine Zähne.

»Hi, Steve. Hi, Marie«, sagte Jen. Sie hatte immer das Gefühl, dass Marie sie nicht mochte. Sie war eine der älteren Frauen des Ortes, die um Sam herumscharwenzelten und ihn immer noch wie einen kleinen Jungen behandelten, den sie alle anhimmelten. Jen hasste das. Keine von diesen Frauen fand, dass sie gut genug für ihn war.

»Hallo, Jen. Hallo, Robert«, sagte Marie, schob sich neben Robert an die Bar und presste ihren Busen heraus.

»Wie läuft's denn so?«, erkundigte sich Steve.

»Oh, gut, wir reden gerade über Tennis«, sagte Jen.

Robert nickte. »Ich gebe Jen ein paar letzte Tipps vor dem Herbst, damit sie alles, was sie diesen Sommer gelernt hat, in ihrer Damenliga in Scarsdale anwenden kann.«

»Was bist du doch für ein Schatz«, flötete Marie. »Susan, die arme Susan, hat wirklich gern mit dir zusammengearbeitet. Ich habe ihr immer gesagt, wie beliebt du bei den Mitgliedern bist.«

»Danke, Marie. Das bedeutet mir sehr viel.«

»Ich kann immer noch nicht glauben, dass sie nicht mehr da ist«, warf Steve ein und schüttelte den Kopf, wobei seine beeindruckende weiße Frisur nach links und rechts wogte und ihm Tränen in die Augenwinkel traten. Dann brüllte er urplötzlich »Micah!«, sodass alle zusammenzuckten.

Erst da fiel Jen auf, dass sie sich noch gar nichts zu trinken bestellt hatte. Micah brachte Steve seinen üblichen Gin Tonic und zog sich dann schweigend zurück, was gar nicht zu ihm passte.

»Die Bohlenwege sind die reinsten Todesfallen«, fuhr Steve fort. »Ich hätte mir da nach ein paar Cocktails zu viel selbst schon beinahe mal beim Nachhauseradeln den Hals gebrochen. Es würde mich nicht wundern, wenn jemand den Bürgermeister deswegen bis aufs letzte Hemd verklagt. Aber es kann sein, dass er noch einmal davonkommt, weil Susan ja keine Familie mehr hat, niemanden, der auf fahrlässige Tötung klagt. Noch ein Grund, Kinder zu haben!« Er gluckste grimmig. »Du hast an dem Wochenende doch mit ihr zusammengearbeitet«, fuhr er fort und nahm Robert ins Visier. »Ist dir da aufgefallen, dass sie irgendwie komisch war?«

»Nein«, erwiderte Robert zu schnell. »Sie schien ganz normal zu sein. Sie war wie immer ein bisschen ruppig, aber das war ja ihre Art.«

Marie legte Robert eine Hand auf die Schulter und rieb sie energisch. »Das war definitiv ihre Art«, sagte sie. »Du hast sicher gehört, was letztes Jahr mit Dave, deinem Vorgänger, passiert ist, nehme ich an?«

»Oh, dieser Typ, was für eine Katastrophe«, mischte sich Steve ein. »Zunächst einmal war er ein Säufer. Hat während des Unterrichts Wodka statt Wasser in sich reingeschüttet. Keine Ahnung, wie er das geschafft hat. Wenn ich eine Bloody Mary beim Brunch trinke, bin ich schon kurz vor dem Umkippen.«

»Wie wahr«, sagte Marie liebevoll.

»Zweitens war er ein Dieb«, sagte Steve. »Es gab zwar nie eine offizielle Untersuchung, aber wir wussten es alle. Er hat einige Stunden doppelt berechnet. Susan war ihm von Anfang an auf der Spur. Sie hatte einen guten Riecher für so etwas.«

Jen spürte, wie Robert sich verspannte, auch wenn es dem älteren Paar nicht auffiel.

»Wenn Dave noch auf der Insel wäre, würde ich die Polizei mal wegen Fremdeinwirkung auf *ihn* ansetzen!«

Jen fand es amüsant, dass alle im Ort, von denen kaum einer Ahnung von Strafrecht hatte, nun mit Begriffen wie »Fremdeinwirkung« oder »fahrlässige Tötung« um sich warfen.

»Aber er ist nicht mehr hier«, sagte Marie. »Das Letzte, was ich gehört habe, war, dass er jetzt in einem Club in South Carolina unterrichtet.«

»Aber er hätte eindeutig ein Motiv!«, betonte Steve. »Susan war die Einzige, die mit Sicherheit wusste, dass er Geld unterschlagen hat.«

Jen hatte eine plötzliche Erkenntnis. Sie sah zu Robert hinüber, der höflich zuhörte und das hübsche Gesicht dabei zu einem interessierten Lächeln verzogen hatte. Sie wusste jetzt, was Sam in Roberts Haus finden würde. Oder zumindest, wonach er suchen sollte.

»Okay, Columbo, wie du meinst. Aber Susans Tod war ein Unfall. Sie ist von einem unserer gefährlich hohen Bohlenwege gestürzt. Das muss geändert werden. Eine Aufgabe für Don und die Stadtverwaltung«, sagte Marie.

»Ich vertraue der Polizei von Suffolk County einfach nicht, mehr will ich gar nicht sagen«, brummelte Steve. »Sie haben nicht mal eine Woche lang ermittelt und kaum Fragen gestellt. Ich finde, um Garrys und Susans willen hätte sich die Polizei ruhig etwas mehr ins Zeug legen können. Ich denke daran, persönlich einen Privatdetektiv zu engagieren. Die Vorstellung, dass Susan Selbstmord begangen haben soll … das ist doch Blödsinn! Diese Frau hätte sich nicht selbst umgebracht. Eher noch jemand anderen.«

Marie nahm endlich ihre Hand von Roberts Schulter und hakte sich bei Steve unter. »Also gut, ihr Lieben, wir setzen uns jetzt und essen noch ein Stück von dem berühmten Key Lime Pie des Jachtclubs, unseren letzten in diesem Sommer. Ich muss Steve von seinen Verschwörungstheorien abbringen. Genießt eure Drinks!«

»Es war schön, euch zu sehen«, sagte Jen.

»Ja, danke für das Gespräch«, meinte auch Robert. Er sah ein wenig blass aus.

Schweigend wandten sich Robert und Jen wieder ihren Getränken zu. Irgendwie konnte Jen es ihm nicht verübeln, diese Leute zu bestehlen. Hatten sie es nicht verdient? Steve, der seine Rolex vor Roberts Nase herumschwenkte. Brian Metzner, der über seine Investment-Portfolios sülzte. Jeanette Oberman, die damit prahlte, dass sie Greg um Millionen erleichtern würde. Wie viel Geld hatte Robert in einem Sommer wohl schon zusammenbekommen? Zehntausend? Zwanzigtausend? Das war doch gar nichts für sie alle hier, nicht mal für Jen.

»Du musst mit mir kommen«, sagte sie leise zu ihm. Er sah sie erschrocken an. »Ich werde mich jetzt verabschieden und zu deinem Haus gehen. Du folgst mir in fünf Minuten. Du kannst mir vertrauen, Robert.«

Er nickte. Jen vergewisserte sich, dass sie niemand beobachtete (niemand außer Micah; sie war sicher). Dann verschwand sie unauffällig durch den Seiteneingang, vorbei an den Tennisplätzen, und kehrte zur Bay Promenade zurück. Sie ging an der Broadway Road vorbei und bog in den Neptune Walk ein. Der Pavillon lag leer und düster da, als sie daran vorbeikam. Sie fröstelte und schaute auf ihr Handy. Sam würde immer noch in Roberts Haus sein; sie war zehn Minuten zu früh.

Als sie an dem kleinen Haus, das dringend einen neuen Anstrich benötigte, ankam, stand das Seitenfenster offen, durch das Sam angekündigt hatte einsteigen zu wollen. Sie bahnte sich einen Weg durch das wuchernde Zeckengras und zog sich mit einem leisen Ächzen zum Fenster hinauf. Sie schwang die Beine zuerst hinein und landete mit einem dumpfen Geräusch auf dem Boden.

»Jen?!« Es war Sam, der in der Küche stand und wenig überzeugend ein Messer in der Hand hielt.

»Sam, Robert ist in einer Minute hier. Hast du etwas gefunden?« Er hielt das Notizbuch hoch, das Robert benutzt hatte, um den Unterricht zu dokumentieren. Jen nickte, nicht überrascht.

»Ich wusste immer, dass ich dich liebe«, sagte Sam. Er lehnte sich an die Küchentheke, auf der sich Roberts Sachen häuften – eine Packung Cheerios, Proteinshake-Pulver, eine Tüte Tortilla-Chips, halb aufgebraucht.

Die Szene erinnerte Jen an die Zeit, als sie noch jung waren und in New York lebten, als Sam noch ein einfacher Angestellter war, seine Sache schon recht ordentlich machte, aber noch nicht das große Geld verdiente. Als ihr Leben mit all seinen Versprechungen noch vor ihnen lag.

»Vom ersten Moment an, als ich dich sah, wusste ich, dass ich dich heiraten würde«, sagte er.

»Die Geschichte kenne ich.«

»Du warst einfach so schön, und dann hast du etwas gesagt, und deine Stimme war so tief und beruhigend. Und du warst so klug und liebevoll und freundlich.«

Jen wusste, was jetzt kam.

»Ich kann einfach nicht glauben, dass du mich mit Jason betrogen hast. Ich weiß nicht, ob ich jemals darüber hinwegkomme. Keine Ahnung, wie das gehen soll.«

Jen sagte nichts. Es gab nichts zu sagen. Er kannte sie nicht, nicht wirklich.

»Ich denke, du wirst darüber hinwegkommen«, flüsterte sie schließlich. Sam war einfacher gestrickt als sie. Sie ging zu ihm und küsste ihn sanft auf die Lippen. Es fühlte sich komisch an – sie hatten sich schon so lange nicht mehr geküsst, nicht einmal beim Sex. Sie konnte nicht sagen, ob es ihr gefiel oder nicht. Dann nahm sie ihm das Notizbuch aus der Hand. Sie riss Seite für Seite heraus und machte kleine Fetzen daraus, die in einem Haufen auf dem Tresen landeten.

Die Tür ging auf, und Robert kam fröstelnd herein, eine Hand in der Hosentasche. Er schaltete das Licht an und sah Sam und Jen in der Küche, und das Buch, sein Buch, bis zur Unkenntlichkeit zerfetzt. Er ließ sich auf die Couch sinken.

»Ich war es nicht«, sagte er. Jen war sich nicht sicher, ob er es zu ihnen oder zu sich selbst sagte. »Ich habe euch alle dort gesehen. Sie ist vor mir geflohen, aber ihr habt sie umgebracht.«

»Niemand hat sie umgebracht«, sagte Jen. »Es war ein Unfall. Ein tragischer, unglücklicher Unfall.« Ihr wurde klar, dass sie sich überhaupt nicht schuldig fühlte. Wie komisch. »Aber falls Steve Pond einen Privatdetektiv engagiert, fürchte ich, dass die Hinweise auf dich deuten werden und nicht auf uns«, sagte sie.

»Ach, als ob ich das nicht wüsste«, sagte Robert. »Es ist immer der arme Kerl, dem man die Schuld gibt. Nächstes Jahr seid ihr wieder hier, macht Party im Jachtclub und quält den nächsten Tennislehrer. Ich *habe* Geld unterschlagen, aber ich bin kein Mörder.«

»Ich weiß«, sagte Jen. Sie ging hinüber, setzte sich neben ihn, wobei die Couch unangenehm unter ihr knarzte, und nahm seine Hand.

Sam beobachtete seine unberechenbare Frau.

»Mach dir keine Sorgen. Ich habe einen Plan«, sagte Jen.

28

Brian Metzner

Wenn Brian Metzner nicht so tief in der Scheiße stecken würde, würde er die anderen selbst zur Strecke bringen. Aber er konnte sich nicht zu weit aus dem Fenster lehnen, nicht jetzt. Er war in der Nacht des Unwetters draußen gewesen. Er war aus dem Haus geschlichen, damit Lisa nicht hören konnte, wie er mit seinem Anwalt Simon Ketchum telefonierte, um mit ihm seine zugegebenermaßen begrenzten Optionen zu besprechen. Er konnte Simon wegen des Windes kaum verstehen, aber er brauchte Privatsphäre, und Lisa hatte ihn in letzter Zeit so sehr mit Fragen gelöchert, bis er komplett dichtgemacht hatte.

Er konnte Lisa unmöglich sagen, was wirklich los war – sie würde es nicht verstehen. (Und wenn sie es täte, wäre es nur noch schlimmer.) Seine rechte Hand, Michael Nerrot, hatte eine *winzige* Insiderinformation über eine klinische Studie eines Pharmaunternehmens erhalten, die kurz vor dem Scheitern stand. Nerrot verkaufte daraufhin einen Großteil der Aktien des Unternehmens. Unethisch? Mit Sicherheit. Aber illegal? Brian hatte erst im Nachhinein von dem Insiderhandel erfahren, aber die Regulationsbehörde SEC interessierte sich nicht wirklich für solche Details. Nerrot drohte Gefängnis, und Brians Firma würde durch einen Vergleich mit den Investoren des Pharmaunternehmens so oder so pleite gehen. Außerdem würde Brian ein Handelsverbot auf Lebenszeit auferlegt werden. Und was sollte er dann machen? Etwa Schornsteinfeger werden?

Darüber diskutierte er mit Simon in der Nacht des 22. August, der Nacht, in der Susan starb, der Nacht, in der er sie sterben sah.

Die Kinder schliefen bereits, und Lisa lag mit Kopfhörern im Bett und schaute etwas auf ihrem iPad, als Brian sich in seiner Regenjacke der Freiwilligen Feuerwehr von Salcombe hinausstahl. Die Jacke saß eng; er hatte über den Sommer zugenommen. Vor lauter Stress hatte er die ganze Zeit Sachen in sich hineingestopft und praktisch ständig einen Hotdog oder ein Bier in der Hand gehabt. Sein Körper fühlte sich schwer und schwitzig an. Er hasste sich selbst.

»Brian, im Moment kannst du nichts tun. Die SEC wird in Kürze ihre Ergebnisse verkünden. Aber du solltest vorbereitet sein; Nerrot ist erledigt. Bleibt die Frage, was sie mit dir machen werden. Steve Cohen hat so etwas überlebt und lässt jetzt als Eigentümer der New York Mets die Puppen tanzen. Also, lass dich von alledem nicht zu sehr runterziehen. Du bist noch nicht aus dem Spiel«, sagte Simon.

Brian hatte die Bay Promenade überquert und für das Telefonat Unterschlupf in dem Aussichtspavillon gesucht, von dem aus man die wirbelnde, tosende Bucht überblicken konnte. Er hatte Mühe, das glitschige Telefon in der Hand zu halten.

»Danke, Simon. Also warte ich erst einmal ab. Halt mich bitte auf dem Laufenden. Was meinst du, was ich Lisa sagen soll? Wie schlimm wird es werden?«

»Bleib vorerst bei deiner Geschichte über einen verpatzten Handel. Du kannst ihr die Wahrheit sagen, wenn wir von der SEC gehört haben.«

»Okay«, seufzte Brian. Blitze zuckten über den Himmel.

»Wo bist du überhaupt? Mitten in einem Wirbelsturm?«

»Könnte man so sagen«, antwortete Brian. »Ich muss los. Aber ich rufe dich morgen wieder an.« Als er anschließend aus dem Pavillon eilte, peitschte ihm der Regen ins Gesicht. Er bog in den Neptune Walk ein, ging vorbei am Spielplatz und dem Baseballfeld. Weiter vorne konnte er ein paar Leute sehen, aber die Dunkelheit verbarg ihre Gesichter. Wer würde sich bei diesem Unwetter schon draußen aufhalten?

Plötzlich hörte er Schreie und ging ein paar Meter näher heran, bis er erkennen konnte, dass es sich bei der Gruppe um Jen, Lauren, Sam und Jason handelte. Lauren schrie: »Jason!«, und Brian sah, wie sie sich mit aller Wucht auf ihren Mann stürzte. Was zur Hölle? Im selben Moment sauste ein Fahrrad vorbei. Jason taumelte zurück, stieß gegen das Fahrrad und schleuderte es samt Fahrer über den Rand des Bohlenwegs. Jen schrie auf, und Brian japste nach Luft. Er hätte ihnen zu Hilfe eilen müssen, das wusste er. Schließlich war er Sanitäter. Doch stattdessen machte er auf dem Absatz kehrt und hastete über den Harbor Walk zurück zum Atlantic Walk, wo er und Lisa wohnten.

Er schlüpfte zurück in sein Haus, einen modern anmutenden grauen Klotz, und setzte sich an seinen weißen Küchentisch. In dieser Nacht tat er kein Auge zu. Ruhelos lag er neben Lisa, die mit ihrer Schlafbrille im Gesicht leise vor sich hin schnarchte. Sie war in letzter Zeit trotz allem so entspannt gewesen. Vielleicht nahm sie ein neues Medikament, von dem sie ihm nichts gesagt hatte. Seine Brust fühlte sich so eng an. Er hoffte, dass er nicht auch noch an einem Herzinfarkt sterben würde.

Am nächsten Tag traf er als Erster am Tatort ein. Die Sirene war am frühen Morgen losgegangen, nachdem Danny Leavitt die Leiche gefunden hatte. Das Geräusch durchfuhr seinen Kopf wie ein Messer. Er wusste genau, wohin er gehen musste.

Susans Leiche lag unter ihrem Fahrrad. Der Hals sah seltsam abgeknickt aus, das Gesicht gelblich verfärbt, und ihr Mund war zu einer starren Grimasse verzogen. Brian hatte das Gefühl, sich übergeben zu müssen, aber er unterdrückte es und wartete mit den anderen Jungs darauf, dass der Krankenwagen sie abholte.

Alle redeten bereits von einem Unfall, doch Brian wusste es besser. Er dachte, dass Sam oder Jason sich melden würden, aber das war offensichtlich nicht der Fall; man hätte sofort die Polizei einschalten müssen. Auch Brian würde nichts verraten. Er hatte Susan nicht umgebracht, und er wollte da auch nicht hineingezogen werden. Sein Leben war so schon schlimm genug, da brauchte er nicht noch mehr Chaos.

Am Abend im Club versuchte er dann, etwas aus Lauren herauszukitzeln, aber sie ließ sich nichts anmerken und schien mehr an diesem Robert interessiert als an einem Gespräch über die Frau, die sie ermordet hatte. Mord, Totschlag, unterlassene Hilfeleistung, was auch immer, Brian hatte keine Ahnung. Er konnte es jedenfalls kaum erwarten, morgen abzureisen. Wieder in New York City zu sein, würde ihm das Gefühl geben, die Dinge mehr unter Kontrolle zu haben. Alles würde gut werden. Im Finanzwesen bekam jeder eine zweite Chance.

29

Sam Weinstein und Jason Parker

Sam Weinstein dachte, er würde verrückt werden. Interessierte es sonst niemanden, dass sie möglicherweise eine Frau halb tot hatten liegen lassen? Sicher, er hatte ihren Puls gefühlt, aber Sam war kein Arzt – er schaffte es ja kaum, seinen Kindern ein Pflaster aufs Knie zu kleben. Er hatte nichts gespürt, keinen Herzschlag, keinen Puls an ihrem Hals oder ihrem Handgelenk, aber vielleicht hätte sie noch gerettet werden können. Vielleicht, wenn Jen sie nicht so sehr gedrängt hätte, den Tatort umgehend zu verlassen. Vielleicht, wenn Sam darauf bestanden hätte, dass sie alle kurz warteten, dass es ein Unfall war und sie den Krankenwagen rufen sollten …

Sicher, es hätte sie nicht gut aussehen lassen, das wusste Sam. Denn was hatten sie alle da draußen zu suchen gehabt, Sam noch dazu mit seinem blöden japanischen Messer? Aber sie hätten nicht einfach *weggehen* dürfen. Sie könnte noch am Leben sein. Es war verrückt, dass sie alle einfach ihr Leben weiterlebten, ihre Sommerhäuser zusammenpackten und Tennis spielten, als wäre nichts geschehen. Schließlich war es ihr Verschulden! Vor allem aber war es seine Schuld, dachte er, weil er Jason überhaupt erst nachgestellt hatte. Auch wenn Jason es verdient hatte. Dieses verdammte Arschloch.

Er hatte all das immer wieder zu Jen gesagt, so lange, bis sie irgendwann jedes Mal, wenn er wieder davon anfing, den Raum verließ. Und anstatt sich mit seiner Ehe zu beschäftigen und herauszufinden, warum seine Frau ihn *mit seinem besten Freund* betrogen hatte, musste er sich nun mit einem tragischen Todesfall befassen. Er musste es genau wissen, auch wenn es anscheinend niemanden sonst interessierte.

Er redete nicht mit Jason. Und er war sich auch nicht sicher, ob er jemals wieder mit ihm reden würde. Jen war Jen. Sie war die Mutter seiner Kinder. Sie lebte in seinem Haus. Sie schlief in seinem Bett. Aber Jason war er nichts schuldig. Er musste ihm wehtun. Er musste sich rächen. Aber was sollte er tun? Er hatte schon erfolglos versucht, ihn mit einem Messer zu töten. Einfach lächerlich. Noch dazu hatte er es so vermasselt, dass stattdessen eine alte Dame gestorben war. Könnte er irgendwie dafür sorgen, dass Jason seinen Job verlor? Irgendeine Geschichte über ihn erfinden wie die, die sich Titten-Lydia über ihn, Sam, ausgedacht hatte?

Sam dachte über all das nach, als er zu Roberts Haus eilte, nachdem er Jen überredet hatte, Robert auf einen Drink einzuladen. Er war froh, dass er Rachel besucht und die Informationen aus ihr herausgekitzelt hatte. Wahrscheinlich lag sie immer noch auf ihrem Bett und träumte davon, dass er zurückkam und um ihre Hand anhielt. Er schämte sich, dass er in diesem Sommer so ein schrecklicher Mensch geworden war. Was war nur los mit ihm? Schließlich war er seit Ewigkeiten mit Rachel befreundet.

Sam war sich sicher, dass er in Roberts Haus etwas Belastendes finden würde. Oder zumindest etwas, das ihn in die richtige Richtung wies. Warum hätte Susan vor Robert weglaufen sollen? Er musste sie bedroht haben, oder sie musste etwas gegen ihn in der Hand gehabt haben, von dem er nicht wollte, dass es jemand erfuhr.

Sam kam an Roberts Adresse an, dem winzigen Häuschen,

wo er als Jugendlicher bei Rettungsschwimmer-Partys dabei gewesen war. Die Tür war verschlossen, aber er wusste genau, wie er hineingelangen konnte – das Seitenfenster ließ sich leicht öffnen; sie hatten es früher immer hochgeklappt, um den vielen Marihuanaqualm rauszulassen. Er steckte einen Stock in den kleinen Spalt unten und rüttelte kräftig daran. Das Fenster öffnete sich Stück für Stück. Schließlich zog Sam sich hoch und stieg in Roberts Haus ein, wobei er darauf achtete, so sanft wie möglich zu landen. Er war noch nie allein in einem fremden Haus gewesen. Er war sich nicht einmal sicher, wonach er suchte.

Zuerst ging er ins Schlafzimmer, eine kleine Nische neben dem Hauptwohnbereich. Die ganze Wohnung war keine neunzig Quadratmeter groß; sie erinnerte Sam an sein Apartment in einem Verbindungshaus am College. Das Bett war ungemacht, und auf der Kommode stapelten sich Tennisklamotten. Wie alt war Robert noch mal? Zweiunddreißig? Zeit, erwachsen zu werden.

Sam öffnete jede Kommodenschublade und schauderte, als er die Unterwäsche erreichte. Er wühlte sich durch die Klamotten. Dann ging er in die Küche, durchsuchte alle Regale und Schränke, fand aber nur Besteck, Tassen, Teller und den einen oder anderen Becher. Der Kühlschrank war voll mit allerlei Zeug – Salat, ein paar Bier, Rinderhackfleisch, Karotten, Gurken. Aber er konnte nichts Auffälliges finden.

Weil Sam nicht recht wusste, wo er als Nächstes suchen sollte, setzte er sich erst einmal auf die schäbige Couch und spähte unter die Kissen, entdeckte aber nichts als Staub und alte Pennys. Er lehnte sich zurück und blickte nach oben. Auf den alten Balken fiel ihm etwas ins Auge: In einer Zimmerecke oben steckte ein Notizbuch oder so etwas. Er zog einen Stuhl heran und stieg hinauf. Dann stellte er sich auf die Zehenspitzen, tastete blind nach dem Gegenstand und bekam ihn gerade noch zu fassen, bevor er beinahe vom Stuhl kippte und hintersprang. Er hielt Roberts Unterrichtsbuch in der Hand. Er hatte ihn öfter dabei gesehen, wie er die Namen der Leute, die er trainierte, hineingekritzelt hatte. Sam waren diesen Sommer mehrfach Jens Tennisstunden von Robert in Rechnung gestellt worden. Sie hatte jede Menge davon genommen, mit zweihundert Dollar pro Stunde ein recht teurer Spaß, aber Sam verwöhnte sie gern. Tennis war das Einzige, was sie in letzter Zeit glücklich zu machen schien.

Sam fiel Roberts saubere, ordentliche Handschrift auf, während er darin blätterte. Da stand Jens Name. Und da wieder. Da war Lauren. Da Lisa. Und Beth. Larry. Brian. Myrna. Auch Sams Kinder. Und so weiter und so fort. Sam war sich relativ sicher, dass er auf den belastenden Beweis gestoßen war, obwohl er nicht genau wusste, was es zu bedeuten hatte. Er nahm an, dass Susan es entdeckt hatte. Hatte sie das Buch mitgenommen? War es das, was Robert in ihrem Haus gesucht hatte?

Es war schon ziemlich dreist von Robert, dass er die gleiche Masche wie dieser Typ vom letzten Jahr abzog, dieser Dave. Sam nahm das Buch mit in die Küche und studierte es eingehender. Er war sich nicht sicher, was er jetzt tun sollte. Wenn er es der Polizei übergab, bekam Robert vielleicht Ärger wegen Diebstahls, würde aber die anderen sofort verraten. Aber wenigstens wusste Sam jetzt, was passiert war.

Da hörte er einen dumpfen Schlag, dann einen Rumms. Er griff nach einem stumpfen Buttermesser, ohne zu wissen, was er damit täte, wenn er es benutzen müsste. Und dann stand die Frau vor ihm, mit der er seit zehn Jahren verheiratet war. Sie war immer noch so schön und so schlank, selbst nach drei

Kindern. Die ganze Zeit über hatte sie ihn belogen und manipuliert. Und jetzt hatte sie einen Plan.

Jason Parker fühlte sich so gut wie seit Jahren nicht mehr. Er war sich nicht sicher, ob es die endgültige Trennung von Jen war – allein die Vorstellung, dass er sich nicht mehr quälen musste – oder die Tatsache, dass er, einmal auf Holz geklopft, buchstäblich mit einem Mord davongekommen war. Er wusste, er sollte sich nicht über den *Tod* einer Frau freuen, das war ihm klar. Aber das Ganze hatte etwas auf düstere Art Befriedigendes an sich, das ihm gefiel.

Er und Lauren hatten seither kaum ein Wort darüber verloren. Seine Frau hatte eine verblüffende Fähigkeit, Dinge auszublenden. Ihn beschlich sogar das Gefühl, dass sie möglicherweise leicht psychotisch war, mit diesem Jähzorn und ihrer Unberechenbarkeit. Aber vielleicht waren sie alle verrückt. Er hatte mit der Frau seines besten Freundes geschlafen. Sein bester Freund war mit einem Messer hinter ihm her gewesen. Er bezweifelte, dass normale Menschen so etwas taten. Salcombe hatte etwas an sich, das diese Dinge herauskitzelte – die ganze Intensität hier, die körperliche Nähe, die Tatsache, dass sie alle im Sport miteinander konkurrierten. Sport! Lächerlich, wenn man darüber nachdachte.

Mehr als an Lauren oder an Susan und sogar mehr als an Jen hatte Jason in den letzten Tagen an Sam gedacht. Sie hatten seit jener Nacht nicht mehr miteinander gesprochen, obwohl sie sich in gesellschaftlichen Situationen zugenickt hatten und höflich miteinander umgegangen waren: bei der Labor-Day-Show, bei einem Umtrunk bei den Metzners, bei einem Jungs-Ausflug mit Paul Grobels Motorboot (Paul hatte ein Bob-Marley-T-Shirt getragen, mit dem Jason ihn unbedingt hatte aufziehen wollen, aber ohne Sam funktionierte der Witz einfach nicht). Niemand durfte von ihrem Zerwürfnis erfahren, also taten sie so, als wäre nichts passiert.

Das Komische daran war, dass er Sam jetzt, da dieser *ihn* hasste, lieber mochte als vorher. Sam, der Goldjunge, ging auch nur auf ausgetretenen Wegen, genau wie der Rest von ihnen. Dadurch fühlte sich Jason ihm irgendwie näher.

Es war eigentlich nicht Jasons Art, sentimental zu werden. Er war eher unterkühlt, das wusste er, selbst wenn es um seine Frau und seine Kinder ging. Er hatte Jen geliebt, zumindest glaubte er das, aber vielleicht war das, was er am meisten an ihr geliebt hatte, die Tatsache gewesen, dass sie Sams Frau war. Selbst als sie das erste Mal miteinander geschlafen hatten, in jenem Sommer vor langer Zeit, hatte er an Sam gedacht, daran, sich etwas zu nehmen, das ihm gehörte.

Jason hatte das Gefühl, dass es Zeit für einen Neuanfang war. Er war vierzig Jahre alt. Er war gerade knapp einer kniffligen Situation entronnen, die ziemlich übel hätte enden können. Seine Ehe war entgegen allen Erwartungen intakt. Seinen Kindern ging es gut, wie Kinder eben so sind. Sein Job war lukrativ. Im letzten Jahr hatte er all seine Aufmerksamkeit auf Jen, Jen, Jen gerichtet, aber jetzt war es Zeit für etwas Neues. Auch wenn er noch nicht recht wusste, was. Vielleicht sollte er für einen Marathon trainieren. Oder wieder richtig mit Tennis anfangen. Lauren war in diesem Sommer am glücklichsten beim Tennisspielen gewesen, als sie Unterricht bei Robert genommen und beinahe dieses alberne Turnier mit Jen gewonnen hätte. Ihre neu entdeckte Freundschaft irritierte ihn. Aber das konnte er Lauren gegenüber nicht erwähnen. Sie würde ihm den Kopf abreißen.

Ja, es war Zeit für eine Veränderung. Einen Neuanfang.

Nächstes Jahr um diese Zeit, wenn er wieder nach Salcombe zurückkäme, würde er ein neuer Mensch sein. Die Sache mit Susan würde verblasst sein, eine tragische Erinnerung an einen vergangenen Sommer auf Fire Island. Es war Teil des Lebenszyklus dieser Stadt – die Alten, die immer im Kreis am hinteren Ende des Strandes zusammenhockten und mit ihren Enkeln prahlten, starben einer nach dem anderen weg. Jason kannte das bereits. Die Achtzigjährigen aus seiner Kindheit waren schon nicht mehr da, und neue Achtzigjährige waren an ihre Stelle getreten. Sam und sein Jahrgang waren jetzt die lebenssprühenden Vierzigjährigen mit Kindern, würden allerdings bald zu den Sechzigjährigen werden. Und so weiter und so fort. Susan wäre ohnehin mit der nächsten Welle gegangen, zusammen mit Marie und Steve Pond, Betsy und Mike Todd, Bonnie und Richie Trimble. In zehn Jahren würden sie alle tot oder im Pflegeheim sein, und ihre schönen Häuser in Salcombe würden von ihren Kindern, deren Kindern oder von glücklichen neuen Käufern bewohnt werden.

Jason zerrte den großen hölzernen Handwagen, auf dem hinten in roten Lettern *Parker* stand, zum Kai. Es war bereits seine zweite Fahrt; sie hatten so viel Zeug, das sie mit zurück in die Stadt nehmen wollten, dass Jason sich fragte, wie sie es überhaupt geschafft hatten, das alles in einer Stadt ohne Geschäfte zusammenzubekommen. Sie wollten die Fähre um ein Uhr nehmen, das überfüllteste Boot des Jahres. Fast die ganze Stadt wollte heute abreisen. Auf Wiedersehen, Salcombe. Nächstes Jahr sind wir alle wieder da! Wahrscheinlich würde Jason die ganze Fahrt nach Bay Shore Schulter an Schulter mit irgendeiner nervigen Person zubringen und Small Talk machen müssen (»Und wie war dein Sommer so?« »Großartig! Und bei dir?« »Fabelhaft! Aber wie traurig, das mit Susan …«). Jason hatte eigentlich schon das Boot um neun Uhr früh nehmen wollen – »Lass uns einfach aufstehen und losfahren, um das Gedränge zu vermeiden« –, aber Lauren hatte darauf bestanden, das spätere Boot zu nehmen.

»Ich muss noch jede Menge erledigen, bevor wir hier loskommen«, hatte sie gejammert. »Und Jen will auch, dass wir mit ihnen zusammen das Boot um eins nehmen. Außerdem ist es ja nicht so, als wärst du eine große Hilfe gewesen.« Tja, da hatte sie recht. Es gab nichts, was Jason mehr hasste, als am Ende des Sommers das Haus aufzuräumen und alles zusammenzupacken. Es war nicht nur mühsam, sondern auch deprimierend, also hatte er die letzten Tage alles getan, um Lauren aus dem Weg zu gehen.

Dies war die letzte Ladung. Der Rest seiner Familie wartete bereits mit den anderen am Kai, die Erwachsenen plauderten, die Kinder spielten miteinander in dem Wartehäuschen, endlich wieder in Turnschuhen statt barfuß. Lauren stand wahrscheinlich mit Lisa und Emily zusammen in einem Grüppchen, das noch die letzten Lästereien loswurde, bevor man sich für den Herbst, Winter und Frühling trennte. Jason bog in die Bay Promenade Richtung Kai ein, und der Schweiß lief ihm so herunter, dass die Vorderseite seines karierten Hemds bereits feucht war.

Es war zu heiß für die Jahreszeit; es fühlte sich an wie Juli, nicht wie September.

Er blickte auf und sah Sam auf sich zukommen, der ebenfalls seinen Wagen zog, offensichtlich auf der gleichen Mission unterwegs wie Jason. Sam trug seine »Reisebekleidung«, was so viel bedeutete wie gepflegte Athleisure Wear – eine schwarze Jogginghose und ein T-Shirt in Kellygrün, wahrscheinlich von A.P.C. oder einem anderen trendigen Label. Sam war schon immer modischer gewesen als Jason. Er war schon immer mehr von allem gewesen als Jason.

Als sie einander erreichten, blieben die Männer stehen, direkt vor dem Eingang des Jachtclubs, während auf der anderen Seite Segelboote den Strand der Bucht säumten. Eine Pattsituation, so kam es Jason vor. Seit jener Nacht waren sie nicht mehr allein gewesen. Sam machte Anstalten weiterzugehen, aber Jason stellte sich ihm instinktiv in den Weg. Er war traurig. Es tat ihm leid. Er fühlte sich schlecht.

»Sam, ich muss dir was sagen«, setzte er an.

Der blinzelte hinter seiner Brille hervor. »Was?«, fragte er schließlich.

»Es hatte nichts mit dir zu tun. Nur mit Jen. Es tut mir leid«, sagte Jason. Das war gelogen. Irgendwie. Aber es fühlte sich gut an, es zu sagen.

»Du bist ein Arschloch. Du bist so ein Arschloch«, sagte Sam. Seine Stimme war leise und zittrig.

Es waren noch andere Leute unterwegs. Niemand konnte sie überhören.

»Ich weiß«, sagte Jason. »Und du hast das auch immer gewusst! Du *kennst* mich. So bin ich nun mal.«

Sam seufzte. »Nichts wird je wieder so sein wie früher. Du hast alles total versaut. Dieser Ort wird nie wieder derselbe sein. Und du und ich auch nicht.« Die Sonne knallte Jason auf den Kopf. Seine Haare fühlten sich heiß an.

»Sam, weißt du noch, wie wir als Kinder zusammen auf den Bohlenwegen Fahrrad gefahren sind? Ich habe die Augen geschlossen, und du hast mich dirigiert – links, rechts, links, rechts – und darauf geachtet, dass ich nicht über die Kante falle.«

Sam nickte.

»Ich glaube, so nah habe ich mich sonst nie im Leben jemandem gefühlt.«

In diesem Moment kam Brian zu Fuß auf sie zugestürmt, allein. Er trug eine Chinohose und ein marineblaues Lacoste-Polohemd, sein Lieblingsoutfit für die Fähre.

»Hey, Jungs, störe ich bei etwas Wichtigem? Ist einem von euch das Aktiendepot eingebrochen, oder was?« Er lachte schallend.

»Nö. Ich bringe bloß unsere letzte Ladung zum Steg«, sagte Jason und fasste sich schnell. »Bis dann, Jungs«, fügte er hinzu, ohne sich noch einmal umzudrehen.

Er schob den Wagen über den Steg, vorbei an den Menschentrauben, die auf die Fähre warteten, und lud die Koffer auf dem Stapel im markierten Ladebereich ab. Wenn die Fähre einfuhr, würde er genau überwachen, dass ihr gesamtes Gepäck mitkam; mehr als einmal hatten sie, in Bay Shore angekommen, festgestellt, dass ein Koffer es nicht an Bord geschafft hatte, sehr zum Ärger von Lauren (irgendwie war es immer der Koffer mit all ihren Kleidern).

Lauren steckte genau dort, wo Jason sie erwartet hatte: zusammen mit ihren Freundinnen auf einer Bank, alle mit den gleichen übergroßen Sonnenbrillen, eine Reihe attraktiver Insektendamen. Er sah auch Brian Metzner, der sich mit Paul Grobel unterhielt.

Paul trug so etwas wie eine Männer-Caprihose, und seine kleinen haarigen Knöchel schauten hervor. Beth Ledbetter war mit ihrem Mann Kevin da und wies ihn lautstark an, die Taschen abzuladen und den Wagen abzusperren: »Sofort!« Erica Todd und Theo Burch saßen zusammen auf einer anderen Bank, ihre Kinder vor sich auf einem Koffer abgesetzt. Da waren die Ponds und die Trimbles und Jeanette Oberman, die ganz allein war und mit einem Fahrer telefonierte. »Ja, wir treffen uns am Terminal der Fähre aus Salcombe. S-A-L-C-O-M-B-E. Aber das B spricht man nicht.« Greg war immer derjenige gewesen, der fuhr. Micah Holt stand bei seinen Eltern und starrte auf sein Handy. Claire Laurell röstete sich zusammen mit ihren zwei Töchtern in der Sonne. Und dann war da noch Rachel, die etwas abseits stand und recht verloren wirkte. Sie nickte Jason zu, als er an ihr vorbeiging. Wo hatte sie sich bloß die ganze Zeit versteckt?

Jason ging hinüber, um im Wartehäuschen nach Arlo und Amelie zu suchen. Er fand sie beim Spielen mit Lilly, Ross und Dara, offenbar irgendein Spiel, bei dem sie sich abwechselnd gegenseitig auf den Rücken schlugen. *Wie auch immer. Sollen sie sich doch amüsieren*, dachte Jason. Er ging zurück und stellte sich neben seine Koffer, zog sein Handy hervor und versuchte, sich auf die Nachrichten zu konzentrieren. Aber es war zu hell, um etwas zu lesen. Er blickte sich um und entdeckte Jen und Sam ganz in der Nähe, Jen in ihrem schwarz-weiß gestreiften T-Shirt-Kleid, mit dem sie, wie Jason so gerne gescherzt hatte, wie ein französischer Matrose aussah. Sie unterhielten sich über irgendetwas, wobei Sam leise in Jens Ohr sprach. Jen wirkte aufgewühlt. Sie zerrte an Sams Ärmel, und ihre eine Stirnfalte kam zum Vorschein. Jason fragte sich, worüber sie wohl stritten. Da löste sich Sam von ihr und kam auf Jason zu, ein paar Schritte nur, und er war da. Er packte Jason am Arm und zog ihn zur Seite, weg von den Leuten.

»Verschwinde von hier«, raunte er eindringlich.

Jason war verwirrt. Wohin verschwinden?

»Verlass den Steg. Geh nach Hause. Es wird etwas passieren, aber ich will nicht, dass es hier passiert.«

Jason verstand nicht. »Was wird denn passieren?«

»Geh jetzt einfach.«

»Das kann ich nicht. Die Fähre kommt gleich. Wir fahren zurück nach New York.«

»Los!« Sam schubste ihn, aber Jason rührte sich nicht vom Fleck. Was zum Teufel war hier los? Sams Sonnenbrille war verrutscht, und es sah aus, als hätte er Tränen in den Augen. »Sag nichts«, beschwor ihn Sam. »Streite einfach alles ab. Dir wird nichts passieren. Aber darum geht es nicht.«

Jason merkte, dass Unruhe aufkam. Alle auf dem Steg redeten durcheinander, ganz Salcombe war in Aufruhr. Drei Polizeibeamte aus Suffolk County teilten die Menge wie das Rote Meer und kamen auf sie zu. Jason stand wie versteinert da, mit bleischweren Füßen. Ihm war so heiß, dass er das Gefühl hatte, gleich umzukippen. »Es geht um Susan!«, hörte er jemanden rufen. Ein Raunen ging durch die Anwesenden. Bonnie Trimble fiel Richie in die Arme, und Marie Pond fächelte ihr mit einem Taschentuch Luft zu.

Er sah, wie Lauren aufstand und sich nach ihm umsah. Arlo und Amelie waren bei ihr.

Einer der Polizeibeamten, ein junger, sommersprossiger Kerl mit einem dicken Schnurrbart, kam auf ihn zu. Die beiden anderen standen, die Hände hinter dem Rücken, abwartend neben ihm.

»Jason Parker?«

Jason nickte. Das konnte doch nicht wahr sein. Der ganze Ort sah zu. Seine Kinder sahen zu.

»Kommen Sie bitte mit. Umgehend.«

Jason wollte nicht fragen, aber er wusste, dass er es tun musste. »Worum geht es?«

Dann stand auch schon Sam neben ihm.

»Sam! Nein!«, hörte Jason Jen schreien.

»Ich bin sein Anwalt«, sagte Sam. »Ich komme mit.«

Der Polizist zuckte mit den Schultern. »Wie Sie wollen. Gehen wir. Wir fahren Sie über die Brücke zu unserem Revier.«

Die kleine Gruppe ging zwischen den Leuten aus Salcombe hindurch, die sich seitlich aufstellten, als wollten sie eine Partie Kettenbrechen spielen; alle gafften, waren mucksmäuschenstill. Schockiert. Verwundert. Kribbelig. Jason Parker wurde zum Tod von Susan Steinhagen befragt? Das war eine Sensation. Lauren stand da, aschfahl, mit den Kindern. Ihr Leben war vorbei. Die Bienenkönigin wurde zu Fall gebracht. Beth Ledbetter grinste hämisch. »Oh, mein Gott!«, sagte Jeanette Oberman. Theo Burch war erschüttert. Rachel Woolf schlug die Hand vor den Mund und wäre beinahe umgekippt, wenn Brian Metzner sie nicht gestützt hätte. Nur Bürgermeister O'Connell wirkte erleichtert; wenigstens konnten die Leute nun aufhören, ihm die Schuld zu geben.

Jason und Sam gingen Seite an Seite den Steg entlang, der Polizei hinterher, als ob sie zum Altar schritten. Oder über die Planke.

30

Micah Holt

Micah Holt fühlte sich schlecht. Er saß auf dem Rücksitz des Lexus-SUVs seiner Eltern, auf der etwa zweistündigen Fahrt vom Fährterminal in Bay Shore zu seiner Uni in New Haven. Mehr als genug Zeit für Micah, alles zu beichten und eine Kettenreaktion in Gang zu setzen, die aller Wahrscheinlichkeit nach den Untergang von Salcombe zur Folge haben würde.

»Ich kann immer noch nicht fassen, dass Jason Parker wegen des Mordes an Susan Steinhagen verhaftet wurde«, sagte Micahs Mutter Judy vom Beifahrersitz aus und schüttelte energisch den Kopf. Judy war dreiundfünfzig, und in diesem Sommer war sich Micah zum ersten Mal ihres Alters bewusst geworden. Die Falten auf ihrem Dekolleté waren tiefer geworden, die Stelle unter ihrem Kinn weicher. Das deprimierte ihn.

»Mom, er wurde nicht ›verhaftet‹, er wird nur zu Susans Tod befragt, von dem auch niemand behauptet hat, dass es Mord war«, sagte Micah. Wurde sie auch immer dümmer?

Micah wälzte die Fakten in seinem Kopf und überlegte, wie er sie seinen Eltern am besten darlegen konnte.

Er dachte zurück an die Nacht, in der Susan gestorben war. Zuerst hatte er Lauren Parker und Jen Weinstein mit ihren Taschenlampen gesehen, wie sie auf dem Tennisplatz nach etwas suchten. Später hatten er und Willa Larry Higgins zurück zur Lighthouse Road begleitet und ihm quasi als Leitplanken gedient, damit er nicht vom Bohlenweg kippte. Larry brabbelte den ganzen Weg über vor sich hin und erzählte von seinen Söhnen Peter und Lee, die etwa fünfzehn Jahre älter waren als Micah.

»Ach, meine Kinder, was für eine Enttäuschung«, lallte Larry, wahrscheinlich ohne sich darüber im Klaren zu sein, dass Micah und Willa noch immer in der Dunkelheit bei ihm waren. Dann fuhr er fort: »Komisch, dass Robert auf die gleiche Idee wie Dave kam.«

Willa kniff Micah in die Seite.

»Und dass Susan beiden auf die Schliche gekommen ist.« Daraufhin verfiel Larry in Schweigen, und die beiden konnten ihn sanft ins Innere seines Hauses bugsieren (in Salcombe schloss kaum jemand seine Türen ab, nicht einmal nachts).

Am nächsten Morgen wachte Micah von der Stadtsirene auf, ausgelaugt und mit einem flauen Gefühl im Magen. Und dann war Susan tot. »Ein Unfall«, hieß es. »Was für eine bedauerliche Tragödie«, sagten die Leute, eine Mischung aus der Leichtsinnigkeit einer älteren Frau und schlampiger Stadtplanung. Micah wusste es besser. Vielleicht war Susan irgendwie in all diese außerehelichen Affären verwickelt worden. Vielleicht hatte Robert sie kaltgemacht, als sie hinter seinen Diebstahl gekommen war.

Kurz nach Susans Tod war Micah nach Yale zurückgekehrt, zog in der Spätsommerhitze in sein Haus außerhalb des Campus, schrieb sich für seine Kurse ein und begann mit der Planung seines Auslandssemesters in Madrid. All das tat er wie benommen. War da eine Frau umgebracht worden? Von Leuten, die er schon sein ganzes Leben lang kannte? Er fühlte sich wie ein völlig anderer Mensch als noch im Juni, als er von der Uni nach Salcombe gekommen war. Älter, irgendwie verbittert. Er vermisste es, ein Kind zu sein, vermisste den Gedanken, dass Erwachsene dazu da waren, ihn zu beschützen.

Schließlich war er noch einmal nach Salcombe zurückgekommen, vordergründig, um seinen Eltern zu helfen, das Haus zusammenzupacken, aber es war mehr als das. Er konnte nicht aufhören, an Susan zu denken. Er kam nicht los von dem Gedanken, was man ihr angetan hatte. Er hatte dieses letzte Wochenende damit verbracht, sie alle zu beobachten – Robert und Lauren, wie sie während der Labor-Day-Show an der Bar miteinander flirteten, Jen und Sam, die wieder glücklich zu sein schienen, Jen und Robert, die irgendetwas ausheckten, direkt vor Micahs Nase, aber außerhalb seiner Hörweite. Es schien so, als hingen da alle irgendwie mit drin. Vielleicht sogar Micah selbst.

Heute, während des ganzen Aufruhrs auf dem Fähranleger, hatte Micah einen Blick mit Silvia, dem Kindermädchen der Parkers, gewechselt. Sie stand hinter Arlo und Amelie und legte ihnen beschützend die Hände auf die Schultern, während sie zusahen, wie ihr Vater von der Polizei abgeführt wurde. (Micah hatte Mitleid mit den Kindern, so privilegiert sie auch waren; Salcombe war auch für sie ruiniert, dank des Fehlverhaltens ihrer Eltern.) Micah hatte noch nie mit Silvia gesprochen, aber er hatte sie während der letzten paar Sommer immer mal wieder unglücklich auf ihrem Dreirad für Erwachsene herumsitzen sehen.

Er fragte sich, wie es für sie hier wohl sein musste. Sie hatte mit hochgezogener Augenbraue zugesehen, wie Jason an ihnen vorbeiging; Micah war eindeutig nicht der Einzige, der mehr wusste, als er sollte.

Nun fuhren sie auf der I-95, und aus den Lautsprechern seines Vaters klang Paul Simon. Es erinnerte Micah an die

Sommer seiner Kindheit, an den Song *Diamonds on the Soles of Her Shoes*, zu dem seine Eltern auf der Terrasse ihres Hauses in Salcombe tanzten. In Micahs Augen brannten Tränen. Er betrachtete die Hinterköpfe seiner Eltern, die ihm so vertraut waren, die Locken seiner Mutter, die kahle Stelle am Kopf seines Vaters. Er liebte sie so sehr. Er schaute auf sein Handy und sah eine ungelesene Nachricht von Ronan. Er hatte seit Ewigkeiten nichts mehr von ihm gehört. Micah öffnete sie.

> Hi, tut mir leid, wie alles diesen Sommer gelaufen ist – ich bin schon wieder an der Uni. Ich muss mir noch über ein paar Dinge klar werden, aber ich würde mich freuen, dich nächsten Sommer auf Fire Island wiederzusehen. Wir werden doch alle wieder da sein, oder? x

Micah las die Nachricht erneut. Und noch einmal. Da beschloss er, es auf sich beruhen zu lassen. Er würde niemandem etwas erzählen. Das konnte er dieser kleinen Stadt nicht antun. *Seiner* Stadt. Seinen Eltern. Sich selbst. Er würde mit diesem Wissen leben müssen, das wäre seine Strafe. Aber er würde einen Weg finden, es wiedergutzumachen. Er wusste, dass die Yale School of Management einen Schwerpunkt auf gesellschaftliche Zusammenhänge legte – vielleicht könnte er diesen Herbst als Gasthörer dort ein paar Kurse belegen und herausfinden, wie er seinen Abschluss für etwas Sinnvolles nutzen könnte, anstatt einfach nur bei Goldman einzusteigen. Und er war zwar total begeistert von Madrid, aber es war noch nicht zu spät, sich örtlich umzuorientieren – er hatte da von einem Programm gehört, bei dem man in Jordanien Menschenrechte studieren und gegen Unterdrückung kämpfen konnte. Er war jung, er hatte alle Zeit.

Ja, Micah konnte einen anderen Weg wählen. Er atmete tief durch, während der Song von Paul Simon ausklang: »Well, that's one way to lose these walking blues, diamonds on the soles of her shoes.« Dann tippte er seine Antwort an Ronan.

> Schon okay, das versteh ich. Ich werde nächsten Sommer nicht in Salcombe sein – ich schätze, wir müssen uns beide über einiges klar werden. Hoffentlich treffen wir uns in einem anderen Leben wieder. x M.

Epilog

Robert Heyworth war bester Dinge. Seit zwei Monaten wohnte er in seiner neuen Wohnung in Chelsea und pendelte zwischen dort und Larrys Büro an der Upper East Side hin und her. Er liebte seine neue Bleibe, ein modernes Zweizimmerapartment mit Poggenpohl-Küche in der Twenty-first Street. Er liebte das Leben in New York City, das rasante Tempo und dass es in jeder Bar von heißen Frauen, die ihm Aufmerksamkeit schenkten, nur so wimmelte. Aber am allermeisten liebte er es, dass er nicht mehr beruflich Tennis spielen musste. Er hatte gar nicht gemerkt, wie ausgebrannt er bereits gewesen war, bis er aufgehört hatte. Jetzt wusste er, dass er nie wieder zurückkehren würde. Nie wieder würde er Leuten bei ihren beschissenen Aufschlägen helfen, sie ermutigen, ihre Volleys nicht mehr zu schwingen, und sagen: »Von tief nach hoch!« Wenn er diese Worte bis in alle Ewigkeiten nicht mehr sagen müsste, wäre das noch zu früh.

Und er genoss die Arbeit mit Larry, diesem liebenswerten Griesgram, der ihm beibrachte, den Investmentfonds seiner Familie zu verwalten. Da ging es ja nicht um Quantenphysik. Robert hatte schließlich in Stanford studiert, was er schon fast vergessen hatte.

Er dachte nicht gern an Salcombe zurück, auch wenn Larry sich immer wieder etwas einfallen ließ, wie er es zur Sprache bringen konnte. Jedenfalls würde er nie wieder in diese Stadt zurückkehren. Nie wieder in diese heruntergekommene Bruchbude, in diesen höllischen Jachtclub, zu diesen schrecklichen,

schrecklichen Menschen. Sein Job hatte seinen Zweck erfüllt – er baute sich jetzt eine richtige Karriere auf und hatte genügend Geld auf der Bank, um die Miete für das ganze Jahr zu bezahlen. Die zusätzlichen 16.000 Dollar waren ihm dabei sicherlich nützlich gewesen, auch wenn sie einiges an Folgen nach sich gezogen hatten.

Es war um die Mittagszeit, und er war gerade unterwegs, um für sich und Larry etwas zu essen zu besorgen – vielleicht im Dig Inn auf der Lexington. Draußen fühlte es sich angenehm herbstlich an; Robert trug einen leichten Baumwollpullover und eine knackige dunkle Jeans. Er wusste, dass er gut aussah, so wie sämtliche Frauen an der Upper East Side ihn ansahen. Als er in die Eighty-ninth Street einbog, stieß er abrupt mit einer zusammen, die es eilig hatte.

»Hey!«, sagte die Frau genervt und blickte zu ihm auf. Es war Lauren.

Robert krampfte sich der Magen zusammen.

»Robert!«, sagte Lauren. Sie lächelte, besann sich dann aber wieder.

»Wie geht es dir?«, fragte er.

Ihr Haar war glatt und glänzend, und sie trug einen übergroßen Pullover, bei dem eine zarte Schulter frei lag. Er spürte ihre übliche Anziehungskraft auf ihn.

»Mir geht's gut, weißt du …« Sie brach ab.

Er hatte von Larry gehört, dass sie und Jason ihr Haus auf Fire Island verkauft und etwas in den Hamptons gekauft hatten. Jason war zwar von jeder Mitschuld an Susans Tod entlastet worden – mit Sams Hilfe; er hatte kein Wort ausgesagt, und es gab keinerlei Beweise gegen ihn. Aber die Parkers hätten sich gesellschaftlich nie wieder von der Festnahme an jenem Tag auf dem Fähranleger erholt. (»Ich wusste schon immer, dass an

Jason Parker etwas faul ist«, hatte Marie Pond damals gesagt, ein seither oft wiederholter Satz.) Genau darauf hatte Jen die ganze Zeit gesetzt. Sie hatte der Polizei den anonymen Hinweis gegeben, dass sie Jason in jener Nacht auf dem Neptune Walk gesehen hatte. Sie hatte ihnen auch gesagt, dass er um ein Uhr mit der Fähre zurück zum Festland fahren würde und sie ihn dort finden könnten. Dann hatte sie Lauren gebeten, an diesem Tag erst die Fähre um eins zu nehmen, weil sie noch ihre moralische Unterstützung benötigte. In letzter Sekunde hatte Sam zwar noch versucht, ihren Plan zu vereiteln, war aber zu spät gekommen. Die Polizei traf pünktlich ein, und Jason wurde vor dem versammelten Ort als Verdächtiger abgeführt.

»Und wie geht es dir?«, erkundigte sich Lauren. »Läuft's gut im Job? Gefällt dir deine neue Wohnung?«

»Ja, alles super«, sagte Robert. Es war seltsam, auf diese Weise mit ihr zu reden. Ihm war irgendwie unwohl dabei.

»Schön«, sagte sie. »Weißt du, dass Jason und ich unser Haus in Salcombe verkauft haben?«

»Ja, hab ich gehört.«

»Wir haben uns dafür etwas in East Hampton gekauft. Dort gefällt es mir sowieso besser. Das ist eher meine Welt«, erklärte sie wenig überzeugend. Sie schien zu vergessen, dass Robert sie sehr gut kannte.

»Freut mich für dich«, sagte Robert.

»Ich freu mich auch für dich«, sagte sie. Dann entstand eine unangenehme Pause. Lauren warf einen Blick auf ihr Telefon, das sie fest umklammert hielt. »Hast du das von Sam und Jen gehört?«

Robert nickte. Sam und Jen wollten sich scheiden lassen. Auf Sams Betreiben. Ein totaler Schock für alle. Offenbar bekam Jen das Haus in Salcombe.

Sie würde also die Einzige von ihnen sein, die im nächsten Sommer dorthin zurückkehrte. Robert hatte auch gehört, dass Rachel Woolf all die Ereignisse zum Anlass genommen hatte, nach Kalifornien zu ziehen, um näher bei ihren Schwestern zu sein. Das Ende einer Ära.

Sie standen einen Moment lang da und wussten beide nicht, wie sie das Gespräch beenden sollten.

»Tja, ich muss Arlo und Amelie von der Schule abholen. Die Braeburn ist noch ein paar Blocks von hier entfernt, und ich will nicht zu spät kommen. Aber es war schön, dich zu treffen«, sagte Lauren.

»Ja, fand ich auch«, sagte Robert. Die Vorstellung, dass er ihre Affäre in der Stadt hatte fortsetzen wollen, kam ihm jetzt absurd vor. Hier wirkte sie viel älter auf ihn. Sie umarmte ihn kurz und unbeholfen, ihr Parfum umwehte ihn, dieser berauschende Geruch. Dann ging sie weg, Richtung Westen, ihrem Leben entgegen.

Robert fühlte sich von dem Treffen ein wenig benommen. Er musste noch einmal an die Fährfahrt im Frühsommer zurückdenken, als er sie mit Rachel an Deck hatte sitzen sehen, und wie sie ihn an Julie erinnert hatte. Und dann daran, wie er sich später an diesem Abend mit ihr unterhalten hatte, wie aufregend es für ihn war, sie zum ersten Mal zu berühren.

Gedankenverloren folgte er der Schlange der fleißigen Arbeiter, die ins Dig Inn marschierten. Er fragte sich, was wohl anders gelaufen wäre, wenn er Lauren an diesem Tag nicht gesehen hätte. Wenn er einfach pflichtbewusst seinen Job in Salcombe erledigt hätte, ohne sich in die Dramen der Stadt verwickeln zu lassen.

Er bezahlte das Mittagessen und spazierte in der strahlenden Mittagssonne die Park Avenue entlang zu Larry zurück, vorbei an den Vollzeit-Müttern, die ihre UPPAbaby-Kinderwagen schoben und an ihren Lattes nippten, an den alten Männern, die auf den Bänken saßen und die *New York Times* lasen, an den Kindermädchen, die kreischende Kleinkinder hinter sich herzogen. Die Luft war frisch, und er fühlte sich frei.

Nun ja, annähernd frei. Denn wie eine Salcombe-Stechmücke, die sich in einer Zimmerecke versteckte, konnte er diese eine Nacht nicht loswerden. Wenn er die Augen schloss, sah er es vor sich. Wenn er unter der Dusche stand, sah er es. Er sah es auch jetzt, an diesem wunderschönen Tag in New York City.

Nachdem er die humpelnde, verängstigte Rachel nach Hause gebracht und anschließend auch ihr Fahrrad zurückgefahren hatte, war er zum Neptune Walk zurückgekehrt, um das Buch zu holen. Er hatte gesehen, wie Susan gestürzt war, und gehört, wie Sam gesagt hatte, sie sei tot, also hoffte er auf ein leichtes Unterfangen. Er konnte nicht fassen, wie viel Glück er noch einmal hatte. Er eilte durch Wind und Regen zurück zu der Stelle, an der Susan von der Promenade gestürzt war. Da war sie. Ihr Fahrrad lag auf ihr, und sie bewegte sich nicht. Robert sprang vom Bohlenweg herunter, landete neben ihr und schaltete die Taschenlampen-App seines Handys ein, um nach Beweisen zu suchen. Dort, unter der Promenade, keinen halben Meter von Susan entfernt, lag das Buch, durchweicht, aber unversehrt. Robert schnappte es sich schnell und wollte gerade wieder nach oben klettern, da hörte er ein Rascheln. Er drehte sich um und sah Susan, die immer noch unter dem Fahrrad lag und mit Mühe ihren Arm bewegte. Er erstarrte. Ihre Augen waren offen, und sie schaute ihn an, ihr Gesicht halb vom Rad verdeckt.

Er wusste nicht, was er tun sollte. Sollte er ihr helfen? Sie würde ihn entlarven. Sein Leben wäre zu Ende, und er war so nah daran, zu gewinnen.

Er kniete sich neben sie und beugte sich zu ihr hinunter. Sie versuchte etwas zu sagen. Robert dachte an seinen toten Vater, einen Polizisten. Er dachte an seine Mutter, die ihn in Florida vermisste. Dann stand er auf und zog sein durchnässtes Salcombe-Yacht-Club-Tennis-Poloshirt aus. Darauf achtend, dass er den Rest von Susans Körper nicht berührte, legte er ihr das Hemd auf Nase und Mund und hielt es dort sanft fest. Ihr Blick weitete sich vor Angst; einen Moment lang dachte Robert, sie würde sich wehren. Doch stattdessen schloss sie sanft die Augen, als würde sie bloß ein Nickerchen am Strand machen wollen. Wind und Regen gaben ihm Deckung, und niemand kam vorbei. Schon nach wenigen Minuten spürte er, wie ihr Körper nachgab. Er tat ihr einen Gefallen. Als würde er ein verletztes Reh töten.

Dann schlüpfte er wieder in sein Hemd, zog sich auf den Bohlenweg hoch und stieg auf sein Fahrrad, das er dort abgestellt hatte, wo Rachel gestürzt war. Das Buch versteckte er in den Dachsparren seines Hauses. Er hätte es am liebsten vernichtet, besann sich aber, für den Fall, dass das Tenniskomitee ihn am Ende des Sommers danach fragen würde. Wenn er es dann nicht mehr vorzuweisen hätte, wäre das verdächtiger als alles andere, und keiner von den anderen wusste, was Susan entdeckt hatte. Dann schnitt er sein Tennis-Poloshirt in winzige Stücke und entsorgte es mit dem Rest seines Mülls.

Die nächsten paar Wochen waren eine Qual. Er rechnete jeden Moment damit, dass die Polizei ihn verhaften würde. Aber mit jedem Tag, der verging, fühlte er sich leichter und hoffnungsvoller. Er gab sich angemessen betroffen von Susans Tod, setzte seinen Tennisunterricht fort und sicherte sich den Job bei Larry für den Herbst. Dann eröffneten Sam und Jen ihm ihren Plan, Jason zu belasten, und von da an wusste Robert, dass er mit der ganzen Sache ungeschoren davonkommen würde.

Er winkte dem Pförtner von Larrys Gebäude zu und fuhr mit dem Aufzug hinauf in das Penthouse, in dem Larry wohnte und arbeitete. Die Aussicht von der Wohnung aus war spektakulär. Man konnte fast bis nach Salcombe sehen, hatte Larry gescherzt, als Robert zum ersten Mal dort war. Fast, aber nur fast.

Dank

Ich möchte meinen tiefsten Dank aussprechen …

Meinem Mann Charles dafür, dass er an mich und das Buch geglaubt und auf die Kinder aufgepasst hat, während ich daran gearbeitet habe, bevor »es« etwas anderes war als ein Word-Dokument, über das ich ständig kicherte. Du bist der wundervollste Partner und Vater. Und, ja, *du* hast das mit dem Unwetter beigesteuert, aber alles andere war meine Idee!

Meiner Mutter Barbara für ihre lebenslange unerschütterliche Liebe und Unterstützung und dafür, dass sie uns jeden Sommer großzügig in ihr schmuckes Häuschen mit den blauen Schindeln einlädt. Es tut mir leid, dass ich so unordentlich bin. An meine Leser: Bitte bestellt zehn weitere Exemplare, damit wir es uns leisten können, meine Mutter nicht mehr zu nerven.

Meinem Vater Scott, »dem Bürgermeister«, der immer mein größter Fan war und der mir seit Jahren sagt, dass ich »ein Buch schreiben muss«. Also habe ich es endlich getan, nur damit er endlich Ruhe gibt. (Ich habe dich nur nicht in den ersten Entwurf hineinlesen lassen, weil ich wusste, dass du nach einem Martini jedem, der danach fragt, das Ende verraten würdest.)

Meiner Schwester Casey, beste Freundin und Tennispartnerin, die die erste Fassung gelesen hat und begeistert sagte: »Es ist nicht nur *nicht* schlecht, es ist fantastisch!« Ich wüsste nicht, was ich ohne dich tun würde. Und Jared und Jude, Olive und Sully. Euch auch.

Meinem Bruder Ari, der mir immer den Rücken gestärkt hat und der meinte, es sei gut, dass ich etwas Sex in das Buch eingebaut hätte, denn »Frauen mögen das«. Hoffentlich hast du recht. Wie meistens. Und an Julie und Baby Kai, den kennenzulernen ich kaum erwarten kann.

Meiner englischen Verwandtschaft – Linda, Marcus, Alice, Lee, Daisy und Olive –, die mich immer aus der Ferne auf die freundlichste Art und Weise anfeuerte.

Meiner fantastischen Agentin Alexandra Machinist, die mir am 1. April eine lebensverändernde E-Mail schickte, in der sie meinen Entwurf als »die perfekte Sommerlektüre« bezeichnete. Am 20. April hatte sie das Buch verkauft. Du bist ein Genie, und ich bin so froh, dich an meiner Seite zu haben. Ich werde diese E-Mail für immer aufbewahren.

Meiner Film-und-Fernseh-Agentin Josie Freedman, die alles und jeden in Hollywood kennt und für deren Geduld ich extra dankbar war, als wir durch das gesamte Verfahren der Rechte- und Lizenzvergabe navigierten. Ich freue mich weiterzumachen und auf alles, was kommt.

Meiner erstklassigen britischen Agentin Cathryn Summerhayes, die mich bei meiner Vorstellung als »außergewöhnlich kluge Autorin« bezeichnete und die ich für diesen Satz auf ewig lieben werde.

Meiner Lektorin Megan Lynch, von der ich schon bei unserem ersten Gespräch wusste, dass sie *die* beste Person war, um dieses Buch zum Leben zu erwecken. Es ist ein Traum, eine Lektorin zu haben, die klüger, freundlicher und ruhiger ist als man selbst, und genau das habe ich in Megan gefunden. Vielen Dank für deinen Scharfblick und deine ständige Ermutigung. Du machst alles besser.

Dem Rest des wunderbaren Teams von Flatiron Books: Kukuwa Ashun, Malati Chavali, Bob Miller, Nancy Trypuc, Marlena Bittner, Keith Hayes, Emily Walters, Claire McLaughlin,

Katherine Turro, Jeremy Pink und Jason Reigal. Ich bin begeistert, dass ich bei dem bestmöglichen Verlag gelandet bin, und ich bin erstaunt über und dankbar für all die harte Arbeit, die ihr in *Bad Summer People* gesteckt habt.

Jessica Leeke, meiner talentierten Lektorin bei Penguin Michael Joseph, für ihr strenges Lektorat und ihre ansteckende Begeisterung, und dem Rest der netten, hart arbeitenden PMJ-Crew, einschließlich Maxine Hitchcock und Louise Moore.

Meinem unterstützenden, witzigen Chef, Bryan Goldberg, dessen Stolz auf mich nur noch von seinem Neid übertroffen wird, dass er nicht zuerst einen Roman geschrieben hat (das wirst du noch, Bryan, ich weiß es).

Dem Rest des Teams bei BDG – Jason Wagenheim, Kimberly Bernhardt, Trisha Dearborn, Tyler Love, Kathy Kaplan und allen anderen, die mich angefeuert und weggeschaut haben, als ich definitiv, absolut nicht, auch nicht ein einziges Mal meinen Arbeitscomputer für dieses Projekt benutzt habe. Und Lindsay Leaf, deren Kinder die besten Namen haben.

Amanda Schweitzer, meiner besten Lesefreundin seit dem Kindergarten und der ersten Person, der ich einen Entwurf gegeben habe. Ihre positive Reaktion hat mir das nötige Selbstvertrauen gegeben, und ihre magische E-Mail hat diese ganze Sache erst ins Rollen gebracht. Dafür bin ich dir ewig dankbar.

Carole Sirovich, die ich schon mein ganzes Leben lang kenne und bewundere und die ich in einer Million Jahren niemals vom Holzweg stoßen würde.

Den Einwohnern von Saltaire für ihre Toleranz und ihren Sinn für Humor. Nächstes Jahr sind wir alle wieder da!